Leonora Timms und die verlorenen Kinder

Ein Kriminalroman von Cornelia C. Anken

ViaTerra Verlag - Aarbergen - Edition BitterBöse

ViaTerra Verlag - Aarbergen 2010

Coverdesign: Benjamin Hobbs – www.benjaminhobbs.de
Satz: Simone Jöst – www.simonejoest.de
Autorenfoto: Jean-Pierre Joachimsmeier
Druck und Bindung: CPI – Clausen & Bosse, Leck
Printed in Germany
ISBN 978-3-941970-02-1

Du sprachst:
Zwischen dich und mich passt kein Blatt!
Und wirklich, es war meine Stimme,
die ich dies sagen hörte …

Frederik

»Du bleibst im Hof, Freddy, und um sieben gibt's Abendbrot!«

Ich bin doch kein Baby mehr, dachte er, winkte seiner Mutter stumm zu und drehte sich auf dem Absatz um. Wenigstens hatte sie nicht gezögert und ihren Schminkstift aus der verbotenen Schublade im Badezimmer geholt, um seinen Wunsch zu erfüllen. Schon im Treppenhaus tastete er vorsichtig mit dem Zeigefinger nach seiner Stirn und versicherte sich, dass das geschwungene Zeichen noch dort war, obwohl er es noch keine fünf Minuten zuvor im Spiegel genau betrachtet hatte. Es sollte keinesfalls verwischen.

Es gefiel ihm besser, wie seine Mutter ihn beim Namen nannte. Wenn sein Bruder Nikolas ihn rief, klang es immer wie Fretti. Und wenn seine Freunde in der Nähe waren, wurde ein mauliges Oochfreehti daraus. Das mochte er gar nicht. Ohne seine Freunde im Schlepptau war Nikolas schon okay. Wenn er Lust dazu hatte, las er Frederik sogar aus seinen Büchern vor, auch aus denen, für die ihre Mutter Frederik noch zu klein fand.

Der große Bruder hatte den Vorteil, dass größere Jungs Frederik meist in Ruhe ließen – schlimmstenfalls wurde er einmal gehänselt. Leider musste er den beliebten Bruder viel zu oft mit anderen Kindern teilen.

Frederik setzte sich auf die rote Plastikschaukel im Hof und schubste sich lustlos mit den Zehenspitzen an, mehr als ein ungelenkes Herumschlingern kam nicht dabei heraus. Er wäre gerne so mächtig gewesen wie der Zauberjunge aus den Büchern von Nikolas. Deswegen hatte er sich auch von seiner Mutter das *heilige Flammenauge von Benderal* auf die Stirn malen lassen. Mit ihr fühlte sich Frederik fast wie *Elengar*, sein Lieblingsheld.

Bis zum Abendessen blieben noch zwei Stunden Zeit und die wollte er bestimmt nicht allein im Hof verbringen, wo nur fette Tauben herumhüpften und Brotkrümel aufpickten, die Oma Kutzelnig immer für sie ausstreute. Er hatte vorhin bei ihr geklingelt, aber sie war nicht zu Hause gewesen.

Frederik überlegte, wo sein Bruder wohl sein mochte. Er dachte an *Elengar* und fühlte, wie die Zauberkraft des Flammenordens auf ihn überging. Natürlich, das war es! Nikolas musste mit den anderen im Niddapark sein, obwohl das streng verboten war. Der Park lag zu weit weg und außerdem trieben sich dort zwielichtige Gestalten herum, wie Mutter das nannte. Aber in den Gebüschen und Wiesen gab es tolle Plätze zum Spielen und Verstecken, und das Verbot verlieh dem Park nur noch mehr Reiz. Mit einem vorsichtigen Blick vergewisserte er sich, dass seine Mutter nicht vom Fenster aus nach ihm sah, dann verließ er den Innenhof.

In der Gewissheit, seinen Bruder im Park zu finden, flitzte Frederik einige kleinere Gassen entlang bis zur Ginnheimer Landstraße und nahm dort die Abkürzung über die Sportanlagen. Das Loch im Zaun an der hinteren Wiese war der schnellste Weg zur Unterführung, durch die man auf die andere Seite der S-Bahngleise gelangte.

Hinter den Gleisen betrat er das verbotene Reich, und Frederik hatte erneut ein schlechtes Gewissen dabei. Die Brüder hatten ihren Eltern hoch und heilig versprochen, die Parkanlagen niemals allein zu betreten. Dass Nikolas das Verbot cool überging, wusste Frederik. Sein Bruder hatte ihm nämlich die Hütte gezeigt, welche die Jungs aus Brettern und Möbeln vom Sperrmüll in einem Gebüsch gebaut und eingerichtet hatten. Frederik hatte Nikolas nicht nur versprechen, sondern schwören müssen, nie dorthin zu kommen. Aber wenn er rein zufällig in der Nähe war und dabei auf ihn und seine Freunde stieß … Vielleicht merkten sie dann, dass er schon groß genug für ihre Abenteuer war. Frederik stapfte querfeldein und dann unter der Autobahnbrücke durch, auf deren anderer Seite die Hütte im Gebüsch versteckt lag.

Er hatte die Böschung der Brücke noch gar nicht erreicht, da leuchtete ihm schon die gelbe Regenjacke seines Bruders entgegen. Wahrscheinlich kehrten die Jungs gerade von ihrem geheimen Versammlungsort zurück.

»Oochfreehti!«, tönte es ihm entgegen.

»Was macht die Nervbacke denn ausgerechnet hier? Hast du was verraten?«, maulte Udo, der größte von Nikolas Klassenkameraden.

»Ich wollte doch nur …«, stammelte Frederik.

»Keine Ahnung, wie er hierher kommt«, schnitt ihm Nikolas das Wort ab und baute sich vor ihm auf: »Geh in den Hof, Fretti, und spiel‘ im Sandkasten.« Schließlich packte er ihn am Jackenkragen und drohte: »Kein Wort zu Mama und Papa!« Dann stürmten Nikolas und die anderen Jungs davon.

Frederik blickte ihnen nach. Nikolas stoppte noch einmal und wandte sich um, es schien, als zuckte er bedauernd mit den Schultern. Doch dann folgte er seinen Freunden und verschwand hinter einem Brombeergestrüpp. Frederik fühlte die Tränen im Hals. Die Wut, schon wieder zurückgesetzt zu werden, schmerzte wie wenn man ein zu großes Bonbon schluckte.

Seit Tagen regnete es immer wieder und auch jetzt verdunkelten bedrohliche Wolkenberge den Himmel. Frederik stieß den Fuß in den Schlamm. Es war ihm egal, dass er wegen der schmutzigen Schuhe Ärger bekommen würde, und er folgte trotzig dem eingeschlagenen Weg. Er hatte keine Lust, heimzugehen, wo jeder merken würde, dass er wieder geweint hatte. Er wünschte sich eigene Freunde, die mit ihm, aber nicht mit Nikolas spielen wollten. Frederik stellte sich vor, wie *er* davonrennen und Nikolas stehen lassen würde. Das half ein wenig gegen die Wut.

Und dann vergaß er den ganzen Vorfall auf einmal, denn etwas machte ihn stutzig: Ein Mann auf einer Bank. Sein Oberkörper schaukelte langsam vor und zurück, dabei senkte er den Blick auf seine Hände, die etwas durchwühlten. Frederik verließ vorsichtig die Deckung eines Strauches und näherte sich der Bank neugierig, um das lila Ding in den Händen des Mannes besser sehen zu können. Irgendwie kam es ihm bekannt vor.

Frederik machte noch einen Schritt auf die Bank zu. Aus dem Ding wurde eine ausgebeulte lila Tasche. Und die kannte er gut. So eine besondere Tasche gab es gewiss nur ein einziges Mal und sie gehörte Oma Kutzelnig, der Nachbarin, die daraus immer ein Stück Schokolade oder Sammelkarten für ihn hervorzauberte. Frederik überlegte, weshalb der sonderbare Mann mit der Strickmütze wohl die Tasche bei sich hatte, wo doch die Oma nirgends zu sehen war. Dann ging ihm ein Licht auf.

In diesem Moment hob der Mann den Kopf und blickte ihn finster an. »Was guckst du so?«, zischte er.

»Die Tasche ist gestohlen. Die gehört Oma Kutzelnig!«

»Hau ab!« Der Fremde stand auf und schaute sich nach allen Seiten um.

Frederik kam etwas merkwürdig vor. Dann begriff er und stammelte: »Du – du bist gar kein …« dabei ging er langsam rückwärts.

»Keinen Ton mehr.«

Frederik blieb wie angewurzelt stehen und wischte sich die Tränen fort. Der Saum seines Jackenärmels war ganz fleckig. Das schützende Flammenauge war verwischt. Ungeheure Angst stieg in Frederik auf. Er sah die Gefahr auf sich zukommen und hörte die letzten Worte wie ein Einziges: »Schlussausfertigundvorbei!«

Erste Woche

MITTWOCH Ihr Zimmer in der Wohngemeinschaft sah aus wie nach dem Durchzug einer betrunkenen Vandalenhorde. Die Leitzordner mit dem Stoff der vergangenen Semester hatten die Herrschaft über den Zimmerboden übernommen. Klaudia Arnds eigene Bücher tummelten sich zwischen jenen aus der Universitätsbibliothek, einige davon versuchten, sich in einem Berg ungewaschener Wäsche zu verstecken. Die Krönung der Unordnung bildete der dünne Ausdruck ihrer Semesterarbeit, die sie ihrem Professor heute noch in der Universität ins Postfach werfen musste.

Die notwendige Zeit hatte gefehlt, um eine ordentliche Arbeit anzufertigen, Klaudia spürte den Druck ihrer Probleme als dumpfes Ziehen im Nacken. Das Entwerfen, Drucken und Verteilen der Flugblätter für die nächste Demo war einmal mehr allein an ihr hängen geblieben und hatte viel länger gedauert, als sie einkalkuliert hatte. Zudem hatte sie sich wegen ihrer Festnahme eine Anwältin suchen müssen, mit der sie sich auf eine mögliche Anklage vorbereitete. Nicht zuletzt musste sie viermal die Woche im *Extrablatt* kellnern, um ihren Lebensunterhalt zu verdienen.

Klaudia nippte an ihrem Tee, inzwischen war er kalt und schmeckte bitter. Sie suchte nach einem sicheren Abstellplatz für die Tasse. Da sich keiner fand, machte sie sich daran, die Unordnung zu lichten. Mit den Kleidern fing sie an, T-Shirts, Pullover, kurze Röcke, lange Hosen, alles flog in den Wäschekorb, den sie vor die Zimmertür schob. Unterdessen kreiste die Forderung von Professor Heinez wie ein Mantra in ihren Gedanken: *Neu, einzigartig und erfrischend.*

Ihre Hausarbeit kam seinen Vorstellungen nicht einmal ansatzweise nahe. Und während des Aufräumens ordnete sich auch das Chaos in ihrem Kopf zur ernüchternden Feststellung: Falls Heinez ihre Hausarbeit nicht akzeptierte, würde er sie auch keine Magisterarbeit schreiben lassen. Dann musste sie in das muffige Reihenhaus in Paderborn zurückziehen. Zurück in das große Freiluft-Altersheim, wo Klaudias Piercings und Rastalocken in der elterlichen Bäckerei einem Skandal gleichkamen, ihre Träume musste sie dann wohl oder übel im Teigbottich begraben.

Sie band sich die Locken mit einem Piratentuch zusammen und adressierte mit fahriger Hand den Umschlag an Professor Heinez. Nur ein Wunder konnte sie noch davor bewahren, vor ihren Eltern kapitulieren zu müssen.

Christian streifte an den geschlossenen Apfelweinwirtschaften vorüber. Die Häuser von Alt-Sachsenhausen wirkten auf ihn heruntergekommen, wie ungeschminkte Huren, deren Verlebtheit das Morgenlicht gnadenlos aufdeckte. Auf den angeketteten Tafeln standen mit verwischter Kreide noch die Speisen vom Vortag, die Gaststätten würden erst später öffnen. Bis dahin blieb der Geruch nach abgestandenem Alkohol, erkaltetem Essen und dem Urin der Männer, die nachts ihr Wasser an Hauswänden abschlugen – Gespenster vergangener Nächte.

Obwohl ihm die Stadt vertraut war, hatte er den Fehler begangen, schon morgens über den Main auf das andere Stadtufer zu wechseln; so früh begegnete er in den verwinkelten Gassen keinen alten Bekannten und falls doch, so waren sie noch nicht betrunken. Auch die Touristen würden erst später Einzug halten, für die interessierte sich Christian nicht weiter.

In der Klappergasse hielt er kurz bei Frau Rauscher; seit jeher fühlte er sich der steifen Brunnenfigur verbunden, denn sie bespuckte ahnungslose Passanten mit Wasser. Das gefiel Christian, den ein schneller Schritt über die dunklen Wasserflecke auf dem roten Kopfsteinpflaster hinweg trug. Die alte Frau Rauscher spuckte garstig nach ihm, traf ihn jedoch nicht.

Christians Weg führte ihn instinktiv zur Gutzkow-Straße, ihr folgte er und bog dann am Schweizer Platz in die gleichnamige Straße ein. Um diese Uhrzeit eignete sich die Einkaufsstraße viel besser für seine Absichten als das Touristenviertel. Es dauerte keine Viertelstunde, bis er unter den Passanten, die zwischen den Geschäften hin und her eilten, sein Opfer entdeckte. Die alte Frau schob eine Gehhilfe vor sich her, im Drahtkorb lag ihre kleine, lederne Handtasche, nur halb von einer zerknautschten Plastiktüte bedeckt, das machte sie immer so. Diesmal wollte Christian zugreifen, und das Glück war ihm hold. Vor Woolworth wurde die Frau, deren graue Haare an manchen Stellen stumpfgelb und struppig vom Kopf abstanden, von einer anderen Passantin in ein Gespräch verwickelt. Diese kurze Ablenkung genügte, es war eine Sekundensache, die Tasche im Vorbeigehen aus dem Korb zu nehmen.

Die Beute in der Achsel verbergend, schlenderte Christian bis zur nächsten Kreuzung, wo er hinter der Häuserecke seinen Schritt beschleunigte, ohne auffällig schnell zu gehen. Bis die Rentnerin den Diebstahl bemerkte, hatte er sich in Luft aufgelöst.

Es war eine Genugtuung, zu wissen, wie sehr Bianca seine Diebestouren verabscheute und es tat ihm gut, ihrer Macht über ihn einen Dämpfer zu verpassen.

DONNERSTAG Bianca umrundete die Hausecke und schloss die Tür auf, die sich in einer schlecht ausgeleuchteten Passage zwischen der Straße und dem Hof verbarg und die Ladenzeile des Erdgeschosses unterbrach wie eine schwarze Zahnlücke.

Im Treppenhaus schaltete sie das Licht nicht ein, sie mochte das Zwielicht, auch wenn es die Gerüche hervorhob. Zunächst roch es muffig, was von den vier Katzen im Parterre herrührte, deren Streukisten Helmut nicht regelmäßig leerte, obwohl sich die alte Seifried unterm Dach ständig über den Gestank beschwerte.

Bianca hörte sie zetern, die alte Seifried. Diesmal hatte sie sich im Treppenhaus mit Frau Rahnert angelegt, wahrscheinlich hatten die Kinder wieder zu laut gespielt. Aus Ginas Wohnung im dritten Stock drang der Geruch des Waschmittels, das sie häufig und im Übermaß benutzte, genauso wie ihr süßliches Parfüm, das Bianca stets Übelkeit verursachte. Bianca schloss ihre Tür im vierten Stock auf und seufzte, fast gleichzeitig schlug die alte Seifried ihre Tür zu, was ihr Gezeter zu einem Murmeln dämpfte.

Niemand im Haus ahnte, was Bianca alles über seine Bewohner und deren Gewohnheiten wusste. Nur vor der Seifried und ihrer böswilligen Neugier musste sie sich gehörig in Acht nehmen. Ansonsten kümmerte sich in diesem Haus zum Glück jeder nur um sich selbst.

Bianca lehnte sich von innen gegen ihre Tür und lauschte. Da war sie, die äußere Stille, die nichts als Unruhe in ihr auslöste und sie bewog, den Mantel nicht auszuziehen, bevor sie Christians Zimmer kontrolliert hatte.

Ihre Befürchtungen bestätigten sich – auf seiner Kommode lag eine fremde Handtasche. Dass er daraus schon etwas hervorgekramt und in einer der vollgestopften Schubladen hatte verschwinden lassen, wusste sie. Es gehörte zu seinen abstoßenden Gewohnheiten.

Die Handtasche beschwor eine schreckliche Erinnerung herauf, die Bianca gerne vergessen hätte. Ihre Hand tauchte automatisch in den Halsausschnitt und suchte auf dem Brustwickel nach dem Lederband. Sie fand es und folgte seinem Fall entlang wie einem Ariadnefaden, bis ihre Fingerspitzen den Anhänger ertasteten.

Die Unruhe ließ sich dadurch nicht bezwingen. Im Gegenteil, die Lautstärke, mit der die wild gewordenen Gedanken durch ihren Kopf trampelten, nahm beständig zu. Und auch die Rastlosigkeit im Inneren, die ihre Gedanken zerfallen und ihre Bruchstücke bis zur Zersetzung tanzen ließ ... *Satzung der Zersetzung, bis zur Atzung der Spatzen, den Satz zerkratzen bis zur Verätzung. Ätzende Verletzung des Ersatzes, des elenden Platzhalters ...*

Sie durfte jetzt nicht nachgeben, musste standhaft bleiben, bis die Tasche beseitigt war. Das musste jetzt gleich geschehen.

Sie öffnete die Tür und lauschte auf der Schwelle zum Treppenhaus wie an der Grenze zu einem feindlichen Land.

Wie sehr sie Christian doch verabscheute, der allzu gut wusste, was er mit seinen Diebeszügen riskierte. Irgendwann würden sie beide seinetwegen auffliegen, dabei konnte ausgerechnet er dies unmöglich wollen. Sie hingen doch auf Gedeih und Verderb voneinander ab.

FREITAG Die beiden Jungs stellten sich Janusz breitbeinig in den Weg und ließen ihm auf dem schmalen, mit Unkraut bewachsenen Pfad zwischen den aufragenden Hecken keinen Ausweg.

»Hey, da ist ja der Polacken-Scheißer!«

Hilfe suchend sah er sich um, doch sie hatten ihn an einem für ihre Zwecke günstigen Ort gestellt. Niemand wurde Zeuge des nachmittäglichen Überfalls. Er kannte ihre Namen nicht, sie waren mehrere Jahrgangsstufen über ihm, Janusz hatte keine Chance gegen sie.

»Her mit dem Geld!«

»Ich hab keins.«

Der erste Schlag traf ihn nicht gänzlich unerwartet in den Magen, dennoch klappte sein Körper nach vorn zusammen wie ein Taschenmesser.

Nun durchsuchte einer der Jungs seine Jackentaschen, der andere entriss ihm währenddessen den Ranzen und die Sporttasche und durchwühlte beides. Natürlich erfolglos.

»Nächstes Mal hast du besser was für uns dabei.«

»Vielleicht hat er was anderes?« Der zweite Junge boxte ihn hart auf den Oberarm. »Zum Beispiel das hier!« Er johlte und riss einen Gegenstand aus Janusz' Hosentasche. »Hey Alter, was soll das sein, ein iPod aus der Steinzeit?«

Sie lachten hämisch und sahen sich dabei nach allen Seiten um.

Janusz krächzte wütend: »Gib das wieder her!« und wich trotz seiner Aufforderung weiter vor seinen beiden Angreifern zurück.

»Gib das her! Gib das her!«, äfften sie ihn nach. Der größere Junge trat vor und ließ das Abspielgerät an den Kopfhörern vor Janusz' Nase in der Luft baumeln.

Janusz machte den Fehler, ihm zu folgen und linkisch danach zu greifen. Natürlich wurde es fortgerissen, bevor er es zu fassen bekam.

Der größere der Jungen warf den Musikplayer auf den Boden und trampelte darauf herum. Janusz achtete auf nichts anderes als das splitternde Gehäuse des kleinen Geräts, daher traf ihn der nächste Schlag unvermittelt und direkt ins Gesicht.

Er konnte kaum die Tränen zurückhalten, nicht wegen des Schmerzes. Der Musikplayer war natürlich nicht neu, aber Janusz hing daran, es war ein Geschenk seines Vaters.

»Nächstes Mal wollen wir Kohle sehen, sonst hat dein Gesicht einen Totalschaden.«

Janusz sah ihnen nach, wie sie in aller Seelenruhe davonschlenderten. Er klaubte seine Sachen vom Boden auf. Dicke Blutstropfen tropften aus seiner Nase auf die Sporttasche und hinterließen hässliche Flecken.

Ein Blick auf die Wanduhr des Hörsaals bestätigte Leonora Timms, sie lag mit ihrer Vorlesung gut in der Zeit. Einige Studenten mehr wären wünschenswert gewesen, beschweren konnte sie sich jedoch kaum. Seit Stunden regnete es in Strömen, es war Freitagabend und der letzte Vorlesungstag – und Studenten waren immer noch Studenten.

Ein Tastendruck auf das Notebook auf dem Pult vor ihr ließ auf der Wand hinter ihr ein neues Bild erscheinen. Während Timms mit ihren Erläuterungen fortfuhr, streifte ihr Blick einen Mann in der letzten Bankreihe, er gehörte nicht zu ihren üblichen Zuhörern.

Routiniert floss ihr Vortrag weiter, während sich ein Teil ihrer Gedanken vom Vortrag löste und sich dem Fremden zuwandte. Sein Gesicht unter dem kurzen dunklen Haarschopf kam ihr vage bekannt vor, ohne jedoch eine konkrete Erinnerung auszulösen. Die Jacke hatte er gar nicht erst abgelegt, ja, er schien ihr noch nicht einmal zuzuhören, denn sein Blick driftete ins Leere, während er mit einem Stift rhythmisch auf den Holztisch vor ihm klopfte. Timms konnte es sehen, aber nicht hören, dennoch taktete sie ungewollt ihren Redefluss anders – nach dem Aufprall des Stiftes.

Das wäre ja noch schöner, dachte sie, wenn sie sich aus dem Konzept bringen ließe, und projizierte das nächste Bild an die Wand.

»Diese Aufnahme stammt von einem Ortstermin mit einer Frau, die verdächtigt wird, ihre beiden Kinder ermordet zu haben. Wer sagt mir seinen spontanen Eindruck?« Sie musterte nacheinander einige ihrer Studenten und vermied dabei bewusst das Gesicht in der letzten Reihe. Im unteren Drittel des Hörsaales hob sich zaghaft eine Hand.

»Ja, Frau Ceylan!«

»Man sieht die Verdächtige und einen Kriminalbeamten. Man muss davon ausgehen, dass weitere Personen der Vollstreckungsbehörden anwesend sind. Und natürlich der Fotograf, der das Bild gemacht hat.«

»Sehr scharfsinnig!«, klang Spott aus dem Auditorium.

Der Kommentar kam von ganz hinten. Er hörte also doch zu! Timms hakte nach: »Frau Ceylan, wie wirkt die Frau auf Sie?«

»Irgendwie grimmig, verschlossen und abweisend.«

»Schuldig oder unschuldig? Wagen Sie eine Vermutung!«

»Eher schuldig.«

»Danke. Ihr Hinweis auf den Fotografen war übrigens tatsächlich sehr scharfsinnig.« Timms bedachte den Spötter mit einer hochgezogenen Augenbraue. »Die meisten Betrachter eines Bildes vergessen nämlich, dass er ein wichtiger Bestandteil der Szenerie ist, die man zwar ohne ihn, aber durch ihn sieht.« Timms räusperte sich. »Das nächste Bild wurde etwa zeitgleich aufgenommen.« Die Projektionsfläche wurde von der Totalen der vorigen Aufnahme eingenommen. Nun bedrängte ein Pulk von Fotoreportern die Frau.

»Frau Ceylan, würden Sie uns bitte sagen, wie die Frau nun auf sie wirkt?«

»Mhm, jetzt eher eingeschüchtert, sogar verängstigt.«

»Eher schuldig oder unschuldig?«

»Eher unschuldig.«

»Danke. Ich werte dies als erstes Indiz dafür, dass die

Medien allein durch die Auswahl eines Bildausschnittes unsere Wahrnehmung steuern können. Mehr als das, sie beeinflussen auch unsere *Meinung.*«

Während sie fortfuhr, blickte Timms flüchtig zu dem Fremden empor. Seine verdrießlich verzogenen Mundwinkel verstärkten den Eindruck, sie müsse ihn kennen. Unruhe nistete sich für den Rest der Vorlesung in ihr ein, und es erstaunte sie auch nicht, dass der müde wirkende Mann eine halbe Stunde später den Raum nicht mit den anderen Zuhörern verließ. Er kam die lange Hörsaaltreppe herab und steuerte direkt auf ihr Pult zu, was Timms auf automatische Störabwehr umschalten ließ.

Als er sich breitbeinig vor ihrem Pult aufbaute, erkannte Timms ihn endlich und wünschte sich sogleich inniglich, man könne Schweickert einfach wie eines der Bilder per Tastendruck entfernen.

»Abend, Dr. Timms!«

Es klang, als ringe er sich das Mindestmaß an Höflichkeit mühsam ab.

»Herr Kommissar!« Sie deutete eine spöttische Verbeugung an. »Sollten Sie sich an der Uni eingeschrieben haben ... meine Vorlesung ist nicht für die Universität des dritten Lebensalters gemeldet.«

Seit sie sich zum letzten Mal gesehen hatten, hatte Schweickert abgenommen, die neuen Geheimratsecken legten recht viel Fläche des einstmals bulligen und nun ausgezehrten Gesichts frei.

»Im Übrigen«, sagte sie, »bin ich inzwischen Professorin. Junior-Professorin.«

»Sieh an, gerade mal Junior-Professor und schon senior-arrogant. Aber Sie kennen meine Meinung: Der ganze Psycho-Firlefanz hat nichts mit der gewalttätigen Realität zu tun, mit der ich täglich konfrontiert bin.«

Timms mangelte es an Gründen, Taktgefühl an ihn zu verschwenden. »Zumindest Ihrer Einstellung sind Sie treu geblieben, wenn auch nicht Ihren Pfunden. Man könnte glauben, der Gewichtsverlust täte Ihnen gut. Leider konzentriert sich Ihre Boshaftigkeit jetzt auf zu wenig Masse.«

Schweickert maß ihren Körper mit einem abschätzenden Blick. »An den richtigen Stellen würde Ihnen etwas Masse keinesfalls schaden.«

»Gut. Da Ihr Vorrat an Nettigkeiten seit der Steinzeit aufgezehrt ist, sagen Sie einfach, weshalb Sie hier sind.«

Schweickerts Schultern sackten kaum merklich herab. »Wir kommen bei einem Fall nicht weiter.«

Timms verpackte ihr Notebook, schlüpfte in ihren langen Wollmantel und nahm ihre Handtasche. Schweickert ignorierte alle Signale der Aufbruchsbereitschaft und blieb wie ein Fels vor ihr stehen.

Sie blickte ihm demonstrativ über die Schulter.

»Wer – wir? Ich sehe nur Sie und das ist mehr, als mir gut tut.«

»Die Mordkommission. Kern wird Sie am Montag offiziell kontaktieren. Ich bin nur die Vorhut.«

»War es seine Idee oder Ihre?«

»Kommen Sie, Timms …«

Es kam für sie nicht in Frage, sich länger von ihm hinter dem Pult belagern zu lassen, es wurde Zeit, das Gespräch zu lenken. »Passen Sie auf: Ich wohne hier in Bockenheim. Wenn Sie mich zu Fuß nach Hause begleiten, können Sie mich währenddessen zutexten, aber keine Sekunde länger und keinen Meter weiter.« Damit wäre sie ihn in ziemlich genau zwanzig Minuten los.

Abrupt wandte sich der Kommissar der lilafarbenen Hörsaaltür zu und marschierte los, zum Glück in Richtung Treppenhaus. Timms hätte ungern mit ihm die Enge des Aufzugs geteilt.

Außer ihnen schien sich niemand mehr in diesem Teil des Hörsaalgebäudes zu befinden, es wurde nur noch vom flackernden Licht der Notbeleuchtung erhellt, und ihre Schritte hallten unangenehm laut durch das Treppenhaus.

Erst als ihnen die feuchtkalte Februarluft ins Gesicht schlug, eröffnete der Kommissar das Gespräch wieder.

»Sie müssen uns helfen – wie damals mit Gortmann.« Er schluckte heftig.

»Ach, mit dem Psycho-Firlefanz, der nichts mit der grausamen Realität zu tun hat?«

Schweickert blieb so unvermittelt stehen, dass Timms in ihn hineinrannte.

Brüskiert drehte er sich zu ihr um. »Sie haben recht, es war eine bescheuerte Idee, Sie persönlich aufzusuchen und zu bitten!«

Im fahlen Licht der Straßenlaternen stapfte Schweickert die Straße hinab, seine Aktentasche war zuletzt in den Siebzigern modern, und seine hässliche Altherrenjacke klaffte weit offen, was die Saumzipfel seine Oberschenkel umflattern ließ wie aufgeschreckte Nachtvögel.

Timms hatte auch ohne diesen unflätigen Chauvinisten genügend Probleme am Hals, doch ehe sie sich eines Besseren besann, rief sie ihm hinterher: »Kommen Sie! Wir müssen in die andere Richtung.«

Schweickert sah sie erst an, als er wieder zu ihr aufgeschlossen hatte. Er überragte sie um zwei Haupteslängen.

»Wie haben Sie das damals gemacht mit Gortmann?«, fragte er. »Woher wussten Sie, was die Abendnachrichten über ihn bringen mussten?«

Bisher war es nicht dazu gekommen, sachlich über den Fall zu reden, durch den sie einander kennen gelernt hatten. Schweickert nun danach fragen zu hören, erstaunte Timms.

»Zum einen wusste ich, was er nicht hören *wollte,* und zum anderen, was er nicht hören *durfte.* Dies ließ übrig, was er hören *musste,* um ihn gedanklich abzulenken, und dem Team ein Zeitfenster für den Zugriff zu öffnen.«

Die Gräfstraße führte sie von den Gebäuden der Universität fort und auf den Platz der Bockenheimer Warte. Hinter ihnen ragte der gedrungene Wachturm mit seinen Leuchtstrahlern in die Dunkelheit auf, während sie die Straßenbahnschienen überquerten.

»Klingt logisch«, brummte Schweickert auf den ersten Metern der Leipziger Straße. »Viel zu einfach zwar, aber immerhin logisch. Für eine Frau. Bei mir fahren Sie leider die umgekehrte Taktik. Mir sagen Sie nur, was ich nicht hören will.« Seine Aktentasche wanderte von der linken in die rechte Hand.

Timms zuckte mit den Schultern und blieb ihm eine Antwort darauf schuldig. »Fangen Sie an«, bat sie, »aber ganz vorn.«

»Wir brauchen einen neuen Ansatz für einen festgefahrenen Mordfall, eine Strategie, einen Mörder aus der Reserve zu locken, der seit seiner Tat völlig abgetaucht ist.«

Schweickert musste auf der stark frequentierten Einkaufsstraße einem Baguette ausweichen, das aus einem Einkaufswagen ragte. Er setzte seinen Weg auf der Straße fort und wurde prompt angehupt. Sein linker Mittelfinger stieg wie eine Rakete in die Höhe.

»Und was für ein Fall genau lässt Sie nun aussehen, als wäre Altersteilzeit eine Option?«

»Habe ich Ihnen schon gesagt, dass ich Sie …«

»Hasse? Mehrfach. Der Fall, Schweickert!«

»Die Ermordung von Frederik Boos. Davon müssen Sie gehört haben! Boos wohnte hier in Bockenheim. Der Fall ging Ende letzten August groß durch die Presse.«

Augenblicklich wurde Timms in das Raum-Zeit-Vakuum zurückkatapultiert, das sie monatelange wie ein Zombie durchwandelt hatte. Das Chaos war nur durch die permanente Auseinandersetzung mit den Aufgaben zu ertragen, die sich aus dem Tod ihres Vaters ergeben hatten. Timms fröstelte sich in die Gegenwart zurück.

»Geht es Ihnen gut?« Ungewohnt mitfühlend hielt sie Schweickert am Arm und schaute besorgt auf sie herab.

»Ja, alles in bester Ordnung«, sagte sie. »Im letzten Sommer war ich weit weg.« Irgendwie entsprach das sogar der Wahrheit. »Ich habe nichts davon mitbekommen. Weshalb wurde der Mord nicht aufgeklärt?«

»Weil Boos' Leiche erst neun Tage nach seinem Verschwinden aus der Nidda geborgen wurde. Der Tatort konnte nicht lokalisiert werden, es gab keine Zeugen und nur einen Verdächtigen. Ein Afrikaner, aber die Beweise gegen ihn reichten nicht aus. Jeder einzelne beschissene Umstand war gegen mich!«

»Gegen Sie? Höre ich da einen Mangel an Distanz heraus?«

»Distanz?«, brüllte Schweickert, dann drosselte er angesichts der aufgeschreckten Passanten die Lautstärke. »Es handelt sich um einen Kindermörder, der meiner

Meinung nach auf dem besten Weg ist, zum Serientäter zu werden. Wahrscheinlich war dies sein erster Mord und er fühlte sich dabei noch unsicher, doch nächstes Mal wird er noch umsichtiger handeln … und er hat uns jetzt schon drangekriegt. Der Kerl ist gezwungen, seine kranken Phantasien immer weiter auszuspinnen, so sind diese pädophilen Schweine nämlich. Und er wird erst dann mit dem Morden aufhören, wenn man ihn geschnappt hat. Da scheiß ich was auf Distanz.«

»Ein Pädophiler? Wie alt war Frederik Boos?«

»Sieben.«

»Wie alt ist doch gleich Ihr Sohn?«

»Fast neun.«

»Und Sie leiten die Ermittlungen?«

»Ja.«

»Danke, Schweickert, aber was immer sich die Mordkommission dabei gedacht hat – ich mache unter keinen Umständen mit.«

»Fangen Sie nur nicht so an, Timms, ich weiß, was Sie sich jetzt zusammenreimen.«

Sie waren an der Bankfiliale von der Leipziger Straße in den Kelterweg abgebogen. »Da gibt es nichts zu reimen, Sie sind befangen«, sagte sie und hatte es noch eiliger, nach Hause zu gelangen.

»Unfug! Mit meiner Erfahrung kann ich Berufliches wohl noch von Privatem trennen. Halten Sie mich für einen Vollidioten?«

Widerstrebend antwortete Timms »Nein. Aber es wäre schon unter normalen Bedingungen eine Zumutung für mich, wieder mit Ihnen zu arbeiten.«

Timms stellte das Notebook auf den trockenen Boden unter dem Torbogen der Einfahrt ab und blickte

Schweickert direkt in die Augen. »Sagen Sie Kern, ich hätte mit Bedauern abgelehnt.«

Das Bedauern war Realität, der Fall reizte sie ungemein, die Vorstellung hingegen, nochmals mit Schweickert zu tun zu haben, war eine zu abschreckende Aussicht.

»Ich gebe zu, es war meine Idee. Ich habe Kern gebeten, Sie zu unserer Unterstützung hinzuzuziehen. Ist das genug zu Kreuze gekrochen, um Sie umzustimmen?«

»Bedaure«, seufzte Timms und nahm ihre Aktentasche auf, »aber selbst mir reicht es, Sie einmal am Boden gesehen zu haben.«

Schweickert wartete am Eingang zum Restaurant und tat, als musterte er die Speisekarte. Als er Timms im Haus wähnte, holte er den großen Briefumschlag aus der Aktentasche, ging zurück und steckte ihn in ihren Briefkasten.

An der Mündung zur Einkaufsstraße rannte er in eine Passantin hinein und entschuldigte sich nicht. Ihm war ganz danach zumute, jede Menge Leute anzurempeln.

Seit Gortmanns Geiselnahme war Timms einfach nicht gut auf ihn zu sprechen.

Gortmann hatte in der Bank vier Personen in seine Gewalt gebracht, darunter auch Schweickert, der sich zufällig privat dort aufgehalten hatte. Der Geiselnehmer wollte mit seiner Aktion Gott und die Welt über seine Lebenskrise informieren und forderte dafür einen Premium-Sendeplatz im Fernsehen.

Ausgerechnet Schweickert hatte er dazu gezwungen, seinen Kollegen ein vierseitiges Pamphlet über das Telefon vorzulesen. Und die Drohung zu übermitteln: Wenn der Bericht nicht ausgestrahlt würde, würde er eine Geisel nach der anderen erschießen. Da er mit Schweickert ausgerechnet einen Bullen erwischt hatte, wollte er mit ihm anfangen.

Seine Kollegen wiesen Gortmanns Forderungen zurück und versuchten, zu verhandeln, doch der Geiselnehmer blieb hartnäckig. Die Gespräche zwischen ihm und dem Einsatzleiter drohten zu eskalieren. Schließlich schaltete das Frankfurter Polizeipräsidium Timms ein, um in einer Hauruckaktion eine Strategie für den Fernsehbericht über Gortmann zu entwickeln. Kurz nach Ausstrahlung des Sendebeitrages trat das Geiselbefreiungskommando in Aktion, während dessen Zugriff die Geiseln unverletzt befreit werden konnten.

Gortmann hingegen wurde von einem Beamten erschossen und erhielt so – ungewollt – einen zweiten hervorragenden Sendeplatz.

Noch gut drei Jahre später erinnerte sich Schweickert an jedes quälende Detail während der Stunden in Gortmanns Gewalt. Er sah die Gesichter der anderen Geiseln ebenso deutlich vor sich wie die der Leute, welche nun an der Bockenheimer Warte vorübereilten, zu der ihn sein Fußmarsch zurückgeführt hatte.

Nach seiner Befreiung hatte Schweickert Timms in einem Moment der Schwäche, die er dem Nachhall des Schocks ankreidete, gestanden, ihr wohl sein Leben zu verdanken. Timms kühle Reaktion darauf – *Ich hätte den Auftrag abgelehnt, wenn ich Sie damals schon gekannt hätte* – trieb ihn noch heute zur Weißglut.

Sie hatte wohl sein Näherrücken bei einem Glas Wein, zu dem er sie als Dankeschön eingeladen hatte, als plumpe Anmache verstanden.

Es war ein Kreuz mit Timms, dachte er, als er seinen Wagen erreichte und sich erschöpft auf den Fahrersitz fallen ließ. Im Grunde mochte er sie und wäre gerne freundlicher zu ihr gewesen, doch jedes Mal prallten sie mit ihren unterschiedlichen Ansichten aufeinander. Timms brachte ihn damit so gründlich auf die Palme, dass er sie am liebsten mit Kokosnüssen bombardieren wollte. Ihre Denke blieb ihm größtenteils ein Rätsel, was ihn maßlos ärgerte, besonders, weil er nicht umhin kam, sie auch dafür zu bewundern. Ach! Zum Teufel mit ihr und ihrem psycho-*logischen* Feingefühl, dachte er. In einem Punkt wusste er sie nämlich besser einzuschätzen, als ihr recht sein würde. Timms' grenzenlose Neugier war das Ass in seinem Ärmel.

Mit einem Kavalierstart schoss Schweickert aus der Parklücke auf die Gräfstraße hinaus. Er grinste. Natürlich hatte er sie angebaggert, aber doch nicht ernsthaft!

Christian stand auf dem Eisernen Steg und blickte über das bleidunkle Wasser des Mains hinweg zu den erleuchteten Hochhäusern. Er kannte die Fußgängerbrücke in jeder Tages- und Nachtstimmung, und der imposante Ausblick auf die Stadt hatte ihm immer ein Gefühl von Stärke und Unverwundbarkeit vermittelt. So oft er auf der Verbindung zwischen Sachsenhausen und der Innenstadt stand und die leichten Vibrationen der Brücke unter den Schritten der Passanten spürte, fühlte er sich lebendig.

Während er sich mit geschlossenen Augen der Schwingung der Brücke hingab, hörte er sie hinter sich: Touristen, Bettler, Geschäftsleute. Ungesehen erschienen sie ihm alle vertraut, denn die Stadt war ein Teil von ihm, die Straßen seine Adern, ihre Bewohner seine Blutkörperchen, die ihn mit allem Lebensnotwendigen versorgten.

Die Grenze zwischen ihm und der Stadt war fließend, eines konnte das andere sein, nur von Bianca trennte ihn die Stadt, und das war gut so.

Er dachte an sie und fürchtete, die Komplizenschaft, die sie verband, würde zu einem unüberwindbaren Hindernis zwischen ihnen werden.

Christian öffnete die Augen und betrachtete das sanft gewellte Wasser unter ihm, das in noch dunklerem Grau verwackelte Spiegelbilder der eisernen Brückenkonstruktion auf der nassen Haut trug.

Er musste lange und ganz genau hinsehen, bis auch er auf der Wasseroberfläche lag: Eine zerfließende, kaum wahrnehmbare, Erweiterung der Brücke. Gesichtslos.

Ekel überkam ihn.

Nachdem sie Schweickert losgeworden war, atmete Timms tief durch und überquerte den Innenhof, dabei entgingen ihr nicht die lockenden Gerüche exotischer Gewürze, die aus dem indischen Restaurant im Vorderhaus zu ihr herüber geweht wurden. Prompt knurrte ihr Magen einen Hilferuf. Sie beschloss, rasch ihre Sachen nach oben zu bringen, andere Kleider anzuziehen und sich so schnell wie möglich von Vijay kulinarisch verwöhnen zu lassen.

Ungestört schaffte sie es nicht einmal in ihre Wohnung. Im ersten Stock wurde eine der beiden Türen aufgerissen und ein zornrotes Gesicht sprang ihr samt Schiebermütze entgegen.

»Hab auf Sie gewartet, Frau Timms. Der Klempner war nicht da!«

Horst Langner hielt sich selten mit Grüßen auf. Er vermittelte den Eindruck, seinen Lebenssinn aus einer endlosen Reihe von Beschwerden zu gewinnen. Langners dürrer Körper zappelte beständig unmotiviert mit den langen Armen und Beinen und erinnerte sie damit an einen Hampelmann auf Speed.

Timms hatte den Rentner schon nicht leiden können, als er nur ihr Nachbar gewesen war, seitdem er ihr Mieter war, entwickelte er sich zur ihrer allgegenwärtigen Nemesis.

»Der Klempner kommt morgen. Das habe ich Ihnen auch auf den Anrufbeantworter gesprochen.«

»Wenn das so weitergeht, kürze ich die Miete.«

»Morgen, Herr Langer! Morgen kommt der Klempner, zwischen zwölf und fünfzehn Uhr.«

»Unverschämt! Wie soll sich ein normaler Mensch so lange frei halten. Das sind drei Stunden.«

»Ich kann es nicht ändern, aber da Sie ja im Ruhestand sind, dürfte sich das ja wohl einrichten lassen.«

Timms erkämpfte sich zwischen fuchtelnden Armen hindurch den Weg zur Treppe. Drei deftigen Flüchen gelang es, gemeinsam mit ihr in die Wohnung zu schlüpfen, bevor sie die Tür zum ausgebauten Dachgeschoss zuschlug.

Der Berg an Problemen mit diesem Haus wuchs jeden neuen Tag um eine Höhenlinie. Hätte sie doch bloß nicht aus Wut auf ihren Vater der Hausverwaltung mit einer Kurzschlusshandlung gekündigt! Wenn nicht der Hunger, so war ihr zumindest die Lust aufs Essengehen vergangen.

Timms setzte ihre Taschen im Flur ab und hängte den Mantel an den Haken. »Und Frau Giehse, bei Ihnen alles ruhig gewesen heute?«

Timms lächelte das große Schwarzweißfoto von Therese Giehse an, das neben der Garderobe hing.

Wie immer antwortete die Schauspielerin mit huldvollem Schweigen und mit unergründlichem Blick und überließ Timms damit die Interpretationshoheit. »Wenigstens bei Ihnen. Und, was gedenken wir zu speisen?« Timms schlüpfte aus den Schuhen und beantwortete Giehses unausgesprochenen Vorschlag. »Ja, Brot ist recht. Und dabei werde ich uns im Internet eine neue Hausverwaltung suchen.«

Hatte sie der Giehse eigentlich schon erklärt, was das Internet war? Timms verschob diese uferlose Bemühung auf eine andere Gelegenheit und ging in die Küche, um sich ein Käsebrot zu schmieren. Sie stellte einen Joghurt auf ihr Tablett, öffnete den Kühlschrank noch einmal, schnappte sich eine Flasche Apfelwein und spritzte ihn im Glas mit Limonade ab.

Das gefüllte Tablett balancierte sie über die Treppe ins Arbeitszimmer unter dem Dach, wo sie jedoch, statt nach dem Essen zu greifen, das Internet mit einem Suchauftrag fütterte. Sekunden später wurden die Treffer aufgelistet. Timms stellte irritiert fest, dass sie nicht nach einer Hausverwaltung gesucht, sondern den Namen des ermordeten Kindes eingegeben hatte.

Sie las jeden Artikel, den sie über den Mord an Frederik Boos fand, bis der Blick ihrer brennenden Augen um zwei Uhr nachts ihren Teller streifte. Schweißperlen überzogen den Käse, wo dessen Ränder noch nicht vertrocknet waren und sich ungesund bräunlich wellten.

Der Joghurt war ebenfalls unberührt geblieben, wenigstens den Apfelwein hatte sie getrunken.

Sie schaltete den Computer aus und taumelte schlaftrunken ins Bett. Ihre letzten Gedanken galten dem Mörder, einem Wolf, der sein Opfer in ihrer unmittelbaren Nachbarschaft gerissen hatte. Sein erstes Opfer.

SAMSTAG Die Türklingel läutete schrill. Ein Geräusch, das Bianca immer erschreckte, so selten bekam sie es zu hören. Dann pochte es auch noch laut an der Tür, und ihr Herzschlag hämmerte ihr die Fragen staccato ins Hirn: Wer ist das, wer will samstags morgens was von mir? Was soll ich tun? Dann hörte sie die Stimme ihrer Nachbarin.

»Frau Iglhaut, ich hab gehört, dass Sie da sind, würden Sie mir bitte helfen?«

Ihre Stimme antwortete ungewollt und etwas unsicher durch die Tür hindurch, sodass sich Bianca darüber erstaunte. Sie hatte tatsächlich gesagt, sie käme gleich.

Dann zitterten ihre Hände, während sie die Perücke aufsetzte und zurechtrückte, und ihre Füße schlüpften in die abgetragenen Hausschuhe hinein, obwohl Bianca ihre Wohnung gar nicht verlassen wollte, denn es quälte sie, eine fremde zu betreten. Das hat sie viele Jahre nicht mehr getan. Deshalb ließ sie ihre Tür offen stehen, um zumindest einen schnellen Rückzug zu gewährleisten.

Der rechte Unterarm der Nachbarin steckte bis zum Ellenbogen in Gips, und es galt nur, eine Konservendose für sie zu öffnen, was im Handumdrehen erledigt war.

Bianca kicherte verstohlen in sich hinein ... *im Handumdrehen, im Halsumdrehen ...*

Sie wusste, andere hätten sich nach dem Arm erkundigt, nach dem Warum des Gipses; sie hingegen lehnte auch den angebotenen Kaffee ab, dabei verhedderten sich ihre Sätze in der Kehle. Bis zum Ansatz der Perücke breitete sich brennende Röte auf ihrer Haut aus, während ihre Hände übers Gesicht flogen, dort aber keinen sicheren Aufenthaltsort fanden. Bianca war der Situation nicht gewachsen und flüchtete sich hastig zurück in die vermeintliche Sicherheit ihrer vier Wände.

In der Küche schenkte sie sich das letzte Bier ein, auch wenn es Christian gehörte. Alkohol tat ihnen beiden nicht gut, Christian scherte sich nie darum. Sie nun auch nicht, doch war sie ungeschickt beim Öffnen und die Flasche schlug gegen das Glas. Schaum floss über. Bianca erreichte die Spüle nicht rechtzeitig und wischte mit dem falschen Lappen auf, dabei versuchte sie nur, wieder Ordnung herzustellen. Doch der mühsam konstruierte Schutzwall aus Gewohnheiten war ihr bereits vor dem Überfließen des Bieres abhandengekommen. Bianca merkte es, als sie das Glas auf dem Küchentisch abstellte.

Sie waren verschwunden: 4122, 4123, 4124 und 4125. Sie konnten nicht einfach weggegangen sein, überlegte sie, oder doch? Nein das Fenster stand zwar offen, aber Blätter liefen nicht einfach davon, sie stürzten sich auch selbst dann nicht in den Abgrund, wenn sie selbst Abgründiges enthielten. Gedanken konnten durchgehen, Papier konnte das nicht.

Es musste einen Grund geben, eine Erklärung.

Klaudia schlug die Augen auf und überlegte, an welchem Wochentag sie das wohl tat, immerhin waren Semesterferien. Ob sie mit Simone frühstücken sollte? Eigentlich hatte sie keine Lust dazu, obwohl Simone samstags immer Brötchen holte – und daher auch bezahlte. Scheiße, dachte sie, es war tatsächlich Samstag und sie hatte heute mit Eva den Dienst im *Extrablatt* getauscht.

Klaudia sprang hastig in die Kleider vom Vortag, sie musste sich beeilen, um rechtzeitig im Café zu sein. Sie riss ihre Tasche und den Parka vom Plastikhirschgeweih an der Wand und rief Simone im Nachbarzimmer einen flüchtigen Gruß zu, bevor sie zur Tür hinaus hetzte.

Zum Glück hatte sie es von der Wohnung, die sie mit Simone teilte, weder zur Uni noch zum Café sehr weit – und sie kannte jeden erdenklichen Schleichweg! Also kürzte sie ihre Strecke durch den Innenhof der Wohnanlage zwischen der Adalbert-Straße und der Leipziger Straße ab.

Als sie das Geviert mit Büschen, Spielplatz und Garagenzugängen durchquerte, ließ sie eine Bewegung in der Luft über ihr innehalten. Papiere flatterten vom Himmel wie große, eckige Schneeflocken.

Eines der Blätter trudelte vor ihr herab und landete genau vor ihren Füßen. Wie es von Rand zu Rand fast völlig mit Buchstaben gefüllt war, erregte ihre Neugier. Ob es wohl gedruckt oder mit der Hand geschrieben war?

Klaudia hob es auf und versuchte, in den engen Zeilen einzelne Wörter auszumachen: *Arglist, Renommist, Masochist, MasoChrist, ein Masochrist, das ist ein Mann, der viel vermisst und wenig kann ...*

Was sie auf die Schnelle entzifferte, war für sie als Literaturstudentin ungemein faszinierend: *Unter Druck gesetzt, unter Dreck gesetzt, dreckige Untervoraussetzung für Drückebergerei ...*

Ihr Blick ließ vom Papier ab und schweifte über die Fassade der Gebäude ringsum. Hastig sammelte sie die drei weiteren Blätter auf, die auf dem Boden gelandet waren, steckte sie in die Tasche des Parkas und schlüpfte durch die Passage zwischen dem Quick Copyshop und dem Friseurgeschäft aus dem Hof. Von hier aus konnte sie das *Extrablatt* schon sehen.

Bald darauf folgte sie ihrer Arbeitsroutine zwischen Küche und Tischen, lächelte Gäste an und nahm Bestellungen auf, servierte das Essen, kassierte, trug das Geschirr ab. Hie und da schnappte sie aus dem Zusammenhang gerissene Gesprächsfetzen auf, einzelne Wörter, Sätze, die ein verstörendes Gefühl der Unruhe hinterließen, weil sie Klaudia an ihren Fund erinnerten.

Der Verfasser der kruden Zeilen wohnte bestimmt im Häuserblock schräg über die Straße – er konnte sich unter den Gästen befinden. Unerkannt. Vielleicht war er der nächste, der ihr ein Trinkgeld gab, dabei womöglich ihre Hand streifte.

Klaudia fröstelte.

Bianca erinnerte sich des Öffnens und Schließens der Wohnungstür, und der Gedanke an den Windzug schlug wie ein Blitz in sie ein.

Ihre Fäuste drängten zum Mund, damit ihre Panik das Haus nicht mit Schreien flutete. Durch das geöffnete Fenster starrte sie in den Hof hinunter, sah niemanden. Sah nichts. Keine weißen Rechtecke.

Natürlich rannte sie dennoch die Treppen hinunter, in Christians viel zu großen Hausschuhen. Sie suchte jeden Winkel des Hofes ab. 4122, 4123, 4124 und 4125 blieben verschollen, als hätten sie sich in dem Luftzug gleich ganz aufgelöst, der sie aus dem Fenster gesogen hatte.

Stückweise geriet ihr Leben aus den Fugen ... *Todesfuge, in Fügung den Tod verfugen, Verfügung gegen Unfug, Verführung zum LugundTrug* ... und das seit dem unerwarteten Zusammentreffen mit Christian im Park, seit der Berührung der noch warmen so jungen Haut und der Versuchung der Nähe.

Bianca kehrte gesenkten Hauptes in die Stille ihrer gemeinsamen Wohnung zurück.

Auch wenn er nicht wissen konnte, was sie für ihn im Park getan hatte, hatte Christian allen Grund, auf *sie* wütend zu sein. Sie hatte das Kind bestohlen, nur das würde für ihn zählen: Sie war eine Diebin, genau wie er. Und nun hütete sie nicht mehr allein die Ruinen der Sätze und Christians heimliche Schätze, ein Drache wachte mit ihr.

Mit einem Ruck riss sich Bianca die Perücke vom Kopf, warf sie auf den Boden vor der Garderobe und holte sich neues Papier. Sie setzte sich wieder an den Küchentisch unter dem Fenster, das nun geschlossen war, den Kugelschreiber wie ein winziges Mahnmal des Verlorenen in der Hand. Bianca begann, die Seiten mit einer exakten Kopie der verlorenen Sätze zu füllen. Weshalb sie das konnte, wusste sie nicht, danach schrieb sie sechseinhalb weitere ... *Gemeinheit, AllGemeinheit, allumfassende gemeine Geheimnisse einheimsen* ... siebeneinhalb Seiten.

Doch es hörte nicht auf, und der Schmerz in ihrer linken Hand steigerte sich zur Unerträglichkeit, ohne dem Mahlstrom der Wörter ein Ende zu bereiten. Bianca schlich sich mit dem Kugelschreiber hinüber in ihr Schlafzimmer, vielleicht mochten die Sätze darauf hereinfallen und glauben, sie würde sie dort weiter schreiben?

Sie hob die Hand zur Wand – die Tapete ein größeres Blatt – täuschte das Schreiben an, dann drehte sie sich flugs um und schlug den kurz geschorenen Hinterkopf gegen die Wand, dort, wo sie es hunderte Male zuvor getan hatte. Dreimal, viermal. Schmerz, fünfmal. Dumpfer, betäubender Schmerz. Sechsmal. Schwarze Ruhe.

Timms kam vom Joggen im Niddapark zurück; unter dem Torbogen kämpfte sie mit in die Hüften gestemmten Händen gegen das Seitenstechen an und musterte dabei die sechzehn Briefkästen.

In einer multikulturellen Großstadt wohnte sie in einem bunt gemischten Stadtviertel, und die Namen an den grauen Kästen spiegelten es wider, legten ein beredtes Zeugnis dafür ab, wie viele Nationen sich unter ihrem Dach versammelt hatten. Langner musste es ein Graus sein, dachte sie hämisch und öffnete ihr Postfach.

Der dicke Umschlag trug keine weitere Beschriftung, nur ihren Namen in einer ihr unbekannten Handschrift. Timms nahm ihn mit nach oben, wo sie ihre Neugier zügelte, bis sie geduscht hatte. Dann erst riss sie das große Couvert auf. Eigentlich hätte sie wissen müssen, dass die Sache nicht mit einem kleinen, boshaften Geplänkel beendet sein würde.

Timms holte sich einen Apfel aus der Obstschale in der Küche und vergrub sich mit der Fallakte Boos und einem Block im Sofa. Aus Gewohnheit machte sie sich nebenher Notizen, während sie konzentriert durchging, was das K11, das Frankfurter Fachkommissariat für Tötungsdelikte, Leichen- und Vermisstensachen, über den Mord an Frederik zusammengetragen hatte.

Die Angaben der Familienmitglieder machten sie betroffen. Der Vater war am Abend von Frederiks Verschwinden als ADAC-Pannenhelfer beruflich unterwegs. Die letzte Erinnerung von Frederiks Mutter bezog sich auf dessen Wunsch, ihm ein flammengesäumtes Auge auf die Stirn zu malen, das der Tätowierung eines Romanhelden glich. Die Mutter hatte einen Kajalstift genommen und das Zeichen nach der Vorlage eines Buchcovers auf die Stirn des Jungen gemalt: Das Ordensabzeichen der Magier von Benderal. Zufrieden mit dem Ergebnis war Frederik zum Spielen in den Hof des Hauses gegangen. Danach hatte sie ihn nicht mehr gesehen.

Auch Nikolas, der dreizehnjährige Bruder des Ermordeten, war befragt worden, man hatte, zu ihrer Beruhigung, dabei einen Jugendpsychologen hinzugezogen. Nikolas war verständlicherweise traumatisiert, selbst aus dem Protokoll konnte man noch seine Verstörung und Hilflosigkeit herauslesen, auch wenn er letztendlich nichts über den Verbleib und das Schicksal des Geschwisters hatte aussagen können.

Vater, Mutter und Bruder zufolge hatte es in letzter Zeit keine Streitigkeiten innerhalb der Familie gegeben, auch sonst erinnerten sie sich an keine besonderen Vorkommnisse. Frederik galt als auffallend intelligenter Junge, ruhig für sein Alter, sonst aber ohne nennenswerte Auffälligkeiten. Alles war wie immer gewesen … bis er verschwand und nicht wiederkehrte.

Ein Hinweis in den Akten rührte Timms auf seltsame Weise: Frederik hatte am Tag seines Verschwindens ein braunes Lederband mit einem silbernen Drachenanhänger um den Hals getragen. Timms blätterte einige Seiten voraus. Die Kette war nicht bei der Leiche aufgefunden worden.

Ein gezielter Wurf beförderte das Apfelgehäuse in den Papierkorb, Timms las chronologisch weiter.

Frederiks Verschwinden fiel auf einen verregneten Tag innerhalb einer andauernden Schlechtwetterperiode, an dem es für einen Abend im Spätaugust wohl relativ früh dunkel geworden war. Nur wenigen Leuten war Frederik am fraglichen Tag aufgefallen, die Aussagen bezogen sich jedoch weitestgehend auf einen zu frühen Zeitraum. Seine Spur verlor sich um 17.20 Uhr auf der Ginnheimer Landstraße, wo ihm ein Student auf dem Weg zu den Hallengebäuden des Zentrums für Hochschulsport begegnet war. Das Zeichen auf der Stirn des Kindes fand in seiner Zeugenaussage keine Erwähnung. Nur ein Mensch hatte es danach noch lebend gesehen. Sein Mörder.

Zwei Aktenseiten enthielten die Abschrift des Handyanrufs bei der allgemeinen Notrufnummer, mit dem ein Radfahrer den Fund des Leichnams am Niddaufer meldete, sowie seine spätere Aussage auf dem Polizeirevier. Der Reihenfolge der Abläufe entsprechend folgte der Bericht über die Leichenbergung durch zwei Polizeitaucher sowie das amtliche Gutachten des Gerichtsmediziners. Der Autopsiebericht.

Timms verstand nicht alle Details, zumindest jedoch, dass die Todesursache nicht Ertrinken war, obwohl Gewebeproben aus der Lunge Wasser enthielten. Frederik war erwürgt worden und somit an den Folgen des Sauerstoffentzugs gestorben. Der Täter hatte Frederik die winzige Kehle so heftig zusammengedrückt, dass die Finger dabei dunkel abgesetzte Druckspuren auf der Haut des Kindes hinterlassen hatten. Unter der Gewalteinwirkung war auch das Zungenbein gebrochen. Außerdem wies die feine Haut rings um die Augen petechiale Blutungen auf, punktförmige Einblutungen, die sich charakteristischerweise beim Würgen und Strangulieren bildeten.

Nach dem ersten Gespräch mit Schweickert hatte Timms Hinweise auf zumindest eine versuchte Vergewaltigung erwartet, alle weiteren Gewalteinwirkungen auf den Körper waren jedoch *post mortem* erfolgt und rührten von Kollisionen mit Treibgut im Wehr her sowie vom Schleifen der Leiche am Flussgrund.

Wenigstens davon war er verschont geblieben, dachte Timms, ohne bei diesem Gedanken wirklich Trost zu empfinden, und sie ersparte sich die Fotos seines Leichnams. Stattdessen klappte sie die Akte zu und starrte ins Leere. Vor ihrem inneren Auge sah sie einen kleinen Jungen mit einem Flammenauge auf der Stirn. Ein Kind, das Fabelgeschöpfe und fantastische Geschichten mochte und Zuflucht in Traumwelten suchte. Ein Kind, für das die Realität zum tödlichen Alptraum geworden war.

Timms sah Frederik eine verregnete Parkanlage durchqueren, durch die sie Stunden zuvor ihre Runde gedreht hatte, ohne Bilder von ihm im Kopf zu haben, was nie wieder so sein würde ... Sie wollte ihn vor der Gefahr warnen und rief nach ihm, doch der Junge hörte sie nicht. Ungewarnt und ahnungslos lief er dem Dunkel seiner letzten Nacht entgegen.

Bin übers Wochenende zu Stefan nach Mannheim gefahren – Liebe Grüße, Simone

Die kurze Notiz auf dem Küchentisch kam Klaudia sehr gelegen, so musste sie bis Montag keine Rücksicht auf ihre Wohnungsgenossin nehmen, die den Wäschekorb demonstrativ so vor die Waschmaschine gestellt hatte, dass man sich in der kleinen Küche kaum mehr bewegen konnte.

Klaudia stopfte die Maschine voll, schaltete sie an und stellte den leeren Korb im Flur ab. Den Parka zog sie aus und warf ihn nachlässig auf den Korb, dabei sah sie die Ecke eines der Papiere aus der Tasche hervorlugen. Der sonderbare Text – sie hatte ihn schließlich doch noch vergessen.

Mittlerweile hatte sie das Essen im *Extrablatt* ziemlich satt und aß nur noch selten bei der Arbeit, später am Abend würde sie eine vegetarische Pizza in den Ofen schieben. Vegetarierin zu sein, bedeutete für Klaudia nicht, gänzlich auf die Annehmlichkeiten des Lebens zu verzichten, kurzerhand köpfte sie die Sektflasche, die für den Tag bereitstand, an dem sie ihre Magisterarbeit beginnen würde.

Sie setzte keine große Hoffnung mehr darauf; ohnehin konnte sie Heinez frühestens am kommenden Mittwoch nach der Bewertung ihrer Hausarbeit fragen, und falls er sie dann zurückwies, half ohnehin nur noch Härteres als Sekt. Jetzt darüber nachzudenken, war ein müßiges Unterfangen.

Klaudia wandte sich lieber dem gefundenen Text zu, holte die vier Blätter aus der Jackentasche, setzte sich an den Küchentisch und begann mühsam zu lesen. Beinahe wünschte sie sich nun die notwendige Lesebrille, die ihr die Eitelkeit bisher verwehrte. Die Zeilen waren eng gesetzt und auch die Abstände zwischen den einzelnen Wörtern kaum wahrnehmbar.

Erst nach einer Weile gewöhnten sich ihre Augen an das ungewöhnliche Schriftbild, doch dann registrierten sie rasch weitere Feinheiten: *4122 faulende Frostfürze, Fürstenfotze, Fotzenfratze, ratzfatz holt die Katz, kratz kratz kratz, gib mir einen Schmatz, mein Schatz auf den scheiß Schwarzarbeiter, schwelender schwellender schwerwiegender Schwarzabreiter, muss schreien oder schreiben schreibschreibschrei! Töt-töt Totschreiber, Täterschreiber, Tat-Treiber, Rat der Weiber, beliebtbeleibte Leiber, liebe Leiber, Unterleiber ohne Phallus, Falllust, Überdruss, Überfluss, alles ist im Fluss im Frust in Lust in Lug und Trug …*

Erst als das beruhigende Hintergrundgeräusch der brummenden Waschtrommel aufhörte, bemerkte Klaudia die Stille um sie her und blickte auf. Nach dem Stand der Küchenuhr erschienen ihr zwei Stunden so schnell vergangen wie vom Universum übersprungen. Ihr Magenknurren veranlasste sie, die Pizza in den Ofen zu schieben, gleich darauf summte das Umluftgebläse des Backofens leise vor sich hin.

Klaudia starrte aus dem Küchenfenster in den Hinterhof hinaus, wo sich die Dunkelheit über die Aussicht hergemacht hatte. Von dem kleinen Garten und der Brandschutzmauer dahinter war kaum etwas zu sehen, dafür spiegelte sich ihr Gesicht matt auf der Fensterscheibe und offenbarte eine kleine senkrechte Kerbe über der Nasenwurzel, für die sie sich zu jung fand.

Sie war eine zornige junge Frau, das wusste sie. Sie hatte Hunger – Lebenshunger, leider erwies sich dabei die Wut als ihr Küchenmeister: Wut auf ihre Eltern, deren Gedanken um stabile Mehlpreise kreisten und die Sorge, ob am Samstag die Mohnbrötchen für die Kundschaft ausreichten. Wut auf Politiker, die ihre fetten Diäten weiter erhöhten, während auf den Straßen Obdachlose erfroren, auf Manager, die Milliardenabfindungen erhielten, weil sie einfache Arbeiter in ein hoffnungsloses Schicksal entließen. Sie hasste die Staaten, die nichts gegen die globale Klimakatastrophe unternahmen, deren einzig Gutes vielleicht in der Rettung zukünftiger Obdachlosen-Generationen zu sehen war. Sie war wütend auf ihre Kommilitonen, die über die Studienbedingungen maulten, aber untätig blieben und in der Mensa ignorierten, dass der Fisch, den sie aßen, aus überfischten Beständen stammte.

Klaudia trank das Glas Sekt aus. Mit dem Nachschub in der Hand wandte sie sich wieder dem skurrilen Text zu. Sie begriff nun die kaum merklichen Wortabstände und subtilen Großschreibungen innerhalb der Wörter als stilistisches Mittel, die Assoziationsmöglichkeiten zu erweitern und, paradoxerweise, durch die drängende Enge mehr Doppeldeutigkeiten Raum zu geben.

Die beidseitig beschriebenen Blätter, die auf einer Seite jeweils mit einer fortlaufenden vierstelligen Zahl begannen, faszinierten sie umso mehr. *Drüsenflieger, fliegendrüsiger Fingerhut auf der Hut, Hut ab, Kopf ab. Abfuhr, Aufruhr, RuhrCholeraPest Beulenpest, säulenheiliger Pestbeulenträger, Echo Echolot, wo ist dein Echo Lot lotrechte Salzsäule, zwiebelschaliger schaler Zweifler, Eiferer, eifersüchtiger, eiferberüchtigter, EiferGeiferWürger.*

Manchmal drifteten ihre Gedanken ab, um eigenen Assoziationen nachzuspüren, dann ließ sie sich wieder in der Wortflut versinken: *Hass und hastig, hastiges armes Hascherl, Haschee aus dir machen macht nix, nichtswürdiger Bürdenträger, würgst du noch oder trägst du schon? Schonender Abgang, Waschgang, Abwasch, wisch dir den Arsch ab, arschabwischst du schon kalter Hure Tochter, Hurensohn, Huronensohn Judaslohn-Empfänger, Sternesänger …* Hier, auf der Seite mit der höchsten Zahl, 4125, brach der Text einfach mitten in einer Zeile des unteren Drittels ab.

Eklig, fand Klaudia, die doch selbst selten ein Blatt vor den Mund nahm. Und dennoch beeindruckte sie das Gelesene, es steckte zwar voller Obszönitäten und wirkte gewalttätig, dennoch klang es auch poetisch und erheiterte mit assoziativem Wortwitz. Etwas von ihrer eigenen Wut spiegelte sich in diesen Zeilen wider.

»Alles aus! Dieser Schuft.«

Sie fuhr hoch, hatte Simone nicht kommen hören, die nun ihre Taschen in der Küche fallen ließ und lauthals losheulte, als hätte sie dafür erst ein passendes Publikum gebraucht. Zudem erfüllte der Geruch nach Verbranntem die Luft. Der Backofen! Mit den Schutzhandschuhen riss Klaudia die Ofenklappe auf und zog das Blech mit den verkohlten Überresten ihres Abendessens heraus.

Sie musste sich wohl oder übel Simones Liebeskummer widmen, zuvor ließ sie hastig die Papiere in ihrem Rucksack verschwinden. Sie hatte das Bedürfnis, die Freude an ihrem Schatz mit niemandem zu teilen.

Als Timms hochschreckte, fühlte sie sich zunächst orientierungslos, ein Hupkonzert auf dem Kelterweg hatte sie geweckt. Langsam ebbte es ab – vermutlich ein Hochzeitstross.

Auf dem Boden neben dem Sofa lag die Akte Boos und brachte die beklemmende Erinnerung zurück. Im Schlaf musste sie stark geschwitzt haben, sie fühlte sich klebrig und ging ein zweites Mal an diesem Tag duschen. Während heißes Wasser ihren Körper hinablief, beschloss sie, zum Abendessen ins *Ganesha* hinüberzugehen.

Im Restaurant im Vorderhaus ihres Grundstücks sicherte sie sich ihren Stammplatz. Ihre neue Küche war erst lange nach ihrem Einzug in das Wohngeviert geliefert worden, und bis dahin hatte Timms wochenlang fast täglich im benachbarten Restaurant gegessen. Irgendwann in dieser Zeit hatte Vijay Gurbachan alle anderen Tische ein wenig umarrangiert, um ihr diesen Ruheort einzurichten. Ein kleiner, in die Ecke gerückter Tisch für zwei Personen mit Blick auf die Straße hinaus.

Und beinahe vom Tag ihres Kennenlernens an hatte Timms den Inder ins Herz geschlossen, ein Prozess, der bei ihr für gewöhnlich viel länger dauerte. Er hatte ihn durch sein Geschick abgekürzt, nicht nur räumlich für eine behagliche Atmosphäre zu sorgen. Vijay ließ sie in Ruhe, wenn sie abgespannt war, gesellte sich aber gern auf ein Schwätzchen zu ihr, wenn seine Arbeit es zuließ, und sie ihn mit Blicken dazu einlud. Im *Ganesha* zu sein, fühlte sich beinahe an, wie ein Zuhause zu haben.

Am meisten schätzte Timms an Vijay, dass er sich ihrer auf diese Weise angenommen hatte, bevor sie durch die geänderten Besitzverhältnisse zu Vermieterin und Pächter geworden waren.

»Wie geht's dir?«, erkundigte er sich, während er ihr den üblichen Yogi-Tee servierte. »Der Tee geht aufs Haus!«

Das sagte er immer. Und egal welche Laune sie hatte, es brachte sie immer zum Lachen.

»Ach nö, schick doch Langner die Rechnung!«

»Du, der kommt glatt mit dem Anwalt«, sagte Vijay. »Du siehst müde aus.«

»Weißt du«, sagte Timms, während sie auf ihre Tasse blies, »das Semester ist endlich vorbei und ich spüre es in jedem Knochen. Der Verwaltungskram an der Uni nimmt von Jahr zu Jahr zu, das neue Seminar hat mehr Arbeit gemacht, als ich es mir vorgestellt habe, und ich muss dringend einen lukrativen Auftrag einwerben, um jemanden einzustellen, der mir die lästigen Arbeiten abnimmt.«

»Und nimmt dir das den Hunger oder hast du Appetit?«

»Ziemlichen Appetit. Ich mag nur keine Entscheidung treffen.« Sie wusste, sie sprach nicht allein vom Essen.

»So schlimm?«

»Eigentlich nur das Übliche. Das und ein Mordfall, der mich verfolgt.«

»Komm, ich mach dir ein Lammcurry nach dem Originalrezept meiner Ururgroßmutter.«

»Wirklich?«

»Nein, aber es klingt toll, oder?«

Timms drohte, die Serviette nach Vijay zu werfen. Man mochte es kaum glauben, aber er ging stramm auf die Sechzig zu. Manchmal führte er sein erstes graues Haar auf Langner zurück, der ständig aus haarsträubenden Gründen drohte, Vijays Restaurant durch das Gewerbeaufsichtsamt schließen zu lassen. Langner war ihr gemeinsames Feindbild, nur selten tat ihr der boshafte Witwer einfach nur leid.

Während sie auf das Curry wartete, fluchte Timms auf Schweickert, der sie viel zu gut kannte.

»Vijay!«, rief sie.

»Willst du doch was anderes oder mehr Tee?«, rief der Inder über den Tresen hinweg.

»Ne, alles bestens. Hast du einen Stadtplan hier?«

»Von Frankfurt?«

»Nein von Mumbay – klar von Frankfurt!«

»Sicher! Den gibt's aber nur, wenn du heute Nachtisch isst. Du hast wieder abgenommen.«

»Quatsch, der lange Rock streckt. Nachtisch nehme ich trotzdem.«

Ihre Waage gab ihm recht, sie hatte sich wie jeden Morgen gewogen, eine Gewohnheit, von der sie nicht lassen konnte.

»Hier ist der Plan. Suchst du was Bestimmtes? Ich hab mir mit Taxifahren das Geld fürs *Ganesha* verdient.«

»Wusste ich gar nicht. Ne, ich will mir nur mal die Gegend hier ansehen.«

Vijay zog sich kopfschüttelnd hinter den Tresen zurück. »Warum geht sie dann nicht einfach raus«, murmelte er.

Timms ignorierte es und faltete einen Ausschnitt zurecht, der ungefähr dem Gebiet entsprach, wo man zunächst nach Frederik und später nach dem Schauplatz seiner Ermordung gesucht hatte. Sie kannte das Gelände größtenteils durch das Joggen sehr gut, es war Teil des großzügigen Frankfurter Grüngürtels. Ein

Netzwerk verschiedenster Grünflächen, das auch den Stadtwald und das ehemalige Bundesgartenschaugelände umfasste, welches heute eine weite, offene Parkanlage war.

Vermutlich lag der Tatort in Nähe des Niddaufers, wo zahlreiche Wege durch ein Mosaik aus Wildwiesen, Dickichten und Gärten mäanderten. Ihrer Erinnerung nach war das etwa 90 Hektar große Gebiet leicht mit der U-Bahn-Linie 1 oder über die Abfahrt von der Rosa-Luxemburg-Autobahn zu erreichen. Mit Ausnahme von Sportvereinen, einiger Gartenhütten und Gastwirtschaften war es unbebaut und bot besonders im Sommer, wenn die Wiesen hoch standen und die Hecken und Bäume belaubt waren, zahllose kaum einsehbare Plätze und Verstecke.

»Bitte schön, Vorsicht – heiß!« Vijay balancierte den Teller so lange in der Hand, bis sie die Karte beiseitegelegt hatte.

Während Timms aß, nahm sie ihre Gedanken wieder auf. Die Niddaaue war bei Spaziergängern, spielenden Kindern, Läufern, Fahrradfahrern und Hundebesitzern gleichermaßen beliebt. Wie Timms aus leidiger Erfahrung wusste, nutzten auch Exhibitionisten sie bisweilen für unsittliche Zwecke. Eine vergleichsweise harmlose Freizeitaktivität, fand Timms, die sich an den Fund zweier in Müllsäcke verpackter Mordopfer in einem Gebüsch dort erinnerte. Und wurde nicht auch erst vor einigen Jahren ein Mann direkt am Niddaufer in Rödelheim erschossen? Erstaunlich eigentlich, wie bedenkenlos selbst sie sich in dieser Umgegend bewegte, obwohl sich auch am helllichten Tag häufig niemand in ihrer Sichtweite befand.

Timms hatte kaum die Serviette beiseitegelegt, als Vijay schon mit zwei vollen Tellern Nachtisch herbeikam, sich zu ihr setzte und sie mit zu Schlitzen verengten Augen musterte, als fixiere er etwas sehr Kleines.

»Was brütest du aus?«

»Letztes Jahr wurde ein Bockenheimer Junge ermordet.«

»Mhm. Habe ich mitbekommen«, sagte Vijay und steckte sich einen Löffel Eis in den Mund. »Kurz, nachdem dein Vater gestorben ist.«

»Stimmt. Du erinnerst dich?« Timms leckte ihren Löffel ab. »Das ist lecker, ist das neu?«

»Ja, meine jüngste Kreation: Mango-Eis, Honig-Sesam-Soße und Minz-Sahne. Du bist der Versuchshase.«

»Kaninchen.«

»Ich darf das, ich bin Ausländer. Ich hatte eines der Flugblätter von der Polizei im Fenster hängen – bis der Junge gefunden wurde. Außerdem stand viel in der Zeitung. Man hat einen *Afrikaner* verdächtigt.«

»Der war es nicht. Warum sagst du das so?«

»Ist doch bequem: Wenn ein Ausländer so was macht, kann man das innenpolitisch gut verwerten.«

Timms erinnerte sich der Berichte im Internet, je nach Zuverlässigkeit der Quellen war der Verdächtige ein Zoologiestudent aus Benin, ein Student aus Westafrika oder ein schwarzafrikanischer Asylbewerber.

»Leidest du eigentlich unter Repressalien?«

»Geht so. Ich bin schon so lange hier und habe meinen Umgang damit gefunden. Ist nicht jeder wie Langner.«

»Was mich an etwas erinnert: Morgen kümmere ich mich um eine neue Hausverwaltung.«

»Oh – alles wird gut!«, frozzelte Vijay.

Sie plauderten noch eine Weile, trotzdem war Timms erleichtert, als später eine Abendgesellschaft Vijays Aufmerksamkeit beanspruchte.

Timms verließ die Geborgenheit des Restaurants und durchquerte den Hof zurück zum Haus mit ihrer Maisonettewohnung. Sie hatte nach dessen Auszug den unglaublich günstigen Mietvertrag ihres Vaters übernommen. Das Haus gehöre einem Freund, hatte er ihr erklärt und sie war selbst später nicht stutzig geworden, als niemals eine Mieterhöhung erfolgte.

Erst die Auseinandersetzung mit dem Nachlassgericht offenbarte, dass ihre Miete stets über Umwege auf sein Konto floss. Dann ging die Immobilie auf sie über. Ihre beiden Geschwister schlugen das Erbe aus – der Vater hatte vor seiner Familie zu viele dunkle Geheimnisse gehabt. Vor allem hatte er sie mit unterschiedlichen Mitteln kaputt gemacht, erst ihre Mutter, dann sie und ihre Geschwister, nur um sie letztendlich alle zu verlassen und seinen Lebensabend in Griechenland zu verbringen.

Zurück blieben nur Wut, Enttäuschung und heimatlose Liebe.

Timms wusste es, auch wenn sie sich nicht mehr exakt daran erinnerte. Im letzten Herbst war sie täglich wie besessen durch den Niddapark gelaufen, um diesem Schmerz zu entkommen.

Nun wurde sie von einem grausigen Gedanken durchs Treppenhaus bis in ihre Wohnung verfolgt: Sie war eine potentielle Tatzeugin mit klaffender Erinnerungslücke.

SONNTAG Der Hass auf die ausgehöhlten Sonntage. Das Starren an die Decke, wo sich die Gedankenbilder im Kreise drehten und ihn an der Nase herumführten. Keine Arbeit, die ihn ablenkte, kein Markt, auf dem er im Gewühl der Leute unterzutauchen vermochte. Niemand unterwegs, an den er sich einmal oder öfter herangepirscht hatte, den er nun bestehlen konnte. Der Hass auf Feiertage, seit frühester Jugend durch ihre geheuchelte Dreieinigkeit gespeist.

In der Wohnung unter ihm ließ Gina das Radio laufen. Zu laut. Christian hörte es genau, er kannte die Melodie nicht, die sich in sein Hirn nestelte, sie schien ihm aber bekannt zu sein. Natürlich war es nicht *das* Lied, sondern ein völlig anderes, ein belangloses Popstück. Trotzdem quetschte sich der Text in die abgehackte Melodie wie in zu enge Schuhe:

Brüderchen, komm, tanz mit mir!
Beide Hände reich' ich dir.
Einmal hin, einmal her,
Rundherum, es ist nicht schwer!
Tanzen soll ich armer Wicht,
Schwesterchen, und kann ich nicht.

Die Mutter an der Zimmerdecke lachte sie abwechselnd an, fasste sie an den Händen und ließ beide sich im Kreis drehen. Fröhlich immer schneller, immer im Kreis, bis es ihnen schwindelig wurde und sie alle drei einfach auf den Boden fielen.

Christian presste sich ein Kissen aufs Gesicht, das Bild verschwand nicht, drang durch Stoff und Federn hindurch: Sie lagen alle auf dem Boden. Wie tot.

Jetzt suchte sich die Melodie neuen Ausdruck: *Luderchen komm balz mit mir, alle Toten reich ich dir …*

einmal die, einmal der …

Er sprang vom Bett auf und schleuderte das Kissen gegen die Tür, die er allzeit verschlossen hielt und die auch Bianca nicht mehr zu öffnen wagte, *dessen* jedenfalls war er sich sicher.

Heimtückisch schien die Melodie dennoch durch die Tür zu dringen, wahrscheinlich machte sie sich klein und kroch durch das Schlüsselloch. Ganz bestimmt durchs Schlüsselloch: *Einmal der, einmal die …*

»Aufhören!«, schrie er und trampelte mit den Füßen wild auf dem Boden herum.

Wie er die Sonntage hasste. *Sonntag, Sündtag …* Die Musik verstummte abrupt.

Zweite Woche

MONTAG Immer hackten alle auf ihm herum. Seine Mutter war ständig sauer, weil sie fand, er kümmere sich nicht genügend um seine jüngeren Geschwister, wenn sein Vater wieder einmal verschwunden war.

Wenn sein Vater da war, schlug er ihn – wie am vergangenen Freitag, als man ihm seinen Musikplayer abgenommen hatte. Die blauen Flecken, die er sich von den großen Jungs eingehandelt hatte, taten nicht mehr so doll weh, aber die Ohrfeige seines Vaters brannte auch noch in der Erinnerung wie Feuer auf der Haut.

Janusz streunte ziellos am Ufer der Nidda herum. Er wäre gern zu Jakub gegangen, seinem einzigen Freund. Doch war Jakub älter als er und musste seinem Vater oft in der Werkstatt helfen, er würde keine Zeit für ihn haben.

In der Klasse hatte er keine Freunde, er war nicht sonderlich beliebt. Am liebsten wäre er gar nicht erst mit auf die letzte Klassenfahrt gegangen, wo man ihn ja doch nur geärgert hatte. Leider hatte seine Mutter den Schwindel mit der Erkältung durchschaut. Zum Glück hatte sie seinem Vater nichts davon gesagt – irgendwie hielt sie schon zu ihm. Manchmal jedenfalls, wenn es ihr gut ging, wenn sie nicht weinte oder zu viel arbeiten musste.

Ob sie ihn vermissen würde, wenn er nicht mehr da wäre?

Janusz stellte sich vor, wie seine Familie an seinem Grab stand und um ihn weinte.

Ich will meinen Janusz wiederhaben, sagte seine Mutter. *Guter Junge,* sagte sein Vater, *tapfer.*

Wenn er nicht mehr da wäre, würde man ihn bestimmt vermissen, dachte Janusz, dabei fiel sein Blick auf das Wehr in der Nidda. Dort stürzte das Wasser über eine Kante und prallte mit Wucht auf den tiefer liegenden Teil des Flusses.

Wo der künstliche Wasserfall auftraf, drehte sich Müll im Kreis: große Äste, Styroporkisten, aber auch zwei Bälle, ein Fußball und ein kleinerer roter Kinderball.

Eigentlich sah es eher lustig aus, wie die Sachen auf der Wasserfläche herumhüpften. Trotzdem wusste Janusz, hier waren schon Menschen umgekommen, vom Sog des Wassers gnadenlos in die Tiefe gerissen und ertrunken.

Das Telefon klingelte, während sie im Wohnzimmer auf dem Fensterbrett balancierte und schmutzige Scheiben putzte. Der Anruf wäre eine willkommene Ablenkung gewesen, hätte Timms nicht vermutet, dass Kern anrief, um sie umzustimmen.

»Hat Schweickert Ihnen die Akte gegeben?«

»Nicht direkt. Er hat sie mir in den Briefkasten gestopft.«

»Sie tragen ihm also die interne Beschwerde immer noch nach?«

Sein leicht amüsierter Ton verärgerte sie. »Bei mir bedankt er sich für die Rettung seines Lebens, nur um sich dann postwendend auf dem Dienstweg zu beschweren, weil man die Vermittlung zwischen Presse, Täter und Polizei einer *realitätsfremden Theoretikerin* überlassen hat.«

»Sie wissen doch, wie das zu nehmen ist. Und an Ihre Standesehre kann das nicht ernsthaft gerührt haben.«

»Nein, aber ich hatte später noch zweimal mit Schweickert zu tun. Auch das hat meine Meinung über ihn nicht in den grünen Bereich verschoben.«

»Ihn mal außer Acht gelassen – der Fall passt hervorragend zu Ihren theoretischen Studien und ...«, Kern machte eine bedeutungsschwangere Pause »... bietet Ihnen eine hervorragende Gelegenheit, wieder praktisch zu arbeiten.«

»Das weiß ich. Trotzdem müsste ich mit ihm zusammenarbeiten, und ich halte Schweickert für befangen. Er hat einen Sohn etwa im Alter des Mordopfers. Wissen Sie das? Schweickert sieht sch... schwer angeschlagen aus.«

»Solche Verbrechen gehen uns allen immer besonders nahe. Wenn Sie zur Aufklärung beitragen würden, wären Ihnen weitere Aufträge vom Präsidium sicher. Und wenn ich nicht irre, haben doch gerade die Semesterferien begonnen?«

»Richtig – mal rein theoretisch: Woran denken Sie?«

»Der Mord liegt ein halbes Jahr zurück und unsere Ermittlungsansätze sind erschöpft. Ich denke daher an eine pro-aktive Strategie unter Einbeziehung der Medien, vorwiegend Print, aber auch TV und Radio. Der Täter muss sich angesprochen fühlen und aus der Deckung gescheucht werden, damit er uns eine Angriffsfläche bietet.«

»Kompliziert!« Timms nagte an ihrer Unterlippe; einige ähnliche Fälle gingen ihr durch den Kopf und erzeugten vage Ideen, wie man an die Sache herangehen könnte. »Das verlangt intensive Vorarbeit«, schloss sie.

»Sicher. Ich kann Ihnen zwar nicht viel Zeit geben, dafür aber freie Hand. Schweickert ist allerdings Teil des Pakets.«

»Dann muss ich mir wohl eine Peitsche besorgen – ich nehme den Auftrag an. In einer Woche spätestens haben Sie mein Konzept.«

»Nichts anderes wollte ich hören – da halte ich Sie auch nicht länger auf.«

Kern legte auf, und Timms warf das ungeliebte Fensterleder mit Schwung in den Putzeimer. Sie hatte sich bereits vom Jagdfieber packen lassen, doch bevor sie Schweickert anrief, um in die Rolle des Jagdtreibers zu schlüpfen, ließ sich etwas ganz anderes nicht länger aufschieben.

Sie hatte bereits mittags eine Nachricht hinterlassen und um Rückruf gebeten. Später sah er dann ihre Nummer auf dem Display seines Diensttelefons. Er ließ es klingeln.

»Wollen Sie nicht rangehen?«, fragte Schweickerts Kollegin Sibylla Gerkweiß irritiert.

»Nächstes Mal«, antwortete er zufrieden, »dann weiß sie es richtig zu schätzen.«

Er delektierte sich an Gerkweiß' ratlosem Kopfschütteln. Als sie das Zimmer verließ, seufzte er zufrieden: *Zwei auf einen Streich.*

Als Timms erneut anrief, ließ er ihr keine Zeit, sich zu melden. »Habe die Nachricht von Kern mit Freude vernommen.«

»Freuen Sie sich schnell zu Ende. Ich brauche Einiges, was mir in der Akte fehlt.«

»Dann hole ich mal besser Endlospapier.«

Sie verbarg ihr Lachen nur schlecht hinter einem vorgetäuschten Husten. »Nein, so schlimm ist es nicht und zuerst möchte ich mit Ihnen reden.«

»Dass ich das noch erleben darf!«

»Arbeiten Sie auch was, oder kriegen Sie Ihr Geld für ironische Sentenzen?«

»Das wäre schön – ich wäre reich! Also, was möchten Sie wissen?«

»Wie verlief damals die Suche nach Frederik? Und wie die nach potentiellen Zeugen?«

»Außer der Suchaktionen im Gelände?«

»Ja, die ist protokolliert. Die Öffentlichkeitsarbeit.«

»Die erste Meldung ging noch am späten Abend der Abgängigkeitsanzeige über die lokalen Radiosender raus. Sie kennen den üblichen Wortlaut: ›Hier noch eine Suchmeldung der Polizei …‹, es folgte die Personenbeschreibung und der letzte bekannte Aufenthaltsort – da war es noch sein Zuhause.«

»Internet?«

»Ja, im Ticker der Startseite des Präsidiums und ausführlicher auf den Vermisstenseiten, auch beim LKA. Danach wurden Flugblätter in öffentlichen Gebäuden ausgehängt und flächig verteilt. Inzwischen wurde sein Verschwinden natürlich durch andere Medien eigenständig thematisiert.«

»Ich brauche eines Ihrer Flugblätter. Faxen Sie es mit Angaben über die Auflagenhöhe und den Verteilerradius. Außerdem einen Überblick über die Reaktionen aus der Bevölkerung sowie die Ergebnisse der anschließenden Ermittlungen.«

»Kein Problem.«

»Und ich brauche den gesamten Pressespiegel inklusive Radio- und Fernsehaufzeichnungen.«

»Für Ihre private Videothek?«

»Ja, mein perverses Steckenpferd. Quatsch, Schweickert, mir muss alles zugänglich sein, was der Täter über den Mord gesehen oder gelesen haben könnte. Außerdem erstelle ich eine Langzeitstudie über die Wirksamkeit ...«.

»Lassen Sie's gut sein, das will ich gar nicht wissen. Das Material geht Ihnen zu.«

»Danke.«

»Was die Reaktionen und Ergebnisse betrifft – machen Sie sich keine großen Hoffnungen. Es gingen zahllose Hinweise bei uns ein, das Ergebnis war dennoch gleich null.«

»Den Tatort konnten Sie nie ermitteln, oder?«

Schweickerts Wut auf sie kehrte wie ein Bumerang zurück. »Das wissen Sie doch bereits. Bereitet es Ihnen sadistische Freude, in meinen Wunden zu wühlen?«

»Nur, solange Sie auch Schmerzenslaute ausstoßen.«

»Ich sage Ihnen jetzt mal was: Boos wohnte in der Bockenheimer Gesindstraße ... die immerhin sollten Sie kennen, das ist nämlich nur gute drei Kilometer von Ihrer Wohnung entfernt. Der Fundort der Leiche lag unterhalb des Wehres bei der Ludwig-Landmann-Straße in Rödelheim. Nach den posthumen Traumata zu urteilen, ist die Leiche mit Sicherheit oberhalb dieses, vielleicht auch eines weiteren Wehres in den Fluss verbracht worden. Was das bei der Werkstatt Praunheim wäre. Die letzte gesicherte Zeugenaussage belegt Boos' Aufenthalt um 17.20 Uhr in der Ginnheimer Landstraße. Wir vermuten, er wurde irgendwo in der Nähe des Niddaufers erdrosselt, wissen es aber trotz einer der umfangreichsten Suchaktionen der Frankfurter Kriminalgeschichte nicht genau.

Stellen Sie sich eine gerade Linie zwischen Boos' Adresse und dem Fundort seiner Leiche vor. Dann ziehen Sie einen Radius von fünf Kilometern um den Mittelpunkt dieser Linie. In diesem Bereich wurde jeder Stein gewendet und jeder Grashalm gebügelt. Und das war nur das Kerngebiet der Suche.«

»Und fast alles Niddapark-Gebiet!«

»Korrekt. Und nun finden Sie dort ohne brauchbare Zeugen den Schauplatz eines unblutigen Mordes, nach tagelangem Regen.«

»Ich verstehe, dass Sie frustriert sind ...«

»*Frustriert?* Ich bin nicht einfach frustriert. Ich kann gar nicht so viel essen, wie ich kotzen möchte.«

»Dann holen Sie sich einen Eimer, ich will die Faxe ohne verunstaltende Flecken.« Sie gab ihm ihre Faxnummer durch und legte auf.

Schweickert zitierte Gerkweiß zu sich und gab ihr den Zettel mit Timms Wünschen. »Faxe noch in der nächsten Stunde, das Pressematerial komplett spätestens morgen Vormittag.«

Wenn er sich nicht irrte, hatte Gerkweiß den Türrahmen beim Hinausgehen einen Sklaventreiber genannt.

Als ihn die ersten dicken Regentropfen wie winzige Kanonenkugeln trafen, die auf seinem Gesicht explodierten, flüchtete sich Christian in die Kleinmarkthalle. Er mochte diesen Ort, was an seiner Überschaubarkeit lag und an den großen Fenstern auf einer der Längsseiten des Gebäudes, die ein milchiges Licht hereinfallen ließen.

Christian streunte durch die Reihen der Verkaufsstände und entlang der Geschäfte an den Außenwänden. Kräftige Gerüche wechselten: Schlachtwaren, Gewürze, Blumen, Käse – Duftzellen, die man betrat, tief inhalierend passierte und wieder verließ.

Christian beobachtete die wechselnde Kundschaft ... es befand sich kein bekanntes Gesicht darunter, niemand, den Christian schon länger im Visier hatte.

Einmal hatte ein Filmteam die Markthalle als Kulisse genutzt, und er hatte sich während der zahlreichen Aufnahmen mehrfach in den Bildhintergrund gemogelt. Es war einerlei, worum sich der Film drehte, wichtig war, dass Christian darin für alle Ewigkeiten festgehalten wurde, ihn faszinierte die Bestätigung seiner Existenz.

Nun streifte er an der Auslage eines Südfrüchtestandes entlang und entdeckte ihre vertrauten Gesichter, Christian näherte sich ihnen unauffällig. Das Architektenehepaar im Ruhestand schwatzte mit dem Verkäufer vom Geflügel Dietrich. Christian hatte die beiden schon häufiger verfolgt, belauscht und belauert. Auch heute wollte sich sein Blick nicht wieder von ihnen trennen, was nur halb möglich war, denn der Mann ging hinauf in die obere Etage der Markthalle, vielleicht, um Wild zu kaufen. Die Frau bestellte beim Metzger Ullmann etwas zum Gleich-Hier-Essen. Christian blieb auch gleich hier, bei ihr: ein etwas zu deutlich geratener Schatten ihrer Körperfülle. Als sie die heiße Gelbwurst mit Senf und Brötchen entgegennahm, drängte Christian sich vorbei, rempelte sie vorsichtig an, entschuldigte sich.

Gleich darauf tauchte er im Gewühl der Menschen unter und passierte den offenen Treppenaufgang nach oben, dessen lindgrünes Geländer mit dem schwarzen Gummihandlauf ihn stets an Krankenhäuser erinnerte. Sein Weg führt ihn vorbei am verglasten Aufenthaltsraum der Marktaufsicht, wo man die Zeit der fünfziger Jahre inhaftiert hatte. Der Marktwächter schwatzte vor seinem Büro mit einer kleinwüchsigen Frau und achtete nicht auf Christian, der die Kleinmarkthalle durch die gläsernen Schwingtüren verließ, den fremden Schlüsselbund in der Tasche.

Hasengasse … Berliner Straße … das Museum, das einem Tortenstück gleicht. Christian besuchte keine Museen, die Kaufhäuser, die nur aus Auslagen bestehen.

Seine Neugier ließ sich nicht länger bezwingen. Am Dom suchte Christian Zuflucht bei den massiven Mauerstümpfen des archäologischen Gartens im Schatten der großen Kirche. Auf der Rampe zur Ausgrabungsfläche musste er den alten Leuten ausweichen, die den Seniorentreff verließen.

Die Alten rochen nach Muff und billiger Torte. Christian wusste, wie verschroben sie waren, dass sie nicht mehr richtig tickten, wie alte Uhren – mit der Zeit aus dem Takt geraten. Alte trugen immer Merkwürdigkeiten mit sich: Unmengen verblichenen Garns, Weinkorken, glaslose Brillen, oder Plastikritter!

Vom provisorischen Holzübergang am Fuß des Doms klangen dumpfe Schritte herüber und verharrten; die Japaner fotografierten die Reste fremder Vergangenheit, während Christian sich auf einem der groben Mauerreste niederließ. Der Stein war noch regenfeucht, Christian ignorierte es.

Der Schlüsselanhänger war ein silbernes Bett, in dem ein Türkis schlummerte, auch eine kleine silberne Pfeife baumelte zwischen den Schlüsseln. Er blies hinein, zaghaft, kräftiger – kein Ton entwich. Christian war enttäuscht, als hätte ihm das alte Paar die Freundschaft verweigert.

Schon als Jugendlicher hatte er gestohlen, obwohl ihre Mutter es ihm an Materiellem nie hatte mangeln lassen. Er war einfach geschickt darin, und das Stehlen verlieh ihm ein schwer zu beschreibendes Machtgefühl. Auch Bianca hatte als Kind schon gestohlen, das hatte sie zu Komplizen gemacht, auch wenn sie nie seine Fingerfertigkeit erlangt oder Genuss dabei empfunden hatte.

Sein Motiv war ihm bewusst, auch wenn es inzwischen ein anderes war. Nun stahl er sich in das Leben der Menschen, deren Nähe nicht mehr zu erlangen war.

Das hätte er Bianca gern erklärt, doch Christian wusste, wenn er nach Hause kam, würde er die Wohnungstür wieder verschlossen vorfinden. Es stand etwas weitaus Furchtbareres zwischen ihnen als Diebstahl.

Er zitterte noch immer, obwohl er schon seit einer Weile ruhig da saß. Als er das Büro betreten hatte, hatte er noch im Stehen den Anrufbeantworter abgehört und die Anfragen auf Geschäftspapier gekritzelt. Das meiste davon konnte gut und gern bis morgen warten.

Auch den letzten Namen hatte er mit seiner Sauklaue hingeschmiert, doch als Theo Albrecht ihn dann geschrieben vor sich gesehen hatte, war ihm der kalte Schweiß ausgebrochen.

Es konnte keine Verwechslung sein, oder doch? Theo strich sich mit der Hand durch sein widerspenstiges Haar, als wäre damit zugleich seine Verwirrung zu bändigen.

Sie musste schließlich doch noch herausgefunden haben, dass er sie seit Langem aus der Ferne beobachtete und ihre Karriere verfolgte, weil er nicht von ihr lassen konnte. Er hatte sie unterschätzt, und nun wusste sie Bescheid. Theo fühlte sich ertappt und beschämt. Und selbst beobachtet.

Viele Minuten gingen in seiner Verwirrung verloren, ohne vermisst zu werden, bis er aufstand und sich überwand, ihren Anruf noch einmal abzuhören. Ja, es war ihre Stimme; sie zielte aus dem Hinterhalt der Vergangenheit auf ihn und riss alte Wunden auf, obwohl sie geschäftsmäßig wirkte, teilnahmslos.

Nein, er war in Sicherheit, sie wusste nichts von seiner heimlichen Begleitung. Theo löschte alle Anrufe des Tages und griff nach dem Zettel mit ihrer Telefonnummer, auch ihn wollte er zerreißen, vernichten.

Seine Hände verweigerten ihm den Dienst und wollten dem Zettel kein Leid zufügen. Sie waren weiser als er. Er musste auf diesen Anruf reagieren, denn dies war Karma: Die Vergangenheit hatte ihn eingeholt und gestellt. Und diesmal würde er kämpfen.

DIENSTAG Bianca schob den Einkaufswagen durch den Supermarkt, Kirschjoghurt stand darin, acht Becher gleich, den hatte Christian noch nie gemocht, schon als Kind nicht.

Sehnsüchtig fiel ihr Blick auf die hell erleuchteten Ständer mit dem Make-up. So gerne hätte sie sich einen der farbigen Lippenstifte gekauft, doch Christian würde ihn wieder finden, egal, wo sie ihn versteckte, und wegwerfen. Deswegen kaufte sie auch kein neues Bier für ihn. Das sollte er gefälligst selber tun.

Am Ende der Regalreihe stieß sie mit einem anderen Einkaufswagen zusammen, die Joghurtbecher fielen um, das machte sie nervös. Das Kind, das den anderen Wagen ungelenk vor sich her schob, streckte ihr die Zunge heraus. Auf Anhieb war nicht zu erkennen, ob es ein Mädchen oder ein Junge war. Bianca hasste das Kind, trotzdem wagte sie es nicht, auch ihm die Zunge zu zeigen.

Als sie die Einkaufstaschen nach Hause trug, geduckt wie ein Höhlenmensch, der seine Beute ins Lager schleppte, musste sie wieder an Christian denken. Der allmächtige Christian! Immer war er der Stärkere von ihnen beiden gewesen, bis zu jenem Moment, in dem er seine Hände um den Hals des Jungen gelegt hatte, immer fester, immer entschiedener.

Natürlich hatte sie hinter ihm aufgeräumt, so wie sie es immer tat, wie sie gewohnheitsmäßig die gestohlenen Taschen entsorgte, die Portemonnaies, das verhasste Diebesgut. Nachdem sie Christian im Regen von sich gestoßen und fortgeschickt hatte, hatte sie den Jungen vorsichtig aufgehoben und durch die triste Herbstdämmerung davongetragen. Sie hatte den schmächtigen Körper nicht dem Wasser übergeben können, ohne zuvor dem Kind sanft über das kleine blasse Gesichtchen zu streicheln.

Bianca erinnerte sich nicht, wann sie zuletzt fremde Haut gespürt hatte, bewusst gespürt, nackte Haut. Nicht eine der unvermeidlichen Berührungen, denen sie ungewollt ausgesetzt war, obwohl sie sie zu vermeiden trachtete. Kleine Rempler auf der Straße, das Streifen einer

Hand auf der Rolltreppe, wenn ein Mensch an ihr vorübereilte – das alles widerte sie bis zum Würgreiz an.

Den Jungen zu berühren war eine seltsame Erfahrung gewesen. Erschreckend schon, aber nicht schrecklich, oder doch: schrecklich schön.

MITTWOCH »Frau Arnd, ich kenne Ihre Probleme. Auch die mit der Polizei. Ich teile sogar Ihre Ansicht, dass sich die Studienbedingungen nicht unbedingt gebessert haben ...«

Während seiner rhetorischen Pause wandte sich Klaudia dem Fenster zur Fürstenbergstraße zu, wo ein Bus stoppte und Studenten ausspuckte. Sie strebten dem Campus Westend entgegen, wahrscheinlich hatte jeder von ihnen bessere Laune als sie. Klaudia hatte zwar geahnt, welche Richtung das Gespräch mit Professor Heinez nehmen würde, die Härte in seiner Stimme kannte sie jedoch noch nicht. Zu allem Überfluss waren ihre Augenlider geschwollen und ihre Nase lief unkontrolliert – dass ihr nach Heulen zumute war, konnte sie also mit der Erkältung kaschieren, die sie sich obendrein eingefangen hatte.

Sie blickte zu Heinez hinüber und erwartete sein Urteil.

»Trotzdem kann *Ihr* politisches Engagement nicht *meine* Bewertung Ihrer literarischen Studie beeinflussen. Und die ist leider auch in der zweiten Version völlig indiskutabel. Ich kann Ihnen keinen Schein dafür ausstellen und sehe auch nicht, wie ich Sie guten Gewissens zur Magisterarbeit annehmen sollte.«

»Ich gebe zu, ich bin unter meinem Niveau geblieben«, bekannte sie tapfer und dachte, es wäre besser gewesen, das Bett zu hüten, anstatt eine Verhandlung zu führen, von der ihre gesamte Zukunft abhing.

Klaudia rutschte unbequem auf dem Besucherstuhl vor dem Schreibtisch herum, hier hatte sie noch nie sitzen müssen, der Platz kam einer Degradierung gleich.

»Gibt es einen Ausweg aus dieser Situation?«, fragte sie. »Ich kann wegen des Scheins nicht noch ein weiteres Semester dranhängen. Und meine Magisterarbeit möchte ich unbedingt bei Ihnen schreiben.« Weil sie es sich mit den beiden anderen in Frage kommenden Lehrkräften bereits verdorben hatte, dachte sie reumütig.

Heinez wandte ihr den Rücken zu und schien die Sache zu überdenken, während er die Blätter seines Gummibaums mit einer Sprühflasche befeuchtete. Seine graumelierten Haare stießen im Nacken auf den Kragen des Karojacketts.

Klaudia stopfte die Mappe mit ihrer mangelhaften Hausarbeit in den Rucksack.

»Ich müsste mich einfach besser auf die Kontinuierlichkeit Ihrer Leistungen ...«

Abrupt drehte sich der Professor um, und Klaudia zuckte unwillkürlich zurück, als könne sie der nächste Wasserstoß treffen, dabei fiel ihr Rucksack um, dessen Inhalt sich auf dem Teppich verteilte.

»... verlassen können«, sagte Heinez und bückte sich nach einigen ihrer Sachen auf dem Boden. »Ja, was haben wir denn hier?«, musterte er sie eingehend.

Ja, was haben wir hier wohl, überlegte Klaudia, bis sie das Manuskript an den Flecken erkannte, die es bei der Landung im Hof davon getragen hatte.

»Sehr interessant«, brummelte Heinez und begann, lesend in seinem Büro umherzuwandern.

Klaudia wagte unterdessen kaum, zu atmen.

»Haben Sie das verfasst?«, fragte er schließlich und betrachtete sie skeptisch über den Rand seiner Brille hinweg.

»Äh – nein.«

»Einheit von Schriftbild und Ausdruck. Sehr Dada ... aber auch sehr Expressionismus!«

Besseres als ein Nicken fiel Klaudia nicht dazu ein.

»Nicht von Ihnen – von wem dann?«

»Ein Freund ...«

»Imposant geradezu«, unterbrach er sie. »Veröffentlicht er?«

»Nicht, dass ich wüsste.«

»Das ist –«

»Neu, einzigartig und erfrischend«, sagten sie unisono.

»Dann haben wir es also!«

»Wir haben was?«, fragte Klaudia, erneut irritiert.

»Weyland, machen Sie mal rasch Kopien hiervon«, brüllte Heinez seiner Sekretärin im Vorzimmer zu. Sie eilte herbei, griff nach den Blättern und verschwand wortlos wieder. Als der Kopierer summte, wandte sich Heinez zufrieden wieder Klaudia zu.

»Sie liefern mir einen handfesten Vergleich zwischen Dadaismus und Expressionismus. Und wenn Sie das gut machen, sprechen wir über das Thema Ihrer Magisterarbeit.

»Aye, Captain, my Captain.« Klaudia salutierte und huschte aus der Tür, bevor Heinez es sich wieder anders überlegte.

Das hintergründige Summen der Maschinen beruhigte Christian. Er öffnete die Kiste mit den Papierstapeln, packte das bunte Papier aus und sortierte es stoßweise nach Farben in die Fächer ein. Er mochte das Blau, und auch das Violett gefiel ihm gut, zusammen erinnerten ihn die Farben an die Magenta strahlende Spitze des Fernsehturms, die sich in den dunklen Nachthimmel über Ginnheim bohrte.

Unbedrucktes Papier war ihm in letzter Zeit am liebsten, besonders solange es noch als ordentlicher Packen in Klarsichtfolie eingeschweißt war, obwohl ihm auch die Folie ein unangenehmes Gefühl bereitete. Sobald er es herausließ, wurde es gefährlich. Wenn sich die Blätter erst einmal mit Text gefüllt hatten, sah er sie besser nicht zu lange an, egal von welcher Farbe sie waren. Allzu leicht fanden wahllos die seltsamsten Worte Zugang zu dem Bereich in seinem Kopf, der sie nicht mehr einfach stehen lassen konnte, sondern sie veränderte, auseinandernahm und in Endlosschleifen neu zusammensetzte.

Ein schrecklicher Zustand, von dem er nicht wusste, was genau er zu bedeuten hatte. Er erinnerte sich nur, wann diese Verrücktheit begonnen hatte und wer daran schuld war: Bianca.

Wann hatte er sie eigentlich zum letzten Mal gesehen? Er überlegte, während er die Qualität der Ausdrucke prüfte, ohne sie zu genau anzusehen. Es musste an dem Tag gewesen sein, als er von der Leiter gestürzt war. Der Tag, an dem Bianca der Leiter einen Stoß gegeben hatte, als er auf der obersten Stufe stand.

Sie hatte die Leiter doch gestoßen, oder nicht? Auf jeden Fall war er hart mit dem Kopf aufgeschlagen! Seither fühlte er sich merkwürdig, war nicht mehr ganz er selbst, dafür wurde sie immer mächtiger. Ja, er fürchtete sie sogar.

In einer halben Stunde würde der Laden schließen, außer ihm und Arno, der irgendwo im Aufenthaltsraum am Faxgerät herumbastelte, war schon niemand mehr da. Sobald die beiden letzten Geräte verstummt waren, hatte Christian alle seine Aufträge durchgejagt und konnte nach Hause. Dann musste er gehen.

Christian wollte es nicht, er hätte die Maschinen lieber immer weiter gefüttert, anstatt in die Wohnung zurückzukehren zu Biancas künstlichen Kirschjoghurts, die ordentlich aufgereiht wie rotbetresste Soldaten im Kühlschrank standen.

»Geh heim«, rief Arno aus dem Aufenthaltsraum, »das Ding läuft wieder. Die beiden Aufträge mache ich fertig.«

Christian hätte schreien mögen.

Er erinnerte sich, wie er sie in der Schwimmhalle mit Wasser bespritzt hatte, bis sie ihn angeschrien hatte: *Lass mich in Ruhe!* Die ersten Worte, die er Leo in zwei Wochen hatte sagen hören. Später trug sie den winzigen Leoparden-Bikini – seine Belohnung, weil sie endlich begann, mit ihm normal zu reden.

Schließlich gab sich Theo einen Ruck und klingelte. Als sich die Tür öffnete, konnte er nicht an sich halten.

»Es war mir sofort klar! Du musst es sein – Leo!«

Leonora Timms stand mit gerunzelter Stirn vor ihm und beließ die Sicherungskette an der Tür.

Es enttäuschte ihn. »Komm schon, du erinnerst dich doch: Leo – und Theo.«

Der Gleichklang zauberte zunächst ein flüchtiges Lächeln auf ihre Lippen, dann nahm sie die Kette fort, ließ ihn herein und schimpfte: »Scheißkerl! Wohin bist du nur verschwunden?« Dabei boxte sie Theo mit der Faust auf die Schulter.

Der Schlag wurde von einem ordentlichen Muskelpaket abgefangen, auf das er sich einiges zugute hielt.

»Wenn's recht ist, würde ich erst mal gern auf dein Klo verschwinden, dann können wir gern in den Nahkampf gehen. Und zum Geschäftlichen kommen. Darf ich?«

»Klar doch. Komm rein.«

Er spürte ihre Blicke auf seinem Rücken, während er, ihrem Hinweis folgend, in der Gästetoilette am Ende der Diele verschwand. Theo grinste: Wie viel Ähnlichkeit bestand für sie wohl noch zwischen dem Mann, der er heute war, und dem schlaksigen Jungen, gegen dessen Freundschaft sie sich in der psychosomatischen Klinik so lange gewehrt hatte?

Theo drehte den Wasserhahn ab. »Indien!«, rief er ihr vom Flur aus zu. »Und wo steckst du jetzt?«

»Hier! Küche.« Er folgte ihrem Ruf, blieb kurz bei dem schwarz-weißen Portrait einer ernst blickenden Dame im Flur stehen und lehnte sich dann gegen den Rahmen der Küchentür. Seine Schulter streifte einen Notizblock an der Wand. SCHEISS SCHWEICKERT stand darauf, mit drei Ausrufezeichen versehen. Der Block schabte leise an der Tapete, als er ihn in die alte Position zurückbrachte.

»Indien also«, sagte Leo zu dem Glasgefäß mit dem Kaffeepulver. Im Wasserkocher fing es leise an zu blubbern.

»Jap. Das volle Programm: Lange Haare, Batik-Shirt, neuer Name, betteln gehen. Und Tee, bitte keinen Kaffee.«

Sie holte eine Teekanne heraus und hängte zwei wenig vertrauenerweckende Beutel Kräutertee hinein.

»Alles nur, um nicht Papas Firma zu übernehmen – von der du im Übrigen nie erwähnt hast, dass es eine Hausverwaltung ist?«, fragte sie.

»Es war nicht so dumm, wie es klingt.« Wie lange lag Bad Dürkheim eigentlich zurück?

»Zwanzig Jahre ...«, stellte Leo andächtig fest, als beantworte sie seine Gedanken.

»So lange schon ...? Es war übrigens die richtige Entscheidung: Haus- und Grundstücksverwaltung Heinrich Albrecht/Nachfahren OHG, und nicht nur, weil ich dich so wieder treffe.«

»Ein Zufall, ich habe bei A angefangen, mich durchzutelefonieren, du hast als Erster zurückgerufen. Ich dachte du, seist ... autsch.« Sie lutschte die Stelle ihrer Hand ab, auf die sie das heiße Wasser hatte tropfen lassen, und wischte sich über die Augen. Dann füllte Leo den Tee in Tassen und stellte Milch und verklumpten Zucker dazu – zum Kräutertee! Er schüttelte verständnislos den Kopf.

»Du trinkst deinen Kaffee bestimmt immer noch schwarz?«, fragte er.

»Du erinnerst dich noch?«

»An vieles, ja. Zum Beispiel an das Fotoalbum, das du immer mit dir herumgeschleppt hast. Sogar im Schwimmbad. Du hast mir eine Erklärung versprochen, die bist du mir schuldig geblieben.« Er dachte an das, was er ihr schuldig geblieben war. Leo hatte ihm geschrieben, damals, während seiner Aussteigerzeit in Indien. Sein Vater hatte die Briefe geöffnet, zweifelsohne auch gelesen, immerhin aber für ihn aufbewahrt. Indien hatte einen anderen Menschen aus ihm gemacht, der nichts mehr mit der Zeit davor zu tun haben wollte. Oder hatte ihm der Mut gefehlt, ihr zu antworten?

»Komm mal mit!«, lockte sie ihn mit dem gekrümmten Zeigefinger und zog ihn am Zipfel seines grünen Kapuzensweaters über den Flur ins Wohnzimmer, wo voluminöse Fotoalben in einem Bücherregal ein ganzes Fach füllten. »Mein Schatz!«, flüsterte sie andächtig.

»Ihr seid vielleicht eine fotografierfreudige Mischpoke!«

»Nein, keine Familienbilder«, sagte sie schnell. »Die stammen alle vom Flohmarkt, Wohnungsauflösungen oder vom Sperrmüll.«

»Darf ich?«

»Klar doch.«

Theo zog ein grünes Album heraus, das abgeschabte Leder verriet ein hohes Alter. Es war nicht dasjenige aus der Klinik.

»Wow«, entfuhr es ihm gleich darauf. »Tolle Schwarzweißaufnahmen. Und die alte Handschrift. Ist das Sütterlin?«

»Ja, aber die Bildunterschriften beachte ich selten.«

»Warum? Das ist doch das Spannendste.«

»Nicht für mich. Soll ich mein Versprechen jetzt einlösen?«

»Ja klar!«

Was auch immer sie erklärte, war ihm nicht so wichtig. Jetzt zählte, dass sie sich ihm wieder öffnete und er ihr Vertrauen zurück erwarb.

Leo schloss die Augen und holte tief Luft. »Wenn ich traurig bin, oder meine Gedanken im Kreis laufen, nehme ich mir ein Album heraus und betrachte die Bilder. Ich frage mich, wer die fremden Leute waren, wie sie gelebt haben und was ihnen wichtig war. Das beruhigt und bringt mich spontan oft auf hervorragende Ideen.«

»Dann ist das also *dein* Indien!« Er widerstand dem Wunsch, nach ihrer Hand zu greifen.

»Man könnte es vielleicht so betrachten. Lass uns wieder in die Küche gehen.«

Ihr Ton fiel wieder sachlich aus. Theo musste es akzeptieren, wenn sie Wankelmut zeigte, sie bewegten sich auf einem Minenfeld der Erinnerungen. »Im Ernst«, sagte er betont heiter, »Ähnliches geht mir auch durch den Kopf, wenn ich in fremden Wohnungen bin. Natürlich leben die Leute noch. Meistens jedenfalls.« Er grinste und setzte sich zu ihr an den Küchentisch unter das Fenster mit der Aussicht auf den Hof, wo unter der kahlen Kastanie die ersten Winterlinge die gelben Köpfe aus der Erde streckten.

»Gefällt sie dir, die Arbeit als Hausverwalter?«

»Ich bin mein eigener Herr, kümmere mich um interessante Objekte, komme in jedes Viertel der Stadt und lerne viele Menschen kennen ... oder treffe sie wieder. Ich denke schon.« Theo trank einen Schluck Kräutertee. »Und, bist du auch in die Fußstapfen deines alten Herrn getreten und Archäologin geworden?« Es war gar nicht so einfach, ahnungslos zu tun, wahrscheinlich traf er das Fettnäpfchen deshalb mit solcher Zielgenauigkeit.

Über ihr giftiges Nein schien selbst sie zu erschrecken, milder fuhr Leo fort: »Vater ist tot, das ist der Grund, weshalb ich eine Hausverwaltung brauche. Den Kasten hier hat er uns Kindern vermacht.« Sie wies mit ausgreifender Gebärde zum Fenster.

»Das klingt so begeistert, als hätte er dir ein Paar abgetragene Schuhe und zwei löchrige Handtücher hinterlassen.« Theo blies eine Strähne seines Haars aus der Stirn.

»Meine Geschwister wollten gar nichts damit zu tun haben, ursprünglich wollte ich das Haus einfach loswerden. Dann habe ich überlegt, die Einnahmen für die Kinder meines Bruders zu sparen. Ich kann mich nur beim besten Willen nicht darum kümmern.«

Theo strahlte. »Ich schon. Den Standardvertrag lasse ich hier. Wenn er dir zusagt, trägt meine Sekretärin die Details ein. In einer Woche schon kann die Verantwortung auf meinen starken Schultern ruhen.«

»Klingt verführerisch.«

»Hey – ich bin auch ein Toller!«

»Nein, die Sekretärin ... Ich möchte auch eine.«

»Ach so«, entfuhr es ihm deutlich gekränkt. »Dann erzähl schon, was machst du?«

»Zumindest habe ich wie mein Vater studiert. Ich bin Junior-Professorin für Medienpsychologie im Fachbereich Rechtswissenschaften.« Die Mittel für den Lehrstuhl stellte ein Medienkonzern zur Verfügung, was sie durchaus kritisch sah, obwohl die Geldgeber sie bisher frei forschen und lehren ließen.

»Das ist großartig, ganz toll, phantastisch geradezu ... Ehrlich, ich hab es nicht verstanden.« Hilflos zuckte er mit den Schultern. Um die Fakten wusste er längst, doch er hätte ihrer Stimme ewig lauschen können.

Der Tee wich Wein und Spaghetti Bolognese, während Timms das komplizierte universitäre Konstrukt ihrer Anstellung erklärte. »Mein Fachgebiet ist die Interaktion zwischen Polizei, Medien, Öffentlichkeit – und manchmal auch den Tätern.«

Ihre letzten Worte klangen traurig, dann lächelte sie ihn stolz an: »In Deutschland gibt es nur sehr wenige genau darauf spezialisierte Psychologen. Und weißt du was? Du bist der erste Mensch, der sich das anhört, ohne sich Streichhölzer zwischen die Lider zu klemmen, damit ihm die Augen nicht zufallen. Erzähl mir lieber von deiner Arbeit!«

Theo schob seinen Teller beiseite, folgte ihrem Wunsch, erzählte ein wenig und endete schließlich mit seiner Lieblingsanekdote: »... und dann rief eine besorgte Frau an. Sie glaubte, ihre Nachbarin läge verletzt in der Wohnung nebenan und schreie um Hilfe. Ich frage sie explizit, ob sie die Kosten für das Aufbrechen der Tür übernimmt, und weil sie nickt, tue ich es. Die gute Nachbarin war jedoch alles andere als hilflos oder verletzt. Sie lag quietschfidel und nackt im Schlafzimmer, unter dem Kurschatten, den sie sich gleich mit nach Hause genommen hatte. Zugegeben, das erwartet man nicht unbedingt, wenn eine zuckerkranke Dreiundsechzigjährige laut schreit.«

Er erfreute sich an Leonoras Lachen, um das er gar nicht hatte kämpfen müssen.

»Bestimmt ein reizender Anblick«, stellte sie fest und räumte die Teller ins Spülbecken.

»Gewiss!«, pflichtete er bei. »Sie hatte ein leuchtend rotes Feuermal auf dem Hintern.« Ohne für ihn ersichtlichen Grund verdüsterte sich Leonoras Gesicht, und sie rieb sich müde die Augen. Kurz darauf brachte sie ihn zur Tür. Theo wäre gerne noch viel länger bei ihr geblieben.

»Du bist immer noch zu dünn«, sagte er und küsste sie zum Abschied federleicht auf die Wange.

»Und du hast immer noch Narben an den Handgelenken.«

Er sah nach wie vor unglaublich gut aus, gestand sie sich ein, als sie die Tür sanft hinter Theo zuschob und die Kette wieder vorlegte. Nach einer Katzenwäsche lag Timms noch lange wach im Bett unter dem Dachfenster und überlegte, wie selbstverständlich sie zu ihrem vertrauten Umgangston zurückgefunden hatten.

Hätte er nur nicht von diesem Muttermal erzählt, das die unheilvolle Erinnerung an das Flammenmal auf Frederiks Stirn zurückrief ... womöglich hätte sie ihn nicht nach Hause geschickt.

Timms schloss abwechselnd das rechte und das linke Auge, und je nachdem, welches sie gerade geöffnet hatte, stand ein gelb leuchtender Stern im dunklen Himmelsausschnitt des Fensters – oder verschwand daraus. So wie Theo: da, verschwunden, wieder da.

Theo, ihre erste große Liebe. Der erste Mann, mit dem sie geschlafen hatte – den blauen Pfälzer Sommerhimmel über sich, in dem ein fahler, fast unsichtbarer Halbmond stand, den nur ihre durch die erwachte Sinnlichkeit geschärften Augen hatten entdecken können.

Theo hatte sich nicht durch ihre hervorspringenden Beckenknochen stören lassen, er hatte ihr ernsthaft zugehört und Verständnis aufgebracht, auch für ihre Magersucht. Sie hatte ehrfürchtig die weißen Linien entlang seiner Armvenen gestreichelt, aber auch mit der Angst, er könne es mit mehr Entschlossenheit wieder tun und sie alleine lassen. Obwohl sie sich versprochen hatten, ewig füreinander da zu sein.

Er hatte keinen ihrer Briefe beantwortet, und sie hatte entschieden, er müsse tot sein, jede andere Erklärung wäre zu schmerzhaft gewesen.

DONNERSTAG Draußen war es noch dunkel. Schweickert glaubte, eine Amsel singen zu hören, und hielt es dann doch für eine Täuschung, denn das Fenster war geschlossen und der Rollladen heruntergelassen. Das Gesicht seines Sohnes leuchtete blass aus der Superhelden-Bettwäsche heraus. Wenigstens im Schlaf entspannten sich seine Züge ein wenig. Mark schnarchte leise, ansonsten war er der Inbegriff vollkommenen Friedens.

Markus Antonius – ein viel zu hochtrabender Name für so einen kleinen Kerl, für *so* ein Kind. Aber gegen Monika hatte er sich nicht behaupten können. Oder wollen. Welche Bedeutung hatte ein Name schon? Wichtig war, wie ein Kind aufwuchs, ob es die nötige Sicherheit genoss, ein stabiles Zuhause hatte, verlässliche Eltern und eine gute Ausbildung. Wenn das alle stimmte, konnte man sogar – Gieselher heißen. Zufrieden mit der Wahl grunzte Schweickert leise.

Die Minuten, die er vor dem Dienst am Bett seines Sohnes verbrachte, waren häufig die besten des ganzen Tages, normal. Es fiel ihm schwer, sich einzugestehen, wie groß sein Wunsch nach genau dieser Art von Normalität war, und natürlich übertrieb er es genau deswegen manchmal mit seiner Strenge.

Marks Erschrecken über die Backpfeife hatte Schweickert als durchdringenden Schmerz am eigenen Körper erfahren. In der Wucht hatte sich seine ganze Sorge um den Jungen entladen, als Mark zwei Stunden zu spät nach Hause gekommen war, sorglos lachend, weil er einfach die Uhrzeit vergessen hatte.

Der Schlag hatte weit mehr freigesetzt als nur die Erleichterung, weil Mark nichts passiert war. Schweickerts Hilflosigkeit und generelle Unzufriedenheit hatten sich darin entladen.

Weil seit Marks Geburt ein tückischer Stoff sein Leben allmählich vergiftete, hatte er zugeschlagen, wie Männer es häufig tun, wenn nichts zu ändern ist. Doch das hatte er erst viel später begriffen, nämlich als er der Bergung von Frederiks Leiche beigewohnt hatte. Die aufgequollene Haut, der bleiche Körper unter zerfetzten Jungenkleidern, entsetzlich klein in dem Augenblick, als der Taucher ihn im Arm hielt und ans Ufer weiterreichte, entsetzlich groß, wie von Leichengas zu monströser Größe aufgebläht, in seinen nächtlichen Alpträumen.

Schweickert hatte niemals geglaubt, die Welt sei eine bessere, solange er nur gut als Polizist über sie wachte. Die Arbeit hatte ihn schlichtweg interessiert, schon sein Vater war bei der Frankfurter Kriminalpolizei gewesen, als die Zeiten nicht besser, aber anders schlecht waren. Er hatte allerdings eine Weile vermessen geglaubt, er könne die Welt zumindest graduell beherrschen, solange er Macht über sie ausübte; die Backpfeife hatte seine Illusion endgültig zerschlagen.

Das kleine Goofy-Nachtlicht flackerte, er musste die Birne darin austauschen. Sie hatten das Lichtchen während Monikas erster Schwangerschaft gekauft. Mark wurde erst neun Jahre später geboren. Schweickert war zu spät Vater geworden und empfand sich nun als zu alt, um sich über seinen Jungen so angreifbar zu fühlen.

Schon vor dem Mord an Frederik war das kaum zu ertragen, doch zusammen mit Frederik war etwas in Schweickert gestorben. Er wusste nur nicht, was es war, aber bis er es herausfand, konnte er es auch nicht begraben.

Deshalb musste er Frederiks Mörder finden.

Nicht für den fremden Jungen oder dessen Eltern, nicht für seinen Sohn und auch nicht für die kriminalpolizeiliche Statistik, ganz allein für sich. Damit er diesem Namenlosen ein Grab geben konnte und selbst endlich aufwachen und weiterleben.

Er küsste Mark auf die Stirn. Sie fühlte sich feucht an; immer schwitzte der Kleine im Schlaf so heftig, als wäre das Schlafen eine mühsame Aufgabe.

Er hätte ohnehin eingelenkt, dachte Heinez selbstzufrieden – nachdem er seine brillanteste Studentin noch ein wenig länger hätte zappeln lassen, Arnd benötigte nur etwas väterliche Führung, um im Chaos ihrer Jugend die Prioritäten zu begreifen.

Sie erinnerte ihn an seine eigenen Anfänge, den optimistischen Eifer, mit dem er studiert und anschließend zielstrebig eine Universitätskarriere begonnen hatte; leider hielt sie ihm auch vor Augen, wie unsagbar lange das zurückzuliegen schien. Er fühlte sich ausgebrannt und leer und von den Veränderungen, die aus der Universität einen Wissenskonzern gemacht hatten, überrollt.

Bis gestern hatte er ernsthaft den vorzeitigen Ruhestand erwogen. Den ihm überantworteten Nachlass von

Cord Nettelsbacher hätte er gut auch zu Hause literarisch auswerten können, auf seiner Terrasse in der Sonne sitzend, dem eigenen Ableben eine letzte reizvolle Aufgabe voranstellend. Doch nun lag ihm dieses Manuskript vor: Ordinär und kraftvoll, wortgewaltig und voller subtiler Schönheit, das ihn mehr faszinierte als alle seine Arbeiten in den letzten fünfzehn Jahren. Ein literarisches Kleinod, ihm vom Zufall in die Hände gespielt, dessen Wert Arnd in ihrer Naivität gar nicht begriff.

Nettelsbacher war als hervorragender verblichener Autor gewiss kein schlechtes Forschungsobjekt, doch ein genialer lebender Autor barg eine Hoffnung in sich, die Heinez längst vergessen hatte: Prof. Dr. Fritz Heinez – Entdecker eines überragenden Talents, bald schon dessen Mäzen, zugleich der Erstbeschreiber des Genius ... Das bedeutete zahlreiche Publikationen in anerkannten Fachjournalen, Vorträge auf internationalen Tagungen, Anerkennung durch Kollegen, die ihn schon abgeschrieben und vergessen hatten. Ein Fanfarenstoß in der Literaturwissenschaft, der die Aufmerksamkeit wieder auf ihn lenkte. Er musste an diesen Autor gelangen, als erster, als einziger! Er musste Arnd bei der Stange halten.

»Weiland!«, brüllte er, damit seine Sekretärin ihn durch die geschlossene Verbindungstür ihm Vorzimmer hörte.

»Ja bitte?« Sie streckte mit langem Hals ihr Gesicht zum Türspalt herein.

»Füllen Sie einen Antrag auf Einstellung einer wissenschaftlichen Hilfskraft aus – auf den Namen Klaudia Arnd.« Mit Speck fängt man Mäuse, dachte Heinez, und mit Mäusen die Katz'!

Bianca spazierte unter den ausgestreckten Astarmen der kahlen Platanen den oberen Uferweg am Main entlang und schaute auf die Leute hinab, die unter ihr direkt am Sachsenhäuser Flussufer flanierten.

Sie beobachtete sie nicht mit den Augen Christians, mit den Augen des Beutegreifers, der immer darauf lauerte, jemanden aufzuspüren, den er früher oder später bestehlen würde. Er hatte kein Interesse an den Menschen, nur an deren kleinen persönlichen Besitztümern.

Bianca betrachtete die Menschen in ihren Beziehungen zueinander. Und sie beneidete die Pärchen, die Händchen hielten und zum Küssen stehen blieben. Vor allem war sie eifersüchtig auf die glücklichen Familien dort unten, die gemeinsam das Sonnenlicht genossen. Eltern, die ihre Kinder an der Hand hielten, ganz fest an den Händen hielten, weil sie zusammengehörten.

Ihre Trauer war ein alles überlagernder Schatten, der ohne Körper zu existieren vermochte. Nein, ihre Trauer war der einzige Schatten, der nur existierte, weil es keinen Körper gab. Sie würde niemals ein Kind haben, keinen kleinen Körper, den man an sich drückte, fest hielt, dessen Haut man sanft berühren konnte – ohne Schrecken, ohne Furcht, unschuldig.

Es war Christians Schuld, dass sie kein Kind haben würde. Oder doch ihr Versäumnis allein, weil es ihr einfach nicht gelang, sich von ihm zu trennen?

Bianca steckte die Hände tief in die Taschen ihrer schweren Jacke und ging über eine der Rampen zum unteren Uferweg hinunter, wo Leute Schwäne fütterten, die gierig ihre Hälse reckten. Rollschuh- und Fahrradfahrer kreuzten rücksichtslos ihren Weg, und irgendwo hinter ihr lachte eine Frau schrill auf und klatschte in die Hände.

Als ob das nicht reichte, lief nun ein junger Mann direkt vor ihr, der einen dreirädrigen Kinderwagen schob. Ein Säugling plärrte darin wie unter Folter. Bianca wurde rasend vor Wut. Sie würde das Kind gerne berühren, es *… das Kind gewürgt, das Kind still gewürgt, das Kind mit Gewürgtem gestillt. Stille.*

Ihre Hände verkrampfen sich in den Taschen. Sie hasste es, wenn es draußen unter freiem Himmel passierte, wo sie völlig schutzlos war. Das kam in letzter Zeit häufiger vor. Sie wollte sich in der Öffentlichkeit nicht die Faust an die Stirn schlagen oder den Kopf gegen die Wand. Sie wandte den Kopf nach links und fixierte die robuste Quaderwand, oberhalb derer die Uferstraße verlief und der Verkehr brauste. Die schräge Wand taugte wohl, um Schmerz zu verursachen, doch hier ging das einfach nicht.

Sie grub die Fingernägel in ihre Handflächen, das Stechen vermochte dem Veitstanz der Wörter zumindest vorerst Einhalt zu gebieten. Schmerzen fokussierten das Bewusstsein, starke Schmerzen konnten es auslöschen, sobald sie ihre Zerrissenheit nicht mehr ertrug. Manchmal hätte sie sich am liebsten ausgelöscht, wäre manchmal gern nie mehr zurückgekehrt aus dem Dunkel der Bewusstlosigkeit. Die Verantwortung für Christian hielt sie davon ab, er würde es nicht überleben, wenn sie ihn verließe. Würde sie ihn vermissen?

Es gibt so viele, dachte sie, die niemandem fehlen würden, wenn sie verschwänden. Auch am Mainufer musste man nicht lange nach ihnen Ausschau halten, um sie mit dem untrüglichen Gespür der Gleichartigkeit zu entdecken. *Gleichartig, gleich bin ich artig, abartig aberartig …* Die alte Frau, die in Mülltonnen nach Pfandflaschen wühlte, den Obdachlosen, der unter der Ufermauer auf einem ausgebreiteten Pappkarton seinen Rausch ausschlief …

Kinder vermisste man! Diese Erkenntnis ließ den Wortstrudel abreißen. Die Kinder vermisste man als erstes. Das war doch so.

Sie vermisste auch ein Kind, ein Kind zu haben. Die Sehnsucht war groß, kaum noch zu ertragen … seitdem sie den Jungen getragen hatte.

Könnte sie sich nicht einfach einen Jungen holen, wie Christian, nur anders? Ein Kind, das konnte man streicheln, bemuttern, ganz fest halten und sehr lieb haben. Stillen? Nein, ein Kind zu stillen, war eine Unmöglichkeit.

Es zu würgen nicht, das wusste sie, aber sie würde das doch niemals tun. Dazu wäre sie niemals in der Lage, oder doch?

FREITAG Seit Bianca ihm auswich, verspürte er das Verlangen nach den vertrauten Gegenständen mehr denn je. Christian öffnete die unterste Schublade der Kommode und betrachtete seine Schätze. Früher hatten sie anderen gehört, nun gehörten sie ihm: Die kleinen Dinge.

Sie waren so *wundervoll, Wunden-voll, wandelbarer Möchtegern Wandelstern, fruchtbar- furchtbarer alles und nichts Versteher, vergeh er doch, es ist zum aus der Haut fahren, er kann nicht aus seiner Haut heraus, hol die Braut heraus, Brautfahrt, Beutefahrt, Beuteltier, Bedeutungstier. Plastikritter zart und bitter, bitter und zart Überfahrt, überfahren und nicht überführt, abgeführt, abgebrüht –* Punkt.

Diesmal hört es von allein auf. Weshalb? Weil es nicht sein Wahn war, sondern der Biancas. Weil dieser Wahnsinn nicht in seinen Kopf gehörte, sondern in die Schublade unter ihrem Bett. In das Massengrab ihrer Geheimnisse.

Christian wandte sich wieder dem Inhalt seiner Kommode zu. Ganz besonders mochte er den Anhänger mit der Plüschgiraffe mit der roten Schleife um den langen, gefleckten Hals. Der Hals trug eine Mähne, einen Schweif hatte die Giraffe nicht, nur einen Stummelschwanz wie ein Hundespielzeug, das man wegwirft, damit es der Hund apportiert. *Tierisch apportierter Abort, Abart, Spielart.*

Er ließ sich nicht beirren, sondern legte mit äußerster Konzentration die Giraffe auf sein Bett, wo er sie in der kommenden Nacht würde anfassen können. Dann würde er sich auch im Dunkeln daran erinnern, wer er war und wer er auch bleiben wollte.

Christian wühlte in der Schublade. Seine Hand erkannte einen Gegenstand nicht, auch seine Gedanken erinnerten sich nicht. Christian zog das Unbekannte hervor, ein kleines Plastikding, quadratisch, kühl. Ein kleines Mäppchen mit einem Scharnier, es war eine Lupe zum Ausklappen.

Christian holte sie aus der Hülle und sah sich darunter seine Fingerspitze an: mäandernde Rillen, ein winziges Labyrinth. In der Mitte sitzt irgendwie er selbst.

Die Lupe hatte er dem Mann entwendet, der seine beiden ekligen weißen Spitzköter jeden Tag zweimal im Grüneburgpark ausführte. Die Hunde des Mannes hasste er wie alle Hunde, die kleinen Mistviecher mit dem rosa Arschfell verachtete er besonders. *Arschfell, Zwerchfell, Zwergfell, dem Zwerg das Fell über die Ohren ziehen ...* Die Lupe hatte er dem Mann in der Bäckerei gestohlen, wo dieser jeden Morgen ein Laugenweck kaufte, wo Hunde leider draußen bleiben mussten, die Spitze also nicht aufpassen konnten.

Christian klappte die Lupe zu und steckte sie in die Kunststoffhülle zurück. Diese war rissig, eine winzige Ecke davon brach ab wie ein Mumienstück *Mummenschanz, Mumientanz Mumienschwanz* und fiel auf den Boden hinunter.

Christian schaute ihr nach. Sie war fort, nicht mehr zu sehen, also legte er das Mäppchen zurück und griff nach dem gebrochenen Fingerring mit dem keltischen Muster. Jemand hat ihn getragen, bis er brach, ohne zu zerbrechen, hat ihn dennoch aufbewahrt. Warum? Weil es kein Muster ohne Wert war, nur untragbar geworden. Christian selbst war untragbar – für das Gemeinwesen, er hatte ein gemeines Wesen.

Er suchte unter seinen Fingern einen, dem der Ring passte. Es war nicht der Ringfinger, sondern der Daumen. *Das ist der Daumen, der schüttelt die Pflaumen, Flaum, Bartflaum, Alptraum, Traummann, Alptraummann man kann da nichts machen, ist machtlos ...*

Christian schlug mit der Hand gegen die Wand, damit es aufhörte, dabei zerbrach der Ring, die beiden Hälften fielen auf den Boden. Christian las die Halbringe auf und legte sie in die Schublade zurück.

Er musste unbedingt hinaus, raus aus der Enge der Wohnung, in der er sich nicht mehr richtig zu Hause fühlte, vielleicht mochte er jemandem begegnen, den er schon lange kannte. Er musste jemandem das Leid des Verlustes antun.

Ein Tritt gegen die bedeutungslos gewordene Sporttasche beförderte sie rutschend ein Stück weit über den Betonboden, bis sie im letzten Moment an der Kante zum Abgrund doch noch liegen blieb.

Beinahe übergangslos war der Tag der Nacht gewichen. Unterhalb des Wehres, wo das Wasser wuchtig in den tiefer liegenden Flussabschnitt stürzte, schäumte es weißlich. Dort unten konnte Janusz die brodelnde Gewalt des Wassers nur an den hell aufschäumenden Sogringen erahnen, ansonsten verschmolz das Wasser mit der Dunkelheit ringsum. Nur das Tosen des Wasserfalls zeugte von der tatsächlichen Gefahr tief unter seinen Füßen. Das Tosen füllte seine Ohren, bis er sonst nichts mehr hörte.

Janusz konnte nicht schwimmen, er hatte es nie gelernt. Deshalb fand er es mutig, wie er der tödlichen Gefahr trotzte, bis er sich erinnerte, weshalb er hierher zurückgekommen war.

Sein Vater hatte ihn Feigling genannt, immer wieder. Dabei brauchte es sehr viel Mut, um zu tun, was er vorhatte. Nein, er war kein Feigling, jedenfalls heute würde er keiner mehr sein.

Mit zittrigen Händen zog er sich die abgetragenen Schuhe aus und stellte sie nebeneinander ganz dicht an das kleine Häuschen des Wehres. Er kehrte zur Mauerkante zurück und schaute auf die weichen Sogringe im Fluss hinab, bis das unscharfe Bild vor seinen Augen gänzlich verschwamm. Dabei atmete Janusz tief und langsam ein und aus.

Durch das Brausen des Wasserfalls hindurch drang unvermittelt eine Stimme zu ihm vor, die ihn aufschrecken ließ: »Du solltest im Dunkeln nicht allein hier sein. Komm mit mir!«

Janusz fühlte, wie er am Arm gepackt wurde, er taumelte, als man ihn vom Ufer fortriss.

SAMSTAG Klaudias Herz raste, ein Alptraum musste sie geweckt haben. Draußen war nicht die geringste Spur von Morgenlicht zu erahnen und kein Geräusch drang von der Straße in ihr Zimmer. Der Wecker projizierte vier Uhr vierunddreißig an die Zimmerdecke. Ein neuer Samstagmorgen! Zum Glück dienstfrei.

Klaudia versuchte, sich an ihren Traum zu erinnern, während ein Auto um die Straßenecke bog; die Scheinwerfer ließen bizarre Schatten über die Wände zittern.

Sie musste auf die Toilette, bestimmt hatte sie nur der Druck auf ihre Blase geweckt. Schlaftrunken kletterte Klaudia die Leiter des Hochbettes hinunter, unter dem platzsparend eine Glasplatte als Schreibtisch aufgebockt war, und tastete sich mit der Hand an der Wand entlang zum Bad.

Klaudias Herz schlug noch immer viel zu schnell, sie fühlte sich wie auf Speed, aufgewühlt und überwach. Mit kalten Füßen tappste sie in die Küche, wo das offene Bullauge der Waschmaschine das Licht der Straßenlaterne spiegelte und sie dümmlich anglotzte. Klaudia schob es mit dem Knie zu und setzte sich mit einem Glas Milch im Schummerlicht der Dunstabzugshaube an den Küchentisch, wo sie am Vortag leichtsinnigerweise das Manuskript hatte liegenlassen.

›Igitt, was für eine perverse Scheiße!‹ Klaudia hatte den entsetzten Aufschrei vernommen, und war Simones Ruf schuldbewusst in die Küche gefolgt, dabei hatte Simone sich gar nicht an einer ihrer üblichen Schlampereien gestoßen, sondern streckte ihr angewidert die Kopien des Manuskripts entgegen.

›Hast du etwa diesen Schund verbrochen? Das ist ja geisteskrank.‹

Nicht ganz Heinez' Wortwahl, dachte Klaudia nun. Ihr Professor hatte sie kurz nach diesem unangenehmen Zwischenfall mit Simone wegen eines unglaublichen Angebotes angerufen: Er würde ihr einen HiWi-Vertrag über die Aufarbeitung eines Nachlasses ausstellen.

Ein HiWi-Vertrag! Mit dem in der Tasche konnte sie getrost im *Extrablatt* kündigen. Leider hatte Heinez ihre Einstellung von zwei Bedingungen abhängig gemacht:

›Wie gesagt, Sie liefern mir eine solide Hausarbeit ab. Vor allem aber möchte ich schnellstmöglich diesen Autor treffen. Wann stellen Sie ihn mir vor?‹

›Er ist zurzeit‹ – noch unbekannt, damit rückte Klaudia besser nicht heraus – ›im Urlaub. Ja, er ist noch im Urlaub.‹ Sie beglückwünschte sich insgeheim zu ihrem spontanen Einfall.

›Sobald er zurück ist, möchte er mich bitte anrufen. Gehe ich Recht mit meiner Annahme, Frau Arnd, bei den Zahlen handelt es sich um eine Seitennummerierung? Was für ein imposantes Werk!‹

Klaudia setzte das leere Milchglas mit den schlierigen Rändern ab. *Perverser Schund – imposantes Werk,* weiter konnten zwei Meinungen wohl nicht auseinander liegen. Allerdings hatte Simone als Anwaltsgehilfin natürlich auch keine Ahnung von deutscher Literatur.

Und wenn Sie dennoch richtig lag, überlegte Klaudia, wenn der Verfasser ein gemeingefährlicher Irrer war? Genie und Wahnsinn lagen doch bekanntermaßen dicht beieinander. Ob der Autor verrückt war – darüber konnte sie sich Gedanken machen, sobald sie ihn aufgetrieben hatte.

Heinez unterschätzte sie gewaltig, wenn er glaubte, sie merke nicht, dass er an einer heißen Sache dran war. Was immer es auch sein mochte, sie würde zusehen, wie sie zu ihrem gerechten Anteil daran kam. Und der unbekannte Autor würde sie ja wohl kaum beim ersten Treffen zu vergewaltigen versuchen oder hinterrücks ermorden.

Klaudia taumelte todmüde über den Flur zu ihrem Zimmer zurück und stieß sich auf ihrem Weg am Türrahmen. *»Terroristisch malträtierender Türrahmen«,* entwich es ihr. Kichernd kletterte sie zurück ins Bett.

Sie war ohne große Lust auf das Laufen losgerannt; obwohl ihr die körperliche Bewegung ein Bedürfnis war, kostete es sie immer wieder Überwindung. Heute musste sie sich sogar noch gegen Ende der Strecke jeden Schritt einzeln aus den Füßen reißen, schließlich war sie nur noch zügig gegangen.

Natürlich hatte Timms nicht nach dem Ort von Frederiks Ermordung gesucht – eine ganze Polizeistaffel hatte ihn in einer groß angelegten Suchaktion nicht ausfindig machen können. Trotzdem hatte sie das Bedürfnis verspürt, sich noch einmal in die mittelbare Nähe des Tatortes zu begeben, bevor sie Kern ihr Konzept ins Präsidium mailte.

Sie war jeden ihr bekannten Weg des noch winterlichen öden Niddaparks abgelaufen, nicht einmal das Ginnheimer Wäldchen mit dem alten Baumbestand hatte sie ausgespart. Details waren ihr dabei aufgefallen, an die sie sich von früheren Läufen her nicht entsinnen konnte: Die kleine steinerne Brücke im Wäldchen, die Bauarbeiten an der Autobahnbrücke oberhalb der S-Bahn-Gleise, die merkwürdigen Obelisken, Überbleibsel vielleicht von der Bundesgartenschau, und auch eine verwahrloste Beetanlage, zu deren Pflege wohl kein Geld im Stadtsäckel übrig war. Trotz der Fülle der Eindrücke war keine spontane Eingebung über sie gekommen, andererseits waren ihr auch keine Mängel in ihrem Konzept eingefallen, die sie hätte beheben müssen.

Bevor sie die Haustür öffnete, steckte sie die Handgelenksgewichte in die Jackentasche und warf einen Blick in den Briefkasten. Bis auf einen Brief von der Hausverwaltung war er leer; sie öffnete ihn auf der Treppe nach oben ins Arbeitszimmer unterm Dach. Außer dem Vertrag enthielt er nichts. Kein persönlicher Gruß von Theo. Enttäuscht legte sie den Umschlag auf den Schreibtisch, startete den Computer und ging duschen.

Danach war das von ihr erarbeitete Konzept für die Strategie, den Mörder aus der Reserve zu locken, schnell an Kern in der Pressestelle des Polizeipräsidiums verschickt.

Seufzend ging sie ins Untergeschoss ihrer Wohnung, alle Hausarbeiten waren in der letzten Woche unerledigt liegen geblieben, in der Spüle stapelte sich das Geschirr bereits zu einsturzgefährdeten Türmen.

Während sie mit rosa Gummihandschuhen im heißen Wasser herumfuhrwerkte, lief im Radio eine Reportage über Wanderarbeiter in Hessen, doch Timms konnte sich nicht darauf konzentrieren. Sie hing eigenen Gedanken nach.

Bei ihren bisherigen Arbeiten für die Polizei hatten Kinder nie eine Rolle gespielt. Natürlich kannte sie die Statistiken über vermisste, misshandelte und getötete Kinder, die sich aus gesichts- und namenlosen Fakten zusammensetzten. Doch nur die Betrachtung des Einzelfalls machte Schicksale sichtbar und weckte reale Anteilnahme, und es war ganz natürlich, dass einen der Tod eines Kindes besonders berührte. Dennoch verwunderte es sie, wie nahe ihr Frederiks Ermordung ging.

Timms führte es auf die räumliche Nähe zurück. Wahrscheinlich war sie Frederik schon begegnet, hatte vielleicht sogar Wut empfunden, weil er sie mit seinen Rollerblades oder dem Kinderfahrrad auf dem Gehweg geschnitten hatte. Eine nichtige, aber auch harmlose Wut, gemessen an ... Sie spann den Gedanken nicht weiter.

Ohne in ihr Bewusstsein vorzudringen, hatten die Nachrichten zur vollen Stunde begonnen. So hörte sie erst das Ende der Meldung »... wird in Frankfurt/Hausen seit dem vergangenen Abend vermisst. Der Junge hat blondes, gelocktes Haar und ist mit einer blauen Jeans, roten Turnschuhen, schwarzem Sweatshirt sowie schwarzer Daunenjacke bekleidet. Vermutlich trägt er eine blaue Sporttasche bei sich. Hinweise auf den Verbleib des Kindes nimmt jede Polizeidienststelle entgegen.«

»Bitte nicht«, flüsterte Timms heiser.

Der Rote Baron legte den Warumbrauchternochden-Babyschirm auf den gestampften Sandboden, um einen Stein vom Wegrand aufzuheben. Er warf ihn nach den Schwarzweißvögeln. Sie flogen fort und krächzten ihn dabei böse an. Er wusste warum, er konnte sie nämlich auch nicht leiden.

Vögel mochte er nicht, weil sie mit den Armen fliegen konnten. Trotzdem versuchte er es vorsichtshalber noch mal, aber erst, als sie ihn nicht mehr sehen konnten. Er streckte die Arme aus und ruderte wild mit ihnen durch die Luft. Er sprang sogar hoch, so hoch er konnte, und bewegte sie noch schneller. Nichts. Keine Veränderung. Er konnte es immer noch nicht, obwohl er Andreas-ist-wiederkeinStückgewachsen war, und er sich genau angesehen hatte, wie die Vögel es machten.

Der Rote Baron dachte nun sehr ernsthaft darüber nach, ob Leute wieder kleiner wurden, wenn sie schon mal größer waren. Sogar Mark war nun größer als er. Aber nur, falls er eben nicht seit dem Abschied in Schwanheim wieder geschrumpft war.

Seitdem sein Haus umgezogen war, hatte Andreas-derMarkbleibtdochdeinFreund Mark nicht mehr gesehen. Dabei war Mark der Einzige, der verstand, weshalb er gern fliegen wollte. Alle anderen sagten, du bist zurückgeblieben. Doch das konnte gar nicht stimmen. Wäre er nämlich zurückgeblieben, wäre er noch in der Straße, wo sein Haus früher gewohnt hat. Nicht hier, wo er Mark nicht mehr treffen konnte. Hier, wo sein Vater jetzt eine neue Arbeit in den Praunheimer Werkstätten hatte, wo man Dinge aus Holz machte, die von netten Leuten gekauft wurden. Sein Vater sagte in letzter Zeit immer, wenn er groß ist, wird Andreas-auchmal-HolzsachenMacher. Doch Andreas blieb nur behindert, denn er konnte ja nicht fliegen, und größer wurde er auch nicht mehr. Also blieb er wohl oder übel Andreas-wassollnurausdirwerden.

Er konnte sie zwischen den Bäumen sehen, die Werkstätte auf der anderen Seite des Flusses, und auch die neue Straße, wo sein Haus jetzt daheim war, fast genau gegenüber von der Werkstatt, auf dieser Seite des Flusses. Trotzdem war er zu weit weggelaufen.

Der Rote Baron war jetzt wieder Andreas-bleibbeim-Haus, was besser war als Andreas-lassdasdumachstdaskaputt. Er ging wohl besser wieder nach Hause zu seiner Andreas-istmeinbesonderesKind-Mutter.

Energisch stopfte er den roten Pullover in seine esistschwereinerotezufinden-Hose, die in den warumträgtersiesogarimSommer-Gummistiefeln steckte.

Am dadarfstduniemalshingehen-Wehr blieb er stehen. Weil da Schuhe standen. Allein. Zwei Stück, genau so viele, wie es sein mussten, und genau nebeneinander an die Wand des Häuschens gestellt. Ganz ordentlich, nicht wiekannmannursounordentlichseinwiedu-Andreas.

Der Rote Baron ging hin und schaute ganz genau in die Schuhe hinein. Es waren keine Füße darin, deswegen sah man auch keine Beine. Deswegen liefen sie auch nicht vor ihm weg, wie andere Schuhe mit Füßen an Beinen von Leuten das taten. Das war sonderbar.

Andreas-wassolldasständigeKlatschen zog einen Popel aus der Nase, legte ihn ordentlich unter seinen Zeigefinger und klatschte mehrmals hintereinander laut in die Hände. Er schaute hin, der Popel war weg.

Der Rote Baron hob die diegehörendochgarnichtdir-Schuhe auf und warf sie dem Fluss zu. Der Fluss fing sie mit dem Wasserarm.

Er lachte und ging zufrieden nach Hause. Den Warumbrauchternocheinen-Babyschirm hatte er in seiner Freude tatsächlich vergessen.

Timms ging ins Wohnzimmer und zappte sich bis zum Lokalfernsehen durch. Als der Fernsehbericht begann, schnitt sie ihn mit. Eine Stimme aus dem Off machte aus dem verschwundenen Kind Janusz Malachowski, neun Jahre alt, ältestes von vier Kindern einer polnischen Familie, die im Frankfurter Stadtteil Hausen wohnte. Janusz hatte die elterliche Wohnung am Vortag verlassen, um in den Turnunterricht zu gehen, an dem er dann nicht teilgenommen hatte.

Zumindest hat man nicht seine Leiche gefunden, dachte Timms bei den anschließenden Sportnachrichten, und beendete die DVD-Aufzeichnung.

Hausen lag auf der anderen Niddaseite, grübelte sie, schräg gegenüber des Niddaparks – eine Verbindung mit dem Mord an Frederik drängte sich zwangsläufig auf.

Sie spulte die Aufzeichnung zurück und widmete ihr die volle Konzentration. Ein Foto der Familie Malachowski wurde eingeblendet, ein Zoom folgte, der nur das rot umrahmte Gesicht des Jungen übrig ließ.

Das Kind wirkte blass, beinahe kränklich. Timms ließ den Zoom bis zum Beginn zurücklaufen und fror das Bild mit der Pausetaste ein.

Die Zurschaustellung der Familie missfiel ihr. Die Leute wirkten ärmlich, die Mutter abgewirtschaftet mit hängenden Mundwinkeln, der Vater mit breitem Gesicht und in die Hosentaschen gestreckten Händen beinahe brutal. Die anderen drei Kinder sahen verängstigt aus, blickten zu Boden. Janusz war der Einzige auf dem Bild, der direkt in die Kamera sah. Er stand von Eltern und Geschwistern leicht abgerückt am rechten äußeren Bildrand, als gehöre er nicht recht zu ihnen.

Timms schaltete den Fernseher ab und starrte auf das matte Dunkel des Bildschirms, in dem sich hell das rechte Viereck ihres Fensters abzeichnete. Das Klingeln des Telefons erschreckte sie so sehr, dass sie die Fernbedienung fallen ließ.

»Und, hast du schon unterschrieben?«

Theo erwischte sie auf dem falschen Fuß. Es dauerte einen Moment, bis sie seine Stimme erkannte.

»Noch nicht«, antwortete sie zerstreut, während sie nach der Fernbedienung angelte, um auch das Aufzeichnungsgerät auszuschalten.

»Bin ich zu teuer? Sei ehrlich.«

»Nein, nein.«

»Was dann?«

Sie wollte ihn unbedingt wiedersehen, doch der Bericht über das verschwundene Kind machte sie zu klaren Gedankengängen unfähig. »Ich möchte noch einige Vertragsdetails klären.« Sie war noch gar nicht dazu gekommen, sich den Vertrag genauer anzusehen.

»Dann sollten wir uns noch einmal treffen.«

»Ja, wie wäre es gleich mit morgen?« Wirkte das überstürzt?

»Gut. Du kannst ja diesmal mein bescheidenes Offenbacher Refugium besuchen. Ich koche und zeige dir Bilder aus Indien. Falls du Lust auf einen gähnend langweiligen Diaabend hast. Bier oder Wein?«

Theo gab ihr seine private Adresse, Timms notierte sie sich. »Lass uns weitersehen, sobald der Vertrag unter Dach und Fach ist, ja?«

»Du klingst seltsam. Ist was passiert?«

»Was Berufliches. Nicht wichtig.«

»Okay. Sag mal, ist das eigentlich deine Großmutter?«

»Meine was? Wer?«

»Die Frau auf dem Bild im Flur.«

Timms lachte laut auf. »Nein, bestimmt nicht, wer das ist, erzähle ich dir morgen.«

»Ich freue mich darauf. Wirklich.«

»Bis morgen dann.«

»Ja, bis morgen!«

Mittlerweile erschien ihr Theos Stimme nicht mehr fremd. Als das Telefon gleich darauf nochmals klingelte, lächelte Timms breit: »Ich bin für Wein, das wolltest du doch wissen?«

»Das wäre der Situation nicht angemessen. Und das Du haben Sie sich damals verbeten.«

Schweickert ärgerte sich über Timms fröhlichen Tonfall, aber das hätte er nur unter Folter zugegeben. »Sie haben also ein Privatleben! Schön für Sie, aber ich habe mir schon die Finger blutig gewählt.«

»Janusz?«

Dass sie bereits informiert war, beschwichtigte ihn. Ein wenig. »Was denn sonst? Kern lässt ausrichten, Ihre Strategie ist hinfällig. Zumindest vorerst.«

»Vorerst?«

Timms Stimme nahm einen sachlich-nüchternen Ton an. Kunststück, dachte Schweickert, der Wein war sicher für den kommenden Tag vorgesehen – dass sie kaum dazu käme, diesen mit wem auch immer zu trinken, bereitete ihm Vergnügen.

Als er nicht sofort antwortete, sprach sie weiter: »Vorerst, weil Sie nicht von einem Zufall ausgehen. Gibt es einen Zusammenhang zwischen Frederik und Janusz?«

»Ja – was Sie und mich betrifft. Nein, wenn es um die einstweilige offizielle Sprachregelung geht.«

»Es ist eine zweischneidige Sache, mit Informationen hinter dem Berg zu halten. Wenn Sie die Öffentlichkeit jetzt mit einer Serientäter-Vermutung konfrontieren, wird eventuell unnötig Panik geschürt. Warten Sie zu lange, wird man sie steinigen, falls sich ein weiterer Mord ereignet.«

»Erzählen Sie mir doch mal was Neues über die scheiß Risiken meines Jobs. Darum geht es momentan nicht. Janusz Mutter, Maria Malachowski, will unbedingt ins Fernsehen. Appell an den Entführer. Das Übliche: Er soll das Kind freigeben.«

»Sie halten nicht viel davon?«

»Es kann nicht Ausgangspunkt der Strategie sein, aber meiner Meinung nach ist der Junge inzwischen so tot wie Napoleon. Wenn die Eltern allerdings öffentlich jammern müssen, dann *öffentlich-rechtlich.* Vor allem unter unserer Kontrolle. Sonst siegt der Scheckbuch-Journalismus und das Ganze läuft unprofessionell über den meistbietenden Schundsender.«

»Was erwarten Sie von mir?«

»Kern bittet Sie, die Sendung inhaltlich vorzubereiten und das Konzept mit der Aufnahmeleiterin abzuklären. Sie sollen auch vor Ort mit den Malachowskis sprechen.«

»Aufnahmetermin? Geplante Ausstrahlung?«

»Drehbeginn ist morgen zwölf Uhr in Hausen in der Wohnung der Familie, Ausstrahlung ist am Montag, so früh wie möglich.«

»Morgen ist Sonntag.«

»Hm, mal überlegen, ob das den Täter interessiert. Nein.«

»Arschl… ich meine, auch ohne Wochenende ist das Timing eng. Steht das Drehteam schon?«

»Ja. Ich hole Sie morgen um elf Uhr ab. Die Aufnahmeleiterin braucht Ihre Vorlage bis spätestens neun Uhr. Bis dahin müssen Sie aus ihrem Konzept Brauchbares rausziehen, das alle Eventualitäten abdeckt: Falls das Kind lebt, soll der Täter es freigeben. Falls es bereits tot ist, muss er zu einem Fehler provoziert werden, der ihn verrät.«

»Erzählen Sie mir doch mal was Neues über die scheiß Anforderungen *meines* Jobs.«

Timms legte auf. Schweickert hasste es, wenn sie das letzte Wort behielt.

SONNTAG In aller Herrgottsfrühe wachte Bianca auf – noch vor Christian. Sie erinnerte sich, dass er die Sonntage ohnehin hasste, weil er sie früher immer mit seiner Mutter verbringen musste.

Schnell schlüpfte sie in ihre Kleider und betrat vorsichtig den Flur, dann zog sie sich vor dem Flurspiegel die Perücke über das hässlich stumpfe Haar. Dabei machte sie den Fehler, den Blick zu tief nach unten gleiten zu lassen, wo er auf ihr plumpes Gesicht prallte. Sie hatte nichts von der herrischen Schönheit ihrer Mutter geerbt, dennoch hatte ihre burschikose Hässlichkeit Vorteile.

Und im Gegensatz zu Christian war zumindest ihre erste Erinnerung an die Mutter sehr schön: Das Eisessen jeden Sonntagvormittag, wenn sie, wie viele andere Familien, am Fluss spazieren gegangen waren und endlich das Wasserhäuschen an der Praunheimer Brücke erreicht hatten.

Am Tag des Herrn, an dem man nicht arbeiten durfte, hatte ihre Mutter immer Zeit für sie. Bianca durfte sich auch immer ein Eis aussuchen, egal wie teuer es war ... und das würde sie auch heute tun. Doch sie musste sich beeilen, damit Christian ihr Vorhaben nicht vereitelte.

Bei der Tür entdeckte sie den roten Schirm! Sie hatte ihn am Vortag dort vergessen – wie unvorsichtig von ihr. Er verschwand in der hintersten Ecke des Einbauschranks zwischen all den Putzutensilien, wo Christian ihn hoffentlich nicht zu früh finden würde.

Bianca wählte den kürzesten Weg von Bockenheim an die Nidda und mied die Stelle, von der aus sie das Kind im strömenden Regen auf ihren Armen zum Fluss getragen hatte ... *Kindträger, Hosenträger, Rockträger, Trägermeister, träger Meister jäher Qual, Qualträger meist erträgt er die Qual leiser. Fortträger, Totträger, Totengräber, Grabschänder, Kinderbändiger, kinderlieber schändlicher Gramräuber, Angstbestäuber, Drangbetäuber. In Nomine Patris et Filii et Spiritus Sancti. Amen. Amus, Amis, der heilige Geist, der eilig auf Heiliges scheißt, der den Vater sucht voller Sehnsucht. Muttersucht, es waren zwei Königskinder, Schinder, Schinderhannes, der scheinheilige Vater, Vaterschein, Mutterschwein ...*

Sie sah sich um, doch unter den Leuten, die ihre Sonntagsbrötchen auf der Leipziger Straße kaufen gingen, schien keiner ihr Murmeln bemerkt zu haben. Trotzdem hatte sie schreckliche Angst, für verrückt gehalten zu werden.

Christian war schon verrückt, zumindest von ihr weg-gerückt, dachte sie, während sie beim Fitnessstudio den Zugang zum Niddapark erreichte. Als sie kontrolliert hatte, dass niemand in der Nähe war, summte sie vor sich hin: *Ein Männlein steht am Wasser, nicht still und stumm, es hat vor lauter Purpur ein Mäntlein um ... sag, wer mag das Männlein sein, das fliegen will wie Vögelein ...*

Vielleicht, dachte Bianca, ist der Geruch des Jungen irgendwo in den kahlen Zweigen hängen geblieben? Sie schnupperte schon lange, bevor sie die Stelle am Wehr erreichte, wo sie das rote Kind entdeckt hatte. Seltsamerweise gar nicht weit von der Bank entfernt, wo sie auf Christian gestoßen war, mit den Händen um den Hals des Jungen.

Sie schnupperte noch einmal. Nein, es lag nur der modrige Geruch des Flusswassers in der Luft, nicht der Duft des Kindes nach Geborgenheit, nach einem zu Hause, das man auf der Haut trug ... *modrig-mordrige Duftspur, die Luftkur für heimatlose Hurenkinder ...*

Wie eine Eingebung kam der Gedanke an die Gartenlaube in der Schrebergartenkolonie zurück, die sie vor kurzer Zeit noch gedankenlos passiert hatte. Die fast vergessene Hütte, die eigentlich Christian gehörte. Bianca war sich sicher, er würde nach der Begegnung mit dem Jungen den Park niemals mehr betreten, also auch den Schrebergarten meiden.

Wie von selbst trugen ihre Füße sie dort hin, ein Eis konnte sie nun gar nicht mehr verlocken.

Lange vor Morgengrauen fiel das Fotoalbum von ihrem Schoß herab und landete polternd auf dem Boden vor dem Sofa. Timms war schlagartig wach und fühlte sich trotz der kurzen Ruhe erholt und voller Tatendrang.

Ein wenig blieb sie noch liegen, lauschte auf die Geräusche aus dem Haus und ging gedanklich ein letztes Mal das Konzept für die Sendung durch. Schließlich trug sie, noch im Schlafanzug, das Notebook in die Küche, wo sie dem Sendebeitrag den letzten Schliff gab.

Beim dritten Kaffee und nach dem ersten Käsebrot schickte sie das Dokument vom Küchentisch aus an die zuständige Aufnahmeleiterin beim Hessischen Rundfunk. Es war acht Uhr zwölf, die Mail an Erika Hergenroth trug den Vermerk *Vertraulich.*

Nach dem Duschen sah sie zum ersten Mal wieder auf die Uhr, Schweickert war fünfzehn Minuten im Verzug. Timms klappte das Küchenfenster zum Lüften auf und beobachtete sein Eintreffen in ihrem Hinterhof. Schweickert wirkte irgendwie gestrafft und wesentlich dynamischer als bei ihrem letzten Treffen im Hörsaal. Ihr Eindruck relativierte sich schnell, als er keuchend ihre Wohnung betrat.

»Sie hätten mich warnen können. Sie wohnen ganz oben.«

»Super, ein schlaffer Schreibtischbulle! Gut, dass Sie nicht noch in mein Büro unters Dach müssen. Ich habe meine Unterlagen hier.« Timms ging dem Kommissar in die Küche voran und legte ihm das ausgedruckte Konzept vor.

»Kaffee?«

»Nein, Schreibtischbullen sind chronisch übersäuert.« Schweickert ließ sich auf den Stuhl plumpsen. »Klischee-Königin«, nuschelte er.

Der Kommissar saß auf dem Platz, an dem zuletzt Theo gesessen hatte. Timms hatte ihm bisher nicht für den Abend abgesagt.

»Bitte?«, fragte sie, obgleich sie Schweickert verstanden hatte.

»Unwichtig, legen Sie los!«

»Wissen die Malachowskis von Frederiks Ermordung?«

»Darüber ist mir nichts bekannt.«

»Sollte es so sein, müssen sie das während der Aufnahmen des Suchaufrufs verdrängen. Sie müssen völlig davon überzeugt wirken, dass Janusz noch lebt und zurückkommen wird.«

»Das ist mir auch klar.«

»Prima. Wenn Ihnen alles klar ist, können Sie allein nach Hausen rüber fahren.«

»Nein. Machen Sie weiter.«

»Wir hingegen müssen bei diesem Konzept berücksichtigen, dass es sich um denselben Täter handeln kann. Wenn er es ist, darf er nicht daran erinnert werden, schon einmal mit einem Mord davongekommen zu …«

»Ist er nicht, er wurde nur noch nicht gefasst«, brauste Schweickert auf.

»Schweickert!« Timms Stimme überschlug sich. »Soll ich helfen oder nicht? In einer knappen Stunde will das Rundfunkteam mit dem Drehen beginnen. Wollen Sie dann Bescheid wissen?«

Der Kommissar nickte.

»Gut, dann halten Sie von jetzt an die Klappe! Wenn also Frederiks Mörder Janusz in seiner Gewalt hat, dürfen wir ihn nicht an seine frühere Tat erinnern.« Sie hielt Schweickerts Blick fest: »Im Idealfall sieht der Täter den Beitrag und ist danach davon überzeugt, dass die Polizei keine Verbindung zwischen dem Mord und Janusz zieht. Er soll glauben, er könne das Kind ohne jede Gefahr für sich selbst wieder freilassen.«

»Und was bitte sollte ihn dazu veranlassen?«

»Janusz muss für ihn zu einem Individuum werden ...«

Schweickert lehnte sich zurück, kreuzte die Arme vor der Brust und hörte ruhiger zu.

»So gefallen Sie mir besser!« Timms lächelte gequält. »Janusz muss als lebendiges Kind gezeigt werden. Sein Name muss so häufig wie möglich fallen. Außerdem müssen viele Fakten vermittelt werden, die ihn zu etwas Besonderem machen. Der Täter soll Dinge erfahren, die eine empathische Verbindung herstellen: Je stärker er Janusz als eigenständige, liebenswerte Persönlichkeit wahrnimmt, desto schwerer wird es ihm fallen, dem Jungen etwas anzutun. Janusz soll sich im Bewusstsein des Täters von einem beliebig zu manipulierenden, eigenschaftslosen Spielball zu etwas Vertrautem wandeln.«

»Klingt einleuchtend.«

»Danke.«

»Was sonst?«

»Wie sieht es mit einer Fangschaltung aus? Ist permanent jemand in der Wohnung?«

»Ja, seit gestern Nachmittag ist eine Beamtin bei den Malachowskis. Die Fangschaltung steht. Die Technik ist …«

»… mir egal. Weiter im Text: Die Familie ist arm, mit Sicherheit handelt es sich nicht um einen Lösegelderpresser. Ich denke, unser Täter wird nicht anrufen. Wenn *er* es ist, wird er das Kind im günstigsten Fall einfach irgendwo aussetzen.«

»Das leuchtet ein.«

»Gibt es Filmaufnahmen von Janusz? Bilder, die ihn nicht statisch, sondern in Bewegung zeigen?«

Schweickert blies die Backen auf. »Ne, die Mutter geht putzen und der Vater ist hauptberuflich arbeitslos und Nebenerwerbs-Trinker. Die haben kein Geld für Kameras.

»Und das Bild, das im Fernsehen gezeigt wurde?«

»Der Sender hat eigene Quellen angezapft. Ich lasse das prüfen, falls das nicht schon geschehen ist.«

»Gut.«

»Wir könnten doch die Geschwister filmen.«

»Bloß nicht. Das erweckt den Eindruck, die Malachowskis hätten genug Kinder und es käme auf Janusz nicht an. Was ist mit der Schule, mit den Nachbarn?«

»Ich kümmere mich darum.« Schweickert holte sein Handy heraus und wählte. Während des Gesprächs verließ er die Küche.

Timms hörte ihn im Flur auf und ab tigern. Sie schaute auf die Küchenuhr. Die Zeit wurde knapp.

Schweickert kehrte zurück. »Ich habe Sibylla Gerkweiß darauf angesetzt, falls es was Passendes gibt, lässt sie es direkt zum Hessischen Rundfunk bringen.«

»Gut, fahren wir los. Wir nehmen Ihren Wagen«, sagte Timms. »Meiner ist in der Werkstatt.« Sie brachen ohne Verzögerung auf.

An Schweickerts Rückspiegel pendelte ein Babyschuh, dessen Dauerpendeln Timms beim Fahren verrückt machen würde.

Schweickert musste ihren Blick bemerkt haben. »Von meinem Sohn«, sagte er.

Bis sie den Stadtteil Hausen erreicht hatten, schwiegen sie, auch als sie die Nidda überquerten, den Fluss, an dessen Ufer ein Fahrradsportler den grausigen Fund von Frederiks Leiche gemacht hatte.

Mit der Ankunft im Schatten des Wohnblocks, in dem Maria und Frantiszek Malachowski wohnten, kehrte Schweickerts Ruppigkeit zurück. »Da wären wir. Raus mit Ihnen!«

Schweickert parkte neben den auffällig blauen Autos des Hessischen Rundfunks, einem Kombi und einem Lieferwagen. Eine letzte Wolkenlücke schloss sich über ihnen, und der Schatten des Hauses löste sich im allgemeinen Wintergrau auf.

Im kleinen Wohnzimmer der Malachowskis traten sich der Kameramann und der Tontechniker auf die Füße. Fluchend verlegten sie um die verwohnten Möbel herum ihre Kabel und suchten nach den besten Plätzen für die Kamera und die Scheinwerfer, um einen optimalen Ausschnitt des Raumes einzufangen.

Das Fluchen gehörte beim Aufbau »zum guten Ton«. Und was auf Außenstehende wie ein heilloses Durcheinander und unentschlossenes Hin und Her wirken musste, war Erika Hergenroths Alltag und planvoller, als es schien. Mit einem Klemmbrett in der Hand verfolgte sie den Aufbau von einer Zimmerecke aus und lächelte zufrieden, bis ihr der Grund für den Dreh wieder einfiel. Das war kein Alltag, keine Routine.

»Ich nehme erstmal die Grundatmo …«, informierte sie der Tontechniker.

Hergenroth nickte und machte vorsichtige Schritte über die Kabel hinweg zur Zimmertür. Zwei neue Gesichter waren darin aufgetaucht.

Nach der gegenseitigen Vorstellung folgte Hergenroth Kommissar Schweickert und Leonora Timms zur Küche, wo die Malachowskis beim Eintreffen des Drehteams Zuflucht gesucht hatten.

Erika blieb an der Tür zurück. Vor ihrer Arbeit beim HR hatte sie Psychologie und Sport studiert, und nun registrierte sie automatisch die Verteilung der Personen im Raum sowie ihre Körperhaltung. Erikas psychologische Kenntnisse verbanden sich mit ihrem untrüglichen Instinkt für Bildsprache.

Die Malachowskis standen schweigend vor der Zeile aus alten Küchengeräten und hielten großen Abstand voneinander. Nachdem Schweickert eingetreten war, hatte er sich das einzig frei zugängliche Stück Wand ausgewählt, nun lehnte er sich mit verschränkten Armen dagegen, durch die Breite des Küchentischs von den Malachowskis getrennt.

Leonora Timms trat nach ihm ein, wandte sich Schweickert zunächst zu, änderte dann ihre Richtung und stellte sich zu den Malachowskis.

Erika empfand es als geschickten Schachzug, wie Timms hierdurch die Konstellation zweier gegnerischer

Mannschaften vermied. Erikas Sympathie für die Frau nahm zu.

»Das ist die Psychologin«, stellte der Kommissar sie Januszs' Eltern vor.

»Leonora Timms«, ergänzte diese und schüttelte beiden die Hände, was Schweickert nicht getan hatte.

Maria Malachowski blickte aus verweinten Augen zu der Psychologin auf wie ein geprügelter Hund. Ihre Haut war blass und teigig, aus dem ungepflegten Haar wuchs eine Blondierung heraus.

Frantiszek Malachowski hielt den Blick starr auf den Boden gerichtet, dabei tastete er nach der Hand seiner Frau. Sie zog ihre fort.

»Wo sind die anderen Kinder?«, erkundigte sich Timms freundlich.

Frantiszek sah seine Frau an, Maria antwortete mit einem hastigen Wortschwall. Erika verstand nichts, sie hatte polnisch gesprochen.

»Bei Kinga«, sagte Frantiszek leise.

Timms gab sich damit zufrieden. Sie wandte Schweickert den Rücken zu, lächelte die beiden Polen offen an und versicherte ihnen: »Wir alle hier geben unser Bestes, um Janusz heil zurückzuholen. Es ist sehr wichtig, dass Sie mir jetzt gut zuhören.«

Maria nickte, Frantiszek blickte weiterhin ins Leere.

Erika lauschte einer stark vereinfachten Version des Sendekonzepts, das sie am Morgen per Email von Timms erhalten hatte. Als Timms ihr schließlich zulächelte, hielt sie ihre eigene kurze Ansprache für die Malachowskis: »Haben Sie keine Angst, sich zu versprechen oder etwas falsch zu machen«, erläuterte sie. »Man darf Ihnen Ihre Sorgen anmerken, das ist sogar wichtig. Wir wiederholen jede Aufnahme, bis alles perfekt ist. Und danach wird das Filmmaterial auch noch in der Technik geschnitten. Haben Sie das verstanden?«

Diesmal nickten beide stumm.

»Sehr gut, versuchen Sie bitte, möglichst natürlich zu sein. Gehen Sie doch schon mal ins Wohnzimmer und setzen Sie sich in die Mitte des Sofas. Sie bitte auf die linke Seite, Frau Malachowski.«

Das Paar folgte ihrer Aufforderung und verließ den Raum, Schweickert folgte ihnen dichtauf.

Nun wandte sich Hergenroth Timms zu.

»Zufrieden?«

»Ja, die beiden sind verständlicherweise aufgewühlt«, sagte Timms, »Ihre Erklärungen waren sehr hilfreich.«

»Eine Routineeinführung. Trotzdem ist es immer wieder faszinierend zu erleben, wie sich die Präsenz einer Kamera auswirkt. Manche Leute sitzen davor wie das Kaninchen vor der Schlange und bringen keinen Ton heraus. Andere mutieren zu Schauspielern, übertreiben die Gestik und reden gestelzt.«

»Ich bin sicher, Sie kriegen das nötige Material zusammen.«

»Hoffentlich. Das ist etwas anderes als eine Kurzreportage über den neuen Stern am Krimihimmel – Verzeihung, ist mir so rausgerutscht. Habe ich gestern gedreht.«

Timms schmunzelte. »Schon gut, ich verstehe das. Können Sie mir sagen, woher das Foto aus dem Beitrag von gestern Abend stammt?«

»Das hat ein Kollege von einer befreundeten Familie der Malachowskis erhalten. Wenn wir kein lebendigeres Material bekommen, müssen wir es eventuell noch mal mit hineinnehmen.«

»Würden Sie dann bitte nur den Ausschnitt mit Janusz zeigen, nicht das ganze Bild.«

»Kein Problem.« Erika ergänzte ihre Notizen auf dem Klemmbrett.«

»Gut«, sagte Timms und flüsterte Erika zu: »Verraten Sie mir noch, was eine *Grundatmo* ist? Das habe ich beim Reinkommen aufgeschnappt.«

»Die Abkürzung von Grundatmosphäre. Üblicherweise nimmt man vor Drehbeginn eine Tonaufnahme der Umgebung, um die natürliche Geräuschkulisse einzufangen. Hier ist das nicht notwendig, Profis bestehen trotzdem darauf.

»Danke. Dann ist jetzt alles bereit?«

»Ja.«

Sie atmeten beide tief durch, und lächelten einander der Gleichzeitigkeit wegen zaghaft zu, dann folgten auch sie dem schmalen Flur zum Wohnzimmer.

Für Timms und Schweickert blieb kein Platz im Wohnzimmer der Malachowskis, sie verharrten in der offen stehenden Tür.

Schweickert sah zu, wie sich Hergenroth schräg hinter den Kameramann stellte, von wo aus sie alles im Blick hatte. Vor der ersten Aufnahme bat sie das Paar, auf dem Sofa noch enger zusammenzurücken. Nach der Aufnahme musste sie ihre Bitte wiederholen. »Man soll sehen können, wie sie gemeinsam um Ihr Kind bangen.«

Schweickert dauerte das alles schon jetzt viel zu lange, Hergenroth hingegen schien von einer Engelsgeduld erfüllt zu sein. Erst mit der sechsten Wiederholung gab sie sich schließlich zufrieden.

»Sehr gut«, lobte sie die beiden Polen und sah kurz zu Timms hinüber. »Frau Malachowski, erzählen Sie uns nun etwas über Ihren Sohn. Beschreiben Sie ihn. Wie ist Janusz? Was isst er gern? Was spielt er gern?« Sie gab der Frau das Zeichen, zu beginnen.

»Janusz ist ein lieber Junge.« Maria brach ab.

»Weiter«, bat Hergenroth, »erzählen Sie einfach immer weiter von ihm.«

Maria zuckte hilflos mit den Schultern. »Janusz ist ein lieber Junge, spielt er gut Fußball. Ist gerne draußen zum Spielen. Und isst er gern Pizza.« Sie verstummte und blickte Hergenroth fragend an.

Als sie schließlich zufrieden war, drehte Hergenroth eine weitere Szene, in der Maria darum bat, man solle sich bei ihr melden, falls man Janusz gesehen habe. Die Aufnahmeleiterin lächelte aufmunternd. »Ausgezeichnet, das können wir gleich so nehmen. Herr Malachowski, jetzt sind Sie an der Reihe. Sprechen Sie Janusz direkt an. Sagen sie ihm, er soll nach Hause kommen, wenn er das sieht.«

Malachowski schluckte schwer, schüttelte abwehrend den Kopf und knetete die Hände, die er im Schoß vergraben hielt.

Schweickert hätte Malachowski am liebsten geschlagen, damit er endlich etwas Brauchbares beisteuerte. Stattdessen stupste Timms ihn unvermittelt an und gab ihm wortlos zu verstehen, sie müsse telefonieren. Er knurrte leise, und Timms verschwand.

Offensichtlich erschien es auch Hergenroth aussichtslos, Malachowski zum Reden zu bringen, denn sie wandte sich wieder Maria zu. »Dann Sie bitte noch einmal, Frau Malachowski.«

»Janusz, Kleiner. Du fehlst mir so. Komm nach Hause«, bat Maria unter Tränen und stockte, nur um völlig unerwartet schreiend auf ihren Mann einzuschlagen. Malachowski sprang auf und verließ fluchtartig das Zimmer.

Die Haustür fiel krachend ins Schloss, während Schweickert Hergenroth mit Blicken fragte, ob die Szene im Kasten war. Hergenroth rief dem Kameramann etwas zu. Der Kameramann hob den Daumen.

Völlig versteinert hockte Maria Malachowski nun auf dem Sofa und starrte ins Leere.

»Das macht nichts, Frau Malachowski«, tröstete Hergenroth. »Wir sind ohnehin fertig.«

Maria gab nicht zu verstehen, ob sie dies aufgenommen hatte.

Schweickert stieg über die Kabelstränge hinweg zu Hergenroth und befahl: »Die letzte Szene bekomme ich als Auskopplung. Schnellstmöglich. Per Kurier, direkt zu mir ins Präsidium.«

»Weil ich auch sonst nichts zu tun habe!«, raunzte Hergenroth zurück. »Ihr könnt zusammenpacken, Jungs.«

Er schreckte aus unruhigem Schlaf hoch. Es war mehr als nur dunkel um ihn herum, alles war pechschwarz. Janusz überlegte, ob seine Augen wirklich geöffnet waren ... er blinzelte. Ja, sie waren offen und er schlief auch nicht mehr, dessen war er sich ganz sicher, auch wenn es dunkel blieb. Er wusste noch immer nicht, wo er sich befand.

Vorsichtig versuchte Janusz, sich zu bewegen, aber er schien zwischen irgendwelchen eckigen Gegenständen eingeklemmt zu sein, die er auch durch Befühlen nicht erkennen konnte.

Panik überkam ihn mit einer Welle von Übelkeit, wo war er? Er wollte zu Hause sein bei seiner Mutter. Sogar seine nervenden Geschwister hätte er jetzt gern nebenan plärren hören. Janusz zog den Rotz vom Heulen hoch und schluckte ihn runter, verschluckte sich daran und hustete. Das Geräusch, das er dabei verursachte, klang dumpf. Der Raum musste klein sein. Klein und vollgestopft. Es war unheimlich kalt hier, viel kälter als in einer Wohnung. Er fror, obwohl er sogar die Sportsachen unter seiner Straßenkleidung trug. Der Gedanke irritierte ihn.

Er versuchte weiter, in der Dunkelheit etwas zu erkennen. Langsam machten seine Augen eine hellere Kontur aus – rechts vor ihm lag ein schmaler Streifen Licht am Boden. Dort war eine Tür, nein, eine Art Klappe.

Beklemmend kehrte die Erinnerung an die Garage zurück, in der er sich befand: Der Lichtkegel einer Taschenlampe, der ein Stück des nackten Betonbodens erfasste, dann das überall herumstehende alte Gerümpel, das seinem Vater gehörte.

Der erste Befehl: »Zieh die Turnsachen drunter, sonst erfrierst du hier noch.« Der zweite Befehl: »Halt bloß die Klappe! Kein Ton, sonst …«

Janusz hielt sich den Mund zu und weinte leise in seinen Ärmel.

Bei seiner Rückkehr ins Präsidium hatte Schweickert ein Fax mit der Bitte um Amtshilfe an die polnischen Kollegen abgeschickt, nun saß er in einem der Technikräume des Präsidiums, wo ihm eine Kollegin hatte zeigen müssen, wie der Beamer funktionierte. Nun war es halb sieben, und Schweickert wartete ungeduldig auf einen Übersetzer.

Ironischerweise hatte Timms gerade die Dreharbeiten verlassen, als die Ereignisse begannen, eine unerwartete Eigendynamik zu entwickeln, und als sie in die Wohnung der Malachowskis zurückkehrte, hatte Schweickert sie postwendend nach Hause geschickt. Es interessierte ihn nicht, wie sie ohne ihn nach Bockenheim gelangte, denn er war auf Gold gestoßen. Sollte sie ruhig ihren Wein mit wem auch immer trinken – und in Gedanken auf ihn anstoßen: Das Ermittlerglück war ihm endlich wieder hold.

Die für ihn von Hergenroth ausgekoppelte Sequenz war um viertel nach fünf von einem Kurier zugestellt worden, selten zuvor hatte Schweickert mit solcher Spannung eine Lieferung quittiert. Während er den Filmausschnitt mehrfach abspielen ließ, wandelte sich die Aufregung zusehends zu einem für ihn seltenen Zustand der Zufriedenheit.

»Kommen Sie direkt aus Polen, oder warum hat das so lange gedauert?«, fuhr Schweickert die zierliche Schwarzhaarige an, die schließlich den Raum betrat.

»Es ist Sonntag! Ich komme von einer Hochzeitsfeier und dahin möchte ich auch wieder zurück.«

»Dann ist ja alles klar. Je schneller Sie übersetzen, desto besser geht es uns beiden.«

Sie legte den Mantel ab, darunter trat Abendgarderobe zum Vorschein, sehr kurz, sehr chic. Die Übersetzerin nahm Platz und holte einen Block aus ihrer Tasche.

»Also, worum handelt es sich?«, fragte sie.

»Eine kurze Filmsequenz. Ich muss wissen, was die Frau sagt.« Er spielte die DVD ab.

Ohne hinzusehen, machte sich die Frau Notizen. Sie benutzte Kürzel, Schweickert hatte keine Ahnung, ob es sich um Stenographie handelte.

»Kann ich es noch mal sehen«, bat die Frau.

Gemeinsam mit ihr verfolgte Schweickert die Szene; zum zwanzigsten Mal vielleicht, aber noch immer mit derselben Erregung: Maria fährt ihren Mann wütend an, dann schlägt sie ihn mit aller Kraft mit der Faust auf den Oberschenkel. Malachowski regt sich nicht. Maria schreit noch einmal, dann verstummt sie. Ohne ein einziges Wort erwidert zu haben, verlässt Malachowski fluchtartig das Zimmer.

»Los, was sagt sie?«

»Sie sagt: ›Du wolltest ihn nie. Er war dir immer im Weg.‹ Daraufhin schlägt sie ihn. Dann sagt sie: ›Du bist schuld – Mörder, gottverlassener Mörder! Du Schwein!‹«

Die Worte brannten sich in Schweickerts Gedächtnis ein wie mit Säure geätzt.

»Danke, das war's. Sie können auf die Hochzeit zurück.« Schweickert erhob sich. »Morgen brauche ich das aktengültig.«

»Kein Problem«, sagte die Schwarzhaarige, »Rechnung kommt gleich mit.«

Ihr Parfüm hing noch im Raum, als er eine Handynummer wählte.

»Wie sieht's aus?«, fragte er, ohne sich zu melden.

»Die Kinder sind noch bei der Freundin. Sie ist im Schlafzimmer.«

»Und er?«
»Nicht wieder aufgetaucht.«
»Melden Sie sich, wenn er kommt. Egal, wie spät es ist.«

Dritte Woche

MONTAG Das Telefon klingelte fast ununterbrochen. Schon seit den frühen Morgenstunden. Sie hatte aufgehört, die Nächte zu zählen, in denen sie nicht geschlafen hatte.

Während ihr bei jedem Klingeln das Herz stehen blieb, achtete die rotwangige Beamtin kaum noch darauf. Sie saß in der Sofaecke, kaute an den Fingernägeln und las in einem Buch.

Die Frau, deren Name Maria schon wieder vergessen hatte, hatte gesagt, *er* würde keinesfalls anrufen, bevor der Film im Fernsehen gezeigt wurde. Wahrscheinlich würde er gar nicht anrufen. Wusste sie, was sie ihr damit antat? Und was, wenn Janusz sich meldete?

Sie hoffte nicht mehr darauf. Es war Gottes langer Arm, der sie strafte. Maria betete stumm ein Vaterunser und bat Gott um Verzeihung. Um Verzeihung dafür, dass sie sich viel zu oft ein besseres Leben gewünscht hatte. Ein Leben ohne einen Mann, der trank und tagelang verschwand. Ein Leben, in dem man ihr mit Achtung begegnete, und das nicht von bitterer Armut geprägt war. Ja, es stimmte, sie hatte sich nach ein wenig Luxus gesehnt, nach einer Wohnung, die groß genug für sie alle war, nach einem Auto, nach Reisen mit ihrer Familie an einen Ort, an dem es sonnig und warm war.

Das Telefon klingelte erneut. Galle stieg ihr in den Mund. Man würde ihr wieder viel Geld dafür bieten, dass sie ihren Sohn verkaufte.

»Ja, bitte?«

»Frau Malachowski? Hallo, Rische mein Name, Abendkurier. Wir würden gern ein Interview mit Ihnen ...«

»Lassen Sie mich.«

Maria legte auf, traf die Gabel des Telefons nicht, der Hörer krachte auf den Tisch. Die Rotwangige sah kurz auf.

Beim nächsten Versuch traf Maria die Gabel. Sie stützte sich schwer auf dem Tisch ab. Die Tränen waren ihr längst ausgegangen, doch das Zittern wollte nicht aufhören. Es klingelte wieder. Sie wollte nicht mehr abheben.

Nach dem dritten Läuten blickte die Frau auf dem Sofa sie scharf an. Maria nahm den Hörer ab und wiederholte mechanisch: »Lassen Sie mich.«

»Legen Sie nicht auf, Frau Malachowski«, sagte eine tiefe Stimme, »sondern hören Sie mir genau zu.«

Vor Marias Augen begann sich die Welt zu drehen. Immer schneller, immer farbloser. Sie sah die Zimmerdecke aus einem merkwürdigen Winkel heraus, dann wurde es schwarz vor ihren Augen.

Klaudia unterbrach die Arbeit an ihrem Vergleich zwischen Dadaismus und Expressionismus, sie hatte in aller Herrgottsfrühe damit begonnen und kam gut voran. Heinez' Angebot wirkte Wunder, was ihre Konzentrationsfähigkeit betraf. Wenn sie so weitermachte, konnte sie die fertige Studie am kommenden Freitag in seiner Semestersprechstunde abliefern.

Sie nagte an dem Kugelschreiber, mit dem sie einen ersten Ausdruck korrigiert hatte. Heinez würde sie dann mit Sicherheit wieder nach dem Autor fragen. Klaudia hatte keine Ahnung, wie lange sie ihn mit ihrer Lüge hinhalten konnte.

Sie holte das Manuskript hervor. Ohne ihr Zutun stellte sie sich dessen Verfasser groß vor, schlank und dunkelhaarig. Er war blass und trug bestimmt eine Brille. Malte sie sich etwa gerade ihren Traummann aus? Quatsch, sie stand eher auf die kompakten Kerle, die richtig zupacken konnten, nicht auf schmalgliedrige Feingeister. Einen feinen Humor besaß der Fremde schon – und gesellschaftskritisch war er auch! *Würgst du noch, oder trägst du schon?* Die Anspielung auf die IKEA-Werbung beinhaltete ein vernichtendes Urteil zum Massenkonsum.

Doch einen konkreten Hinweis auf die Identität des Fremden konnte sie dem Text nicht entnehmen.

Trotzdem war es beeindruckend, wie er durch das Spiel mit der Schrift Bedeutungsfelder eröffnete. Einzelne Wörter jagten ihr noch immer kalte Schauer über den Rücken: *Verwendungszweck unbekannt, unbenannter zweckentfremdeter Fremdenführer, FremdenverFührEr uns nicht in Versuchung, verruchte Verseuchung, Meuchelung, heulend heuchelnde Muttergärung, schwelende Schwären der Leibbeschwerung, schöne Bescherung auf Bewährung, Aufbewahrung, Verwahranstalt, fürwahr ErSieEsGehörtInDieAnstalt, aber gehörig in die Anstalt, wem gehört die Anstalt? Allen wirren Irren in ihren verirrten Gehirnwindungen. Ungehöriger Höriger unsichtbarer, unrichtbarer Berichtiger und Bewahrer, wahrhaftiger, saftiger, kräftig-lästiger beweiskräftiger Bekräftiger, berichtigtberührtberüchtigter …*

Muttergärung fand sie absonderlich, geradezu abscheulich! Während ihres gesamten Studiums war Klaudia auf nichts gestoßen, das dieser unendlichen Kette wahnsinniger Begriffe gleichkam.

Der Gedanke, er könnte *tatsächlich* geistesgestört sein, beunruhigte Klaudia zusehends. Simone war felsenfest davon überzeugt, es müsse sich um einen Verrückten handeln. ›Triebtäter‹ hatte sie ihn genannt, die kenne sie aus ihrer Arbeit für den Anwalt.

Und war da nicht sogar der deutliche Hinweis auf eine psychiatrische Anstalt? Der Kerl betete vor dem Einschlafen vielleicht zu einer monströsen Kakerlake oder hatte Vogelskelette und Knoblauch in den Fensterrahmen hängen.

Worauf ließ sie sich bloß ein ... wenn sie ihn fand ... falls ihr überhaupt eine Idee kam, wie sie ihn aufspüren sollte.

»Kannst du den Scheiß nicht endlich mal wegräumen? Das Altpapier quillt über«, plärrte Simone im Flur.

»Ja, sofort.«

»Dein sofort kenne ich.«

»Kennste doch nicht«, rief Klaudia, trat aus ihrem Zimmer in den Flur, wo sie den Stapel Zeitungen mit einem Ruck hochwuchtete, um ihn zur Altpapiertonne zu bringen.

Sie hatte die Arme zu voll beladen und sah die Stufen im Treppenhaus vor sich nicht. Klaudia stolperte, und der Papierberg verlor seine Ordnung. Er geriet langsam ins Rutschen und ergoss sich schließlich über den Treppenabsatz vor der Hoftür. Klaudia bückte sich fluchend und stapelte die Zeitschriften neu. Obenauf landete eine uralte Ausgabe des UniReports und brachte sie zum Lachen. Jedes Mal aufs Neue wirkte Goethes Gesicht im Uni-Logo auf sie wie das eines Knaben, der unter der Gürtellinie des Bildes eifrig masturbierte.

Klaudia nieste. Einmal, zweimal: Der Staub patriarchalischer Machtstrukturen an den Hochschulen, dachte sie. Ihr Blick fiel auf die oberste Schlagzeile: *Medienpsychologie und Kriminalität – Junior-Professorin auf Verbrecherjagd.*

Vielleicht hatten Frauen an der Uni doch noch eine Chance. Klaudia setzte sich auf die kalte Treppenstufe und las das Interview … langsam formte sich die Idee, wie sie Sicherheit über den Geisteszustand des Autors erlangen könnte.

»Erika Hergenroth. Frau Timms, ich habe eine Nachtschicht eingelegt, der fertig geschnittene Beitrag müsste jeden Moment bei Ihnen eintreffen.«

»Danke. Ich sehe ihn sofort an und rufe wegen der Freigabe zurück.«

»Danke, bis nachher.«

Kurz darauf konzentrierte sich Timms auf die Szenen mit den Malachowskis. Hergenroth hatte Timms Vorstellungen einwandfrei umgesetzt.

Sie rief im Sender an. »In Anbetracht der schwierigen Dreharbeiten haben Sie wirklich das Beste herausgeholt. Sie können den Film ausstrahlen lassen, so wie er ist.«

Timms hörte, wie Hergenroth kurz mit jemandem sprach, bevor sie sich wieder ihr zuwandte.

»Gut, dann wird das Ganze um sechzehn Uhr gesendet. Haben Sie gesehen, neben dem Beitrag habe ich auf der DVD einen Ordner mit dem gesamten footage-Material für Sie angelegt.«

»Ich hatte noch keine Zeit dafür.«

»Natürlich nicht. Aber könnten Sie sich gerade mal schnell die Datei *Schulausflug* ansehen? Ich bleibe solange am Telefon.«

Timms war etwas verwundert, öffnete aber dennoch gleich den besagten Ordner mit dem unverwendeten Filmmaterial. Wenige Sekunden später schon nahm eine Sequenz sie gefangen, die vermutlich ein Lehrer aufgenommen hatte und tonlos ablief. Zunächst sah man nur Janusz. Der Junge saß allein auf einem Baumstamm vor einem Waldsaum und malte mit einem Stock auf dem Boden herum; was er zeichnete, blieb dem Objektiv verborgen.

Dann betraten von links her weitere Kinder das Bild. Sie waren älter als er. Janusz hob sein Gesicht und wandte sich ihnen zu. Erschreckt ließ er den Stock fallen und zog sich langsam in den Wald zurück, bis er nicht mehr zu sehen war. Die Kamera verweilte für den Rest der Aufnahme auf den größeren Jungs. Einer von ihnen warf Janusz den Stock wie einen Speer hinterher, die anderen nahmen die Verfolgung auf. Der Film brach ab.

Im Sendebeitrag war nur der kurze Ausschnitt enthalten, in dem ein verträumter Junge gedankenverloren auf dem Boden malte.

War Janusz ein Kind, das sich Druck stets durch Flucht entzog, fragte sich Timms, dann entsann sie sich wieder der Aufnahmeleiterin am Telefon. »Sie haben den perfekten Ausschnitt gewählt, genau das, was mir vorschwebte, im Ganzen ist es sehr …«

»Sehr bedrückend, nicht wahr?«

»Ziemlich.«

»Sie schreiben in ihrem Konzept, dass er wahrscheinlich entführt worden ist, der Filmbeitrag dies aber nicht transportieren darf. Nun frage ich mich«, sagte Hergenroth, »ob Janusz vielleicht abgehauen ist und sich versteckt.«

»Das habe ich eben auch überlegt. Es ist gut möglich«, sagte Timms. Sie verschwieg, welche Folgerung sich unweigerlich anschloss: Würde Janusz so weit gehen, sich etwas anzutun? »Ich werde so schnell wie möglich mit Schweickert darüber sprechen.«

»Ja bitte. Voraussichtlich werden Sie mit dieser Idee nur nicht auf Gegenliebe bei ihm stoßen.«

»Weshalb?«

»Schauen Sie sich die letzte Datei an, ich habe sie *Konflikt* benannt. Sie werden nichts verstehen, denn Maria spricht polnisch, trotzdem werden Sie wissen, weshalb Schweickert sie sofort als Auskopplung haben wollte!«

Im Präsidium erreichte sie unter Schweickerts Nummer niemanden, und Timms ging eilig einkaufen. Noch bevor sie bei der Rückkehr in die Hofeinfahrt einbog, hörte sie die fremden Stimmen. Sie hielt lauschend die Luft an.

»Da steht immer noch der Name von dem alten Drecksack«, sagte der Mann.

»Nein, da steht L. Timms, nicht mehr J.–F. Timms.«

»Macht doch keinen Unterschied.«

»Reg dich doch nicht auf, es ist doch schon Jahre her.«

Timms gab sich einen Ruck, betrat den schummrigen Torbogen und schaltete das Licht ein. Sie setzte ihre Einkaufstasche ab. »Kann ich helfen? Suchen Sie jemanden?«, fragte sie.

»Nein. Wohnen Sie hier?«, entgegnete die pummelige Frau und richtete sich auf.

Timms nickte.

»Wir haben früher hier gewohnt«, erklärte die Frau, »da oben.«

Sie zeigte durch den Durchgang hinauf zum Dachgeschoss, wo Timms Kräuterkästen auf der Fensterbank der Küche standen.

»Scheint ausgebaut worden zu sein, Karl«, sagte sie zu ihrem Mann und erklärte dann: »Wir sind zufällig in der Gegend, um alte Freunde zu besuchen und schauen mal nach der alten Heimat.«

»Wir wollten hier nämlich nicht ausziehen«, erläuterte der Mann, »der Eigentümer hat uns wegen Eigenbedarfs gekündigt.«

»Kannten Sie ihn, den Eigentümer«, fragte Timms.

»Ja. Ein verschrobener Kerl. Professor für altes Zeugs. Soll seine Familie verlassen haben.«

»Karl, lass doch den Klatsch, das interessiert die junge Frau doch gar nicht.« Sie zwinkerte Timms verschwörerisch zu und wünschte ihr einen guten Abend, bevor sie ihren Mann am Arm wegzog.

Erst als die beiden verschwunden und verklungen waren, holte Timms ihre Post aus dem Briefkasten mit dem verräterischen Namensschild.

Auf der Mitte des Hinterhofes blieb sie unvermittelt stehen. NOWAK, war das eigentlich polnisch? Sie ging schnurstracks zu den Klingelschildern zurück. Da stand es: Filip Nowak. Einen Versuch war es allemal wert. Sie klingelte und nannte der Gegensprechanlage ihren Namen, die Wohnung lag oberhalb des *Ganesha.*

»Kommen Sie rauf.«

Filip Nowak erwartete sie barfuß in der Tür. »Kommen Sie rein. Ich hab nichts zu verbergen.«

Timms folgte ihm verwundert in ein überaus aufgeräumtes Wohnzimmer. Nowak hatte ein schönes schmales Gesicht mit blassblauen Augen, die sich manchmal hinter dem schulterlangen blonden Haar versteckten.

»Das sehe ich!«, sagte sie anerkennend.

»Sie machen sicher eine Kontrollrunde als neue Hausbesitzerin. Sie ist ordnungsgemäß angemeldet.«

»Wer?«

»Susanne?«

Timms störte sich nicht daran, ihn nicht zu verstehen. »Sagen Sie wirke ich so? Blockwartmäßig, meine ich.«

»Von Nahem erscheinen Sie ganz harmlos.«

»Aus der Ferne nicht?«

»Nein, eher etwas, mhm verschlossen, abwesend. Und warum sind Sie hier?«

»Das klingt jetzt blöd, aber ist Nowak polnisch? Also sprechen Sie Polnisch, sind Sie überhaupt Pole?«

»Also doch Blockwart!« Nowaks breites Grinsen verriet die Scherzhaftigkeit seines Ausrufs.

»Nein, ich könnte nur eben schnell einen Übersetzer brauchen. Ich müsste Sie allerdings zur Geheimhaltung verpflichten.«

»Sie machen es spannend!«

»Ich arbeite manchmal für die Polizei.«

»Deshalb muss man gleich grimmig aussehen? Verschlossen, meine ich. Und ja, ich spreche und schreibe Polnisch.«

»Würden Sie ... das wäre wirklich sehr nett. Sie dürfen nur nicht ...«

»Meine Lippen sind versiegelt – soll ich gleich mitkommen?«

»Ne, geben Sie mir zehn Minuten Vorlaufzeit.«

Timms stieg in ihre Wohnung hinauf und ließ ihren DVD-Recorder die Aufzeichnung an der richtigen Stelle einfrieren, dann schaltete sie ihr Notebook an. Gerade als sie die Textdatei für die Übersetzung anlegte, klingelte es.

Filip Nowak sah sich aufmerksam um, während er Timms ins Arbeitszimmer folgte. »Wow, die Wohnung ist ja klasse.«

»Nur nicht so aufgeräumt, fürchte ich.«

»Macht nix – wow, klasse Equipment!«

»Das brauche ich. Eigentlich bin ich Medienpsychologin und arbeite häufig mit Aufzeichnungen. Wenn es okay ist, lasse ich die entsprechende Szene für Sie ablaufen. Wenn Sie mir diktieren, tippe ich mit.«

Sie nahm das Notebook auf den Schoß und setzte sich neben Nowak.

»Filip, ich heiße Filip. Wenn Sie mich siezen, kriege ich die Kommissarin nicht aus dem Kopf.«

»Bin ich doch gar nicht. Ich bin Leonora.«

Filip nickte ihr zu: »Kann losgehen, Leonora.«

Sie drückte die Fernbedienung; im gleichen Moment, als sich das Bild aus der Erstarrung löste, klingelte das Telefon. Der Anrufbeantworter schaltete sich ein: »Hinterlassen Sie nach dem Signalton eine Nachricht für Leonora Timms. Sie ruft zurück.«

»Hi, ich bin's, Anne. Mensch, Nora, warum bist du nicht da?«

Durch den Ausbruch von Maria Malachowski hindurch erkannte Timms die Stimme ihrer Schwägerin. Sie stellte das Notebook beiseite. »'schuldigung, da muss ich ran. Haben Sie einen Moment?«

Du sagte Filip lautlos und nickte ihr zu.

»Bin doch da!« Timms tigerte unruhig mit dem Telefon durch die Wohnung.

»Schön! Andros ist heute nach Miami gefahren, die Modemesse aufbauen. Es bleibt doch dabei: Du kommst nächstes Wochenende?«

»Du, Anne ...«

»Nein, du sagst nicht schon wieder ab, oder? Deine Nichte und Dein Neffe freuen sich doch darauf.«

Timms warf einen flüchtigen Blick ins Wohnzimmer. Filip saß mit konzentriertem Gesichtsausdruck vor dem Fernseher. Inzwischen stand das Notebook mehr schlecht als recht auf seinem Schoß, während er mit der Fernbedienung des DVD-Recorders hantierte. Das Notebook schaukelte wie unter schwerem Seegang, Timms wandte sich von dem beängstigenden Bild ab.

»Ich schaffe es dieses Wochenende nicht«, sagte sie zu ihrer Schwägerin. »Vielleicht das nächste. Ich kann auch jetzt nicht so lange reden.«

»Der Hausmeister? Ist er bei dir?«

»Er heißt Theo und nein, ist er nicht.«

»Ich sterbe vor Neugier auf den Haus... Theo! Du musst bald kommen.«

»Ja, ich melde mich! Bis dahin: Eimerweise Küsse für alle, auch den Hund – und die Pferde!« Timms legte auf und kehrte zu Filip zurück.

Er tippte inzwischen mit angespannter Miene auf der Tastatur des Notebooks herum, die Augen stur auf den Fernsehbildschirm gerichtet. Timms war sein Engagement fast schon unheimlich.

»Nicht erschrecken, da bin ich wieder!«

»Und ich bin gerade fertig geworden. Das war nur wenig. Halbsätze, die habe ich gleich mitgetippt.«

»Hab ich gesehen, ich bin beeindruckt.«

»Kein Problem, ich bin Techniker. Ich kenn' mich mit allen möglichen Geräten aus und hacke ständig auf PCs herum. Jetzt muss ich aber los.«

»Danke dir. Du hast was bei mir gut!«

»Vergiss mich bei der nächsten Mieterhöhung!«

Timms schob grinsend die Tür hinter Filip zu, dann hatte sie es eilig, seine Halbsätze zu lesen. Dann rief sie wieder ihm Präsidium an, wenigstens Gerkweiß meldete sich nun.

»Leonora Timms, ist Schweickert zu sprechen?«

»Er ist nach Hause gefahren, um sich Ihren Fernsehbeitrag anzusehen.«

»Sie sollten unbedingt noch einmal überprüfen, ob Janusz nicht doch eher von zu Hause abgehauen ist und sich versteckt hält.«

»Also was jetzt? Seit gestern lässt Schweickert nach Frantiszek Malachowski suchen. Er meint, er habe seinen Sohn erschlagen. Wahrscheinlich im Affekt.«

Hergenroths intuitive Vermutung hatte sich also bestätigt, womöglich mit schrecklichen Folgen. »Falls Janusz abgehauen ist, halte ich ihn für potentiell suizidgefährdet. Richten Sie Schweickert bitte aus, er möge mich anrufen. Schnellstmöglich.«

Timms wusste, geradlinig wie Schweickerts Denken nun einmal verlief, konnte er Marias Beschuldigungen nicht anders als wörtlich nehmen. Sie stellte den Ton ab und betrachtete allein die Bildsprache der Szene. In ihrer Subtilität musste sie dem Kommissar so unverständlich bleiben wie das Polnische. Wenn er sich vorschnell auf seinen falschen Mordverdacht festlegte, schwebte Janusz weiterhin in Lebensgefahr.

Monika schüttelte das Fieberthermometer herunter, mit dem sie Marks Temperatur gemessen hatte. Sie wünschte sich, Thomas würde sich mehr um den Jungen kümmern, doch ihr Mann verhielt sich immer sonderbarer, inzwischen war er ein Fremdkörper in ihrer Familie. Nichts hatte er für seinen kranken Sohn getan, hatte nur kurz in das Zimmer des Kindes geschaut und ihm zugerufen, er dürfe sich jetzt keinesfalls mit der Erkältung anstecken, dann hatte er sich vor den Fernseher gesetzt.

Nun starrte Thomas auf den Bildschirm, auf dem eine aufgelöste Frau mit schwerem Akzent sagte »Janusz ist ein lieber Junge, spielt er gut Fußball. Ist gerne draußen zum Spielen. Und isst er gern Pizza. Janusz, Kleiner, Du fehlst mir so.«

Thomas schien das Ganze mit Abscheu zu verfolgen. »Was für eine sinnlose Farce«, sagte er zu sich selbst, er hatte gar nicht bemerkt, dass sie hereingekommen war. Seit dem Mord an dem kleinen Frederik nahm er überhaupt nichts mehr wahr.

Monika hatte Mitgefühl mit der Polin, deren Kind verschwunden, vielleicht ermordet worden war. Nicht auszudenken, wie sie sich sorgen würde, wenn Mark verschwände. Monika setzte sich neben ihren Mann auf die Ledercouch. »Sie tut mir entsetzlich leid. Die armen Eltern!«, sagte sie.

Thomas schaltete den Fernseher aus. »Mhm«, brummte er, offensichtlich wollte er nicht darüber reden. Er wollte in letzter Zeit gar nicht mehr mit ihr reden.

»Findest du nicht?«, hakte Monika nach.

»Ja, ja, sie tun mir richtig leid, die *armen* Eltern.«

Lag Ironie oder Bitterkeit in seinen Worten? Sie wusste es nicht. »Was für ein Schwein bringt so etwas nur fertig?«

»Ein polnisches Hausschwein«, antwortete Thomas rätselhaft.

»Wie hältst du diese Arbeit nur aus?«, sie griff nach seiner Hand. Er zog sie unwillig fort. »Thomas? Sag doch was.«

»Kannst du mich nicht einfach in Ruhe lassen?«

»Und kannst du nicht ein einziges Mal sagen, was mit dir los ist? Immer ist alles ein scheiß Dienstgeheimnis.« Sie bemerkte, dass ihre Stimme einen ungewollt schrillen Ton annahm. »Irgendwann bist du ganz fort und vergisst einfach, es mir mitzuteilen.«

»Ist das ein Verhör? Ja? Dann ist deine Taktik miserabel.«

»Ich dachte, es heißt Vernehmung«, sagte sie, »aber darum geht es doch gar nicht, ich möchte nur nicht, dass du dich so von mir und Mark abkapselst. Du kannst ihm ja kaum mehr ins Gesicht sehen.«

Thomas sprang auf. »Das stimmt nicht, und das weißt du genau. Ich geh noch 'ne Runde raus.«

»Ja, hau einfach ab«, schrie Monika Schweickert, »das tust du ja immer, wenn es ernst wird.«

Jakubs Schwestern spielten mit Janusz' Geschwistern vor dem Haus, sie lachten. Jakub wartete, bis er seinen Vater wieder bei der Arbeit in der Werkstatt wusste. Zuvor hatten sie zu dritt Maria und Frantiszek im Fernsehen gesehen.

Seine Eltern hatten keine Ahnung, was passiert war. Seine Mutter wischte sich immer neue Tränen mit der Küchenschürze aus den Augen.

Wenn sie nur aufhören würde, diese hässlichen Kittel zu tragen, in denen Kinga, seine schöne Mutter, wie eine Bäuerin aussah. Jakub sah durch das Fenster in den Hof hinaus und zur Garage hinüber. Sein Vater hatte

Frantiszek erlaubt, sie zum Abstellen seines Gerümpels zu nutzen.

»Mama, komm her«, sagte er leise.

Sie kam zu ihm ans Fenster herüber.

Jakub fing an zu schluchzen und es dauerte lange, bis er Kinga begreiflich machen konnte, was geschehen war.

Kinga drehte ihn an den Schultern zu sich herum und schaute ihn lange prüfend an. Sie weinte nicht mehr, dafür wischte sie nun mit dem Schürzenzipfel seinen Rotz weg.

»Heute Abend noch bringen wir Janusz fort«, sagte sie, »wenn es dunkel ist. Aber dein Vater darf niemals etwas davon erfahren. Hörst du, niemals.«

Er nickte. Es war furchtbar, wie entschlossen sie wirkte, wie stark. Jakub wünschte sich, sie hätte ihn wenigstens einmal richtig fest geschlagen für das, was er Janusz' Familie angetan hatte.

DIENSTAG »Maria ist bei Ihrem Anruf gestern umgekippt und völlig zusammengebrochen. Der Arzt war hier und hat sie erst einmal ruhig gestellt«, flüsterte die Polizistin.

»Und wie geht es ihr jetzt?«

»Besser. Gestern Abend hat ihre Freundin angerufen, Kinga. Sie meinte, es täte ihr gut, wenn die Kinder zurückkämen und Maria sich um sie kümmern könnte. Seitdem Kinga die Kinder spät abends vorbeigebracht hat, ist sie erstaunlich gefasst. Sie waren auch ein wenig spazieren.«

»Gut. Dann holen Sie sie bitte her.«

Kurz darauf erschien Maria Malachowski im Wohnzimmer. Sie hatte saubere Kleidung angezogen und ihr Haar war frisch gewaschen.

»Ich muss Ihnen einige Fragen stellen. Geht das?«

Sie nickte und setzte sich auf das Sofa, vor dem es Schweickert seit Sonntag ekelte.

»Janusz ist am Freitag zum Sport gegangen und abends nicht heimgekommen.«

Maria sah ihn fragend an.

»Sie haben ihn aber erst am Samstag als vermisst gemeldet.«

»Frans hat gesagt, Janusz kommt schon wieder. Wir wollen nicht Aufmerksamkeit auf uns haben.«

»Und Sie sind nicht auf die Idee gekommen, uns selbst anzurufen?«

Sie schüttelte den Kopf. »Janusz bleibt manchmal weg, wie er, obwohl er nicht …«

»Obwohl er nicht was?«

»Frans ist nicht Janusz' Vater. Sind sich trotzdem gleich.«

Inzwischen hatte sie sich an der Universität eingelebt und fühlte sich bei den Rechtswissenschaften gut aufgehoben. Timms erinnerte sich an die Querelen bei der Unterbringung ihrer Professur, die ursprünglich für das Institut für Theater-, Film- und Medienwissenschaft vorgesehen war. Nachdem der Wunschkadidat den Ruf völlig unerwartet abgelehnt hatte und Timms nachgerückt war, machte man im Fachbereichsrat jedoch einen Rückzieher. Timms' kriminalistische Ausrichtung fand dort keinen

Anklang, wohingegen man im Fachbereich für Psychologie und Sportwissenschaften scheinbar keinerlei Meinung dazu hatte, denn die entsprechende Anfrage blieb unbeantwortet. Der Fachbereich Rechtswissenschaften hatte von sich aus das Angebot gemacht, die Junior-Professur bei sich anzusiedeln. So saß Timms nun auf dem Fensterbrett in ihrem Büro hoch oben im Juridicum und war froh, kein Schwindelgefühl zu kennen. Mit dem Fuß stützte sie sich auf der Schreibtischkante ab, um auf dem schmalen Fensterbrett nicht den Halt zu verlieren.

Timms blies auf ihre Tasse Kaffee. Noch anderthalb Stunden musste sie in ihrem Büro absitzen, bis ihre Sprechstunde beendet war. Eigentlich sollte sie Studentenprotokolle korrigieren, doch ihr fielen zahllose Gründe ein, die Arbeit auf später zu verschieben.

Sie trank den Kaffee aus und blickte auf den Dinosaurier in der Allee hinab. Es nieselte, und die Stämme der Alleebäume auf dem winterlich kahlen Grünstreifen zwischen den Fahrbahnen unter ihr glänzten wie schwarzer Stein.

Eine Schülergruppe folgte dem Lehrer über die Kreuzung, zweifelsohne auf dem Weg ins Senckenbergmuseum.

Timms Gedanken kehrten zu dem Gespräch mit Hergenroth zurück und verknüpften sich mit dem Anblick der Kinder unter ihr; sie mochten zwischen sieben und neun Jahre alt sein. Wie viele kleine Schicksale über die Straße marschierten! Kleine Genies, unbeliebte Streber, Klassenclowns und Lehrerschrecken – irgendwie übernahm jeder schon in der Schule eine bestimmte Rolle und damit eine Funktion innerhalb der Gemeinschaft, Janusz‘ Rolle schien die des klassischen Opfers zu sein.

»Häh«, fuhr Timms auf und rutschte von der Fensterbank.

»Sorry! Ich hatte geklopft.«

Als habe sie sich aus der Luft heraus materialisiert, stand eine junge Frau mit langen braunen Rastalocken vor ihr.

Timms musterte sie eingehend. Sie trug einen kurzen Poncho über einer Hose – und einem Rock, der bis zum Knie reichte. Drei Etagen seltsamer Kleidung unter ziemlich viel Metall im Gesicht, gepiercte Augenbrauen, Nasenflügel und Oberlippe. Wahrscheinlich hielt das Gewicht die zierliche Person am Boden, sobald ein Sturm in die Kleidung fuhr. Selbst für studentische Verhältnisse erschien das Timms auffällig.

»Und ich hab's nicht gehört«, sagte Timms schließlich.

»Aber Sie sind doch die Profilerin, aus dem UniReport?«

Timms entsann sich mit Mühe des Artikels in der Hochschulzeitschrift. Aufhänger war ihre Studie für das Landeskriminalamt, obwohl das eigentliche Thema die positive Begutachtung ihrer Junior-Professur hätte sein sollen – Medien eben!

»Ja, das bin ich – die im UniReport – Profilerin bin ich nicht«, stellte sie klar.

»Trotzdem, ich muss Sie unbedingt sprechen.«

»Dann setzen Sie sich.«

Timms und sie nahmen gleichzeitig Platz und schauten sich über den Schreibtisch hinweg an.

»Worum geht es?« Timms hatte keine Vorstellung, was die Unbekannte von ihr wollen könnte, die sich als Klaudia Arnd vorstellte und dabei ihren Rucksack auf den Boden plumpsen ließ.

»Sie müssen sich unbedingt das hier ansehen«, forderte sie und streckte ihr einige bedruckte Papiere entgegen.

Timms nahm sie und warf einen flüchtigen Blick darauf. Das billige Papier war randvoll mit schwarzen Buchstaben gefüllt. »Muss ich also! Was ist es denn?«

»Ein Manuskript. Ich habe schon Kopien für Sie gemacht.« Die Studentin legte einen Umschlag vor sie auf den Tisch.

Timms versuchte, aus der Buchstabenwand in ihrer Hand einige Wörter zu reißen: *vereinzelt einzelartig unartiger Einzeller zollt zellenweise Artigkeiten* ... Ihre Verwirrung nahm zu. »Brauchen Sie ein Gutachten für eine Veröffentlichung?« Das konnte sie guten Gewissens verweigern. Was immer dies war, es entbehrte schon jeder notwendigen äußeren Form.

Arnd runzelte die Stirn. »Ja, es geht um eine Veröffentlichung. Aber nicht, wie Sie das jetzt meinen. Ich brauche ein Gutachten hierüber. Jedenfalls etwas in der Art.«

»Sie studieren also Psychologie?«

»Nein, Germanistik.«

Das erklärte zwar den merkwürdigen Inhalt, machte das Anliegen aber nicht verständlicher. Timms reichte die Papiere zurück. »Dann sind Sie bei mir falsch, das wissen Sie schon, oder?«

Arnd machte keine Anstalten, die Blätter wieder an sich zu nehmen. »Nein, bin ich nicht. Ich möchte eine psychologische Einschätzung hierüber.«

Timms kam sich vor wie im falschen Film, und sie mochte ihre Rolle darin nicht. Sie blickte Arnd ins Gesicht und hoffte, nicht begriffsstutzig zu erscheinen.

Als sie nicht antwortete, sagte Arnd ungeduldig: »Das Manuskript ist mir in die Hände gefallen, und ich finde es äußerst verstörend.«

»In die Hände gefallen?«

»Zugeweht, um genau zu sein. Vier Blätter. Der Text ist zum Teil richtig grausig. Ich brauche ein psychologisches Gutachten über den Verfasser.«

»Es ist Ihnen *zugeweht* worden?«

»Ja, ein Windstoß. Es landete vor meinen Füßen. Nicht weit von hier, im Innenhof des Wohnblocks an der Adalbertstraße. Direkt an der Bockenheimer Warte.«

»Zufällig? Ja? Und es ist so verstörend, dass Sie sich wegen einer psychologischen Einstufung an mich wenden. Halten Sie das nicht für übertrieben?«

»Nein. Am Anfang war ich nur neugierig. Als Germanistin interessiert mich Literatur natürlich und darum handelt es sich hierbei definitiv. Ein schrecklicher, aber auch faszinierender Text. Allerdings hat sich mir beim Lesen der Magen umgedreht. Deshalb frage ich mich, ob das alles rein fiktiv ist. Oder ob das von einem Geisteskranken stammt. Vielleicht von einem – Verbrecher.« Sie nahm die Blätter zurück.

»Wahrscheinlich ist Ihre Sorge unbegründet. Sie als Literaturstudentin sollten wissen, in welchen fiktiven Räumen sich Autoren bewegen. Aber wenn Sie darauf beharren, es seien reale Verbrechen beschrieben, sollten Sie sich an die Polizei wenden.«

Arnds Mundwinkel senkten sich herab. »Ich wusste, dass Sie das sagen würden.«

Ihr Gesicht wirkte mit einem Mal blutleer und trotz des Schmucks verletzlich, es war ein klassisch schönes

Gesicht mit hohen Wangenknochen, gerader Nase und festem Kinn.

»Und was hält Sie davon ab?«

»Auf die Bullen bin ich nicht gut zu sprechen. Umgekehrt ist das auch so – die Mittwochsdemos gegen die Studienbedingungen. Sie wissen?«

Timms erinnerte sich, leider ungern. Regelmäßig hatte in ihrer Vorlesung ein Drittel ihrer Studenten gefehlt, bis Timms sie auf den Freitagabend verlegen ließ. Ein Raum – und Terminwechsel im laufenden Semester kam für sie seither der verwaltungstechnischen Apokalypse gleich.

»Sicher. Was ist damit?«

»Die haben mich auf der Zeil abgegriffen, ich stand vorm Schaufenster von so einer großkotzigen Parfümerie.«

»Deswegen allein wird man kaum *abgegriffen.*«

»Zugegeben, ich hatte einen Pflasterstein in der Hand. Gegen mich läuft Strafanzeige: Hausfriedensbruch, Widerstand gegen die Staatsgewalt, Beamtenbeleidigung.«

»Wow! Die ganze Palette!«

»Wenn ich bei denen damit antrabe, lachen sich die Bullen doch schlapp – bevor sie mich hochkant rauswerfen.«

Timms stellte sich die Studentin in eine Diskussion mit Schweickert verwickelt vor und lachte in sich hinein. »Wahrscheinlich. Wenn es nur vier Seiten sind, kann ich sie mir ja mal ansehen.«

»Ich gebe Ihnen meine Handynummer, dann können Sie mich jederzeit anrufen. Es hängt für mich persönlich viel davon ab.«

Sie begann, ihre Telefonnummer zu diktieren, die Timms hastig auf einem Haftnotizblock mitschrieb. »Ich werde mich bei Gelegenheit melden, Frau Arnd.« Timms erhob sich, um das Ende des Gesprächs anzudeuten.

»Ach Kacke, das ist so typisch!« Arnd sprang gestikulierend auf. »Das sagen Sie jetzt – und bei nächster Gelegenheit wandert das Manuskript in den Müll. Dabei muss man doch reagieren, falls der Schreiber gefährlich ist!«

»Ich verspreche Ihnen, es durchzulesen.«

Die junge Frau klaubte ihren Rucksack vom Boden auf. Als sie sich wieder aufrichtete, entdeckte Timms tatsächlich eine Zornträne in Arnds Wimpern.

»Gerade Ihr Fachgebiet müsste es für Sie brennend interessant machen.« Sie riss die Tür auf. »Ach Scheiße – da sorgt man sich um das Gemeinwohl und keinen interessiert's. Aber wenn später etwas Schreckliches passiert, jammern wieder alle, man hätte viel früher was tun müssen ...« Arnd stürmte zur Tür hinaus und schlug sie heftig hinter sich zu.

Timms wusste nicht, was sie von dieser Begegnung halten sollte. Sie erhob sich, ging zum Fenster zurück und schaute wieder auf die Senckenberganlage hinab. Zwar sah sie Arnd nicht das Gebäude verlassen, stattdessen aber eine Seniorengruppe, die die Kreuzung unter ihr überquerte. Die alten Leute entfernten sich langsam vom Museum.

Oder waren es doch die Kinder, überlegte Timms, die, vorzeitig gealtert, dem Museum entflohen? Sie musste unbedingt mit Schweickert über Janusz Malachowski reden. Sie rief im Präsidium an.

»Gerkweiß.«

»Leonora Timms. Kann ich bitte Schweickert sprechen?«

»Er ist bei einer Vernehmung.«

»Dann sagen Sie ihm bitte, er möchte mich zurückrufen. Dringend.«

»Mach' ich. Guter Sendebeitrag!«

»Ja, danke«, sagte Timms abwesend und legte auf.

Es bestand keine Verwechslungsmöglichkeit, sie hatte ihn gesucht und heute endlich auch aufgestöbert: Die offenstehende rote Jacke, die roten Stiefelchen, die rote Hose – die wild rudernden Arme. Das Rot leuchtete unter einer kleinen hölzernen Hütte auf Stelzen hervor, unter der er Schutz vor dem Regen gesucht hatte.

»Wer bist du denn, du wildes Vögelchen?«

Der Junge betrachtete sie scheinbar verständnislos. War er taub? Wie sollte sie sich ihm dann verständlich machen?

Sein plötzliches Grinsen versetzte sogar die übergroßen Öhrchen in Bewegung.

»Der Rote Baron.«

»Das ist ja mal ein seltsamer Name!«

Bianca kroch zu ihm unter die Hütte und setzte sich vor ihn in den feuchten Sand. Er klebte an ihren Händen und scheuerte auf der empfindlichen Haut zwischen ihren Fingern.

Auf dem gewundenen Weg zwischen der Sandgrube und dem Wäldchen an der Autobahnbrücke verklangen die Stimmen der anderen Spielplatzbesucher. Niemand hatte sich nach dem Einsetzen des Regens um das letzte

Kind gekümmert. Es war einfach zurückgeblieben.

Der Junge nickte in heftiger Zustimmung und zog links und rechts neben dem Hintern mit den Fingern Kreise im Sand.

»Andreas-eigentlich.« Er klatschte so laut und schnell in die Hände, dass Bianca alarmiert vor dem aufspritzenden Sandgestöber zurückwich.

»Ich bin Bianca. Du brauchst keine Angst vor mir zu haben.« Jetzt, da sie ihm so nahe war, machte ihr eher das Kind Angst. »Was machst du denn hier so allein?«

»NichtwiedieVögelfliegen.«

Bianca grinste: *»Vögel fliegen, Fliegen fliegen, Fliegenfänger fliegen nicht, ein Vogelfänger bin ich ja, stets lustig, heißa hoppsassa!«*

»Heißer Hoppsassa«, antwortete Andreas bedächtig, als habe sie gerade eine große Weisheit von sich gegeben.

Erstaunt begriff sie, was sie bei ihrer ersten Begegnung mit dem roten Kind nur vage geahnt hatte. Es war irgendwie nicht normal, es war anders. Das Kind war tatsächlich *zurückgeblieben.*

Für Andersartigkeit hatte Bianca großes Verständnis. Allemal war sie besser als Taubheit, viel besser. Mit Andreas Eigentlich würde sie sich gut verstehen.

»Wollen wir uns wiedersehen, Andreas *Flügelarm, flügellahm, armes Vögelchen?«*

Er stand auf, sie mit ihm. Er reichte ihr kaum bis zur Brust. Mit seinem Pullover steckte er massenhaft Sand in den Bund seiner Hose, er beachtete es nicht, auch als der Sand am Ende seiner Hosenbeine auf das Gummi der Schuhe prasselte. Andreas klatschte wieder freudig in die schmutzigen Hände, bevor er den Zeigefinger in den Mund steckte.

»Morgen schon?«, fragte Bianca, »ich weiß einen herrlichen Ort zum Fliegen.«

Sie war fort. Sie hatte seine Tränen weggewischt und verlangt, er solle ein großer, starker Junge sein. Das hatte immer nur sein Vater verlangt. Nicht sie.

Er verstand nicht, warum er nun hier sein musste, warten musste und nicht hinauf durfte in die Wohnung zu ihr und seinen Geschwistern. Er vermisste sie so sehr, alle, sogar den Vater. Hätte er Jakub bloß nie gebeten, ihn zu verstecken. Es war kalt im Keller, nicht eisig wie bei Jakub in der Garage, aber auch kalt, und Janusz knurrte der Magen, obwohl er gerade erst etwas gegessen hatte. Der Hunger war am schlimmsten, immer hatte er Hunger, auch wenn seine Mutter ihm so oft wie möglich etwas zum Essen brachte. Immer musste er schnell essen, schnell und leise, und solange er die Brote in sich hineinschlang, konnte er kaum sprechen und nicht fragen, was das alles sollte.

›Es ist keine Strafe, mein Hase‹, hatte sie ihm in ihrer Muttersprache ins Ohr geflüstert und dabei über sein Haar gestrichen – flüchtig, schon halb wieder auf dem Weg hinaus aus seinem Gefängnis. Aber weshalb sperrte sie ihn im Keller ein, wenn es nicht darum ging, ihn für sein Abhauen zu bestrafen?

Er dachte immer wieder darüber nach. Mutter erklärte es nicht, sie versprach nur, sie würde bald kommen, um ihn zu holen. Dann würde alles besser werden, viel besser, weil Gott sich ihrer aller erbarmt hatte ... Dann machte sie die Taschenlampe aus, versperrte die Kellertür und löschte das Licht auf dem Flur.

Ob es draußen Tag war oder Nacht, wusste er nicht, für ihn war nur noch die wenigen Minuten Tag, in denen er seine Mutter im Lampenschein sah. Viel zu schnell wurde es wieder dunkel und kalt, und er erschreckte sich, wenn sein Magen laut knurrte, erschreckte sich bei jedem Geräusch, von denen es viele gab im Dunkeln. Im Keller: Stimmen, Lachen, das Rumpeln sperriger Gegenstände oder das Quietschen von Türen, das leise Tickern von Fahrrädern, die geholt oder heruntergebracht wurden ...

Janusz riss erschreckt die Augen auf, er musste eingeschlafen sein, nun hatte ihn ein Flüstern aufgeweckt. ›Mamitschka‹, sagte er leise zu dem hellen Lichtstreifen unter der Kellertür. Dann schwieg er und rührte sich nicht mehr: Er hörte zwei Stimmen und ihr Flüstern hatte nichts Liebevolles an sich. Es klang bedrohlich. Nun raste Janusz' Herz und in seinen Ohren rauschte die Angst so laut, dass er sich anstrengen musste, um darüber noch etwas anderes zu hören. Doch es gab nichts mehr zu hören ... das Licht unter dem Türspalt verschwand, und viele Treppenstufen über ihm fiel die schwere Kellertür in Schloss.

Alles war wieder still, auch sein Herz schlug bald wieder langsamer. Bis er ein Knistern hörte. Janusz rutschte zur Tür und hielt das Ohr an den Spalt über dem Boden ... ein Knistern, ein Knacken.

›Hier unten ist niemand mehr‹, flüsterte sich Janusz Mut zu, ›ich bin allein, niemand tut mir etwas.‹ Dann schnupperte er, es roch nach brennendem Plastik. Er legte sich flach auf den Boden und spähte durch die Türritze. Ein ungleichmäßiges Flackern wie von einer Kerze, einer sehr großen Kerze.

Janusz begriff, und nun fing er an zu schreien, er kniete sich hin und schlug mit den Fäusten gegen die Tür. Aber unten im Keller war niemand, er war allein.

MITTWOCH Am Sonntagnachmittag hatte er sie getroffen, nachdem sie ihn mittags hastig angerufen hatte. Getroffen, anders konnte man es nicht bezeichnen. Aus ihrer Verabredung zu einem gemütlichen Abendessen bei ihm zu Hause war eine flüchtige Begegnung im Café Karen in der Innenstadt geworden, bei dem Leos schwarzer Kaffee fast unberührt geblieben war.

Ihre hastig vorgebrachte Erklärung, die momentane Arbeit an einem Mordfall ließe ihr kaum Zeit, vor allem aber keine Ruhe, um sich auf ein Rendezvous einzulassen, war kaum verklungen, da hatte er sich inmitten fröhlicher Gäste wieder allein vorgefunden.

Nun war bereits Mittwoch und Leo hatte sich nicht mehr gemeldet; er fragte sich, ob er es tun sollte.

Theo fühlte sich noch immer verletzt, ohne es sich richtig eingestehen zu wollen. Andererseits hatte Leo mit ihrer hellen, fast durchscheinenden Haut und den dunklen Schatten unter den grünen Augen schrecklich zerbrechlich gewirkt.

Theo schob das Auftragsbuch fort, auf das er sich ohnehin nicht konzentrieren konnte, schloss die Augen und rang das Bedürfnis nieder, nach hinten zu gehen in die Wohnung und ihre Briefe zu holen, die er in einer alten Teedose aus Blech aufbewahrte.

Damals hatte er sie gelesen, acht Briefe an einen Menschen, den er in Indien zurückgelassen hatte, der nicht von dort zurückgekehrt war. Er war kein Rebell mehr, der keinen Frieden finden konnte und sich gegen alles auflehnen musste, was sich ihm tatsächlich oder nur vermeintlich entgegenstellte. Weiser und ruhiger geworden, hatte er sich sogar mit seinem Vater ausgesöhnt und, als dieser an Altersdemenz erkrankt war, seine Firma übernommen.

Theo begriff, dass er Leos Briefen bei seiner Rückkehr mit einer Distanz begegnet war, die der seines Vaters glich, der sie vor ihm gelesen hatte, und dem sie eine völlig Fremde war. Es war ihm unangenehm gewesen, fast peinlich, an ihre Zeit in Bad Dürkheim erinnert zu werden, in der er achtzehn Jahre alt gewesen war und sie sechzehn. An die gemeinsamen Fluchten aus der Beengtheit der Klinik in die Weite der Weinberge, wo sie sich zwischen den endlosen Reihen der Rebstöcke auf seinem Badelaken geliebt hatten.

Später hatte ein Zufall ihm wieder Nachricht von ihr zugetragen: Norbert, sein Sparringspartner, erzählte von der bevorstehenden Hochzeit seines Bruders mit einer Studentin, auf die er selbst ein Auge geworfen hatte. Von da an war Theo Leos unsichtbarer Begleiter, und die spätere Scheidung wurde nicht nur von Norbert mit einem gewissen Wohlgefallen aufgenommen.

Theo klickte sich durch Leos Seiten ihrer Uni-Homepage; sie machte Karriere auf einem Gebiet, das Theo nicht nur fremd, sondern sogar etwas unheimlich war. Er verharrte bei seinem Lieblingsfoto von ihr auf der digitalisierten Seite des UniReports. Leo stand mit erhobenem Haupt und leicht arrogantem Blick vor dem renovierten Poelzigbau im Westend. Sie wirkte, als fotografiere man sie für eine Homestory und der riesige Besitz sei ihr ein wenig lästig.

Den Auftrag für den Einbau der Schließanlagen am Campus Westend hatte seine Konkurrenz erhalten ... Sie war Geisteswissenschaftlerin – und er nur ein simpler Handwerker, der sich mit Boxen in Form hielt und alte Motorräder reparierte. Machte es überhaupt einen Sinn, sich Hoffnungen zu machen?

»Wir haben Ihr Alibi überprüft, Malachowski. Sie waren am Freitag, als Janusz verschwand, nicht bei ihrem Freund Mateusz in der Garage, um bei einem Bier ein gemütliches Schwätzchen über Autos zu halten. Dort waren Sie am Tag *vor* Janusz' Verschwinden. Wo waren Sie, *als* Janusz verschwand?«

Für Frantiszek verschwammen alle Tage zu einem einzigen, nie enden wollenden Alptraum aus Wut und Verzweiflung. Trotzdem stimmte es natürlich, doch als man ihn und Maria gemeinsam befragt hatte, wollte er die Wahrheit vor seiner Frau nicht zugeben. »Woanders.«

»Bitte? Ich verstehe Sie nicht!«

Irgendwann musste er es ja zugeben. »Kneipe. Spielautomat, Biertrinken. Maria sollte nicht wissen«, sagte er schließlich zu der Wand hinter Schweickert, die so grau war wie das Gesicht des Kommissars.

»Welche Kneipe? Wo waren Sie trinken? Wir prüfen das. Besser, Sie lügen diesmal nicht.«

»Ellerfeldschänke, dann Kiosk bei Fischstein.«

»Bis um drei Uhr morgens? So spät sind Sie nämlich erst zu Hause angekommen. Da hatte Maria schon überall nach Janusz gesucht. Und nach Ihnen auch!«

Das stimmte, als er nach Hause gekommen war, hatte sie ihn angebrüllt. »Nein, dann Sperrmüll. In Ginnheim.«

»Welche Straßen?«

»Gaitastraße. Sonst ich weiß nicht.«

»Wie?«

»Gaitastraße, Geiterstraße.« Er wusste wirklich nicht, wie die Straßen des Stadtviertels hießen, er ging doch nur regelmäßig den Schrott dort ab.

»Wir werden das überprüfen. Aber lassen wir es dabei vorerst einmal bewenden.« Schweickert nickte der Beamtin zu. Sie notierte etwas auf einem Zettel und reichte ihn durch die Tür hinaus. Frantiszek sah eine Hand, die das Papier griff. Papier und Hand verschwanden wie in einem Marionettentheater.

»Hat Sie dort jemand beim Fleddern gesehen?«

Frantiszek lachte. Er kam sich irr vor. Ein Irrer aus einer anderen Welt, von der der Mann vor ihm keine Ahnung hatte. »Nachts? Da schlafen anständige Leute. Und ist das gut, wenn Leute sehen, wie man Müll nimmt? Wollen Sie, dass man sieht, wie Sie nehmen Spielzeug mit von der Straße für Kinder? Hält man Kopf unten. Ist man schnell.«

»Das passt ja alles hervorragend.«

»Sie schauen, wenn jemand da wühlt? Bestimmt Sie schauen Leute genau an, gibt es Gesetze gegen Müllmitnehmen! Macht man Anzeige, wenn jemand nimmt, obwohl keiner mehr altes Zeug will.«

»Tun Sie nicht so genierlich. Man kann ja nachts die osteuropäischen Nummernschilder gar nicht zählen, bevor morgens die Entsorgung kommt.«

»Dann fragen Sie doch andere Müll-Polen, haben mich bestimmt welche gesehen!«, brüllte Frantiszek hinaus. Dann besann er sich, zumindest diesen Teil seiner Welt konnte er erklären. »Sie nehmen das nicht ernst! Ist gutes Geschäft. Möchte ich trotzdem nicht, wenn man mich anglotzt wie Hund, der wühlt im Dreck, wenn er hungrig ist.«

»Wie ein Hund! Oder wie ein *Schwein?* So hat Sie doch ihre Frau genannt! Das können Sie bestimmt erklären.«

Frantiszek kreuzte die Arme vor dem Leib und beugte sich nach vorn. Seitdem er im Polizeiwagen hierher gebracht worden war, waren die Schmerzen in seinen Eingeweiden schlimmer geworden. Die Enge des Raums schien ihn zu zerquetschen wie eins der Müllfahrzeuge ein Sperrholztischchen.

Der Kommissar nahm keine Rücksicht darauf. Er hatte ihm zwar keine Handschellen angelegt und auch gesagt, es ginge nur um die Klärung einiger Fragen, doch Frantiszek glaubte ihm nichts mehr.

»Warum haben Sie die Polizei erst am Samstagmorgen verständigt? Janusz war doch schon am Freitagnachmittag nicht pünktlich nach Hause gekommen?« Der Kommissar sprach ruhig. Frantiszek dachte an Kolos, Mateusz' großen Hofhund, und wusste, dass er sich nicht täuschen lassen durfte. Der Bulle würde zubeißen. Bald. »Kommt er doch oft mal nicht nach Hause. Kommt Janusz aber immer wieder – nach einer Weile.«

»Sie haben Maria nicht erlaubt, die Polizei zu rufen.«

»Niemand will mit Polizei zu tun haben. Die Leute denken schlecht über Familie, bei der die Polizei kommt.«

»Janusz ist jedenfalls nicht gekommen. Sie wollten auch nicht bei den Fernsehaufnahmen mitmachen. Weshalb nicht?«

»Soll jeder sehen, wie wir arm sind? Wie Maria weint?«

»Das ist Ihnen peinlich, ja?«

Der Bulle stand auf, stützte sich mit den Händen auf den Tisch und lehnte sich weit zu ihm herüber. Frantiszek roch Zwiebeln in seinem Atem, er sah auch einen gelben Fleck im Weiß eines Auges. Der Bulle sah so beschissen aus, wie Frantiszek sich fühlte.

Die Frau, die ansonsten still bei ihnen saß, räusperte sich und Schweickerts drohende Grimasse füllte nicht mehr sein ganzes Blickfeld. Der Bulle ließ sich in seinen Stuhl zurückfallen. Er schwieg.

So lange, bis Frantiszek es nicht mehr aushielt. »Hab ich nichts damit zu tun, dass Janusz nicht nach Hause kommt. Das ist alles Missverständnis.«

»Glaube ich nicht. Und wissen Sie auch, weshalb? Weil Ihre eigene Frau Sie beschuldigt. Sind Sie so naiv zu glauben, wir hätten das nicht übersetzt? Maria nennt Sie ein Schwein, einen Mörder – und das soll ein Missverständnis sein?«

Was sollte er sagen? Natürlich hatte Maria das gesagt. Weil sie glaubte, Janusz wäre wegen ihm abgehauen. Weil sie Angst hatte, Janusz hat sich etwas angetan. Seinetwegen. Er schwieg.

»Ich sage Ihnen mal, wo das Problem liegt: Janusz ist gar nicht Ihr Sohn.«

Frantiszek hatte immer wieder versucht, diesen Gedanken mit Bier wegzutrinken, es war schlimm, zu wissen, dass Maria ihn für einen beschissenen Vater hielt, nicht nur für Janusz. Das alles war doch auch für ihn kompliziert, wie sollte er es diesem Bullen erklären. »Ja. Sie hat ihn mitgebracht.«

»Und Sie müssen den Restposten aufziehen!«

»Maria ist gute Frau. Janusz ist gutes Kind. Ich bin allein. Sie ist allein, ohne Familie. Ich heirate sie. Dann wir sind Familie.«

»Das kaufe ich Ihnen nicht ab. Janusz hat Sie ständig an Ihren Vorgänger erinnert. Vielleicht wäre Maria viel lieber noch mit ihm zusammen als mit Ihnen?«

»Nein, sie Witwer von anderen Mann. Sie auch damals nicht glücklich gewesen.«

»Eine richtige Pechmarie nenne ich das! Sie Witwer, ja?« Der Bulle klang hämisch. Er kniff die Augen zusammen und ließ aggressiv das Kinn hochschnellen. »Und Janusz? Sieht er dem Anderen ähnlich? Erinnert es Sie nicht ständig daran, dass er nicht Ihr Sohn ist? Dass Maria mit einem anderen gevögelt hat. Sie sind doch katholisch. Macht Ihnen das nichts?«

Frantiszek hätte heulen können vor Leibschmerz. Er hatte auch Kopfweh. Das Ganze war zu viel für ihn. »Janusz kennt Vater kaum. Janusz kennt mich.«

»Und Maria kennt Sie auch, ja? Vielleicht nennt sie Sie deshalb Mörder.«

»Was soll ich sagen?«

»Die Wahrheit, Mann.«

»Was ist schon Wahrheit?« Er wusste es längst nicht mehr.

»Ich sage Ihnen die Wahrheit, wie ich sie sehe: Janusz war Ihnen ein Dorn im Auge. Das Geld ist knapp, die eigenen Kinder haben Hunger, brauchen Kleider. Sie wollten ihn aus dem Weg haben.«

»Lüge, alles Lüge!«, schrie Frantiszek. Und jetzt passierte es. Über die Kanten seiner Unterlider rollten die Tränen. Einfach so. Sie liefen heraus, trafen auf die Falten, die von seiner Nase zum Mund führten und ließen seine Mundwinkel salzig schmecken. Am liebsten wäre er tot und begraben gewesen, am besten vor langer Zeit gestorben, nein, am besten gar nicht erst geboren. Er wäre Maria gern ein guter Mann gewesen und allen seinen Kindern, auch Janusz, ein guter Vater. Er hatte alle Menschen, die er liebte, enttäuscht.

»Malachowski, Sie sind müde und erschöpft, wir alle sind erschöpft. Warum ersparen Sie uns nicht dieses entwürdigende Schauspiel und gestehen?«

Wie aus weiter Ferne hörte Frantiszek, wie sich die Tür öffnete, er hatte keine Kraft mehr, den Kopf zu drehen, um zu sehen, was geschah.

»Schweickert, Sie gehen besser mal raus«, sagte die Polizistin leise.

»Jetzt nicht«, brüllte der Bulle und sein Atem streifte Frantiszeks Gesicht.

Doch Schweickert schob seinen Stuhl zurück und verließ den Raum.

Frantiszek fühlte, wie man ihn am Arm nahm und herausführte. Aber man ließ ihn nicht nach Hause gehen, oder das, was davon noch übrig war.

›Suchen Sie in Mateusz' Garage.‹

›Wie bitte? Ich verstehe Sie nicht.‹

›Suchen Sie in Mateusz' Garage.‹

›Ist das ein Notruf?‹

›Los, schicken Sie jemanden zur Garage.‹

›Bitte nennen Sie Ihren Namen und Ihre Adresse.‹

»Der Anruf kam vor siebzehn Minuten. Die Revierbeamten sind wahrscheinlich schon in Praunheim. Mateusz Gorcyzka betreibt dort eine Autowerkstatt. Es ist der Mann, den Malachowski als falsches Alibi angab.«

»Das weiß ich!«, blaffte Schweickert. »Ich fahre sofort hin. Entlassen Sie Malachowski keinesfalls aus dem Gewahrsam. Durchsuchungsgenehmigung?«

»Eilantrag ist auf dem Weg, stellt unter diesen Umständen kein Problem dar. Viel Erfolg«, verabschiedete sich der Kollege.

Was immer man darunter verstehen mochte ..., dachte der Kommissar.

»Schweickert?«

»Was, Gerkweiß?«

»Schweickert, ich persönlich habe mit Mateusz Gorcyzka gesprochen. Er hat gesagt, Malachowski war definitiv an diesem Tag nicht dort. Wenn nun ...«

»Beten Sie, dass es nicht so ist!«

Er fuhr mit einem Zivilfahrzeug nach Praunheim, am liebsten hätte er das Blaulicht aufs Dach gesetzt. Falls sich herausstellte, dass Gorcyzka gelogen hatte oder Malachowski an jenem Tag nicht bemerkt hatte ... dann fanden sie nun vielleicht Janusz' Leiche. Einen schlimmeren Ermittlungsfehler konnte man sich kaum leisten, es sei denn, das Kind wäre noch zu retten gewesen, hätte man gleich dort gesucht. An die Konsequenzen mochte er nicht denken.

»Alles ruhig«, informierte ihn der uniformierte Beamte des Vierzehnten Reviers kurze Zeit später und führte Schweickert durch ein weit geöffnetes Tor. »Die Leute von der SpuSi erwarten Ihre Anordnungen.«

Schweickert sah sich zunächst um. Das Wohnhaus der Gorcyzkas lag links hinter dem Tor, die eigentliche Autowerkstatt bildete die Stirnseite des Grundstücks, das rechter Hand durch eine Reihe von fünf Garagen begrenzt wurde. Wahrscheinlich hatte sich der anonyme Anrufer auf diese bezogen.

»Sie können dann abfahren«, beschied er den Revierkollegen und ging zur Haustür der Gorcyzkas. Der Hund dahinter schlug schon vor dem ersten Klingeln an. Das tiefe Bellen ließ auf ein größeres Kaliber schließen. Schweickert hätte die Tür dennoch gern eingetreten, mit dem Vieh wäre er schon fertig geworden.

Schweickert klingelte ein zweites Mal und diesmal länger, er hörte eine Stimme hinter der Tür: »Kolos, Platz!«

Na bitte, dachte Schweickert, als eine dunkelhaarige Frau ihm die Tür öffnete. Sie war sehr blass und trug ein kleines sabberndes Kind auf der Hüfte, ein etwas größeres Kind drückte sich Schutz suchend an ihr Bein.

»Ja bitte?«

»Frau Gorcyzka?«

»Ja. Was ist?«

Obwohl sie das Kind hielt, bemerkte er, wie sie zitterte. »Schweickert, Mordkommission, darf ich reinkommen?« Er zeigte ihr den Dienstausweis.

»Ist etwas mit Mateusz? Was ist mit Mateusz?«

Die Frau drückte das Kind enger an sich und lehnte sich mit der freien Schulter an die Wand. Der Hund winselte nun, Schweickert sah ihn hinter der Frau auf einem gemusterten Teppich liegen. Ein mächtiger Rottweiler, doch gut, dass man ihm freiwillig geöffnet hatte.

»Nein. Mit Mateusz ist alles in Ordnung. Ich möchte ihn sprechen.«

»Er ist nicht hier.« Sie ließ das Kind über Hüfte und Bein auf den Boden hinabrutschen. Das zweite Kind machte Platz, indem es beiseite rückte, ohne die Mutter loszulassen. Zwischen ihren Beinen hervor beargwöhnte es Schweickert.

Die Mutter zog ihr Handy aus der Tasche und schaute auf das Display. »Er muss gleich da sein. Er ist bestimmt schon auf dem Heimweg von seiner Mutter. Sie ist krank.«

»Hat er auch ein Handy?«

Sie setzte gerade zu einer Antwort an, als ein älterer Passat-Kombi auf den Hof einbog.

»Da ist er«, sagte die Frau.

Mateusz Gorcyzka stellte den Wagen mitten auf dem Hof ab, schlug die Autotür zu und kam langsam auf sie zu.

»Papa«, sagte das größere Kind, »Lala«, das kleinere.

»Schweickert, Mordkommission.«

Gorcyzka nickte. »Geh ins Haus, Kinga. Ich komme später!«, befahl er der Frau.

»Wir möchten gerne Ihre Garagen durchsuchen. Der amtliche Durchsuchungsbeschluss ist auf dem Weg, es wäre jedoch in unser aller Interesse, wenn Sie nicht auf ihn warten würden, sondern uns gleich mit der Arbeit beginnen lassen würden.«

Kinga redete kurz, aber heftig auf ihren Mann ein. Natürlich polnisch! Zumindest den Namen Maria hatte er verstanden. Am besten, ich niete mir einen Dolmetscher an den Arsch, dachte Schweickert. »Haben Sie mich angerufen?«, fragte er. Gorcyzkas Stimme klang wie eine entzerrte Version derer, die er von dem anonymen Anruf her kannte.

»Tu, was ich sage«, schnauzte Gorcyzka seine Frau an, die nun gehorchte. »Kommen Sie mit!«, forderte er barsch und ging Schweickert über den mit Kopfsteinen gepflasterten Hof voran.

Schweickert nickte einem Beamten des Durchsuchungsteams zu, der an der Hofeinfahrt wartete.

»Also Gorcyzka, haben Sie mich nun angerufen?«

Gorcyzka ging die Reihe der Garagentore stumm ab und schloss sie nacheinander auf, bei der letzten in der Reihe zögerte er kurz. »Los, suchen Sie!«

»Sie scheinen über mein Kommen nicht verwundert zu sein! Haben Sie keine einzige Frage zu stellen?«

»Wird schon alles richtig sein. Ich bin drin.« Gorcyzka wies mit dem Kinn zum Haus und setzte sich dorthin in Bewegung.

»Ich rede später mit Ihnen«, rief Schweickert ihm hinterher. »Mit Ihnen beiden!«

Der Mann verschwand im Haus, und Schweickert ging nun seinerseits die Reihe der geöffneten Garagentore ab. Im Gegensatz zu dem Automechaniker sah er in jede der dunklen Kammern hinein. In den vorderen dreien standen Autos. Nur Autos, ansonsten waren sie leer. In einer vierten lagerten Reifen, Ersatzteile und Werkzeuge. Erst auf die letzte sprang Schweickerts Instinkt an. Hier waren Möbel gelagert, Küchenmaschinen, Fahrräder und eine ganze Menge Plunder in und auf diversen Kisten und Truhen. Auch sehr großen Truhen, in die sich ohne Weiteres der schmächtige Körper eines Jungen stecken lassen konnte.

Schweickert bemerkte, dass er in der Luft nach dem

Geruch des Todes suchte. Sie roch nach nichts außer Schmieröl und Gummi. Schweickert zwang sich zu einer normalen Atmung, während er sein Handy herausholte. Er rief zu Hause an. Monika ging nicht ans Telefon. Gut, dann musste er sich keine Vorwürfe anhören, weil er wieder später als erwartet heimkam. Er hinterließ die Nachricht auf dem Anrufbeantworter.

»Thomas!«

Schweickert drehte sich zur fraglichen Garage um.

Einer der Spurensicherungsleute trat aus dem Dunkel des hinteren Garagenteils hervor. »Schau dir das mal an.«

Schweickert folgte ihm, es dauerte einen Moment, bis seine Augen das Chaos im Zwielicht in Einzelteile zerlegen konnte.

Er folgte dem Fingerzeig seines Kollegen und sah sie, hinter einer Kiste verborgen, ganz am Ende des Raumes. Die Sporttasche. Janusz' Sporttasche.

Ein Taschenlampenstrahl erfasste sie und Schweickert beugte sich zu ihr hinunter.

»Siehst du es auch? Wenn du mich fragst, ist das Blut!«

»Stellt alle Beweismittel sicher. Die hier überstellt ihr sofort zur Analyse in die Kriminaltechnik.«

»Klar, wird gemacht.«

Schweickert überquerte den Hof und klingelte zum dritten Mal an Gorcyzkas Tür.

Mateusz Gorcyzka führte ihn widerwillig in die Küche, wo Kinga einen Berg grüner Bohnen und einige rote Zwiebeln putzte. Von den Kindern und dem Hund war nichts zu sehen und nichts zu hören.

»Die Garagen gehören Ihnen!«

»Ja, aber die rechts benutzt nur Frantiszek.«

»Mateusz!«, schrie Kinga.

»Sind Sie sicher? Wir haben eine Sporttasche darin gefunden. Sie gehört vermutlich Janusz. Haben Sie etwas dazu zu sagen?«

Gorcyzka schüttelte den Kopf.

»Er war es nicht«, sagte die Frau mit tränenden Augen.

Die Zwiebeln waren, wie Schweickert gesehen hatte, noch intakt, von ihnen rührten die Tränen also nicht.

»Halt dich da raus«, fuhr ihr Mann sie an.

»Für jetzt reicht das«, sagte Schweickert. »Aber ich komme wieder. Bald.« Nein, dachte er sofort, er würde Kinga zur Befragung aufs Präsidium bestellen, um sie dem Einfluss ihres Mannes zu entziehen. Trotzdem versprach er sich nicht viel von ihrer Befragung. Schon als er die Küche verließ, brach hinter ihm eine Auseinandersetzung aus, in einem der Nebenzimmer fing der Hund an zu bellen, wie auf Kommando begann auch eines der Kinder zu schreien.

Schweickert entfloh der bedrückenden Atmosphäre, um zum Präsidium zurückzukehren, wo er sich auf seinem ureigensten Terrain fühlte. Jetzt hatte er Malachowski am Arsch!

Timms ärgerte sich maßlos darüber, dass Schweickert es nicht für nötig befunden hatte, sie zurückzurufen.

›Er ist ein viel besserer Ermittler, als er einen manchmal glauben lassen will. Seit einer Hausdurchsuchung lastet auf Malachowski der dringende Tatverdacht auf Totschlag an seinem Sohn‹, hatte Kern sie zu beschwichtigen versucht. ›Wenn Sie sich beeilen, können Sie der zweiten Vernehmung im Präsidium beiwohnen. Passiv, versteht sich!‹

Kerns Worte vermochten sie nicht zu besänftigen, sie konnte sich doch auf ihr Urteilsvermögen verlassen, oder etwa nicht?

Als sie völlig außer Atem im Präsidium eintraf und durch endlose Gänge bis zum richtigen Vernehmungsraum vorgedrungen war, hatte Schweickert die Befragung bereits begonnen.

Malachowski hielt die Arme vor dem Leib verschränkt, als müsse er seinen Körper zusammenhalten. Um seine Augen lagen tiefe Schatten, er wirkte krank und übermüdet.

Sie hatte die Frage nicht gehört, auf die er zögernd antwortete.

»Maria böse.«

»Ach, jetzt sind wohl wieder die Frauen an allem Schuld? Heute Morgen war Maria noch *gute Frau.*«

»Nein. Ja. Maria gut. Maria böse auf mir. Glaubt sie wie Sie, dass ich schlechter bin zu Janusz, weil er nicht von mir. Aber stimmt nicht.«

Sein gebrochenes Deutsch machte Timms zornig. Sie wünschte, Malachowski würde weniger hilflos wirken und Schweickert nicht so eine hervorragende Angriffsfläche bieten. Sie hielt den Polen noch immer für unschuldig. Eher ein Opfer als ein Täter.

»Stimmt also nicht«, sagte Schweickert süffisant.

Timms las aus der geschwollenen Stirnader, wie mühsam Schweickert Ruhe bewahrte. Er lullte Malachowski ein, ließ ihn sich in seiner Unbeholfenheit weiter in Widersprüche verwickeln.

»Nein. Mag ich ihn wie eigene Kindern. Hab ich ihm sogar geschenkt für ihn allein kleine Musikplayer.«

»*Musikplayer?* Dafür haben Sie doch gar kein Geld!«

»Kein Geld. Hab ich gefunden und repariert.«

»Und wo ist dieser Musikplayer? Hatte Janusz ihn dabei, als er verschwand? Davon haben Sie nichts gesagt, Sie halten schon wieder Informationen zurück.«

»Nein. Hat Janusz nicht mehr Musikplayer. Haben sie ihm abgenommen.«

»Wer?«

»Kinder!«

»Welche Kinder?«

»Was weiß ich? Kinder eben.«

»Und dann?«

»Hab ich gesagt, muss er kämpfen. Bekommt er nix mehr, wenn er nicht in Verteidigung geht. Maria deshalb böse. Sie sagt, ich nie helfe Janusz. Aber ist das Kind schwach. Deshalb ich bin schuld. Sie glaubt, er weggelaufen von mir.«

»Vor Ihnen weggelaufen oder von Ihnen getötet? Weil er lästig war, weil er schwach war. Weil er nicht Ihr Kind war.«

»So war das nicht.«

»Gut. Dann sage ich Ihnen mal, wie es war: Sie waren besoffen und haben sich herumgetrieben, dann sind sie unterwegs ihrem Sohn begegnet. Sie haben gestritten und Ihnen ist die Hand ausgerutscht wie schon früher. Nur diesmal stärker und plötzlich war er tot.«

»Nein! Ich weiß davon nix. Janusz soll wieder kommen.« Malachowski schlug die Hände vors Gesicht. Seine Kiefer bewegten sich, aber Timms verstand nicht, was er seinen Handflächen anvertraute.

Selbst für Timms klang Schweickerts Version verführerisch. Konnte Malachowski so betrunken gewesen sein, dass er sich selbst nicht mehr daran erinnerte, seinen Sohn erschlagen zu haben?

»Bitte, Herr Malachowski, sprechen sie klar und deutlich.«

Gerkweiß ließ sich keine Emotionen anmerken und vermochte selbst vor Timms zu verbergen, ob sie Malachowski für schuldig hielt. Der Pole blickte die Beamtin gequält an, sie warf Schweickert einen mahnenden Blick zu, bevor sie nochmals zu dem Verdächtigen sprach: »Herr Malachowski, Sie wissen, wir zeichnen das auf. Auch wenn Sie das nicht wollen, können wir jederzeit einen Dolmetscher kommen lassen. Was Sie jetzt auf Polnisch sagen, lassen wir ohnehin übersetzen.«

»Nein. Janusz nicht getroffen. Nicht geschlagen.«

»Und ich sage, dass wir Beweise dafür haben.«

Schweickert schickte Gerkweiß hinaus. Sie verließ das Vernehmungszimmer, um nur Augenblicke später mit einer Sporttasche zurückzukehren. Man hatte sie in eine durchsichtige Plastiktüte verpackt.

Timms kannte die Beschreibung von Janusz' Sporttasche gut genug, um ihr Übelkeit zu verursachen. Schweickert wies Gerkweiß an, sie mitten auf den Tisch zu stellen. Sie tat es und nahm still wieder ihren Platz ein.

»Es ist Blut daran. Kein Zweifel, dass es sich als Janusz' Blut herausstellen wird! Sie haben ihn am Freitagabend erschlagen und seine Leiche später, vielleicht nachts, in Gorcyzkas Garage versteckt, um nachzudenken, wie Sie sie loswerden. Deswegen haben Sie behauptet, freitags dort gewesen zu sein – falls jemand Sie zufällig gesehen hätte. Aber niemand hat Sie gesehen, also konnten Sie unbedenklich einen Rückzieher machen. In Ihrem Suff haben Sie nur eines vergessen: Die Tasche später gemeinsam mit der Leiche Ihres Sohnes zu beseitigen. Hier, fassen Sie die Tasche an!«

Er schob sie mit einer Unmutsgeste über den Tisch.

Timms verfolgte durch die Scheibe, wie Malachowski sich auf seinem Stuhl so weit wie möglich zurücklehnte, um möglichst großen Abstand zwischen sich und die Tasche zu bringen.

»Los, fass die Tasche an!«

»Nein! Hab ich nicht meinen Sohn totgemacht«, schrie Malachowski und dann »Januuuzs!« Dabei schnellte er nach vorn, packte die Tasche und riss sie fest an seinen Leib.

Malachowskis letzter Satz hatte für Timms wie eine Frage geklungen und war doch die schrecklichste Aussage, die ein Vater machen konnte. In ihren Ohren hallte der Schrei noch nach, als sie das Präsidium längst verlassen hatte.

DONNERSTAG Seit über einem halben Jahr wartete Sabine Boos auf diesen Tag, den Tag, an dem man ihr den Namen des Mörders ihres Sohnes nennen würde. Sie war darauf so gut vorbereitet, wie man es in Anbetracht der Dinge nur sein konnte, und daher hatte sie Schweickerts Anruf nicht aus der Fassung gebracht. Sabine hatte Manfred angerufen und gebeten, nach Hause zu kommen, damit sie sich diesem Augenblick gemeinsam stellen konnten. Sie wusste, Manfred würde die Fassung nicht wahren.

Schwere, sich überlagernde Schritte auf den hölzernen Stufen im Treppenhaus, sie trafen also gemeinsam ein. Sabine öffnete ihnen die Tür und ging Schweickert voran ins Wohnzimmer. Manfred, gespenstisch blass, suchte zuerst das Badezimmer auf. Wie so oft zuvor im letzten Spätsommer setzte er sich ihnen gegenüber in den schweren Sessel, während sie erneut nebeneinander auf dem Biedermeiersofa sitzen würden. Die Sitzordnung des Todes.

Ungefragt schenkte sie Schweickert Tee ein und bemerkte, dass er sich verändert hatte. Wie auch sie hatte er stark an Gewicht verloren, als hungere er aus Solidarität, sein Haar war grauer geworden, nur färbte er es nicht. Er würde auch diesmal nichts von seinem Tee trinken.

Sabine hörte das Ticken der antiken Standuhr im Flur, im stillen Zimmer klang es wie Hammerschläge, dazwischen das würgende Geräusche aus dem Bad. Sie wusste, auch Schweickert hörte es. Die Spülung rauschte, dann der Wasserhahn, noch immer hatte niemand ein Wort gesprochen.

Manfred änderte die eingespielte Ordnung nicht und setzte sich neben sie auf das Sofa, den sauren Geruch nach Erbrochenem hatte er nicht völlig wegwaschen können.

Als ihr Mann saß, zog Schweickert etwas aus der Tasche seiner abgetragenen Jacke und legte es auf den niedrigen Tisch zwischen sie. »Erkennen Sie sie? Gehörte sie ihrem Sohn?«, fragte er.

Sabine griff vorsichtig nach dem weichen Plastikbeutelchen und legte es auf ihre Handfläche wie etwas von einem anderen Stern, dessen Bedeutung für die Menschheit sie vorsichtig entschlüsseln musste. Sie nickte.

»Herr Boos?«, fragte Schweickert.

Manfred streckte seine Hand aus, aber sie war unfähig, darauf zu reagieren, sie schloss ihre Finger fest um den Gegenstand, unwillig dieses letzte Stück Frederik aufzugeben.

»Sabine, bitte.«

»Manfred!« Ihre Stimme war die einer Fremden, schmerzhaft schrill in den eigenen Ohren.

Gegen ihren Widerstand löste Manfred einen ihrer Finger nach dem anderen von dem Beutel, der sich in ihrer Handfläche erwärmt hatte, hautwarm geworden war, wie ... Sie schluchzte, als Manfred ihn ihr wegnahm. Sie konnte den Blick noch immer nicht davon abwenden. Manfred hielt den Plastikrand mit den Fingerspitzen, als könne er sich am Inhalt des Beutelchens mit einer gefährlichen Krankheit infizieren.

»Woher haben Sie das?«, fragte er den Kommissar.

Schweickert sah sie nacheinander ernst an. »Bitte. Sagen Sie mir nur, ob es Frederiks Anhänger ist.«

Manfred klang bestimmt, und sie wunderte sich, wie ruhig er dabei blieb. »Ja, das ist er.«

»Sind Sie sicher?«

Sie wusste nicht, wie sie es in Worte fassen sollte. »Ja. Nein. Fre... Das Lederband fehlt, aber er ist es.«

»Mama, Papa?«

Ihr Sohn hatte das Zimmer lautlos betreten, keiner von ihnen hatte ihn kommen hören, nun schauten sie alle drei das Kind an.

»Geh zurück in dein Zimmer!«, forderte Manfred.

Nikolas achtete nicht darauf. Er starrte den Gegenstand in der Hand seines Vaters an und näherte sich ihm langsam, aber zielstrebig, wie von einem schwachen

Magneten angezogen.

»Sohn!«, wurde Manfred schärfer. Schmerz durchzuckte sie. Sie schwieg.

Nikolas bewegte den Kopf wie in Zeitlupe hin und her. »Das ist nicht sein Drache«, flüsterte er.

»Bitte Schatz, geh auf dein Zimmer«, bat sie ihren Sohn, den wilderen, aufsässigeren von beiden. Nein, ihren einzigen Sohn.

»Aber Mama ...«

»Herrgott noch mal, wie oft ...« Manfred sprang auf, die Hand, wie zum Schlag erhoben.

Nikolas' Gesicht lief rot an, er drehte sich um und lief fort. Nun tappsten seine nackten Füße laut über die Dielen des Flurs.

»Der Junge weiß nicht, was er da sagt!«

»Herr Boos, sind Sie sicher, dass es Frederiks Anhänger ist? Es ist lange her und ...«

»Drücke ich mich irgendwie undeutlich aus?« Manfred fuhr sich mit den Händen durchs Haar, ging durch das Wohnzimmer und baute sich im Türrahmen auf, als wolle er ihnen den Fluchtweg versperren. »Ich habe ihm die Kette auf dem Mittelaltermarkt gekauft, auf der Ronneburg, nur zwei Tage bevor ...«

»Danke«, sagte Schweickert und erhob sich. »Ich brauche Ihre Aussage später noch schriftlich. Rufen Sie mich an, wenn es Ihnen passt.«

»Sie sagen uns nicht, wer es war, nicht wahr?«

Schweickert musste nichts sagen, Sabine kannte die Antwort bereits. Das Warten hörte nicht auf. Still fügte sie sich.

Doch Manfred brüllte: »Wenn es passt? Wenn es passt?« Er schlug mit der Faust gegen das Holz des Türrahmens. »Woher haben Sie das? Wer hat unseren Jungen getötet? Wann geben Sie endlich *uns* Antworten …?«

Schweickert ließ sich nicht aufhalten und zwang Manfred, beiseitezutreten und ihn vorüberzulassen.

Sabine folgte dem Beamten in den Flur hinaus, zog sich aber ins Schlafzimmer zurück, wohin sie sich immer flüchtete.

Sie konnte mit Manfreds Zorn schon lange nicht mehr umgehen – und er nicht mit ihrer Gefasstheit; seit Frederiks Tod drifteten sie jeden Tag weiter auseinander, unfähig, gemeinsam zu trauern.

Sie wusste, er würde ihr nicht ins Schlafzimmer folgen.

Immer hatte er eine Seelenverwandte in ihr gesehen, einen Teil seines Selbst, doch ganz anders als die Stadt und die fremden Leute.

Nun entglitt sie ihm, wurde ihm zur Fremden, die ihm Angst machte. Christian musste Bianca nicht sehen, die Zeichen der Veränderung zu sehen genügte. Der neue, weich fallende Mantel an der Garderobe, der ihn anschrie. Der aufgefüllte Kühlschrank, dessen Inhalt nicht für ihn bestimmt war, Lebensmittel, die sie früher nie gemocht hatte. Der Hauch eines Parfüms in der Luft.

Eifersucht war kein Gefühl, das ihn jemals geplagt hätte, doch er hasste jede Andeutung ihrer Weiblichkeit. Sie mochte es getrost auf seinen Hass auf die Mutter zurückführen, es war ihm egal, solange Bianca zuließ, dass er ihr das Haar so kurz schnitt wie sein eigenes.

Christian belauerte sein Zuhause, als könne es sich

mit Bianca gegen ihn verschworen haben, und schlich der Vertrautheit hinterher. Er fand sie nicht. Stattdessen fand er einen zerrissenen Zettel im Mülleimer.

Sein Speichel machte Schnipsel um Schnipsel feucht. Das hielt sie auf der Küchentischplatte fest, sobald sich wieder einer anfügen ließ. Doch nichts wollte so recht zusammenpassen.

An den gelben Gummirändern des Werbeblocks, den er aus dem Copyshop mitgehen lassen hatte, erkannte Christian schließlich, dass die Stücke zu zwei Zetteln gehörten.

Nur mühsam ließen sie sich auftrennen. Dann rekonstruierte er das erste quadratische Blatt – und verfolgte langsam und unbefriedigt die Geschichte des neuen Kühlschrankinhalts rückwärts.

Dann legte er das zweite Puzzle:

Schrebergarten

Decken, dicke Pullover. Um Strom kümmern. Kühlgerät anschalten. Lampen bringen. Neues Schloss!

Nichts von dem, was er hier las, hatte etwas mit dem schrecklichen Durcheinander zu tun, das bisweilen seinen Kopf füllte, als spränge Biancas Chaos auf ihn über wie ein pestverseuchter Floh. Es glich nicht dem unzählige Papiere füllenden Chaos, von dem er wusste, weil Bianca ab und an unvorsichtig gewesen war und ihre Blätter nicht schnell genug weggeräumt hatte. Vor ihm lag ein nüchterner Plan, klar strukturierte Logik.

Christian begriff, dass er nicht mehr der einzige Mensch war, der Biancas Leben teilte. Ein unbekannter Dritter hatte sich heimlich eingeschlichen, um sich rücksichtslos zwischen ihnen breit zu machen. Nein, Eifersucht hatte Christian nie geplagt und tat es auch jetzt nicht. Dies war eine tödliche Bedrohung ihrer Einheit und damit seiner Existenz.

Gemeinsam mit dieser Erkenntnis dämmerte Schmerz herauf wie ein vager Ausblick auf kommendes Unheil.

Wenn er Bianca nicht rechtzeitig Einhalt gebot, konnte nur einer von ihnen beiden die Invasion des Fremden überstehen. Und Christian würde alles daransetzen, derjenige zu sein, der diese zerbrechende Beziehung überlebte. Koste es, was es wolle.

Er warf die Papierschnitzeln in den Müll und knotete den Beutel zu.

Der Besuch bei Frederiks Eltern mit dem Beweisstück aus der Garage hatte ihn den letzten Funken Kraft gekostet, der in ihm übrig geblieben war. Schweickert saß spät abends noch in seinem Büro, zu überdreht, um nach Hause zu fahren, zu erschöpft, um über die Aufklärung der beiden Morde Befriedigung zu empfinden.

Selbst wenn er wegen Nikolas' Protest noch Zweifel gehabt hätte – das Fax der polnischen Kollegen hätte sie beseitigt. Er hatte es inzwischen dreimal gelesen: Malachowski hatte die ersten vierzehn Lebensjahre in einem Kinderheim verbracht, in dem an den Minderjährigen von Verwahrlosung über Schläge bis hin zum sexuellen Missbrauch jede Form von Gewalt ausgeübt worden war. Mit sechzehn war Malachowski abgehauen, und seine Spur verlor sich, bis er vor zwölf Jahren in Frankfurt wieder aktenkundig wurde – durch die Heirat mit Maria, einer verwitweten Mutter.

Er brauchte keine Psychologie à la Timms, um die Kette der Ereignisse nachzuvollziehen ... die Ermordung

Frederiks, der Mord am eigenen Kind: Malachowski hatte die Schrecken der eigenen Kindheit nicht überwunden und gab die Gewalt weiter, die er selbst hatte erdulden müssen.

Alles, was er nun noch brauchte, war ein Geständnis. Schweickert empfand kein Mitleid.

Er pickte eine Notiz vom Schreibtisch auf und stufte sie als unbedeutend ein, darum konnte sich Gerkweiß morgen kümmern. Er nahm sich einiger anderer Kleinigkeiten an, die bereits viel zu lange liegen geblieben waren und daher ruhig auch noch länger hätten liegen bleiben können, doch die stille Vertrautheit seines Büros war wohltuend. Über die letzten Monate hatten die psychischen Belastungen in einem Maß an ihm gezehrt, von dem er sich in seinem Alter nicht mehr vollständig erholen würde.

Schweickert löschte das Licht und fuhr nach Hause.

Als er seine Wohnstraße in Schwanheim erreichte, brannte in keinem der Fenster seines Hauses mehr Licht. Verschwitzt, wie er war und völlig bekleidet, legte Schweickert sich auf das Wohnzimmersofa. Morgen früh würde er Monika sagen, dass alles überstanden war, dass er ein Arschloch war, aber den Fall geklärt hatte, der ihn zu diesem Arschloch hatte werden lassen.

FREITAG Rainers Anruf riss sie unvermittelt aus einem versöhnlichen Traum, in dem sie als kleines Mädchen ihrem Vater bei einer Ausgrabung auf Kreta half. Aber die Anrufe ihres Ex-Mannes kamen ihr ja nie sonderlich gelegen.

»Hallo Schätzelchen!«, meldete er sich.

»Bist du betrunken?« Sie schloss es aus seiner Anrede. Außerdem klang es, als telefoniere er noch von der Kneipe aus.

»Nur ein ganz klein wenig.«

»Zoff zu Hause?«

»Nur ein ganz klein wenig.«

»Ich höre!« Sie wusste, er würde keine Ruhe geben, bevor er seinen Kummer nicht losgeworden war, sie wusste hingegen nicht, weshalb er sich immer noch an sie wandte, wenn er Kummer hatte.

»Sie will ihn Kaspar nennen. Kas-par.«

»Dann bekommt Ihr wohl besser ein Mädchen.«

Seitdem Karla, seine neue Frau schwanger war, hatten sich Rainers Anrufe vermehrt.

»Zu spät, der Arzt hat sich verplappert.«

»Und – wie wolltest du ihn nennen?«

»Valentin.«

»Sag ihr, ich fände Kaspar super. Und ich würde meinen Sohn auch so nennen.«

»Spinnst du?«

»Nein, ich verhelfe Valentin zu einer fairen Chance.«

Rainer kicherte vor sich hin. »Erklär mir einer die Weiber.«

»Wo bist du? Du musst dir ein Taxi rufen.«

»Hm, Taxi ist gut. Bin ich gestern gefahren.«

»Rainer, erzähl das deinen Saufkumpanen.«

»Ne, das willstu bestimmt hören, weil ich bin nämlich nich allein gefahren.«

»Sondern?« Sie konnte sich nicht vorstellen, was an einer Taxifahrt für sie interessant sein sollte.

»Mit einem nicht näher genannten singfreudigen

Kollegenvögelchen. Du bist doch noch dran an dem verschwundenen Kind, oder?«

»Woher weißt du das denn schon wieder?«

»Intestinaiver Journalismus ist mein zweiter Vorname«, lallte er.

»Das war schon nicht lustig, als du das noch richtig aussprechen konntest.«

»Willstes nun wissen?«

»Ja, sag es und dann fahr heim. Mit einem Taxi.«

»Also gut, jetzt gib fein Acht, der Rainer hat was mitgebracht: Ein nicht unbedeutendes deutsches Nachrichtenmagazin, dem ich, nebenbei bemerkt, gestern eine Reisereportage über Angkor Vat verkauft habe, hat seine Finger da draufgelegt!«

»Ist nicht dein ernst.«

»Oho doch. Ein nicht näher genannter Betrag von 50.000 Euro wechselt demnächst exklusiv den Besitzer. Geht an die trauernde Mutter und schockierte Mördergattin.«

»Sag mal, wo hat dein Singvögelchen sein Brutgebiet?«

»In deiner Heimatstadt Hamburg – vielleicht?«

Das würde eine Mutter doch nicht machen. Sie würde doch ihr totes Kind nicht verkaufen, oder?, überlegte Timms.

»Was meinst du, was die Story wert ist, wenn der Vater nichts weiter auf dem Kerbholz hat als Behinderung der Justiz wegen mangelnder Deutschkenntnisse?«

»Was?«

»Nicht so wichtig.« Sie wusste es bereits.

»Machst du Witze? Nicht mal so viel, wie der Bourbon, den ich intus habe.«

»Das gibt Schtonk.«

»Du bist so komisch Leonora, liebst du mich noch?«

»Fahr heim und frag Karla.«

Sie hatten sich also beide geirrt – nun brauchte sie Schweickerts Vertrauen – und seine Hilfe. Zwar war in ihrer Vorstellung noch nicht jedes Teil an den richtigen Platz gerutscht, doch das Bild zeichnete sich bereits unscharf ab.

Zumindest war Timms sicher, dass Janusz noch lebte – und wohlauf war. Sie musste es nur noch beweisen.

Er erwachte im Morgengrauen und schlich leise über die Diele, um Monika nicht zu wecken. Seine Bartstoppeln juckten wie verrückt, und nach der unbequemen Nacht auf dem Sofa, schmerzte ihn der Rücken. Schweickert fühlte sich wie ein gestrandetes Wrack, doch bevor er ins Badezimmer ging, um wie ein Schiffsfledderer zu retten, was noch von ihm zu gebrauchen war, öffnete er vorsichtig die Tür zu Marks Zimmer.

Das Kinderzimmer lag im Dunkel, weil Monika den Rollladen ganz herabgelassen hatte, doch zumindest das Goofy-Licht hätte brennen sollen. Die Birne war wohl letzte Nacht durchgebrannt.

Er sollte sich mehr Zeit nehmen, um sich solcher Kleinigkeiten anzunehmen, die über die letzten Monate, vielleicht Jahre unerledigt oder an Monika hängen geblieben waren.

Er bückte sich herab, tastete nach dem Nachtlicht seines Sohnes und griff ins Leere. Vergeblich bemühte er sich, zu verstehen, was das bedeutete, während er sich auf der Bettkante abstützte und langsam aufrichtete.

Es war still im Zimmer, kein traumschweres Schnaufen, nicht einmal leises Atmen drang an sein Ohr. Schweickert sprang zur Tür zurück und schaltete das Deckenlicht an. Marks Bett war zerwühlt, aber leer. Schweickert brüllte wie ein gefoltertes Tier.

Zum Glück hielt Weiland, die garstige Schnalle, heute nicht Wacht über Heinez. Er stand über den Computer gebeugt, als er Klaudias Klopfen mit einem zerstreuten »Jaha« beantwortete.

»Probleme mit der Kiste?«

»Ja, ja, das eigene Format überträgt sich nicht unbedingt auf dieses elektronische Zeugs. Da ist was verrutscht, keine Ahnung, wie, ich habe gar nichts gemacht.«

»Lassen Sie mal sehen!« Klaudia setzte sich auf den Stuhl im Sekretariat, es kam ihr fast wie Gotteslästerung vor. Es fühlte sich ausgezeichnet an.

Ein flüchtiger Blick auf den Text offenbarte ein äußerst kreatives Formatierungsdesaster, das durch wenige flinke Tastenkombinationen und Mausklicks wieder in Ordnung gebracht war.

»Ich sehe schon, Sie sind die Richtige.«

»Wofür?«

»Für Cord Nettelsbachers Nachlass, dessentwegen habe ich Sie hergebeten. Sie wollen doch wissen, über welche Arbeit ich Ihnen den Vertrag auszustellen gedenke, oder?«

»Und die Hausarbeit? Ich dachte, deshalb sollte ich herkommen. Ich habe sie mitgebracht.«

Sie legte die Arbeit auf Weilands Schreibtisch ab, mit

dem sie im Hinblick auf ihre Einstellung schon liebäugelte. Heinez betrachtete die dicke Plastikmappe mit dem sorgfältig gestalteten Deckblatt scheinbar mit Missfallen.

»Diesmal ist es eine gelungene Arbeit, ehrlich.«

»Ach so, ja? Ich werde sie natürlich gründlich lesen.«

Der Gesichtsausdruck des Professors sprach vom Gegenteil.

»Werfen Sie doch mal einen Blick in die Giftkammer«, bat er sie, führte Klaudia in sein Büro hinüber und öffnete eine schmale Tür, die sich bisher hinter dem Gummibaum versteckt hatte.

»Links sind meine Sonderdrucke und das Archiv«, erläuterte er. »Im Regal rechts sind die literarischen Hinterlassenschaften Cords.«

Klaudia betrat neugierig die enge Kammer. Etwas enttäuscht betrachtete sie dann die Pappkistenstapel, lose zusammengefasste Papiere und verstaubte Aktenordner. Einige kleinere Briefumschläge machten sich gerade auf, aus einem größeren zu rutschen. Klaudia widerstand dem Drang, sie zurückzuschieben. Das alles beeindruckte sie nicht im Geringsten.

Sie wandte sich Heinez zu und schaltete ein strahlendes Lächeln ein. »Wahnsinnig beeindruckend! Ich freue mich sehr darauf, sein Erbe zu ordnen.«

Heinez strich sich das Haar zurück, es war inzwischen geschnitten. »Das wollte ich hören. Und nun zum Manuskript – ist der Autor zurück?«

»Ja. Also nein. Noch nicht zurück, aber bald. In wenigen Tagen spreche ich mit ihm, dann gebe ich Ihnen sofort Bescheid.«

»Gut, ich kann es kaum erwarten. Und ich möchte

den Vertrag ungern jemand anderem geben müssen.«

Heinez' unverhohlene Drohung begleitete Klaudia durch das Café in der Eisenhower-Rotunde und überquerte mit ihr den Campus bei den Trauerweiden am Wasserbecken auf dem Weg zur gegenüberliegenden Mensa. Die fahlgelben, rautenförmigen Fassadenplatten des Casinogebäudes erinnerten sie an die nikotinverfärbten Fingerkuppen ihrer Wohnungsgenossin Simone.

Es waren nur wenige Studenten in der Mensa, doch an der Salatbar entdeckte sie einige ihrer Nebenfachkommilitonen. Klaudia hoffte, unentdeckt zu bleiben, nahm sich einen Linseneintopf und schlich zur Kasse. Den hallenden Speisesaal durchquerte sie bis zu einem Tisch an der Fensterfront, wo sie sich auf den letzten Stuhl der langen Tischreihen setzte. Sie ließ den Eintopf abkühlen und betrachtete den Poelzigbau, das Hauptgebäude des Campus Westend. Von der Mensa aus wirkte der riesige Bau mit der langen, durch Quergebäude unterteilten Front nicht so massig und komplex, wie er eigentlich war, sondern klar gegliedert und ästhetisch ausgewogen. Die Architektur des Bösen – nicht nur ihrer Geschichte wegen, sondern auch weil Klaudia Schwierigkeiten hatte, sich in den langen und gleichförmigen Fluren der sieben oberirdischen Etagen zu orientieren. Am schlimmsten jedoch waren die Paternosteraufzüge. Die offenen, dunklen Kabinen bereiteten Klaudia höllische Angst, sie mied sie und dachte nicht einmal im Traum daran, einen von ihnen jemals zu benutzen.

Während sie ihr Linsengericht löffelte, ließ sie sich von den überall ausgelegten Flyern ablenken, größtenteils poppig gestaltete Veranstaltungstipps. Nur einer der Zettel war interessant: Die schmucklos aufgemachte Einladung zu einer ›kritischen Führung‹ durch den Poelzigbau und seine Geschichte. Wahrscheinlich nicht kritisch genug für Klaudias Sicht auf die Vergangenheit des ehemaligen IG-Farbengebäudes.

Klaudia hatte keine Zeit, sich um die Vergangenheit zu kümmern, schließlich ging es gerade um ihre Zukunft. Sie wählte die Büronummer von Leonora Timms und verließ die Mensa, den Flyer nahm sie trotzdem mit.

Er war nicht mit seiner Arbeit verheiratet, wie es Monika ihm am Telefon in der Wiedergabe eines abgedroschenen Krimi-Klischees vorgeworfen hatte. Das würde er ihr beweisen, doch zunächst musste er dies hier zu Ende bringen, er musste ein letztes Mal mit Malachowski reden, dann konnte er ihn anderen überlassen. Gerkweiß vielleicht, die an Erfahrung gewinnen musste. Letztendlich war es ihm egal, wer das Kleinholz aufzukehren hatte, zu dem er ihn zu zerlegen gedachte. Schweickert straffte die Schultern und betrat den Vernehmungsraum.

Malachowski hatte sich nicht länger gegen einen Anwalt verwahrt, der geschniegelte Kerl saß neben ihm, sauber manikürte Fingernägel, exakt geschnittenes Haar wie frisch von der Kadettenschule. Schweickert hatte den Namen vergessen, irgendwas Ausländisches. Wahrscheinlich auch ein Pole.

Schweickert setzte sich, handelte die Formalitäten des Verhörbeginns routinemäßig ab und fuhr geschäftsmäßig fort: »Haben Sie von dem Kind gewusst, das im vergangenen Jahr verschwunden ist?«

Der Anwalt flüsterte Malachowski etwas zu.

»Vielleicht weiß ich, weiß nicht.«

»Ich spreche von Frederik Boos. Ich habe zugesehen, als man ihn ermordet aus der Nidda gefischt hat. Nicht weit von dort, wo Sie wohnen. Die Bilder im Fernsehen waren natürlich nicht so schlimm. Haben Sie sie gesehen?«

Wieder riet der Anwalt seinem Mandanten etwas. Schweickert wusste es inzwischen, aber er wollte es aus Malachowskis eigenem Mund hören.

»Ja, den weiß ich. Habe ich zu Maria gesagt, der Junge darf nicht immer allein draußen sein, so lange. Meine ich Janusz.«

»Kannten Sie den Jungen? Frederik Boos?«

Malachowski sah seinen Anwalt an, diesmal schüttelte er nur den Kopf.

»Nein. Kannte ich nicht.«

»Doch. Sie kannten ihn. Er war im Fußballverein, in dem Sie als Aushilfsplatzplatzwart gearbeitet haben, bevor man Ihnen gekündigt hat.«

»Ich erinnere mich nicht. Sind viele Jungs da.«

Schweickert holte zum finalen Schlag aus und warf das Beweismitteltütchen mit Frederiks Drachenanhänger auf den Tisch. »Das haben wir unter Ihren Sachen in der Garage gefunden. Es gehörte dem Jungen, er trug es, als er ermordet wurde.«

»Antworten Sie nicht«, riet der Anwalt rasch.

Doch Malachowski antwortete mit einem Sprung aus dem Stuhl und einem Aufschrei: »Ja doch!«, schrie er, und Speichel spritzte aus seinem Mund. »Ja doch, war alles ich. Schreiben Sie doch auf, Frantiszek Malachowski aus Maszewo ist Mörder. Macht er kleine Jungs tot. Macht er alle kleine Jungs tot.«

»Geht doch«, sagte Schweickert, nickte Gerkweiß zu und verließ den Raum.

Im Schein künstlichen Lichts folgte sie dem Gang des Polizeipräsidiums. Wieder hatte man ihr gesagt, Schweickert sei mit Malachowski im Vernehmungsraum. Wieder erlaubte man ihr zuzusehen, falls sie wolle; ein falsches Déjà-vu.

Nein, Timms wollte nicht. Sie hatte sich für das Gefecht gewappnet, das ihr mit Schweickert bevorstand, sobald sie ihn zur Rede stellen konnte. Egal, wie schuldig Malachowski mit seinen Widersprüchen und seiner Ungeschicktheit wirkte, egal, was er sagen mochte, er hatte seinen Sohn nicht getötet. Er war irgendwo versteckt und seine Mutter wusste wo, sonst hätte sie sich niemals auf den Verkauf ihrer Geschichte eingelassen. Schweickert würde nicht leicht davon zu überzeugen sein, vielleicht gar nicht, dennoch musste sie es versuchen.

Ein Mann trat vor ihr aus einer der Seitentüren in den Flur hinaus und entfernte sich von ihr, der Mann kehrte ihr den Rücken zu. Unbarmherzig zeigten die Finger des Kunstlichts auf fettiges Haar und zwei kahle Stellen dazwischen. Timms holte Luft, um zu fragen, wo Schweickert sei, da erst erkannte sie ihn. Sein Körper schien zu vibrieren wie eine gespannte Bogensehne, wenn sich die Kraft des Schützen während des Anvisierens des Ziels verbrauchte. Sie wagte nicht, nach ihm zu rufen.

Timms beobachtete, wie er etwas aus der Tasche seines zerknitterten Jacketts zog. Ein Handy. Schweickert bediente es zaghaft, als sei er fehlsichtig, dann hielt er es lauschend ans Ohr.

Die Tür des Vernehmungsraums öffnete sich erneut, Malachowski wurde von Gerkweiß in Handschellen abgeführt. Ein junger Mann im grauen Anzug folgte den beiden, zu dritt näherten sie sich Schweickert.

Das letzte Mal, als reale Bilder sich verlangsamten und in einer Zeitlupe vor ihr abliefen, war Timms ein Ei herabgefallen. Das unkontrollierte Schlingern des rohen Eis auf die Tischkante zu, ihr ausgestreckter Arm, die Hand, die sich viel zu langsam öffnete und sich dann oberhalb der weißen Schale um Luft schloss, das perfekte Oval, wie es auf dem Boden zerschellte, winzige Tropfen, die sich, weißen und gelben Tränchen gleich, simultan in die Luft erhoben, verharrten, fielen, verliefen. Sekunden wie eine Ewigkeit, das merkwürdige Phänomen einer verzerrt wahrgenommenen Wirklichkeit. Diesmal war es Schweickert, der in quälender Langsamkeit den Arm hob und das Telefon von sich warf. Es flog eine Ewigkeit in gerader Linie gegen die Wand, wo es aufschlug, von der es abprallte und auf den Boden fiel. Bei der Landung gab es ein krächzendes Geräusch von sich. Schweickerts Schrei mischte sich mit diesem letzten elektronischen Hilferuf, überlagerte ihn, während sich der Kommissar umwandte und auf Malachowski losging. Ein erster Schlag, ein zweiter … und die Realzeit setzte wieder ein.

Zwei uniformierte Beamte, deren Kommen sie nicht gehört hatte, liefen an Timms vorüber und trennten ihren Kollegen von dem Verdächtigen. Das Nächste, woran sie sich erinnerte, war ein vorsichtiger Griff nach ihrem Oberarm und der Satz: ›Wir benötigen Ihre Zeugenaussage‹, von dem sie nicht wusste, wer ihn zu ihr sprach.

Sibylla parkte zu Füßen des Hochhauses und beschloss, im Auto sitzen zu bleiben. Die Scheinwerfer blieben an, damit sie leicht zu finden war. Widerstrebend hatte sie sich auf dieses Treffen eingelassen und eigentlich auch nur, um letzte Zweifel auszuräumen. Immerhin hatte Malachowski inzwischen gestanden, Frederik Boos und seinen eigenen Sohn Janusz ermordet zu haben.

Doch selbst vor dem Hintergrund des Missbrauchs an Frantiszek Malachowski in einem polnischen Kinderheim blieben noch Fragen offen. Es irritierte sie, wie wenig die beiden Morde miteinander gemein hatten – im Grunde nur, dass sie an zwei annähernd gleichaltrigen Jungen begangen worden waren. Vor allem aber war die Frage nach dem Verbleib von Janusz' Leiche noch nicht geklärt.

Deshalb war sie hier, weil Timms Vermutung genau in diese letzte Lücke gezielt und getroffen hatte.

Sibylla spähte durch die Scheiben des alten Mazda, ohne außer einigen anderen abgestellten Fahrzeugen viel von ihrer Umgebung erkennen zu können. Sie war zehn Minuten zu früh, und während sie auf die Psychologin wartete, ließ sie die letzten Tage und Stunden Revue passieren.

Malachowski hatte sich bis zur letzten Vernehmung an diesem Mittag geweigert, einen Rechtsbeistand mit seiner Verteidigung zu betrauen. Dabei hatten die Anwälte Schlange gestanden, um ihn in einem medienwirksamen Prozess zu beraten.

In ihrem Verlangen nach Aufmerksamkeit standen sie kaum den Medien mit ihrer Gier nach Auflage und Zuschauerbeteiligung nach. Glaubten die Leute heutzutage wirklich, nur zu existieren, wenn sie Gesicht, Arsch oder Titten ins Fernsehen hielten? Deutschland sucht den Supermörder: Der Gewinner erhält freie Kost und Logis im Knast, muss aber vorher *singen.* Langsam, stellte sie fest, färbte Schweickerts Zynismus auf sie ab.

Die Ruhe auf dem heckengesäumten Parkplatz war trügerisch, er lag im Dunkel, weil gezielte Steinwürfe die Laternen ringsum zerstört hatten. Und drei Tage zuvor hatte jemand im Keller des Hauses, in dem die Malachowskis wohnten, ein Feuer gelegt. Glücklicherweise hatten es einige beherzte Nachbarn gelöscht, bevor es größeren Schaden hatte anrichten können.

Nicht nur dort hatte es gebrannt. Auch in einem überwiegend von Polen bewohnten Haus in Seckbach im Frankfurter Westen hatten Feuerteufel zugeschlagen. Seit dem Tag, an dem man Malachowski zur ersten Befragung ins Revier überstellt hatte, häuften sich die Anzeigen gegen Unbekannt wie Strafzettel fürs Falschparken. Die meisten gingen wegen Vandalismus ein, doch auch die gewalttätigen Übergriffe auf einzelne Osteuropäer mehrten sich zu statistischer Relevanz.

Sie selbst hatte mit eigenen Augen verfolgt, wie sich halb Hausen innerhalb dieser wenigen Tage mit neuen Graffitis überzog: *Kindermörder an den Strang, keine offenen Grenzen für Mörder, Polenpack raus, Osterweiterung stoppen,* aber auch *Pilzno Power Now.*

Ein Pilsener hätte ihr jetzt gut getan! Sibylla sah das kühle Bier ganz deutlich vor sich, bis ein Klopfen an der Beifahrerscheibe sie aus ihrem Tagtraum schreckte. Im Lichtkegel ihrer Scheinwerfer stand Leonora Timms. Sibylla stieg aus.

»Dieser Fall treibt jeden in den Wahnsinn – ich glaube, ich verliere auch schon den Verstand. Ich habe mich zu Tode erschreckt.«

»Wissen Sie, was ihn hat austicken lassen?«, fragte Timms auf dem Weg zum Eingang des heruntergekommenen Wohnblocks. Fahler Schein überzog ihr Gesicht, als im Treppenhaus das Licht anging. Irgendwo im Gebüsch raschelte ein Tier im toten Laub des letzten Jahres.

»Nein, ich hatte seither noch keine Gelegenheit, mit ihm zu reden. Demnach wissen Sie auch nicht, was mit ihm los ist.«

»Das weiß wohl keiner, er wahrscheinlich am aller...« Der Anblick der uniformierten Beamtin, die das Gebäude verließ, ließ Timms verstummen.

Die drei Frauen gingen einander langsam entgegen, vorsichtig wie vor einem Duell.

»Na, Michaela!«

»Hallo Sibylla. Wir haben alles abgebaut. Ich bin die Letzte, die das sinkende Schiff verlässt. Maria weiß noch nichts Genaues, aber natürlich deutet sie die Ereignisse. Es muss endlich jemand mit ihr reden. Ehrlich gesagt, bin ich froh, dass du das machst.«

Sibylla schluckte. Ihre Kollegin hatte recht, jemand musste Maria Malachowski von dem Geständnis ihres Mannes unterrichten, das hatte sie über Schweickerts Ausbruch völlig vergessen. Nun empfand sie es als glückliche Fügung, die Psychologin an ihrer Seite zu haben.

»Wie geht es ihr?«, fragte Timms Michaela.

»Prinzipiell gut, seitdem ihre Freundin die anderen Kinder am Montag gebracht hat. Der Kellerbrand hat sie völlig aus der Fassung gebracht. Wahrscheinlich fühlt sie sich schuldig an der Randaleaktion und zugleich auch als

Opfer. Zum Glück haben nur einige Idioten zwei Altkleidersäcke im Keller abgefackelt, mehr ist nicht passiert.«

Wie bereitete man sich darauf vor, einer Frau mitzuteilen, dass ihr Mann ihr Kind getötet hat? »Was macht sie gerade? Sind die Kinder schon im Bett?« Zumindest wollte Sibylla die Kinder nicht dabei haben.

»Ja, sie schlafen schon. Als ich gegangen bin, telefonierte Maria mit Kinga. Das tut sie häufig, seitdem sie beschlossen hat, ihren Mann zu verlassen. Viel Glück, ihr zwei!«

»Ja danke. Und schönen Feierabend.«

Sibylla und Timms sahen der Kollegin nach; als der Automotor ansprang, marschierte Timms los und seufzte: »Gehen wir es also an. Lassen Sie mich zuerst mit Maria reden. Wenn ich mit meinem Verdacht falsch liege, bleibt Ihnen genügend Zeit, ihr von Frantiszeks Geständnis zu erzählen.«

Sibylla schaute sie fragend an.

»Wenn nötig rufen wir Kinga oder einen Arzt zur Unterstützung. Ich bleibe so lange wie nötig bei Ihnen.«

»Ich gebe es nicht gerne zu, aber das Angebot erleichtert mich.«

Vor ihnen flog die Haustür auf und zwei Jugendliche in schwarzen Lederjacken traten aus der Tür.

»Hier, was geht ab? Wollt Ihr Party?«, fragte einer der beiden und musterte Timms von oben bis unten.

»Auf unsere Party habt Ihr keine Lust«, antwortete sie und schlüpfte mit Sibylla durch die geöffnete Tür ins Haus. Abgestandener Brandgeruch schlug ihnen entgegen, der in der beschmierten Aufzugskabine von einer Wolke Aftershave überlagert wurde. Die Jungs hatten definitiv noch etwas vor.

Sie stiegen im fünften Stock aus, Sibylla klingelte an Marias Tür, einmal, zweimal. Niemand öffnete, alles blieb still.

»Ist sie weggegangen?«, sinnierte Sibylla.

»Glaube ich nicht, sie würde die Kleinen kaum längere Zeit allein lassen.«

Sibylla klingelte nochmals erfolglos.

»Kommen Sie«, bat Timms und führte Sibylla durchs Treppenhaus ins Erdgeschoss, wo die Jungs noch vor der Tür standen.

Einer von ihnen telefonierte, der andere zog an einer Zigarette, deren Duft mehr Inhaltsstoffe erkennen ließ, als nur Tabak. »Doch unsere Party?«, fragte er keck, als die beiden herauskamen.

»Definitiv nicht. Hat eben jemand das Haus verlassen?«

»Ne, niemand. Wir sind immer noch allein.«

»Ey Alter, wer ist hier allein?« Das Telefonat wurde grußlos beendet.

»Haben Sie eine Frau aus dem Haus kommen sehen?«, versuchte es Sibylla bei ihm.

»Ja, zwei«, grinste er anzüglich.

»Schwachkopf!« Sibylla zog Timms zurück in den Hauseingang. »Vielleicht duscht sie oder war auf der Toilette?«

»Möglich. Ich tippe auf den Keller. Sie war doch außer sich, als es dort brannte.«

Timms drückte die Klinke einer blauen Stahltür, sie gab nach und die Tür öffnete sich, Licht brannte.

Sibylla folgte der Psychologin die Betonstufen hinab, unnötigerweise legte Timms den Zeigefinger auf die Lippen, Sibylla hatte schon begonnen, auf Zehenspitzen zu laufen.

Bald hörten sie leise Stimmen, ein Kind weinte, eine Frau sprach sanft auf es ein.

Sibylla schaute Timms an, die Psychologin lächelte und ließ ihr den Vortritt zu einer angelehnten Tür. Sibylla ließ sich nicht zweimal bitten und schaute vorsichtig durch den Spalt.

Der Junge, den sie nur von Bildern her kannte, lag in den Armen seiner Mutter, die ihn sanft darin wiegte.

»Wie Sie damit umgehen, überlasse ich Ihnen«, flüsterte Timms ihr ins Ohr.

SAMSTAG Natürlich erreichte sie die verbohrte Psychologin nicht, es war Samstag und Professoren hatten es nicht nötig, für ihre fetten Gehälter samstags zu arbeiten.

Es wäre bestimmt geschickter gewesen, überlegte Klaudia nachträglich, dem Anrufbeantworter ihren Zorn nicht so deutlich anzuvertrauen, sondern ihre Bitte um Rückruf höflicher zu gestalten. Aber im Grunde hatte sie die Hoffnung bereits aufgegeben, von dieser Seite noch Hilfe zu erfahren. Soviel zum Thema Solidarität unter Frauen!

Als sie das Büro aufschloss, dachte Timms an Janusz, der wieder zu Hause war und an Schweickert, dessen Ausbruch ihr noch immer ein Rätsel war. Die Mischung aus Freude und Besorgnis wich Neugier, weil ihr Telefon klingelte. Wer wohl die Naivität besaß, samstags einen Professor an der Uni zu vermuten?

Das Klingeln verstummte, just als sie nach dem Hörer griff, dann war sie beim Abhören der Nachricht froh, es nicht rechtzeitig geschafft zu haben. Wie hätte sie auch auf die beleidigten Anwürfe der Germanistikstudentin reagieren sollen?

Eigentlich hatte sie nur die Protokolle abholen wollen, um sie zu Hause zu korrigieren, doch nun kehrte sie eine halbe Stunde lang in ihrem Büro das Unterste zuoberst, bis sie den Umschlag mit dem sonderbaren Manuskript gefunden hatte. Sie stopfte ihn zusammen mit den Protokollen in die Satteltasche, goss die Klivie auf dem Fensterbrett und machte sich auf den Heimweg.

Kurz darauf unterbrach sie die Fahrt und schloss das Rad an einem Metallgeländer vor dem Supermarkt in der Adalbert-Straße ab. Wenn sie sich richtig erinnerte, hatte die Studentin das Manuskript im Hinterhof dieses Komplexes gefunden.

Obwohl sie den Wohnblock fast täglich passierte, kannte sie nur den Bioladen in der Einkaufspassage. Der grau gepflasterte Innenhof, den sie von hier aus erreichte, erwies sich als eng und von einem fortlaufenden Metalldach fast völlig überspannt. Das schien ihr unpassend.

Timms kehrte zur Adalbert-Straße zurück und folgte dem Gebäudezug, der ihr im Ganzen wesentlich länger erschien als der überdachte Hofteil. Links neben dem Plus-Markt schloss sich der Eingang zu einer Tiefgarage an und wiederum links davon ein schlauchartiger Zugang zu den rückwärtigen Gebäuden. In seiner Kargheit wirkte er eher wie ein Notweg, trotzdem folgte ihm Timms und fand sich in einer großzügigen, offenen Anlage wieder, von deren Existenz sie bisher nichts geahnt hatte.

Sie holte ihr Rad und schob es quer durch den neu gefundenen Hofzugang. Allein einer der Hauseingänge wies schon zwölf Klingelschilder auf. Und Timms fand sich von einer Vielzahl gleichartiger Häuser umgeben, die Hochrechnung auf die Anzahl der Wohnungen und Fenster sparte sie sich.

Den ausgedehnten Hof teilten sich winterkahle Hecken, unbepflanzte Beete, Parkplätze und Mülltonnenstellplätze. Auf den Wegen dazwischen spielten einige Jungs laut johlend Fußball.

Ohne genauere Angaben der Studentin kam Timms hier nicht weiter. Sie stieg auf ihr Fahrrad und fuhr nach Hause.

Bianca schaute in den Spiegel, diesmal mit Absicht, denn sie fühlte sich gesichtslos und brauchte Bestätigung, eines zu besitzen. So lange schon wollte sie immer nur ein harmloses, das man vergaß, sobald sie vorübergegangen war. Doch jetzt hätte sie gerne eines mit mehr Ausdruck.

Sie lächelt zaghaft ihr Spiegelbild an und da war es: Das Gesicht von früher. Bianca beschloss, es sich von der Vergangenheit für diesen Tag zu borgen.

Wenn doch nur ihr Haar schneller wachsen wollte. Sie zog daran, aber natürlich wurde es nicht länger davon. Andreas hatte an ihrer Perücke gezogen und sich erschreckt, als er sie plötzlich in der Hand hielt. Dann hatte er vor Freude in die Hände geklatscht und sie sich selbst aufgesetzt. Verkehrt herum. Erst lachte er, dann weinte er, weil er nichts mehr sah. Sie hatte ihn in den Arm genommen, die Haare beiseite gestrichen und ihn gestreichelt. Da war er wieder ruhig geworden.

Sie setzte ihre Perücke wieder auf. Ja, ihr Kopf hatte sich verändert, auch dessen Haltung, nur passte ihr das Lächeln nicht mehr so recht. Es war ihr zu klein geworden. Ihr Mund wollte es nicht recht anbehalten, und ihre Augen öffneten und schlossen sich verzögert.

Bianca musste wahrscheinlich ihr altes Gesicht erst eintragen wie ein neues Paar Schuhe. Es schmerzte etwas, als sei es vernarbt, auch tat es etwas weh, als sie die Leibbinde abnahm. Wachstumsschmerzen hatte ihr Kinderarzt solche Schmerzen genannt, als sie noch klein war.

Sie wusste, es lag an ihrer Veränderung; Bianca hatte Wachstumsschmerzen, weil sie wieder in sich hineinwuchs, obwohl sie längst erwachsen war. Es schmerzte gegen ihren Willen, doch dieser zählte nicht in dieser Welt, weil der Wille eines Menschen nicht zählen kann, den andere Menschen nicht wahrnehmen.

Der Welt konnte sie sich nicht zeigen, doch dem Roten Baron hatte sie sich offenbart. Deswegen wollte sie sich verändern. Für den zweiten Jungen.

Es war ein wunderschönes Gefühl der Nähe, mit ihm zusammen zu sein, wenn sich ihre Blicke trafen, so unverstellt, selbst wenn sich die Augen noch verzögert öffneten. Schlossen.

Bianca vergewisserte sich, dass sie die neuen Schlüssel zur Gartenhütte eingesteckt hatte, und machte sich auf den Weg. Sie hatte die kleine Stoffgiraffe von Christians Bett genommen. Es war ihr egal, ob er sie vermissen würde, denn der Rote Baron würde sich gewiss über das Stofftierchen freuen.

Sie wusste nun, was sie mit diesem Kind verband. Obwohl seine Verrücktheit nicht zu übersehen war, wollte der Junge nicht gesehen werden, wollte sich vor einer Welt verbergen, die ihn nicht verstand. Die, die nicht gesehen werden wollten, sahen und erkannten einander.

Sie musste sich beeilen und Andreas etwas zum Essen bringen, denn bestimmt hatte er Hunger. Christians wegen konnte sie nicht jeden Tag zu ihm in die abgeschlossene Laube, um mit ihm zusammen zu sein.

Bianca nahm sich vor, die Unsichtbarkeit zwischen sich und ihm wie einen heiligen Schatz aufzuteilen. Sie würden zusammen sein. Für immer.

Nach dem Anruf bei der Professorin hatte Klaudia das Manuskript noch einmal gelesen, alle Seiten von vorn bis hinten.

Es war nicht nur grausam. Es drückte auch viel von ihrer eigenen moralischen Unruhe und Irritation aus. Und es gab so vieles anzuprangern: Die Politik, die überkommenen gesellschaftlichen Normen, die bigotten Religionsauffassungen, und den allgemeinen Konsumwahn, der zum Ersatzgott derjenigen geworden war, die sich stolz Atheisten nannten.

Der Autor war ein Suchender, er klopfte mit Worten die Welt ab und hoffte auf Beständigkeit, deswegen fühlte sich Klaudia ihm verbunden. Mehr als das. Wenn sie tief in sich hineinhorchte, dann wusste sie, dass man einen so sensiblen Menschen bewachen und beschützen musste.

Auch vor Heinez, so viel war Klaudia inzwischen klar. Ihr Professor würde den Autor rücksichtslos für seine eigenen Zwecke benutzen. Sie fühlte den inneren Widerstand dagegen, die beiden zusammenzubringen, aber für sie stand doch auch so viel auf dem Spiel! Sie trug allein die Verantwortung dafür, dass aus dieser seltsamen Situation nur Gewinner hervorgingen. Doch zunächst musste sie den Autor finden, um zur Hüterin seiner geheimsten Gedanken werden zu können.

»Okay, okay, das klingt selbst für mich zu romantisch«, mahnte sich Klaudia leise, während sie durch den Hinterhof strich, in dem sie das Manuskript gefunden hatte. Sie hatte eine ungefähre Ahnung, welchem der Häuser die Blätter entflohen waren, aber nicht, aus welchem Stock oder aus welchem Fenster. Knoblauch hing jedenfalls in keinem der Fenster!

Erste Tropfen kündeten von einem drohenden Platzregen, die Fußball spielenden Jungs verließen den Innenhof. Klaudia tat es ihnen gleich und schlenderte die Straßenfront des Wohnblocks ab, in dem sie die Wohnung des Autors vermutete, und ließ sich Zeit, die Klingelschilder an den Hauseingängen zwischen den Geschäften zu lesen. Da die gesamte Front überdacht war, wurde sie nicht nass dabei.

Ob nass oder trocken, es war komplett idiotisch, was sie da tat. Es hieß ja wohl kaum einer Schreiberling, Wortverdreher oder Satzschmied, trotzdem musterte Klaudia aufmerksam jeden Mann, der ihr begegnete.

Dann wurde unerwartet sie gemustert.

»Suchen Sie jemanden?«

»Was?«

Klaudia schaute verwirrt von einem der Namensschilder auf und in das argwöhnische Gesicht einer älteren Frau, die ihre Hände mürrisch in die Hüften stemmte.

»Ich, nein. Ich ...«

»Wenn Sie hier nichts zu suchen haben, verziehen

Sie sich. Ich passe schon auf, dass sich hier kein Gesindel einnistet.«

»Sie ticken wohl nicht richtig?«

»Ich lasse mich nicht beleidigen!« Die Frau stieß sie vor die Brust, sodass Klaudia gegen die Fassadenkante stieß.

»Guten Tag, Frau Seifried.«

Eine junge Frau mit einem Kleinkind an jeder Hand schob sich hastig zwischen ihr und ihrer Angreiferin durch, worauf die Alte von Klaudia abließ und die junge Frau beschimpfte.

Klaudia steckte die Hände in die Jackentasche und stahl sich klammheimlich davon. Ihre feuchten Fingerspitzen blieben an einem Papier kleben, das sie hervorzog: die Einladung zur IG-Farbenhaus-Führung. Unwillig knüllte sie es zusammen und suchte nach einem Papierkorb, sie entdeckte einen, aber hinter einer Glasscheibe neben einem Kopierer.

Klaudia schlug sich mit der flachen Hand gegen die Stirn. Wie hatte sie nur so blöd sein können, sie musste den Autor gar nicht finden: Er würde *sie* finden!

»Sag mal Therese, was ist eigentlich noch im Kühlschrank?« Beiläufig streifte ihr Blick das Bild der Schauspielerin. Giehses Schweigen sagte alles über dessen Inhalt aus. Timms zog den Umschlag der Studentin aus der Fahrradsatteltasche, ging ins *Ganesha* hinunter und setzte sich an ihren Stammplatz am Fenster.

Das Restaurant öffnete gerade erst nach der Mittagspause. Sie war der einzige Gast, Susanne deckte eilig die Tische neu ein, Vijay konnte jeden Moment kommen und sie kontrollieren. Statt des üblichen Tees bestellte Timms bei Susanne einen Rotwein.

Susanne brachte den Wein und fuhr mit ihrer Tätigkeit fort. »Hast du schon gehört?«, rief sie dabei sensationslüstern. »Langner hatte gestern eine Herzattacke. Der Notarzt war hier.«

»Ach? Ich sag jetzt besser nichts dazu.«

»Komisch, genau das haben Vijay und Filip auch gesagt – oder besser: nicht gesagt.« Susanne zwinkerte verschwörerisch.

Timms ging ein Licht auf. Susanne und Filip! Sie riss den Umschlag auf und musterte den Inhalt. Acht Blätter einseitig beschriftetes Papier, die sie zunächst flüchtig durchsah. Auf jedem zweiten Blatt klebte eine kleine Haftnotiz mit ähnlicher Anmerkung: Rückseite Blatt 4122, Rückseite Blatt 4123 ... wohl, damit die Kopien nicht durcheinander gerieten.

Mit einem Anflug von schlechtem Gewissen holte Timms das versäumte Engagement nach und beäugte das erste Blatt akribischer. Den Wein, an dem sie nebenher nippte, schmeckte sie nicht, was sie las, absorbierte ihre Aufmerksamkeit: *Kakerlakenkrustiger Kannibalenkönig, Kinderkannibale, masochristischer Kinderkönner in ekelhafter Ekel-Haft wo ist die Sturm- und Zwangsjacke, Zwei Vivas für uns, vivas für dich, wie war's für mich, sind wir wir-klich?*

Wollte die Studentin sie auf den Arm nehmen – was sollte dieser Quatsch? Es war quälend anstrengend, einzelne Begriffe aus dem Zeilenfluss herauszulesen, und vieles musste sie mehrmals lesen, um hinter die doppelten Bedeutungen zu gelangen. *Ich öder Schreibtötender, ein schnöder Schrein für den Schreibtischtäter, Schreib-*

Tisch-Töter in dauerhafter Ekel-Haft, Haft-pflicht, pflichthaft, schuldhaft, Schuldkraft, du blitzblankabgeblitzter Sternsinger, blitzender Stirnfinger, Kainsmal, Flammenmal flammte mal den Teufel an die Wand.

Timms verzog das Gesicht. Irgendetwas daran verstörte sie.

»Ist er schlecht?«, erkundigte sich Susanne aufmerksam.

Die Frage ließ den aufblitzenden Gedanken verschwinden wie einen Zwerg in einer Menschenmenge.

»Oh ja, grauenhaft! Was – ach der Wein! Nein. Ich glaube, da erlaubt sich jemand einen schlechten Scherz mit mir.«

»Kann ich mir nicht vorstellen.«

»Wieso?«

»Na, der letzte Mensch, mit dem ich mir einen Scherz erlauben würde, wäre eine Psychologin, die für die Polizei arbeitet.«

»Recht hast du«, murmelte Timms und versuchte, dem Text mehr Sinn abzuringen: Einiges erschien ihr absoluter Nonsens zu sein, wie er am Ende eines langen Brainstormings unter Alkoholeinfluss herauskommt, anderes schien von tieferer Bedeutung, ohne dass Timms den Unterschied genau definieren konnte: *Wanderungen verwunderte Verwundungen, Verwendungszweck unbekannt, unbenannter zweckentfremdeter Fremdenführer, Fremden-VerführEr uns nicht in Versuchung, verruchte Verseuchung, Meuchelung, heulend heuchelnde Muttergärung …*

Die Besorgnis der jungen Frau teilte Timms nicht, zumindest in einem Punkt gab sie ihr jedoch widerstrebend Recht: Der befremdliche Text zog auch sie in seinen Bann. Und so etwas flog einem also im Hinterhof in der Nachbarschaft zu? Bei ihrem nächsten Gang ins Büro würde sie die Studentin anrufen und sich danach erkundigen.

Was Otto wohl davon halten würde? Ungewollt schob sich das Bild ihres Doktorvaters vor ihr inneres Auge: Ein brillanter Geist, eingekerkert im Gefängnis eines dahinsiechenden Körpers. Auch Jack the Ripper kam ihr in den Sinn, was sie grimmig lächeln ließ. Sie nahm sich vor, bei nächster Gelegenheit den Mut des Staffordshires zu beweisen und sein Herrchen anzurufen. Aber nicht, ohne etwas vorausgeschickt zu haben.

Doch zunächst brachte Susanne das Essen und im gleichen Moment wanderte Timms' Handy brummend über den Tisch.

»Hey Theo. Nette Überraschung!«

»Was machst du gerade?«

»Mittagessen.«

»Schade, ich dachte, das könnten wir spontan zusammen tun.«

»Klar, komm zu mir rüber«, schlug sie vor, »als Entschädigung für das ausgefallene Abendessen. Hol mich unten im *Ganesha* ab. Ich bestelle dir was, das nehmen wir mit zu mir hoch. Gibt es was, was du nicht magst?«

»Ziegeneuter an Affenhirn-Chutney – daran habe ich mich mal überfressen.«

Timms gluckste. »Du warst definitiv zu lange in Indien. Bis gleich.«

Den letzten Satz hatte sie gehaucht, nun rief sie Susanne zu: »Packst du mir bitte mein Essen ein und das gleiche noch mal dazu? Und die Weinflasche auch – besser gleich zwei.«

Drei Stunden später schenkte Timms Theo von dem Rotwein nach, obwohl erst früher Abend, war es bereits die Neige der zweiten Flasche, und Timms schielte inzwischen. Nicht aller Wein traf das Glas, was Theos Mundwinkel verräterisch zucken ließ.

»Und in drei Wochen dann fahre ich also wieder nach Fuerte!«, sagte er statt eines spöttischen Kommentars.

Timms war zu stolz, um zu fragen, ob allein oder in Begleitung. »Was heißt wieder?«

»Ich fahre öfters hin, um diese Jahreszeit ist es am schönsten, weil noch nicht zu heiß. Ich mag die karge Landschaft und die ellenlangen Strände. Jetzt ist noch nicht so viel los. Aber ich sage Dir – im Sommer: jede Menge Alte, fette Nackte – und fette alte Nackte. Ich finde das widerlich, aber Petra meint, so, wie die aussehen, lenken Bikini und Badehose den Blick nur zusätzlich auf das fleischgewordene Desaster.«

Es gab also eine Petra! Darauf würde Timms bestimmt nicht anspringen. »Finde ich klasse!«

»Was jetzt – optische Super-GAUs?«

»Ne, im Alter noch zu reisen. Das will ich auch, falls später genug Geld da ist.«

»Genug Geld? Du bist doch reich, Leo. Der ganze Häuserblock gehört dir.«

»Ne, der gehört den Kindern meines Bruders, ich kümmere mich nur darum, bis sie volljährig sind.«

Es klang barsch, also wieder ein ganz heißes Eisen! Er ließ es augenblicklich fallen. »Also, was ist, wenn du alt und reich bist?« Er betonte den Satz wie das Lied aus Anatevka.

Timms spielte mit einem Krümel Nan-Brot. »Ich habe vor, eine unglaublich tolle alte Frau zu werden, eine

Mischung aus Jane Goodall und Jeanne Moreau. Dann lerne ich fotografieren und reise um die Welt.«

»Klingt gut! Und – bringst du dir dann von unterwegs einen Kurschatten mit?«

»Wie meinst du das?« Sie dachte daran, wie sie einander in der Kur kennen gelernt hatten ... Vielleicht war Petra nicht *so* ungemein wichtig.

»Na, wie die alte Frau. Die Frau, deren Tür ich aufgebrochen habe. Ich habe dir neulich von ihrem Muttermal auf dem Hintern erzählt.«

Die Beklommenheit kehrte zurück, dringlicher diesmal.

»Was ist, Leo, hast du einen Geist gesehen?«

Nein, die rote Zipfelmütze eines Gedanken-Zwerges, der sie ständig narrte! Das konnte sie ebenso wenig erklären, wie das Bedürfnis, jetzt allein zu sein, um nachzudenken.

»Wenn ich zurück bin, stelle ich sie dir vor.«

»Wen?«, fragte Timms irritiert.

»Petra, meine kleine Schwester.«

»Ist gut. Ich freue mich drauf, aber jetzt ist es besser ...«

»Wenn ich gehe? Ist schon gut, du siehst müde aus.« Seine Augen buchstabierten fehlerfrei *Schade.*

»Rufst du mich an?« Theo stand auf und zog die Lammfelljacke über, die an der Garderobe neben Giehse hing.

»Versprochen!« Timms legte drei Finger auf ihr Herz und küsste ihn probierend auf den Mund.

»Ich nehm' dich beim Wort.«

Theo zog die Tür hinter sich zu, und Timms lauschte dem Verklingen seiner Schritte im Treppenhaus nach.

SONNTAG Es war gar nicht so einfach, den geeigneten Passus für ihren Aushang aus dem Manuskript zu extrahieren. Er musste prägnant genug für den notwendigen Wiedererkennungseffekt sein, andererseits für unbeteiligte Leser nicht zu verstörend. Außerdem sollte der fremde Autor schon an dem kurzen Textauszug des Flyers erkennen, wie sensibel sie war. Sobald er sich bei ihr in sicheren Händen wusste, würde er ihrer Bitte nach einem Kennenlernen nachkommen. Und dann würde sie ihm alles erklären: Die Notwendigkeit, ihre Magisterarbeit bei Heinez zu machen, und dessen Wunsch, den Autor des Textes kennen zu lernen.

Bei Klaudias Suche nach der richtigen Stelle stolperten ihre Augen über die *Sturm- und Drangjacke.* War der Autor ironischerweise ebenfalls ein Literaturstudent? Vielleicht hatte sie ihn schon gesehen, in der Mensa, im Hörsaal – nur eine Bankreihe vor ihr? Ein seelengepeinigter Literat mit Hoffnung auf Anerkennung und zugleich der Furcht vor Öffentlichkeit?

Sie ließ in Gedanken ihre Kommilitonen aufmarschieren, keiner schien ihr auch nur annähernd so geistreich zu sein, wie sie sich ihren Schriftsteller vorstellte. Nein, sie kannte ihn nicht, da war sie sicher.

Da sich die blöde Professorin nicht gemeldet hatte, musste sie die Sache mit dem richtigen Handling angehen. Sehr vorsichtig. Falls dieser Mann mental tatsächlich labil war, durfte sie trotz Heinez' Druck nichts übereilen. Keinesfalls sollte sie sich sofort mit ihm treffen, schon gar nicht an einem einsamen Ort, erst musste sie mit ihm sprechen und ihn einschätzen lernen.

Klaudia kürzte, einer spontanen Eingebung folgend, ihren Namen auf die Initialen ab, und setzte statt der

Festnetznummer ihre Handynummer ein. Das Naheliegendste war ihr eingefallen: Mit Sicherheit würden auch irgendwelche Checker die Nummer auf dem Flugblatt anrufen, obwohl sie mit der Sache nichts zu tun hatten.

Damit war ihr Unterbewusstsein wohl von der Vollkommenheit ihrer Vorsichtsmaßnahmen überzeugt, denn gleich darauf entschied sie sich für einen Ausschnitt, der ihre Kriterien erfüllte: *Schwanenhalsiger Schweiger im verregneten Reigenreich reger Regenwürmer, im Reich der Reichen, im Arm der Armen find ich Erbarmen ererbtes Erb-Amen, vererbtes Erahnen. Verlebtes Erlahmen nichtsahnender Ahnen. Erwirb und erstirb, kauf und ersauf, stehl und geh fehl, fehlerhafter Haftbeuger, beugehaftender Zeugenerzeuger.*

Sie tippte die drei Manuskriptzeilen sorgfältig ab. Wenn er nicht kooperiert, dachte sie schmunzelnd, nehm' ich den Kerl in Beugehaft!

Er hatte am Telefon versprochen, mit ihr und Mark Urlaub zu machen – an der Ostsee, auf Malle – wo immer sie wolle, wenn es sein musste, auch Dom Rep. Sogar angebettelt hatte er Monika, zurückzukommen, doch sie weigerte sich, obwohl er ihr von seiner unfreiwilligen Beurlaubung erzählte hatte und davon, dass der Fall Boos damit endgültig für ihn abgeschlossen war. Nichts hatte sie überzeugt oder erweicht.

Schweickert entschied, einfach loszufahren und sie und den Jungen bei ihren Eltern in Gadern abzuholen. Wut brandete durch seinen Körper, und das war gut so, denn das zugehörige Adrenalin würde er für seine

Schwiegereltern benötigen, sollten sie sich zwischen ihn und seine Familie stellen.

Mit einem Ruck riss Schweickert die Jacke vom Küchenstuhl. Sie schwang herum, und der metallene Reißverschluss schlug hart auf seinem linken Daumennagel auf. Er beachtete den Schmerz nicht, während er das Haus verließ. Als er die Autotür öffnete, hoffte er auf einen Sinnesstreich, doch die Frau, die ihr Fahrrad an einer Laterne am Straßenrand gegenüber ankettete, stellte sich tatsächlich als Leonora Timms heraus.

Schweickert beschloss, eine Sehschwäche entwickelt zu haben und beeilte sich, in den Wagen zu schlüpfen. Nicht schnell genug. Timms hatte ihn entdeckt und war schneller bei ihm, als ihm recht war. Er sah auf seine Hand, das Nagelbett war rot umrandet. Schweickert steckte den Daumen in den Mund und lutschte notdürftig das Blut ab.

»Scheiße!«, presste er zwischen den Mundwinkeln heraus, während Timms die Beifahrertür öffnete.

»Dito.«

»Keine Zeit für falsche Anteilnahme.«

»Janusz ist wohlauf. Man hat ihn gefunden.« Ignorant schob sie sich auf den Beifahrersitz, und neues Adrenalin enterte seine Blutbahn.

»Oh ja! Gerkweis hat brühwarm von Ihrer genialen Intuition berichtet.« Und er bei dieser Gelegenheit Gerkweiß von Andreas Winkler, dem Freund seines Sohnes. Schweickert hatte das untrügliche Gefühl, dass dessen Verschwinden etwas mit Frederik zu tun hatte. Aber er glaubte nicht, dass seine Kollegin noch viel auf *seine* Intuition gab. Zu oft hatte er sich in letzter Zeit geirrt.

»Das alles geht mich nichts mehr an. Ich bin zwangsweise beurlaubt. Ein Euphemismus für S-u-s-p-e-n-d-i-e-r-t. Und jetzt muss ich weg. Privat.«

»Wohin? Ich komme mit, dann können Sie es mir erklären.«

»Sie haben wohl kaum Lust auf einen Odenwaldausflug nach Gadern.«

Erste Regentropfen zerplatzten auf der Frontscheibe. Timms ließ unbeeindruckt die Schultern hochschnellen und blieb bei ihm und seiner Wut im Auto sitzen. Für sie drei war es darin definitiv zu eng.

»Lassen Sie mich unterwegs aussteigen. Ich will nur wissen, weshalb Sie ausgerastet sind.«

Er wusste nicht, warum er sich plötzlich anders entschied. »Schnallen Sie sich an, sonst verpasse ich Ihnen eigenhändig einen Strafzettel.«

Er sah genau, wie der Gurt ihre kleinen, festen Brüste eng an den Körper presste. Das war es. Damit, dachte Schweickert grimmig, bekamen einen die Weiber immer wieder dran. Er scherte aus der Parklücke aus und verließ die Wohnsiedlung.

»Und, befriedigt es Sie?«

»Was?«

»Mich wieder am Boden zu sehen?«

»Ich habe es ernst gemeint, einmal war genug.« Timms schloss leiser an: »Bitte. Sie sind sie mir schuldig«.

»Was?«

»Die Erklärung!«

»Ganz großer Tusch! Ich bin Ihnen gar nichts schuldig!«

»Falls Sie mir das mit Janusz nachtragen – es war weder Psychologie, noch Intuition, sondern einfach ein

Insidertipp. Seine Mutter hat die Story verkauft.«

»Der Tipp kam leider zu spät.«

Darüber sann sie eine Weile nach, schließlich fragte sie: »Macht das denn einen Unterschied? Frederiks Mord ist noch nicht aufgeklärt.«

Von den Reifen des Wagens vor ihnen spritzte eine Regenwasserfontäne auf und fiel wie ein Vorhang auf die Frontscheibe. Für Momente nahm er Schweickert die Sicht. In der verwaschenen Szenerie leuchteten vor ihnen grellrot zwei Rücklichter auf.

»Herrgott noch mal, Schweickert! Fahren Sie nicht so dicht auf«, herrschte Timms ihn kurz nach der Auffahrt auf die A5 in Richtung Darmstadt an. »Sind Sie lebensmüde?«

Er antwortete nicht, nahm aber den Fuß vom Gas und wechselte von der linken auf die rechte Spur. Die Angst um den Roten Baron zerrte an seinen Nerven. Und dazu eine Psychologin, die sexy war und viel zu scharfsinnig, um in sein Weltbild zu passen. Er hatte genügend andere Sorgen. »Meine Frau hat unseren Sohn genommen und mich verlassen.«

»Geben Sie ihr Zeit.«

Abrupt fuhr Schweickert auf den Seitenstreifen und bremste so scharf, dass Timms' Kopf nach vorn geschleudert wurde.

»Sie haben doch keine Ahnung«, brüllte er. »Sie haben kein Kind in diese Welt gesetzt. Nein – wir machen ja Karriere: Weisen den geistig Verwirrten den richtigen Weg und ermitteln nebenher ein wenig dilettantisch in der Gegend herum.« Er bearbeitete das Armaturenbrett mit der Faust.

»Ich weiß nicht …«.

»Genau!«, fuhr er sie direkt an. »Sie wissen nichts. Rein gar nichts, einen Dreck wissen Sie.« Schweickert riss die Autotür auf, kämpfte sich aus seinem Gurt in den Regen hinaus und schlug die Tür zu. Ein vorüberkommendes Fahrzeug hupte und bespritzte seine Beine mit einem kalten Wasserschwall. Schweickert folgte der Leitplanke. Regelmäßig schlug er mit der flachen Hand gegen das Metall, irgendwohin musste sie ihn führen.

Hinter ihm schlug die zweite Wagentür mit einem dumpfen Geräusch zu, Schweickert wandte sich nicht um. Er lief durch Pfützen und Dreck stur geradeaus, passierte das Hinweisschild auf eine Raststätte. An der Ausfahrt gab er den Halt der Leitplanke auf und strauchelte weiter bis zu den Haltebuchten des Rastplatzes. Am glitschigen Stamm des erstbesten Baumes glitt er herab und schlug die Hände vors Gesicht. Er wischte Tränen fort, die sich mit dem Regen mischten und ihn blind machten.

Als er ihre Gegenwart fühlte, reagierte Schweickert nicht darauf, und als Timms sich so dicht neben ihn setzte, dass er ihre Hüfte an seiner fühlte, war sogar der Zorn verschwunden. Seine Gefühle verließen ihn nach und nach wie Zugvögel, er wusste nicht, ob Mitleid oder Freude wiederkehren würden. Nun suchte sich sogar der Zorn eine wirtlichere Gegend als sein Gemüt. Stolz und Scham schienen ebenfalls fortgezogen ... er hatte sich ausgerechnet vor Timms gehen lassen.

»Ich verspreche nicht, dass alles gut wird. Zumindest wird es weitergehen. Es geht immer weiter.« Ihre sanfte Stimme hätte ebenso gut nur in seiner Einbildung existieren können.

Timms zog eine seiner Hände von seinem Gesicht und hielt sie fest. Ihre Hand war warm und feucht, und ließ ihn sein Frieren bemerken.

»Psychokacke!« Er blickte auf, aber nicht in ihr Gesicht.

»Wenigstens gehen Ihnen die Fäkalien nicht aus. Kein Wunder eigentlich, Sie sind ja auch ein alter Arsch.«

»Meine Schwiegereltern wussten das vor Ihnen.«

»Kunststück, die kennen Sie viel länger.«

»Psychozicke.«

»Enttäuschend. Fällt Ihnen zu mir nichts anderes ein, als Psycho-Irgendwas?«

»Verklemmte Rothaarige.«

»Wichser.«

»Halb verklemmte Rothaarige ... Ach, lassen wir das. Haben Sie heute schon was gegessen? Ich habe einen Mordshunger.«

Jacks Anschlagen hatte ihn, wie es Otto vorkam, mitten in der Nacht aus dem unruhigen Schlaf gerissen. Das heisere Bellen ließ ihn aus vergangenen Zeiten hochfahren, es war Jahre zuvor, und er noch im Dienst. Otto Zumwebel war wachsam, auch mitten in der Nacht, gerade dann, weil das Träumen besonders gefährlich sein konnte.

Er fühlte die Decke auf dem Schoß, das kalte Metall der Räder an den Händen, und er entsann sich, die mühevolle Prozedur des Zubettgehens abermals gescheut zu haben.

Zumwebel löste die Bremsen und fuhr ins Arbeitszimmer hinüber, beruhigend auf den Bullterrier einredend, der mit erhobener Rute vor dem Faxgerät strammstand.

Seine Hand knipste zitternd die grüne Schreibtischlampe an, ihr gedämpftes Licht fiel auf die makellosen Blätter, die summend vom Papierschacht in das Ausgabefach wanderten und sich dabei mit Buchstaben füllten. Zumwebel faltete die ungehorsamen Hände im Schoß und wartete ab. Er hatte bereits auf eine lange Karriere als Kriminalpsychologe zurückgeblickt, als der Begriff des Profilers den allgemeinen Sprachgebrauch noch nicht durch Kriminalromane und Fernsehfilme infiltriert hatte. Die jahrzehntelange Beschäftigung mit der Psyche hatte aus ihm einen bornierten Zyniker gemacht, der vorgab, nichts Menschliches könne ihn mehr schrecken.

Als das Summen verstummte, nahm er das Schreiben aus dem Faxgerät und suchte nach dem Namen des Absenders. »Sieh an«, sagte er neugierig zu Jack, der sich zu seinen Füßen unter dem Schreibtisch zusammenrollte, »unsere kleine Rebellin kehrt in die alten Jagdgründe zurück!«

Zumwebels Sehschärfe schien ihm die einzige Körperfunktion zu sein, die Alter und Krankheit trotzte. Ohne Notizen zu machen oder das Diktiergerät zu bemühen las er schweigend bis in den Morgen hinein. Erst als sich das Licht der Schreibtischlampe in der Helligkeit auflöste, die durch das Fenster eindrang, übermannte ihn wieder der Schlaf.

Mittags erwachte Zumwebel mit bohrenden Schmerzen im Rücken, er ordnete sie seiner Arbeit unter und überlegte, welche seiner alten Kontakte er anzapfen musste.

In seinen Fingern zappelte einer der Faxausdrucke, als habe er einen eigenen Willen, mit dem er gegen

Zumwebels Konzentration focht. Zumwebel legte das Blatt beiseite. Physisch gesehen war er ein Wrack. Doch Macht war selten mit Kraft gleichzusetzen, häufig hingegen mit Einfluss. Unerheblich, dass es Sonntag war, er kannte nicht einfach Leute, er kannte die richtigen Leute. Und viele von ihnen schuldeten ihm mehr als nur einen Gefallen.

Doch als erstes musste Zumwebel Leonora ein wenig hinterherschnüffeln, das hatte er schon viel zu lange verabsäumt.

Schweickert holte das Auto vom Standstreifen, parkte es bei der Raststätte, und nachdem etwas zu Essen bestellt war, entschuldigte er sich bei Timms für die Dauer eines Telefonates.

Als er an den Tisch zurückkehrte, wirkte er erleichtert.

»Ärger?«

»Im Gegenteil, ich habe mein Kommen abgesagt.«

»Und, wie ist es angekommen?«

»Wohlwollend«, sagte er, »Schwiegereltern!«

»Kann ich ein Lied von singen«, bekannte sie.

»Sie sind ... ach, geht mich nichts an.« Trotzdem klebte sein Blick, durch Neugier gehalten, auf ihrem Gesicht.

»Geschieden. Der Insidertipp – er kam von meinem Ex. Er ist Journalist«, klärte sie ihn auf.

»Hat es nicht auf Dauer mit Ihnen ausgehalten! Ihre Analysen haben ihn wohl vergrault?«

»Er hat mich vergrault. Und womit, geht Sie tatsächlich nichts an. Es ist doch so: Man muss sich eingestehen können, wenn Verliebtheit nicht zwangsläufig in dauerhafte Liebe mündet. Und die Konsequenz ziehen

– selbst wenn das eine Scheidung bedeutet.«

Unbeeindruckt kämpfte Schweickert mit einem Faden, der hartnäckig an seinem Rollbraten festhing.

»Verdammter Mist.«

»Lassen Sie mich das …«.

Schweickerts Finger umklammerten den Rand des Tellers, den sie zu sich herüberziehen wollte. »So weit kommt's noch, dass Sie mich bemuttern.« Er riss den Faden zornig ab und verspritzte Bratensoße auf dem Tisch.

Nachdem sie ihn zuvor am Daumen lutschen gesehen hatte, verstärkte sich ihr Eindruck, Schweickert schadete ein wenig Bemutterung nicht. Sie schaute ihn gelassen an und aß schweigend ihren Salat.

»Sie ziehen einen mit Blicken aus. Wissen Sie das eigentlich?«, kommentierte er süffisant.

»Wirkt das so auf Sie? Wenn man Ruhe bewahrt? Ehrlich Schweickert, mir liegt nichts daran, Sie in irgendeiner Form auszuziehen.«

Er grummelte vor sich hin. Flüche wahrscheinlich, dabei stopfte er sich einen Fleischbrocken in den Mund, der ihn undeutlich reden ließ. »Seelisch wollen Sie das schon. Als Psychologin fuchst es Sie doch ungemein, nicht zu wissen, was los ist. Mit mir los ist.«

»Wenn Sie reden möchten – gern. Nur zu!«

»So war's nicht gemeint.«

»Ich werde Sie nicht bitten, mir Ihr Herz auszuschütten. Wahrscheinlich haben Sie gar keins. Aber wir sitzen hier ohne Termin vor uns. Ihr Finger sieht wie ein Opfer der Däumlingskriege aus, und, wenn die Bemerkung gestattet ist, Sie essen wie ein Ferkel.«

»Dafür picken Sie im Salat herum wie ein verschrecktes Hühnchen. Sie sind bemitleidenswert dürr. Ex-Bulimikerin? Magersucht? Junkie-Vergangenheit?«

Sie senkte den Kopf und antwortete leise. »Bitte nicht.« Gleichzeitig schoben sie ihre Teller beiseite.

»Ach was, wir haben alle unsere Leichen im Keller und Ihre sind garantiert nichts Besonderes.« Er steckte die letzte Kartoffel in den Mund, wischte sich den Mund mit der Serviette ab und warf sie zerknautscht auf den Teller. »Und was meinen Keller betrifft: Nach Monikas Meinung leidet meine Vaterliebe unter Magersucht.«

Timms starrte die Serviette mit dem Logo der Raststätte an, eine Vorstellung formte sich, der sie jetzt nicht nachgehen konnte. »Ich verstehe, sie ist mit Mark zu ihren Eltern nach Gadern geflüchtet! Muss er nicht zur Schule?«

»Nein. In seiner Schule sind Fehlzeiten nichts Besonderes. Behindertenschule. Er ist geistig zurückgeblieben. Ein Geburtstrauma.«

»Das tut mir leid. Das wusste ich nicht.«

»Woher auch? Nun machen Sie nicht so ein betroffenes Gesicht. Das kommt vor.« Schweickert stand auf, führte sie zum Parkplatz und trat mit ihr die Rückfahrt nach Schwanheim an.

Es hatte aufgeklart, und ab und an empfand Timms das Sonnenlicht als zu grell, und sie schloss hin und wieder die Augen. »Es macht mich aber betroffen«, erklärte sie nach einer Weile. »Ich stelle es mir schon mit einem … mit einem normalen Kind nicht einfach vor.«

»Ist schon okay. Er ist nicht normal. Ich rede mir immer ein, er sei etwas Besonderes und natürlich ist er das auch. Für uns. Manchmal … da wäre einem einfach nur das Normale lieber.«

»Nennen Sie ihn deswegen nie bei seinem Namen?«

»Tue ich nicht?«

»Nein, Sie nennen ihn meist ›den Jungen‹.«

»Ist mir nicht aufgefallen.«

»Eine Vermeidungsstrategie, das hält negative Gefühle auf Distanz.«

»Vielleicht – ich weiß nicht«, räumte der Kommissar nach einer Weile ein. »Als ich auf Malachowski losging, hatte ich gerade erfahren, dass der Rote Baron verschwunden ist …«

»Richthofen – aus dem Grab?«

»Nein. Ein Spitzname von Marks Freund, Andreas Winkler. Er ist auch behindert. Die Familie ist erst vor wenigen Monaten nach Praunheim gezogen.«

»Praunheim – das grenzt an den Niddapark an. Ich verstehe, was Sie über Malachowski dachten.«

»Aber zu Unrecht. Wir sind eng mit Andreas' Familie befreundet.«

Er bog in die Schwanheimer Wohnstraße mit den kleinen Einfamilienhäusern ein. Man sah ihnen den Sonntag an.

Schweickert hielt bei ihrem Fahrrad am Laternenmast. »Sie lagen richtig, mir fehlt die Distanz. Ich war nie geeignet für diesen Fall«, gab er zu und ließ sie aussteigen. »Es ist okay, dass Sie mitgefahren sind.«

Timms begriff es als fragilen Waffenstillstand. »Ich erarbeite gerade einen neuen Ansatzpunkt«, sagte sie vorschnell und bereute es augenblicklich.

»Was …«

»Psycho-Scheiß«, wiegelte sie ab. Es war durchaus ernst gemeint, doch verfrüht, Schweickert schon jetzt von dem Manuskript zu erzählen. Hastig schloss Timms das Fahrrad los.

Schweickert stieg aus und umrundete den Wagen unerwartet flink.

»Passen Sie bloß auf!«, sagte er und stürmte auf sie zu.

Timms fürchtete augenblicklich um den zarten Keim des Einvernehmens und schwang sich aufs Rad. Sofort sog ihr Hosenboden gierig die Regentropfen vom Sattel auf. »Oh, ne«, entfuhr es ihr angewidert.

»Zu spät!« Im Widerspruch zu seiner Unschuldsgeste grinste Schweickert breit.

Timms überlegte, weshalb sie den miesen alten Bullen am liebsten auf die Wange geküsst hätte, und winkte zum Abschied.

Sie hatte es eilig nach Bockenheim zu gelangen, um in einem tristen Hinterhof einer glänzenden Idee nachzuspüren.

Er trat den Ball, natürlich verfehlte er das Tor. Die anderen lachten, es war ihm egal. Was machte die Frau da bloß bei den Abfallcontainern? Er hatte sie noch nie gesehen. Sie hatte ihr Fahrrad mit der Satteltasche an eine der großen Papiertonnen gelehnt, kam ihm allerdings nicht wie einer der Penner vor, die dort nach Pfandflaschen suchten. Kevin sah ihr einige Zeit nachdenklich zu, dann verließ er das Spielfeld und näherte sich ihr. Nun verstummten auch die anderen und unterbrachen das Spiel.

Inzwischen war die Frau mit den roten Locken bei der zweiten Altpapiertonne angelangt, hob den Deckel, beugte sich tief darüber und stocherte darin herum.

»Suchen Sie was?«, fragte er keck.

Sie schreckte hoch und wurde tatsächlich knallrot im Gesicht, so rot wie er, wenn man ihn Schwabbelarsch nannte.

»Ja«, antwortete sie zögernd.

»Was denn?«, fragte Cem, was Kevin ärgerte, immerhin hatte er sie als Erster entdeckt.

»Hey Mann, sucht die was Bestimmtes?« Kevin wusste nicht, wer sich nun noch einmengte.

Cem rief: »Weiß nicht, aber sie ist cool.«

»Ne, die ist matt in der Birne«, rief Petz aus dem Tor herüber, das er nicht zu räumen wagte.

»Ich weiß nicht genau, was ich suche.«

»Und ungefähr?«, riss Kevin das Gespräch wieder an sich. Die Fremde war wesentlich interessanter, als dem Ball hinterher zu jagen, mit dem er ohnehin kaum was anzufangen wusste.

»Ist schwer zu erklären.« Vorsichtig ließ sie den Tonnendeckel herab.

»Haben Sie was da drin verloren?«, schlug Cem vor.

Die Rothaarige ging zur nächsten Tonne, schaute hinein, schloss sie aber sofort wieder. Bestimmt, weil sich augenblicklich ein tierischer Gestank verbreitete. Kaum jemand nahm hier die Mülltrennung ernst.

»Verloren? Nein«, sagte sie und öffnete die dritte Tonne.

Kevin sah, wie sie etwas beiseite schob, wahrscheinlich die Bildzeitungen der letzten zehn Wochen und die Kartons vom Katzenfutter von Helmut aus dem Nachbarhaus.

»Wie wollen Sie denn dann was finden? Ist doch Schwachsinn.«

Cem war wirklich ein Arschloch, dachte Kevin, der

wusste einfach nicht, wann er eine Lady vor sich hatte.

»Gute Frage.« Die Grünäugige betrachtete sie nun rundum neugierig. »Ich denke, ich weiß es, sobald ich es sehe.«

Den verkeilten Deckel der letzten Tonne mied Kevin schon seit Wochen, sie bekam ihn nur mit Krafteinsatz hoch gewuchtet. Dabei seufzte sie, was ihm merkwürdig vorkam.

Cem zuckte gelangweilt mit den Schultern, allen anderen voran trabte er zurück auf das Spielfeld.

Kevin zögerte, dann sprach er sie doch noch einmal an: »Der Petz macht das auch.« Er kam sich ziemlich mutig vor.

»Was?«, fragte sie und schaute ihn zum ersten Mal direkt an. Nun wurde er rot.

»In die grüne Tonne schau'n.«

»Und wieso macht er das?«

»Der sucht so Zeitschriften.«

»Hm – wenn er gern liest. Ist doch okay. Spart Geld«, konterte sie ziemlich clever. Kevin grinste breit. »Lesen ist gut! Der sucht Pornos.«

Das schien die Frau zu schocken. »Wer ist das denn, der Petz? Wie alt ist er? Gibt sich Petz viel mit Euch Jungs ab?«

»Wie abgeben? Der spielt mit uns. Da drüben!« Kevin zeigte auf den Torhüter, der mit sechzehn der Älteste von ihnen war.

Das hatte ein verschwörerisches Zwinkern zur Folge. »Wenn's ihm Spaß macht. Falls du auch schon mal in der grünen Tonne nach – hm, was zum Lesen gesucht hast – hast du da mal komisch beschriebenes Papier gesehen?«

»Jede Menge.« Kevin bemerkte seinen Fehler sofort. »Aber ich nehm nur Mangas. Comics – und so was.«

»Schon klar. Hast du dabei schon mal was wie das hier gesehen?«

Die Frau zog ein Stück Papier aus der Jackentasche und faltete es auseinander. Es war eng beschrieben, aber mehr als einen flüchtigen Blick ließ sie ihn nicht darauf werfen.

»Glaub' nicht.«

»Schade.« Sie ging zum Fahrrad zurück und schob es zum Durchgang bei den Garagen.

»Hey, Lady!« Er rannte ihr hinterher.

Sie blieb tatsächlich stehen.

»Kann ich's noch mal sehen?«, bat er und stellte sich breitbeinig vor sie.

Langsam holte sie das Papier noch einmal hervor und streckte es ihm hin, viel zu kurz, als dass er darin etwas hätte lesen können. Trotzdem sah es irgendwie besonders aus. Einprägsam.

»Wenn ich so was finde? Springt dann was dabei raus?«

»Das ist schon drin«, lautete die erhoffte Antwort. »Wenn es aussieht wie das. Muss aber Handschrift sein, nicht gedruckt. An was denkst du so?«

»Hm – 'nen Fünfziger?« Er wusste, für kleine Gewinne musste man hoch pokern.

»Puh, hast du Vorstellungen!«, stöhnte sie, und überraschte ihn dann: »Lässt sich aber einrichten. Wenn es ein hundertprozentiger Treffer ist, sonst nur zwanzig – als Aufwandsentschädigung.«

»Cool. Und wie sag' ich Bescheid?« Das musste er ja wohl wissen, oder?

Die Frau holte eine Visitenkarte aus ihrer Geldbörse und notierte eine Telefonnummer auf der Rückseite. »Ruf die Nummer hier an, das ist Festnetz und billiger.«

»Klaro, Lady.« Er sah auf die Karte und korrigierte sich: »Frau Timms.«

»Und du?«

»Kevin. Deal?«

»Deal«, sagte sie und gab ihm tatsächlich high five.

Kevin hatte einen Auftrag! Und je länger er darüber nachdachte, desto aufregender kam ihm die Sache vor.

Vierte Woche

MONTAG Sie hatte die Aussage von Frederiks Eltern vor sich liegen, die Beweissicherungstüte mit dem Drachenanhänger und das Foto, das eindeutig Frederik zeigte. Montagvormittag in den Diensträumen der Mordkommission im K11 an der Adickesallee, und Sibylla vermisste tatsächlich seinen bissigen Chauvinismus, obwohl Schweickerts so ziemlich alles verbockt hatte, was nur möglich war.

»Wie Sie damit umgehen, überlasse ich Ihnen«, hörte sie Timms noch einmal flüstern ... danach hatte die Psychologin das Hochhaus verlassen – bestimmt ohne zu ahnen, wie prophetisch dieser Satz heute auf Sibylla wirken musste.

An diesem Abend hatte der Anblick von Maria Malachowski mit ihrem Sohn im Arm Sibylla zu sehr gefangen genommen, um auf Timms bedeutungsschwangeren Abschied zu reagieren.

Erst kurz darauf war ihr bewusst geworden, was sie gemeint hatte: Man hätte Marias Handeln durchaus vertuschen können. Und Sibylla war eigentlich auch schon dazu bereit gewesen, mit irgendeiner passenden Geschichte Janusz' unerwartete Rückkehr zu erklären. Aus Mitleid mit ihm, seiner Mutter, der ganzen Familie.

Wie konnte die Polin nur so naiv daran glauben, mit dem Erlös aus dem Verkauf ihrer Geschichte ein neues Leben zu beginnen? Mit so einer Sache durchzukommen?

Michaelas unerwartete Rückkehr vereitelte Sibyllas Plan, vielleicht sogar zum Besten aller Beteiligten, wenn sie das auch für unwahrscheinlich hielt.

Michaela wollte ihr Buch aus der Wohnung holen, einen Kriminalroman, den sie dort vergessen hatte, aber unbedingt zu Ende lesen wollte. Niemand öffnete ihr, also ging sie in den Keller und fand sie dort zu dritt vor. Im Gegensatz zu Sibylla zögerte sie keine Sekunde, die Kollegen zu verständigen.

Kurz darauf irrte Blaulicht ziellos über die Front des Hochhauses. Dann vervollständigten die Mitarbeiter des Jugendamtes die Szene und die Dinge nahmen unerbittlich ihren Lauf. Maria wurde von den Kindern getrennt. Von allen. Hochoffiziell. Ohne Rücksicht auf Tränen und verzweifelt ausgestreckte Kinderhände.

Ein abgeschlossener Fall, dachte Sibylla und freute sich halbherzig. Natürlich hatte sie nicht gezögert, für Schweickert die weiteren Ermittlungen im Morddelikt an Frederik Boos zu übernehmen, weil gegen ihn das Dienstverfahren lief.

Doch was hatte sie nun davon? Es war ein kalter Fall. Sie betrachtete ihn vom Epizentrum eines Erdbebens aus, das alles in Trümmer verwandelt hatte, was kurz zuvor noch als solides Gebäude aus Fakten, Indizien und Geständnis gewirkt hatte.

Frantiszek Malachowski hätte man inzwischen sogar dann in sein zerstörtes Leben zurückgeschickt, wenn er obendrein den Mord an Kennedy gestanden hätte.

Inzwischen wusste er wohl auch, dass Maria ihn verlassen wollte. Und dass nun nicht einmal mehr feststand, wann sie die Kinder wiederbekam. Wahrscheinlich saß er gerade in der nächstbesten Kneipe und ertränkte seinen Kummer.

Sibylla wandte ihre Aufmerksamkeit wieder dem Inhalt der Beweissicherungstüte aus Gorcyzkas Garage zu. Und zum x-ten Mal verglich sie den Drachen darin mit dem Schnappschuss, der Frederik mit seinem Drachenhalsband zeigte.

Der Junge stand auf einer Wiese am Fuße eines alten Gemäuers und lächelte scheu in die Kamera. Das Bild musste auf dem Ronneburger Mittelaltermarkt aufgenommen worden sein, zumindest glaubte Sibylla, dies den Aussagen von Frederiks Eltern entnehmen zu können, die die Kette dort für ihren Sohn gekauft hatten. Im Bild standen sie hinter Frederik, jedenfalls bis zur Brust, der Vater hatte die Hände auf die Schultern seines Sohnes gelegt.

Es bestand kein Zweifel: Die Drachen blickten in entgegengesetzte Richtungen, und auch die Schwänze waren anders gekrümmt. Das Foto von Frederik war in einem Briefumschlag im Polizeipräsidium eingeworfen worden, darauf stand nichts weiter als »Kommissar Schweigert« in Druckbuchstaben.

Sie wollte mit Frederiks Eltern reden, doch das musste vorerst warten. Frederik war tot. Vorrangig hatte sie die Akten beiseitezulegen und der Sonderkommission »Roter Baron« zuzuarbeiten. Andreas Winkler, der behinderte Junge aus Praunheim, lebte vielleicht noch.

Es war ihr noch immer unerfindlich, weshalb man die SoKo nach einem Jagdflieger aus dem Ersten Weltkrieg benannt hatte.

Nachdem sie am Sonntag den Flyer fabriziert hatte, betrat sie den Copyshop montags, sobald er aufmachte. Waren fünfzig Aushänge genug? Zur Sicherheit ließ sie zwanzig Kopien mehr durch die Maschine laufen.

Zufrieden mit sich und ihrem Werk nahm Klaudia die Kopien an sich.

»Nummer acht«, sagte sie zu dem Mann an der Kasse. Sein Blick haftete auf dem Papierstapel, den sie auf der Theke abgelegt hatte, um ihre Geldbörse aus dem Rucksack zu fingern.

»Macht drei Euro fünfzehn«, sagte er nach einem Blick auf den Zählerstand des Kopierers. »Haben Sie was verloren?« Er hielt den Kopf gesenkt und fragte, ohne sie anzusehen.

Klaudia zählte das Geld passend ab und legte es hin. »Nein, aber ich suche trotzdem etwas. Oder eher jemanden.«

»Hängen Sie doch eins an unser Schwarzes Brett«, schlug er vor und zeigte auf eine Mini-Litfaßsäule, die mitten im Raum stand, über und über mit Aushängen beklebt.

»Gute Idee, das mache ich.«

»Lassen Sie eins hier, ich mache das«, erbot sich der schüchterne Mann mit den teigigen Gesichtszügen.

»Danke. Und einen schönen Rest vom Tag«, wünschte Klaudia.

»Auch so«, antwortete er, dabei hatte er sich bereits von ihr abgewandt und steuerte mit dem Zettel und Tesafilm die Litfaßsäule an.

Timms ließ das Handy im Arbeitszimmer zurück, stöpselte das Telefon aus der Buchse, machte es sich am Küchentisch bequem und schlug ein Bein unter. Sie hatte sich mit einem Textmarker bewaffnet, doch die schärfste Waffe war ihr Verstand. Diesen richtete sie auf das Manuskript: *Fanatistisch-fetischistischer Freiheitsfluch, Freiheitsflucht zum Euter geläuterten Epileptiker-Ekels, muss zum hinkenden Henker, Mus der Muse vom mickrigen Tod des Blutmelkens, hinwelken und büßen am Anger, am Pranger belangloser Unwichtigkeiten. Nichtigkeiten: Eitelkeit, Heiterkeit-Eiterkeit, Eiterverbreiter, Eiter-Verb-Reiter mit Heidenangst. Fluchbeladener Barfüßer-Büßer ohne Leumund, süßer verleumdeter Freund aller Kinder, Große nicht minder lieben den minderen Scharlatan mit Scharlach-Aussatz.*

Sie ertappte sich dabei, leise die Titelmelodie von Flipper vor sich hinzusummen, während sie Satz für Satz den furchtbaren Unworten folgte, die sich aufeinander stapelten und ihren doppelten und dreifachen Sinn hinter ihren schwarzen, harmlos wirkenden Zeilenmäuerchen verbargen. *Im Fluss setzt der Fisch Laich aus, im Fluss setzt Mannfrau Leich aus. Leichenaussetzendes Rattenfänger-Repertoire, nicht dort-nicht da, nicht die Loire, dort bin ich nie da, aber an der Nidda.*

Der Zwerg musste die rote Mütze vor ihr ziehen! Vom Begriff des Flammenmals ausgehend, untersuchte sie jedes einzelne Wort auf weitere Verbindungen zu Frederik hin: Wo gab es Hinweise auf ihn, die geographischen Bezugspunkte seines Lebens und seines Sterbens? *Da ist der Alptraum, geistiger Abraum. Überschäumender Abschaum, das kann mir mal einer abschauen. Tollkühn zerrütteter Zollsünder, Woll-Sühner, Wolf im wolligen Schafspelz trollt sich zum Blutzoll. Unheiliges Weihwasser, wo Kruzifix und Kruzitürken würgen vor dem wütend-erwürgenden Wüterich. Wüt-er-ich: Hinten er – vorne ich.*

Wie bei einem Fieberanfall überlief es sie zugleich

eiskalt und brennend heiß, auch protestierte ihr Magen mit Übelkeit. Dennoch setzte Timms die Jagd nach den verräterischen Spuren rücksichtslos gegen sich selbst fort.

Christian tat so, als klebe er den Zettel an. Als die Ladenglocke verstummte und er sicher war, dass die Frau fort war, steckte er ihn gefaltet in die Hosentasche.

Zwischen den verschiedenen Kopieraufträgen blickte er immer zur Wanduhr hinüber, auf der die Zeiger festzukleben schienen. Der Strom der Kunden riss nicht ab. Sonst wollte er den Laden am liebsten abends nicht verlassen, jetzt konnte er es kaum erwarten, fort zu kommen. Er musste das Flugblatt lesen.

»Scheiße, Christian«, raunzte ihn Arno an, »das ist gelb, nicht grün, blöder Depp.«

Christian starrte seinen Chef verständnislos an, woraufhin Arno verärgert den Kopf schüttelte und die Maschine abstellte, sodass sie aufhörte, fehlfarbene Yoga-Flugblätter auszuspucken.

»Wenn du mit den Gedanken nicht bei der Sache bist, kannste auch gleich heimgehen.«

Christian nickte und lief stracks nach hinten in die Personalkammer, wo er seinen Dufflecoat vom Wandhaken riss, ihn sogleich fallen lassen musste, um sich die Hände auf die Ohren zu pressen. Trotzdem wogte das Geräusch der Maschinen unerträglich laut in das kleine Hinterzimmer, um sich wie Meeresbrandung in seinem Kopf zu brechen. Auch die Ladentürklingel bimmelte – bimmelte sich mitten in sein Gehirn hinein. Christian zupfte sein verkrustetes Struppelhaar und stammelte:

Das bin ich, das bin ich, sie sucht mich, nein, Bianca. Sie sucht uns, sie hat uns gefunden – er ließ die Jacke auf dem Boden liegen und rannte aus dem Laden.

»So war's nicht gemeint«, rief ihm Arno hinterher. Christian achtet nicht darauf.

Zum Glück trug er den Hausschlüssel immer in der vorderen rechten Hosentasche, nie in der Jacke, sonst hätte er die Haustür nicht aufschließen können, die er atemlos erreichte, obwohl der Hauseingang nur wenige Meter vom Copyshop entfernt lag.

Die wichtigsten Dinge, dachte er, musste man immer am Körper tragen, sodass sie einem nicht gestohlen werden konnten, dachte er und lachte beim Aufschließen der Wohnung, denn der Dieb war ja er, der Verfolger und Dieb. Die Tür flog mit einem lauten Krachen hinter ihm zu, dann wurde es still um Christian. Er lauschte nicht in die Stille, denn Bianca konnte ja nicht zu Hause sein, trotzdem fühlte er sich nicht allein, sondern verfolgt.

In der Küche faltete er das Flugblatt auseinander, legte es vor sich, strich es glatt, dann las er.

Seine verschwitzten, von der Arbeit geschwärzten Finger hinterließen Flecken auf dem gelben Papier; wo er es länger berührte, dellte es sich.

Die Verschwiegenheit beschützt die Lebenden und die Toten, flüsterte Christian sich Trost zu, und las die gleichen Zeilen immer und immer wieder: *Schwanenhalsiger Schweiger im verregneten Reigenreich reger Regenwürmer, im Reich der Reichen, im Arm der Armen find ich Erbarmen ererbtes Erb-Amen, vererbtes Erahnen. Verlebtes Erlahmen nichtsahnender Ahnen. Erwirb und erstirb, kauf und ersauf, stehl und geh fehl, fehlerhafter*

Haftbeuger, beugehaftender Zeugenerzeuger.

Die beringte Frau kannte er nicht, aber sie besaß etwas von ihm, jedenfalls hätten es Wörter sein können, direkt aus seinem Hirn auf ihr Flugblatt übergelaufen, nur schrieb er diesen Unsinn niemals auf. Das machte allein Bianca. Nun aber lief es auf dasselbe hinaus.

Bianca hatte einen *Zeugen erzeugt,* weshalb verstand er noch nicht. Einstweilen war das auch nebensächlich. Nicht nebensächlich war die Gefahr, in der sie nun beide durch Biancas Verschulden schwebten.

Sein zermartertes Gehirn suchte nach dem Zusammenhang zwischen dem Flugblatt und den Einkaufszettelschnitzeln von Bianca. Und gab es auf. Die Informationen blieben unwillig, sich bei den Händen zu fassen. Dafür entsandten ihm seine Hirnwindungen einen Auftrag: Er musste die Flugblätter suchen und vernichten.

Sie durften einander niemals treffen, die eiserne Frau mit den wilden Locken und Bianca. Sein ach so leichtsinniges Schwesterchen.

Das Aufhängen der neunundsechzig anderen Exemplare hätte er ihr gerne auch abnehmen dürfen, dachte Klaudia zwei Stunden später, nachdem sie das Flugblatt im ganzen Umkreis des Wohnblocks angebracht hatte.

Jetzt klebte es an Garagentoren, Laternenmasten, Kundenbrettern in Supermärkten, auf dem Campus Westend und an der Haupt-Uni. Ihre Fußsohlen schmerzten, als habe sie es eigenfüßig bis nach Timbuktu verteilt.

Sie dachte an die wöchentlich telefonisch aktualisierten Warnhinweise ihrer Mutter vor hohen Handygebühren, Zeckenbissen, Terroranschlägen in Großstädten,

Exhibitionisten – und Blasenentzündungen. Gerade auf letztere pfiff Klaudia im Moment und ließ sich erschöpft auf eine kalte Bank im Kurfürstenpark fallen.

Sie betrachtete ihre stumpfen Handflächen, die sich unter widerlichem Straßenschmoddereinfluss schwarz gefärbt hatten. Nie warnte ihre Mutter vor den Folgen der Biopiraterie, des Globalisierungswahns oder des Klimawandels. Exhibitionisten – neben den Obdachlosen waren auch sie eine vergessene Randgruppe, die in hiesigen Breiten von der globalen Erwärmung profitieren würde.

Das Original ihres Flyers lag auf der Bank neben ihr und bewegte sich ganz leicht im Wind, als sei es lebendig, aber scheu. Beim besten Willen hatte sie keinen geeigneten Platz mehr dafür gefunden.

Andächtig bewunderte sie ihr Meisterwerk. Sie hatte den vergleichsweise harmlosen Text etwas vergrößert und ihn so platziert, dass er ins Auge stach. Darunter war ein »Finderlohn« ausgelobt – eigentlich ein Meldelohn, der mit Absicht undefiniert geblieben war. Dahinter konnte sich eine Geldsumme verbergen, aber auch ein billiges Essen im *Extrablatt.* Dorthin könnte sie eigentlich ihren Autor auch gefahrlos zum ersten Treffen bestellen, überlegte sie, denn Vorsicht ist die Mutter der Porzellankiste! Auch eine Lebensweisheit ihrer Mutter. Deshalb hatte sie den Flyer im letzten Moment noch einmal abgeändert und statt ihrer aktuellen Handynummer ihre alte eingesetzt.

Alle Aspekte kritisch abwägend, fand sich noch immer keine Lücke in ihrem Sicherheitsnetz. Trotzdem: Hätte sich die blöde Schnalle Timms mit einer Entwarnung bei ihr gemeldet, wäre ihr nun noch wohler in ihrer partiell geschwärzten Haut.

Klaudia brauchte unbedingt eine Dusche – und dann ein Bier. Nein, zuerst musste sie das alte Handy aufladen und Guthaben nachkaufen. Vielleicht hatte es der Unbekannte ja eilig, sie anzurufen!

Acht Seiten weiter und mehr als fünf Stunden später listete sie die angestrichenen Begriffe in eine Excel-Tabelle auf.

Obwohl mit der kaum mehr anfechtbaren Tatsache konfrontiert, dass der Autor des Textes Frederiks Mörder war, weigerte sich ihr Verstand zu billigen, wie zufällig sie an das Manuskript gelangt war. Doch waren nicht gerade Zufälle eine wichtige Komponente des Lebens, die man akzeptieren musste?

Timms kopierte die Tabelle und sortierte die Begriffe noch einmal alphabetisch, ohne weitere Ergebnisse zu produzieren.

Sie schaute die Giehse traurig an, ohne ein Zeichen des Mitleids in dem schönen, herrischen Gesicht zu entdecken, dann schlüpfte sie in den Mantel, den sie an dem Tag getragen hatte, als Schweickert zu ihr in den Hörsaal gekommen war, um sie um ihre Mithilfe zu bitten. Zu Fuß marschierte Timms hinüber zur Universität und zögerte damit das Unvermeidliche hinaus. Eine Galgenfrist. Aber notwendig, sie musste mit der Studentin sprechen.

Trotz akribischer Suche blieb der Haftnotizzettel mit dem Namen und der Telefonnummer unauffindbar, und Timms brach die Suche ergebnislos ab. Minutenlang saß sie in ihrem Drehstuhl vor dem Schreibtisch und starrte in die Luft. Im Stillen leistete sie Abbitte bei der Fremden. Sie hatte sich durch ihr wehrhaftes Äußeres und das burschikose Verhalten täuschen lassen. Sie hatte die Frau unterschätzt, die mit ihrem literarischen Sachverstand zu einer ähnlichen Einschätzung über den Autor gelangt war – wenn auch nicht im Hinblick auf ein konkretes Verbrechen.

Der einzige Zugang zur wichtigsten Informationsquelle war verloren. Schlimmer noch, Timms hatte wertvolle Zeit versäumt, die Verbindung zwischen dem Manuskript und dem Mord an Frederik herzustellen. Und Otto brachte kein Verständnis für Versäumnisse auf.

Er würde sie durch die Mangel drehen, bis er der tiefsten Region ihres Hirns teilnahmslos und unbarmherzig jedweden Gedanken, jede intuitive Eingebung entrissen hatte. Dinge, die ihr belanglos erschienen, bis er durch ein zwei Drehungen und Kombinationen die Relevanz offenbarte.

Zum ersten Mal, seit sie von Frederik Boos gehört hatte, verspürte sie Angst. Angst um sich selbst.

Timms riss sich zusammen, stand auf und beschriftete hastig ein Blatt Papier ... *muss die Sprechstunde leider entfallen* und unterzeichnete es. Als sie die Nachricht außen an ihrer Bürotür anbrachte, weichte ein ringförmiger Fleck das Datum des morgigen Tages auf.

DIENSTAG »Hey – willst du ficken? Ist deine Möse eng? Ich komm und fick dich.«

Schlaftrunken presste sie das Handy an ihr Ohr, das sie abends neben sich auf das Kopfkissen gelegt hatte.

»Süß, wie du schläfst, du heiße Möse! Heb Dein Nachthemd und lass dich ficken.«

Sie hatte viel zu lange zugehört. Klaudia drückte den Anrufer weg.

Sie fühlte sich bleischwer und es glich einer Zumutung, aufstehen zu müssen. Gleichzeitig hatte sie der Anruf alarmiert. Wurde sie wirklich beobachtet? Sah ihr jemand beim Schlafen zu?

Klaudia zwang ihre Füße vors Bett auf den Boden. Sie waren heiß und schwitzig, ihre Wangen auch. Sie hatte gestern zu viel getrunken.

Sie saß auf der Bettkante, rieb sich die Augen und zupfte die verrutschte Unterwäsche mit dem olivfarbenen Tarnmuster zurecht. Ha, kein Nachthemd!

Sie sah auf die Uhr, kurz nach sechs erst. Leicht zu erraten, dass jemand noch schlief. Dennoch schlich sie sich von der Seite zum Fenster heran und spähte vorsichtig neben der Gardine hinaus. Bis auf den Straßenkehrer, der den Inhalt des orangefarbenen Mülleimers am Laternenpfahl gegenüber in einen großen Sack leerte, lag die Straße einsam unter ihr. Natürlich stand draußen auf der Straße niemand und beobachtete sie. Auch zwischen den Vorhängen in den Fenstern auf der anderen Straßenseite spähte niemand hervor wie sie.

Schon irgendwie gewitzt von ihr, die alte Handy-Nummer anzugeben – zufrieden war sie trotzdem nicht. Was für kranke Schweine da draußen rumliefen und auf gut Glück irgendeine Nummer anriefen, um ihren Perversionen die lange Leine zu lassen.

Wie mies und perfide – und wie effektiv! Sie fühlte sich richtiggehend eingeschüchtert und beunruhigt. Wahrscheinlich holte sich der Kerl gerade einen runter, weil er genau darauf abfuhr: Frauen demütigen. Sie tappste in die Küche, machte sich einen Artischockentee und blies mit dem Mund über die heiße Flüssigkeit.

Je länger sie über den Anrufer nachdachte, desto wütender wurde sie – auf ihre eigene verschreckte Reaktion, vor allem aber auf dieses Arschloch. Am liebsten hätte sie es sich vorgeknöpft und in die Eier getreten, bis ihm die Lichter ausgingen.

Doch egal, wie sehr sich Klaudia in Rage redete, beunruhigt blieb sie trotzdem. Sie fühlte sich bedroht und beschmutzt.

Schritte. Da kam jemand.

»Mama?«

Auf ging die Tür.

»Schätzelchen, ich bin es, Bianca.«

»Ich habe Hunger. Und Durst.«

»Ich hab dir Pizza mitgebracht.«

»Dann ist heute Pizzagibtesnuram-Freitag-Tag?«

»Genau. Und außerdem ist heute Colagibtesaucham-Pizza-Freitag-Tag.« Auch wenn es Dienstag war.

Der Rote Baron stopfte sich das erste Stück im Ganzen in den Mund. Er musste die Hände zum Klatschen freibekommen. Er klatschte. Aber nur einmal. Laut. Dann nahm er das nächste Stück Pizza in die eine Hand und die Coladose in die andere Hand. Vor dem Mund stießen seine Hände zusammen. Käse, Wurst und Tomatensoße rutschten von der Pizza runter und landeten in seinem Schoß. In der verschütteten Cola.

»Oh wei! Unfall!« Er sah die Frau mit den Warumgehendieeinfachsoab-Haaren an. Bestimmt war sie jetzt auch eine Andreas-lassdasdumachstallesschmutzig-Mama?

»Was haben wir denn nun gemacht? Einen feinen Warumgehtbeidesnichtgleichzeitiginden-Mund-Zusammenstoß?«

Sie hob das Essen einfach auf, nahm die Dose fort und gab ihm ein neues Stück Pizza. »Trinken tun wir hinterher.«

Sie setzte sich neben ihn und zog ihm die Dasisteineperücke-Haare auf. Ganz vorsichtig, damit die Haare nicht mitgegessen wurden. »Iss ruhig alles auf, damit du groß und stark wirst. Damit du endlich fliegen lernst. Wie ein Flugzeug.«

Vögel waren aber doch klein. Musste man nicht vogelklein sein zum Fliegen? Nein, klein war er schon gewesen. Groß noch nicht.

Er musste doch nicht etwa so groß wie ein Flugzeug wachsen? Und wie viel Pizza reichte dafür schon? Gab es deswegen Pizza nur am Pizzagibtesnuram-Freitag-Tag und mehralsfünf-Stücke-gibtesnicht?

Mit vollem Mund hörte er mit dem Kauen auf. Er hatte nicht mitgezählt. Er konnte allein schon bis fünfundzwanzig zählen. So viele Stücke hatte eine Pizza nie.

Er nahm die Coladose. Die KeineColadiemachtdickundistungesund-Cola. Er stellte die Dose schnell wieder auf den Tisch.

»Was ist, bist du schon satt?« Sie strich ihm über den Kopf. »Was schaust du denn so erschreckt?«

»Macht mich die Pizza jetzt gleich wie ein Flugzeug groß?«

Sie lachte und gab ihm einen Kuss auf die Backe. »Nein, so groß wirst du überhaupt nicht. Musst du auch nicht. Nur noch ein fitzelklitzekleines Stückelchen musst du wachsen.«

Sie hielt die Finger ein Stück auseinander. Da war nicht viel Platz dazwischen.

»Wenn ich wiederkomme, hast du es bestimmt schon geschafft. Und falls nicht, ziehe ich noch einmal ganz leicht an deinen Indenrotensockenistein-Loch-Füßchen.«

Der Rote Baron kaute zu Ende. Danach blieb die Bianca-Frau nicht mehr lange.

Sie lässt bestimmt noch andere Kinder wachsen, dachte er, als sie weg war.

Dann klatschte er ganz oft in die Hände. Sehr laut. All die fliegenden Vögel. Und fliegende Flugzeuge. Wenn jetzt alle Kinder fliegen lernen, war dann kein Platz mehr für ihn übrig?

Er zog der Giraffe die rote Schleife aus und wickelte sie sich um den Finger, bevor er klatschte: »Oh wei – oh wei – oh wei, ich darf nicht zuletzt in den Himmel kommen.«

Zu Hause wählte sie die Nummer, die sie nie in ihr Handy eingespeichert hatte und nach all den Jahren noch immer auswendig wusste. Es meldete sich niemand.

Timms überlegte, er könne mittlerweile gestorben sein. Doch davon hätte sie mit Sicherheit gehört. Sie versuchte es mit der Wiederwahltaste im Viertelstundentakt und klickte sich nebenher durchs Internet.

Mit dem Suchbegriff *Elengar* trat sie eine Lawine los: Es gab über 6000 Einträge zu einem Fantasy-Helden, von dem sie noch nie gehört hatte. Selbst das *Flammenauge von Benderal* zeigte noch 982 Treffer.

Das Lesen der ersten vier Seiten hinterließ eine klare

Vorstellung von der Macht des magischen Zeichens, das man *Elengar* als Adepten auf die Stirn tätowiert hatte. Ein Schutzzeichen gegen das Böse, das zugleich der Visionssuche dient.

Voller Bestürzung begriff Timms, dass das Ordenszeichen Frederik keinen Schutz geboten hatte – und statt einer Vision hatte er den Tod gefunden.

Dessen ungeachtet hätte sie sich das Auge am liebsten auf die eigene Stirn gemalt.

Das laute Bellen, das aus dem Handy heraus in ihr Ohr einbrach, hätte sie fast das Gerät fallen lassen.

»Zumwebel«, legte sich die knarzige Stimme über Jacks Bellen.

Sie liebte diese Stimme. Trotz allem. »Otto, wo zum Teufel warst du?«

»Beim Teufel noch nicht. Ich werde ihn aber nach meinem Ableben aufsuchen, ich will ihn analysieren.«

»Otto!«

»Man hat mich gebadet. Eine erniedrigende Angelegenheit. Möchtest du einmal dabei zugegen sein?«

»Ist die Frage prüfungsrelevant?« Die scherzhafte Anspielung auf ihr Studium bei ihm ging nach hinten los.

»Jede meiner Fragen ist eine Prüfung. Die Antwort beinhaltet, wie weit Du bereit bist, für eine Sache zu gehen.«

»Können wir das später klären? Ich werde dir zu dem bisherigen Material noch eine Tabelle faxen. Wann kann ich zu dir kommen?«

»Heute muss ich in die Klinik. Morgen Nachmittag.«

»Wie früher?«

»Exakt«, antwortete er knapp und sie hörte, wie sein

Atmen leiser wurde. Er legte den Hörer zurück – sehr langsam. »Hörst du, Jack«, sagte er, »die Abtrünnige besinnt sich!«

Unzweifelhaft war dies viel mehr für ihre denn für die Ohren des Hundes bestimmt.

Am Sonntagnachmittag hatte er sich auf tagelanges Warten eingestellt. Seither schlich Kevin um die Mülltonnen herum oder beobachtete sie vom Fenster seines Zimmers aus. Die Aussicht auf 50 Euro machten die Langeweile erträglich, noch besser war das Gefühl, wichtig zu sein. Wichtiger jedenfalls als die Jungs, die jeden Tag auf dem Hof Fußball spielten. Sie hatten es inzwischen aufgegeben, sich über ihn lustig zu machen – und zu lästern, er hätte sich in die Rothaarige verliebt.

Kevin saß auf der erhöhten Einfassung eines Beetes, das schon lange nicht mehr bepflanzt wurde. Jetzt vermehrten sich darin Coladosen und Dönerverpackungen. Dazwischen lag ein benutztes Gummi. Kevin verzog angewidert das Gesicht. Verliebt. So ein Quatsch! Sie war doch seine Chefin.

Gleichgültig beobachtete er die Meckertante aus dem Nachbarhaus, die ihren Verpackungsmüll in die gelbe Tonne warf. Klar, die achtete genau auf Mülltrennung. Dafür keifte sie die Jungs an, das Fußballspielen im Hof wäre behördlich verboten.

Das zugehörige Schild hatten sie schon vor über einem Jahr mit einer Spraydose unleserlich gemacht. Die anderen Jungs beachteten sie nicht, nicht einmal Schimpfwörter riefen sie ihr zu. Die Alte schüttelte den Kopf und trollte sich.

Kevin war nicht der einzige, der die Szene beobachtete. Im Durchgang neben der Garagenzufahrt stand ein Mann und wartete auf den Abgang der Alten. Kevin verstand das. Niemand bei klarem Verstand wollte ihr zu nahe kommen, manchmal schlug sie sogar mit dem Regenschirm nach den Leuten.

Den Mann kannte Kevin vom Sehen her, meist hielt er den Kopf gesenkt und hastete an allen vorüber, sogar an den Nachbarn. Ohne zu grüßen. Wenn Kevin es sich recht überlegte, hatte er ihn noch nie reden hören. Die Jungs lästerten über sein farbloses Äußeres und nannten ihn ›Die Made‹. Manchmal machten sie Schellenkloppen bei ihm oder warfen ihm Abfälle in den Briefkasten. Da machte Kevin nicht mit. Babykram.

Sein offizieller Auftrag ließ Kevin den Mann zum ersten Mal genauer betrachten. Irgendwie wirkte er sehr sonderbar. Es hatte so etwas – Heimlichtuerisches an sich, wie er den Kopf spähend hin und her wandte, bevor auch er zu den Mülltonnen ging.

Der Mann warf einen zugeknoteten Plastikbeutel in den Hausmüll. Er drückte ihn sogar tiefer runter. Das war tatsächlich verdächtig, niemand griff freiwillig in eine stinkende Hausmülltonne!

»Was guckst du so?«, zischte ihn der Fremde an und schien sich fast ebenso zu erschrecken wie Kevin, denn er drehte sich schnell um und verschwand mit großen Schritten.

Einen Moment lang hatte Kevin *richtige* Angst. Sein Herz wummerte einen Rap. Eigentlich wollte er sich nur um den Papiermüll kümmern ... Zur Vorsicht umkreiste er dreimal langsam das Blumenbeet und zählte die aktuellen Spieler der Eintracht auf. Dann erst wagte

Kevin, den Beutel aus der Mülltonne zu angeln. Dazu musste er sich auf das Rad der Tonne stellen und sich strecken. Schließlich bekam er ein Stück Plastik zu fassen und zog den Beutel aus der Tonne. Über dem kahlen Beet riss er ihn auf – es war ja eh schon zugemüllt – und fingerte mit angehaltenem Atem im ekligen Inhalt herum.

Als er vier oder fünf der Papierschnipsel herausgezogen hatte, suchte er nach der Visitenkarte und zückte sein Handy. Wieder schlug ihm das Herz bis in den Hals. Diesmal vor Spannung. Er hörte ein merkwürdiges Tuten, und seine Aufregung verwandelte sich in Unmut.

»Hey Petz!«, schrie Kevin den viel Älteren über den Hof an und bereitete sich auf den drohenden Spott vor. »Zeig mir sofort, wo die Made wohnt.«

Die Lady würde sich freuen, wenn er für seine 50 Euro mehr tat, als nur komische Einkaufszettel abzuliefern.

MITTWOCH »Leonora Timms.«

»Ich dachte schon, Sie geh'n nie ran.«

»Wer spricht denn da?«

»Kevin.«

»Du! Tut mir leid, ich hatte vergessen, dass ich das Telefon rausgezogen hatte. Sag nicht, du hast was gefunden?«

»Würd' ich sonst anrufen?«

»Auch wahr. Was ist es denn?«

»So was wie ein Einkaufszettel. Kann ich bei Ihnen vorbeikommen?«

»Jetzt nicht, ich habe einen Termin. Bis wann hast du denn heute – hm - Ausgang?«

»Bis neun.«

»Wie wäre es dann mit halb acht?«

»Gebongt. Im Hinterhof?«

»Besser nicht. Kennst du das *Ganesha?*«

»Was?«

»Egal, schlag noch einen Treffpunkt vor?«

»Die Post am kleinen Park?«

»Hinter der Leipziger Straße? Ja, kenne ich.«

»Dann da. Bringen Sie das Geld mit?«

»Ja. Aber erst mal sehen, was dein Fund wert ist.«

Jack fiepte vor Freude und rannte vor der Tür des Einfamilienhauses in Bad Vilbel im Kreis um sie herum. Wider Erwarten gab sein Herrchen zur Begrüßung keinen bissigen Kommentar ab.

Otto Zumwebel, ihr Doktorvater, war krank. Abgesehen davon, dass Timms es wusste, sah sie es ihm deutlich an, als sie, den Hund streichelnd, zu ihm aufblickte. Moribund dachte sie. Man durfte ihn nicht darauf ansprechen; Anteilnahme, selbst aufrichtige, wurde nicht honoriert.

Otto fuhr ihr voraus in die Küche, von wo der handgebrühte Kaffee bereits mit aromatischem Duft lockte. Sie steuerte den Kuchen zu ihrem Treffen bei, die einzige Schwäche, zu der Otto offen stand. Alles wie früher, dachte Timms, und wäre ich nur eine Minute zu spät gekommen, hätte er die Kaffeetafel abgeräumt und durch zwei Gläser Wasser ersetzt.

Ihren Regeln folgend, sprachen sie beim Essen und Trinken nicht über die Arbeit.

»Was macht der fliegende Schreiberling?«

»Er wird Vater!« Ein kleiner Seitenhieb, den selbst sie sich nicht verkneifen konnte. Es lag nicht in Ottos Naturell, seine Meinung zu verhehlen, und welchen Missgriff Rainer für ihn darstellte, hatte er schon früher gern und deutlich geäußert.

»Mit einer anderen Frau«, beruhigte sie ihn.

Jack döste unter dem Tisch, nur ein leises Grunzen verriet die Anwesenheit des saufarbenen Terriers mit dem makabren Namen.

Schließlich räumte sie den Tisch ab, womit zugleich die rituelle Zeremonie zum Ende kam. Dem Alltag Normalsterblicher brachte Otto wenig Interesse entgegen, ihn reizte nur das Besondere.

»Der Text zeugt von einer außergewöhnlichen Persönlichkeitsstruktur. Aber beginnen wir mit dem Anfang, woher stammt er?«

»Eine Studentin hat ihn gefunden und zu mir in die Sprechstunde gebracht.«

»Du hältst ihn für echt?«

»Ja, sonst hätte ich dich nicht damit behelligt.«

»Das Original?«

»Besitzt sie noch, hoffentlich ...«

»Du hast es dir nicht geben lassen?« Es blieb beim tadelnden Tonfall. »Besorge es! Vorläufiges graphologisches Gutachten?«

Sie verneinte. »Ich wollte dein Urteil abwarten.« Weil sie ihrem eigenen nicht genügend Zutrauen entgegenbrachte. »Es ist so, Otto: Mein Gefühl sagt, es hat etwas mit einem Mord zu tun, mein Verstand klassifiziert die Umstände als absurd.«

Wie so oft war er ihr einen Schritt voraus. »Ich hab

deine Faxe mit dem Boos-Material abgeglichen. Eine heiße Fährte. Klapp den Mund zu, Leonora.«

Sie schloss den Mund, damit Otto fortfuhr.

»Einige hast du übersehen, zumindest die wichtigsten Verbindungen zum Mord an Frederik fasst deine Tabelle zusammen. Sie sind sublim, dennoch eindeutig – und vor Gericht völlig unbrauchbar.«

Timms nickte ergeben.

»Allerdings – mit Substanz unterfüttert – bietet der Text hervorragendes Material für ein psychologisches Gutachten. Was weißt du über den Autor?«

»Seinen ungefähren Wohnort. Vermutlich.«

»Wenig, aber immerhin. Der Rest ist Polizeiarbeit. Sibylla Gerkweiß ist momentan für Frederik Boos zuständig, das ist günstig. Falls unser Schriftstück mit Frederik Boos und damit vielleicht auch mit Andreas Klinger zu tun hat, dann ist Günsel als Leiter der Soko *Roter Baron* für mich ein Hindernis, das auf dem richtigen Weg umgangen werden muss. Da würden wir kostbare Zeit verlieren.«

»Ich werde mit Schweickert reden.«

Otto hob amüsiert die linke Augenbraue an. »Dein Busenfeind.«

»Seine Suspendierung hat ihn zugänglicher gemacht, möglicherweise unterstützt er uns.« Es klang optimistischer, als sie sich fühlte.

Otto zog die Hände unter der Wolldecke hervor und knetete sie im Schoß. Timms kannte diese Gebärde, nun begann der Teil des Gespräches, vor dem sie sich fürchtete.

Er führte das Gespräch zum Manuskript zurück. »Was weißt du sonst noch?«

Schweiß sammelte sich über ihrer Oberlippe. Timms schüttelte den Kopf.

»Gut. Unkenntnis kann von Vorteil sein. Faktenwissen steht der Analyse häufig im Weg. Wie alt ist der Autor?«

Ihr einziger Anhaltspunkt war anfechtbar. »Etwa so alt wie ich.«

»Weshalb?«

»Flipper.«

»Flipper?«

»Er kennt die Titelmelodie der Kinderserie. Sie lief im Fernsehen, als ich klein war.«

Leise sang sie die Melodie »... *Freund aller Kinder, Große nicht minder lieben auch ihn.*«

Otto schnalzte mit der Zunge. Offenbar hatte er die entscheidenden Worte wieder erkannt. »Gescheit gedacht. Trotzdem muss es überprüft werden, das Alter ist bedeutsam.«

Natürlich war es das.

»Nun, weg vom Inhalt. Was verrät uns die ungewöhnliche äußere Form des Schreibens über den Verfasser?«

»Etwas treibt ihn um. Die optische Form ist akkurat, fast pedantisch, das wirkt besessen. Die äußere Ordentlichkeit und das inhaltliche Durcheinander sind die beiden Pole einer zerrissenen Persönlichkeit.

»Mach weiter! Bleib bei der Form, der Inhalt kommt später.«

»Wenn man die Form des Manuskripts auf den Menschen überträgt ... so funktioniert er in seiner vertrauten Umwelt. Er ist sehr angepasst. Überangepasst, um bloß nicht aufzufallen.« Sie fixierte die Kuchengabel, um sich besser zu konzentrieren. »Wenn er auffällt, so höchstens durch übertriebenen Ordnungssinn oder den Zwang,

Handlungen in gleich bleibender Weise ausführen zu müssen. Ähnlich einem Autisten.«

»Das ist ein Pol. Begib dich zum zweiten. Was siehst du dort?«

»Inneren Aufruhr. Er begegnet ihm mit manischem Schreiben. Die Struktur des Textes – sie kanalisiert das gefühlte Chaos. Dieser Mensch bannt seine Dämonen auf Papier, er kerkert sie hinter den engen Zeilen und Wortbausteinen ein, um sie ruhig zu halten.«

»Leonora, deine Wortwahl!«

Sie strich sich eine Locke aus dem Gesicht und formulierte ihren Gedanken angemessen: »Er kontrolliert den Zerfall seiner Gedanken durch eine strenge Form des Textes – dessen Inhalt trotzdem weiterhin die Zerrissenheit transportiert.«

»Dem stimme ich vorläufig zu. Also mach beim Inhalt weiter.«

Hatte sie ihn zufrieden gestellt? Am liebsten hätte sie ihn gebeten, für sie weiterzumachen. Timms schenkte sich Kaffee nach.

»Los, entwickele deine Gedanken beim Reden. Streng dich an. Was offenbart der Inhalt allgemein?«

Anstatt zu trinken, schob sie die Tasse fort, schloss die Augen und holte Atem, als müsse sie sehr weit tauchen. »Allgemein: Intelligenz, im Sinne von geistiger Regheit. Nicht unbedingt aber eine überdurchschnittliche Bildung.«

»Speziell.«

»Die Neologismen belegen beeindruckende Kreativität, andererseits zeugen sie von ...« Sie atmete gepresst aus und sah ihn an. »Otto, bitte! Ich bin Medien-Psychologin.«

»Weil du dich hinter Zeitungen und Bildschirmen verkriechst. Du warst meine Schülerin. Die Beste. Enttäusche mich nicht mit billigen Ausflüchten.«

Timms beugte sich. Wie früher, bei ihrem Vater. Trotzdem liebte sie Otto. Herzlich. »Leonora, die Wortneuschöpfungen – mach da weiter!«, drängte Otto.

Bei ihm setzte sie freiwillig den Kampf um Anerkennung und Zuneigung fort, den sie bei ihrem Vater so früh aufgegeben hatte. Timms schloss ergeben die Augen und lauschte ihren Gedanken bei der Arbeit. »Er ist kreativ. Zweifelsohne. Jedoch aus Sprunghaftigkeit und nicht aus einer künstlerischen Haltung heraus. Er hält keinen Gedanken lange aus, es kommen kaum vollständige Sätze vor. Ganze Passagen wiederholen sich, um plötzlich neuen Richtungen zu folgen. Der Autor baut Bekanntes ein: Das Titellied von Flipper oder die Ikea-Werbung. Dabei verstümmelt er alles – fast bis zur Unkenntlichkeit. Vielleicht ist der Schreiber auch irgendwie verstümmelt, behindert ...«.

»Gewagter Transfer – auf jeden Fall der Überprüfung wert. Mit klassischen Ermittlungsmethoden.« Es klang geringschätzig. »Begib dich zur Unkenntlichkeit zurück.«

»Die Unkenntlichkeit ... Er schaut sich die Wörter wie unter dem Mikroskop an. Bei dieser Betrachtungsweise zerfallen sie in ihre Bestandteile, einzelne Silben und Endungen. Sie verlieren die Substanz.«

»Heißt auf das Leben übertragen was?«

»Dass auch sein Leben segmentiert ist. Seine sozialen Kontakte werden strikt getrennt. Er hat einen engen Aktionsradius, Unbekanntes erschreckt ihn.«

»Genug. Zurück zu den Begriffen.«

»Unter der Verformung leidet die Bedeutung der Wörter. Sie werden krank. Er kann sie nicht heilen.«

»Timms!« Er schlug mit der flachen Hand auf den Tisch. Unter dem Tisch kläffte Jack Zustimmung.

»Entschuldige. Fließende Bedeutungswechsel. Gut und Böse tauschen durch minimale Veränderungen die Plätze. Definierte Grenzen lösen sich mit Leichtigkeit auf.«

»Bedeutet für die Wahrnehmung seiner Realität?«

»Graduelle Orientierungslosigkeit. Handlungsunsicherheit. Die Person ist möglicherweise nur mit großer Mühe in der Lage, einen normalen Alltag zu bestreiten.«

»Ja, aber wie du schon festgestellt hast, funktioniert sie und fällt nicht auf.«

»Trotzdem, die Person handelt unlogisch und ...«

»Falsch. Bedenke: Jeder Mensch hat seine individuelle Logik. Zeige mir seine Sichtweise.«

Timms schluckte mühsam. Ihr Mund war völlig ausgetrocknet. »Er hat ethische Grundsätze, die von unseren abweichen, und beurteilt Situationen aus einem anderen moralischen Blickwinkel, als andere das tun. Normen sind für ihn flexibel, als könne man sie sich nach Gutdünken zurechtbiegen und anpassen.« Sie setzte stockend fort. »Außerdem weist dieser Mensch auf der Gefühlsebene Defizite auf. Er geht keine festen Bindungen ein.« Sie sah Otto an, wie aus einem langen Schlaf erwacht. Ihr Mentor hatte das Äußerste aus ihr herausgeholt und gab sich noch immer nicht zufrieden.

»Gib mir mehr über das soziale Umfeld!«

»Geht nicht. Ich sehe ihn einfach nicht mit anderen Menschen.«

»Seine Familie? Er muss verdammt noch mal eine Mutter gehabt haben.«

»Natürlich. Das Bild von ihr ist indifferent bis negativ: *heulend heuchelnde Muttergärung.* Er wehrt sie ab, ohne sie offen anzugreifen. Dazu muss man nicht zwischen den Zeilen lesen.«

»Da ist auch kein Platz«, knurrte Otto. »Du musst tiefer gehen! Was ist mit dem Vater?«

»Den sehe ich überhaupt nicht.«

»Wo siehst du hin? Du *liest* den Text nur noch ... Geh von den Eltern weg. Erziehung, Religion, Sexualität?«

»Sexualität spielt eine untergeordnete Rolle. Wichtig ist eher ... die Geschlechtlichkeit, die Rolle von Mann und Frau. Alle Passagen religiösen Inhalts scheinen Bigotterie zu entlarven. Ich tippe auf eine strenge Erziehung mit religiösem Hintergrund. Ich glaube, sie ging mit einer gewissen Verwahrlosung einher.«

»Tztztz, du suchst Zuflucht bei klassischen Erklärungsmodellen. Wo gehört dein letzter Satz hin?«

»In das psychologische Gutachten für das Gericht.«

»Richtig. Wo stehen wir, was ist unser Ziel?«

»Analysieren, ob er dieses Mordes fähig war.«

»Und?«

»Er kennt den Tatort, er hat Frederik mit dem Flammenauge auf der Stirn gesehen ...« Timms kroch der Schweiß die Wirbelsäule hinab.

»Das war nur der Ausgangspunkt, was haben wir inzwischen daraus gemacht?«

»Er zertrümmert Worte, er zerreißt sie ...«

»Gut, wieder zur Person.«

»Seine Natur weist brutale Züge auf. Sein Schreiben zeugt von ausgelebter Aggression sowie auch von ihrer Unterdrückung. Diese Person ist latent gewaltbereit, ein Ausbruch kann jederzeit erfolgen.«

»Klinisch?«

»Mit Sicherheit ein Borderliner ... mit klar schizoider Tendenz: Dieser Mensch hält sich nur mit Mühe zusammen. Er kann jederzeit wieder auseinanderbrechen – mit nicht abschätzbaren Folgen für ihn und seine Umwelt.

»Ist er unser Täter?«

»Ja, er ist es. Otto, bitte – ich kann nicht mehr ...«

»Ruhig, Kindchen.« Er nahm ihre Hand und drückte sie. »Ausgezeichnet. Beeindruckend, wie schnell du so weit kommst. Du hast nicht viel verlernt.« Otto grinste zum ersten Mal an diesem Tag und sah dabei wie sein eigener Totenschädel aus.

Ein Teil der Anspannung fiel von Timms ab. Otto hatte sie geprüft, und sie hatte bestanden, wenn auch nicht fehlerfrei. Ihre Erschöpfung äußerte sich in einem hämmernden Schmerz hinter der Stirn.

Bei der Umarmung zum Abschied beugte sich Timms tief zum Rollstuhl herab. Auch Otto war die Anstrengung anzumerken, er zitterte am ganzen Körper. Trotzdem kündete seine Haltung auch von der Befriedigung, das Messer seines Intellekts am Wetzstahl der menschlichen Psyche gerieben zu haben.

Timms richtete sich auf. »Etwas beschäftigt mich von Anfang an: Ich erkenne kein Motiv für die Tat.«

Otto betrachtete Jack, der sich an seinen Oberschenkel drückte. »Ich auch nicht«, bekannte er und hielt ihren Blick länger als gewöhnlich fest. »Und das macht selbst mir Angst.«

Von ihren siebzig Aushängen hatte Christian nur sechsundvierzig gefunden. Und jeden einzelnen in den nächsten Müllereimer geworfen. Zerrissen. Zumindest war er sicher, keine übersehen zu haben, wo sich Bianca öfter aufhielt. Nun wünschte er sich einen Magneten für die Frau mit dem Metallgesicht. Zumindest hatte er ihre Telefonnummer. Ein Telefon hatten er und seine Schwester nicht. Dafür wusste er, wie ein Handy funktionierte.

Christian besaß sogar gleich mehrere. Sie lagen alle tot in der Kommode. Bevor sie endgültig verstummt waren, hatte er sie ausprobiert, wahllos Nummern aus den Verzeichnissen angewählt und sich die fremden Stimmen angehört. Sie fragten, wer dran sei. Sie nannten in fragendem Ton fremde Namen, wenn sie die Nummer erkannten, aber seine Stimme nicht dazu passen wollte. So hatte er immer herausgefunden, wem die Telefone gehörten. Dann hatte er unpassende Dinge mit unpassender Stimme gesagt und sich an der Irritation erfreut. An der Ratlosigkeit.

Christian musste ein Handy kaufen. Mit zugehörigem Guthaben. *Guthaben, Vorhaben, etwas gutes Vorhaben, guter Vorhabenichts.* Jetzt nicht!

Jedes Handy gehörte auch einem Netz an, auch das wusste er, denn in der Tankstelle wurden Leute danach gefragt, wenn sie Guthaben nachkauften. Christian wird ein Netz auswerfen und sehen, ob sie sich darin fängt. Die Frau mit dem Altmetallgesicht.

Seitdem er den fetten Jungen im Hof angeraunzt hatte, stellte sich Bild für Bild die Erinnerung an den Tag im Park wieder ein. An den Jungen. An seine Schwester, wie sie ihn verdrängte und die Sache für ihn erledigte.

Früher hatte sie ihn immer gebeten, dass er die Dinge für sie erledigte: *Christian, machst du das für mich? Christian, ich kann das nicht.*

Diese Sache würde er erledigen. Für sie beide. Ungebeten. Es durfte keinen Zeugen, keinen Mitwisser geben für den Tag im Park. Er hatte es schon einmal getan, er würde es wieder tun. Sein Überleben hing davon ab. Die blasse Frau mit der durchstochenen Haut stand ihm im Weg, die mit dem Schwanenhals. Den man zudrücken konnte. Damit sie schwieg. Über den Jungen. Vor allem aber über ihn – und Bianca.

Der Anrufbeantworter blinkte. Ihre Schwägerin wollte muffelig wissen, wann sie endlich zu Besuch käme und fragte deutlich interessierter, ob sie den Hausmeister gleich mitbrächte.

Ottos Stimme hingegen klang beiläufig: »Der Medienspezialistin zum Eingedenk: Nur in schlechten Filmen und Büchern ermitteln Randfiguren wie Gerichtsmediziner und ...« – Pause – »Psychologen.«

Der hübschen Verpackung entnahm Timms eine ernsthafte Warnung. Doch hatte sie außer dem Manuskript nichts in der Hand, um im Alleingang zu ermitteln. Ihr blieb nichts weiter übrig, als die SoKo nachdrücklich auf die Bedeutung des Manuskripts für die Ermittlungen hinzuweisen.

Immerhin konnte sie sich in den Täter hineinversetzen ..., dachte sie und überließ den Gedanken zum Spielen ihrem Unterbewusstsein. Nun galt es, in das knallharte Geschäft des Altpapierhandels einzusteigen.

Kevin hatte extra sein bestes T-Shirt angezogen, Ed Hardy mit Glitzertiger. Natürlich nur ein Fake, das seine Mutter billig im Internet geschossen hatte.

Angespannt schaute er die Rohmerstraße hinunter. Sie war tatsächlich gekommen! Timms wartete an der Treppe zur Post, die Arme um sich geschlungen, als ob sie frieren würde. Sie sah ganz schön müde aus, stellte er fest und fand, er bekam langsam ein Gespür für Leute und so.

Kevin hob den Arm zum Winken, sofort fühlte sich die Haut unter seiner Achsel kalt an. Er senkte den Arm wieder, um den Schweißfleck zu verbergen. Wenn er doch nur etwas abgespeckt hätte, das Shirt saß so eng.

»Hallo, Lady«, begrüßte er sie und stieß mit dem Zeigefinger die Baseballkappe ein Stück hoch. Eine Bewegung, die er lange vor dem Spiegel geübt hatte.

Sie lächelte erfreut – und nahm die Arme herunter, als sei ihr warm geworden.

»Hi, Kevin. Hast du es mitgebracht?«

Kevin sah sich um. »Hier?«

»Hast recht, besser nicht.« Sie führte ihn einige Meter zurück zum Rohmerplatz, wo sie zwischen einigen Parkbäumen einen ungestörten Ort fanden. »Ich denke, hier ist es okay. Also, was hast du mitgebracht?«

Der große Moment! Kevin zeigte ihr das quadratische Blatt, das er mit Tesafilm zusammengeklebt hatte. Ganze zweieinhalb Stunden hatte er dafür gebraucht, denn es war knifflig, die Teile der beiden Zettel auseinander zuhalten.

Das Papier war in der Mülltüte feucht geworden und wellte sich noch immer, außerdem fehlte eine Ecke, die er nicht gefunden hatte. Es war ziemlich eklig gewesen, solange im Müll zu stochern, bis fast alle Schnitzel beieinander waren.

Timms betrachtete den Zettel eingehend. Kevin sah, wie sich senkrechte Fältchen über ihrer Nasenwurzel stauten, schließlich nickte sie ihm lobend zu. »Das stinkt!«

Das stimmte. Wie er fand, machte das seine Tat immerhin noch ... hm, tapferer. Deshalb enttäuschte es ihn, dass sie nicht mehr zu seinem Fund sagte. »Ich weiß. Ging nicht anders. War Hausmüll.«

»Was war sonst noch drin?«

»Joghurtbecher, Kirschgeschmack. Bierflaschen. Kartoffelschalen und Konservenbüchsen.«

»Gut aufgepasst.«

Sie klopfte ihm auf die Schulter.

»Das gehört doch zum Auftrag!«, sagte er lässig.

»Und gibst du ihn mir auch?«

Kevin wurde rot, er hielt das Blättchen noch immer fest in der schweißigen Hand. Die glatte Oberfläche des Klebefilms wollte sich nicht von seiner Handfläche trennen.

»Gut, nicht?«, fragte er, als er die Spannung nicht mehr aushielt. Und was war mit der Patte?

»Sehr gut. Wie bist du da rangekommen? Hast du etwa seit Sonntag die Mülltonnen observiert?«

»Klar doch! Ist besser als Fußball. Aber auch ganz schön anstrengend, so ein Detektiv-Job.« Etwas beschäftigte ihn schon die ganze Zeit. Er hatte das Wort geübt, wusste trotzdem schon jetzt, dass er es nicht fehlerfrei rausbringen würde: »Was ist eigentlich Medin-Spych...?«

»Me-di-en-Psy-cho-lo-gin?«, betonte sie überdeutlich.

»Genau.«

Sie sah ihn nachdenklich an, zog die Oberlippe hoch und schnaufte. Fast hätte er über sie gelacht.

»Hm«, antwortete sie. »Zum Beispiel sehe ich mir Filme an und überlege, wie sie auf Leute wirken. Manchmal auch Computerspiele. Dann frage ich mich, ob sie aus Jungs wie dir Straßenbanditen machen.«

Oh Mann, sie war eigentlich eine Feindin! »Dann sind Sie das mit ›Freigegeben ab sechzehn‹?«

Sie lachte lauthals, aber nicht so, wie die Jungs. Sie schien Spaß zu haben.

»Nein, nicht für die Freiwillige Selbstkontrolle. Mit Altersbeschränkungen habe ich nichts zu tun.«

»Gut, die sind nämlich blöd. *World of Warcraft* und so Spiele, das mach‘ ich auch. Deswegen ballert doch niemand mit 'ner Knarre auf der Straße 'rum, oder so.« Natürlich durfte er solche Spiele nicht spielen. Nicht, wenn es nach seiner Mutter ging.

»Hoffen wir es.«

»Und, was machen Sie jetzt?«, kam er zu seinem Anliegen zurück.

»Ich gehe nach Hause und esse zu Abend.«

»Nein, mit dem Typ, von dem der Zettel ist. Wird der jetzt verhaftet? Ist er ein Verbrecher?«

Mit einem Mal vergrößerten sich ihre Augen, sie waren sehr grün, das sah er jetzt erst. »Quatsch!«, sagte sie und steckte den Zettel hastig in die Hosentasche.

Hey, dachte er – mein Geld. Aber sie ging nicht weg.

»Kennst du den Mann denn? Den Typen?«

»Klar, jeder im Block kennt die Made. Komischer Kerl. Schleicht durch die Gegend und guckt einen nie an.«

»Weißt du, wie er heißt?«

Scheiße, den merkwürdigen Namen hatte er glatt vergessen. Zukünftig würde er sich Notizen machen müssen. »Ne. Aber ich kann Ihnen das Klingelschild zeigen.«

»Okay. Dann mal los.«

»Cool.« Er führte sie über eine Parallelstraße der Leipziger zum Wohnblock und zu dem Haus, in dem die Made wohnte. Unterwegs beschrieb er Leonora Timms das Aussehen der Made, kurz darauf zeigte er ihr dessen Klingelschild. Kevin merkte sich, was darauf stand.

Timms hingegen schrieb sich den Namen auf, dann zupfte sie Kevin am T-Shirt-Ärmel und lotste ihn in den Hinterhof. Fast bis zu dem Blumenbeet mit dem schmierigen Gummi. Kevin hielt ruckartig an. »Krieg ich jetzt die Patte?«

Sie reagierte nicht. Wo war sie jetzt schon wieder mit ihren Gedanken? »Hallo?!«

»Patte? Ach so, na klar.«

Sie griff in die Jackentasche und zog den braunen Schein raus, er knisterte – zumindest bildete sich Kevin das ein. *Easy money* – jetzt verstand er den englischen Ausdruck. Der Schein wanderte in seine Hosentasche.

»Gute Arbeit«, sagte die Spycho ... Timms.

Jetzt musste er geschickt sein, selbstbewusst, aber nicht übertrieben eifrig wirken: »Gerne wieder! So ein Auftrag. Es gibt doch noch mehr zu tun?«

»Momentan nicht. Falls doch, wie kann ich dich erreichen?«

»Ich bin hier auf dem Hof. Fast immer. Ich hab‘ auch ein Handy.« Er diktierte ihr stolz die Nummer. Sie notierte sie neben den Namen vom Klingelschild und wandte sich wieder ihm zu. Timms nahm ihn bei den

Oberarmen und sah ihn mit einem Röntgenblick an. Wie seine Mutter, wenn er etwas ausgefressen hatte.

»Kevin«, sprach sie, »wenn deine Eltern fragen, woher das Geld kommt, sagst du die Wahrheit: Du hast einen Botengang für mich übernommen. Sie sollen bei mir anrufen.«

»Die fragen schon nicht.«

»Egal. Du sagst ihnen die Wahrheit!«

Sie ließ ihn immer noch nicht los, und jetzt kniff sie die Augen zusammen wie der Typ, als er ihn angezischt hatte. »Kevin«, sagte sie, »du lässt den Mann in Ruhe. Keine Extratouren, keine Schnüffeleien. Der Auftrag ist abgeschlossen.«

Er nickte.

Sie war nicht zufrieden. »Du versprichst mir das hoch und heilig. Klar?«

»Ehrenwort«, sagte er.

Endlich ließ sie seine Arme los, dafür knuffte sie ihn freundlich in die Seite und zwinkerte ihm zu, bevor sie den Hof verließ.

Kevin dachte an den zweiten Zettel mit dem Hinweis auf die Gartenlaube, den er Timms nicht gezeigt hatte. Noch immer hielt er die Finger fest hinter dem Rücken gekreuzt. Filme, in denen Leute das beim Schwindeln taten, durfte man schon mit elf sehen.

Letztendlich hatte Mark den Zeitpunkt der Familienzusammenführung bestimmt, indem er seine Großeltern so sehr tyrannisierte, bis sie Monika nahegelegt hatten, mit dem Kind wieder nach Hause zurückzukehren. Schweickert ließ sich nicht anmerken, wie stolz es ihn machte, dass sich Mark von keinem anderem als ihm hatte beruhigen lassen. Die gemeinsame Rückfahrt aus Gadern hatten sie größtenteils schweigend hinter sich gebracht. Immerhin war es keine unheilsschwangere Stille gewesen, und sobald Mark im Bett war, blieb ihnen immer noch Zeit zum Reden. Beim Öffnen der Haustür störte das Klingeln des Telefons seine guten Vorsätze.

Obwohl sie den schlafenden Jungen auf dem Arm hielt, war Monika vor ihm am Telefon.

Mit einem missbilligenden Blick reichte sie ihm den Hörer. »Dienstlich«, raunzte sie.

»Mensch Schweickert, wo stecken Sie bloß? Ich versuche seit einer Ewigkeit, Sie zu erreichen.

»Familienausflug.«

»Verstehe«, antwortete sie, ohne weiter in ihn zu dringen. Sie entwickelte an der richtigen Stelle Takt!

»Und woher haben Sie meine Privatnummer?«

»Gerkweiß.«

»Verstehe. Was gibt's?«

»Das Zeichen auf Frederiks Stirn. Wer wusste davon?«

»Die Familie. Die ermittelnden Beamten.«

»Ist das ganz sicher nicht über irgendeinen Kanal nach außen gedrungen?«

»Nein. Im Suchaufruf haben wir es nicht erwähnt. Der Hinweis hätte potentielle Zeugen irreführen können. Falls der Junge es gleich wieder abgewischt hatte.«

»Nein, hat er nicht«, sagte sie kaum vernehmlich.

»Bitte?« Langsam verlor er die Geduld.

»Später, Schweickert. Ich meine … und später, nach der Auffindung seiner Leiche?«

»War das Zeichen nicht mehr da. Das Flusswasser hat die letzten Reste weggewaschen. Spuren von der Schminke ließen sich aber noch an seiner Jacke nachweisen.«

»Nein, ich meine, fand das Zeichen später Erwähnung?«

»Auch nicht. Bis die kriminaltechnische Analyse bewiesen hatte, dass er es selbst mit dem Jackenärmel abgewischt hatte, hielten wir das bewusst zurück. Als eine der Informationen, anhand derer wir falsche Bekenner hätten herausfiltern können. Worauf wollen Sie eigentlich hinaus?«

Sie ging nicht darauf ein. »Können Sie morgen früh zu mir kommen?«

Von Marks Zimmertür aus warf ihm Monika böse Blicke zu. Besser er beendete das Gespräch. Schnell.

»Pain in my ass – nein, kann ich nicht. Ich werde morgen wegen ... wegen der Sache mit Malachowski vernommen.«

»Danach? Es dauert auch nicht lange. Bitte Schweickert. Wenn meine Theorie Sie nicht überzeugt, sind Sie mich los. Ein für alle Mal.«

Dann, so hoffte er, war ihre Theorie besser gut. »Was für eine verlockende Aussicht«, sagte er stattdessen. »Und Timms, rufen Sie mich nie mehr zu Hause an. Kapiert?«

DONNERSTAG »Ich wäre beinahe der Versuchung erlegen, was zum Essen mitzubringen.« Schweickert erklomm die letzte Stufe zu ihrer Wohnung.

»Ich kann Ihnen Spaghetti kochen«, erbot sie sich. »War die Vernehmung anstrengend?«

Schweickert verzog das Gesicht.

»Na, wenigstens ist ihre Familie zurück.«

Sie bat ihn herein und führte ihn diesmal ins Wohnzimmer.

»Hatte 'ne Currywurst. Und was das andere betrifft: Ihr Weiber könnt halt nicht ohne uns.«

Die Breitseite wusste sie zu kontern: »Ihre guten Manieren haben eine faszinierend kurze Halbwertszeit.«

»Dann kommen wir mal besser zur Sache. Weshalb bin ich hier?«

Sie legte eine Tabelle vor ihn auf den Wohnzimmertisch. Schweickert warf nur einen flüchtigen Blick darauf. »Klasse, Sie sind in der Lage, Schwachsinn alphabetisch zu ordnen. Deswegen bin ich hoffentlich nicht hier.«

Sie wünschte, er würde zumindest um der Sache willen ein wenig mehr Feingefühl an den Tag legen. »Nein. Die Begriffsliste habe ich einem Manuskript entnommen. Ich vermute – ich bin sicher, es bezieht sich auf Frederiks Ermordung.«

»Manuskript, ja?«

»Schauen Sie sich das Original an, bevor sie vorschnell urteilen. Schon die äußere Erscheinung zeugt von einer fragilen Persönlichkeitsstruktur.«

Er grunzte abfällig.

»Schweickert«, bat sie, »vertrauen Sie einfach mal meinen Kenntnissen.«

Sie drückte ihm die Fotokopien der Studentin in die Hand. Die Begriffe aus der Tabelle fanden sich markiert im Text wieder. Diesmal nahm er sich mehr Zeit und las aufmerksamer.

Unbeeindruckt legte er die Blätter auf den Tisch zurück. »Was interessieren mich die Ergüsse eines pickligen Pubertierenden, der Goethe mit Kafka kreuzt?«

»Ihre zweitklassige Schulbildung ist gerade irrelevant. Das stammt von Frederiks Mörder.«

»Schon mal in Erwägung gezogen, selbst einen Hirnklempner an sich ranzulassen? Der Hirnwichser jagt den Duden durch den Häcksler und bekommt dabei einen Stabreim-Ständer. Bei der Menge an Wortmüll ist es beileibe kein Wunder, wenn man darin auf etwas stößt, das scheinbar mit Frederick zu tun hat. *Scheinbar* – das Zeug hat mit *allem* zu tun, mit Gott und der Welt.«

Sie nahm ein Blatt auf und wies auf eine der Markierungen. »Sehen Sie den Hinweis auf das Flammenmal, das Zeichen auf Frederiks Stirn. Von dem Ihrer Meinung nach niemand wusste, außer den Eltern und der Polizei.« Zugegeben, dafür gab es näherliegende Erklärungen als die Memoiren eines Massenmörders. Aber alles zusammengenommen ... »Auch die Nidda wird explizit erwähnt«, drängte sie ihn.

»Okay, gehen wir mal davon aus, es stimmt. Woher und von wem stammt der Schwachsinn?«

»Von einem Mann. Er wohnt ganz in der Nähe. Hier in Bockenheim.«

»Na bitte, neben dem Main ist die Nidda der größte Fluss in der Gegend. Nur weil – wie viel haben Sie eigentlich davon?«

»Vier Blätter. Doppelseitig beschriebene.«

»Wenn auf acht Seiten von schätzungsweise einer Trilliarde Wörtern zwei Begriffe ihre Hirnzellen zum Stottern bringen, beweist das doch nichts.«

Er lehnte sich selbstgefällig zurück und kreuzte die Arme vor der Brust. Es war einfach nicht an ihn heranzukommen. »Ich halte ihn für extrem gefährlich. Denken Sie doch nur an ... an den Roten Baron. Möglicherweise hält der Verfasser dieser Zeilen ihn in seiner Gewalt.«

»Der Mann stellt höchstens für die deutsche Sprache eine Gefahr dar.« Es klang nicht mehr gar so überzeugt.

»Es sind achtundzwanzig Begriffe, die sich direkt auf Frederik, die Tatumgebung und den Mord beziehen, auf das *Erwürgen!*«

»Ihr Engagement in Ehren«, lächelte er sie jovial an. »aber Sie haben mir immer noch nicht gesagt, wer dieser Verfasser ist. Sie wissen es nicht, oder?«

Er glaubte also, sie erwischt zu haben, dank Kevin konnte sie mit Fakten aufwarten, zumindest teilweise: »Iglhaut heißt er. Mit Nachnamen. Der Vorname fängt mit C oder B an.«

Schweickert beugte sich mit zusammengekniffenen Augen vor. »Gut, dann sage ich Ihnen mal meine Theorie: Dieser Iglhaut ist bestenfalls ein Zeuge. Er hat das Kind vielleicht gesehen, sich aber aus Angst vor Schwierigkeiten nicht gemeldet. Den Rest hat er sich zusammengereimt. Wenn sich meine Vermutung als richtig erweist, ist das immerhin Behinderung der Ermittlungen.«

»Also …?«

»Also sorge ich dafür, dass er überprüft und befragt wird.

»Gut! Aber bitte schnell. Und lassen Sie mich wissen, was dabei herauskommt.«

Sie hatte die Tür schon eine Weile hinter ihm geschlossen, als er noch mal klopfte.

»Haben Sie noch eine Kopie von der Hirnwichse?«

Sie unterdrückte ein zufriedenes Lächeln und holte ihm die Kopien. Diesmal hatte sie ihn bei seiner Neugier gepackt. Remis!

Er hatte ihr deshalb kein Essen mitgebracht, weil Timms wahrscheinlich schon ein Brötchen als sexuelle Anspielung auf ihre Brüste aufgefasst, mit Sicherheit aber nicht als Nahrung erkannt hätte.

Zu Hause legte er die Jacke vorsichtig über die Stuhllehne, sein Nagelbett schmerzte noch immer. Inzwischen war es blau unterlaufen.

Schweickert suchte Fabians Eintrag und fand ihn nicht.

»Monika, wo steht Fabian in unserer Kladde?«

Sie rief von der Waschküche herauf: »Unter ›K‹! Wie Kegelverein.« Hätte er auch selbst drauf kommen können. Er suchte und wählte die Nummer. Die private. Fabian hatte die Leitung des Frankfurter Stadtarchivs anderen übertragen und genoss seinen Ruhestand. Das Archiv hatte er mitgenommen. Im Kopf.

»Thomas, über dich hört man ja Sachen!«

Er hatte sich also nicht geändert und sammelte noch immer jede Information. Hoffentlich hatte er auch die gewünschte parat ... Iglhaut. Der ungewöhnliche Name hatte augenblicklich einen warnenden Summton in seinem Hinterkopf ausgelöst. »Vergiss das für einen Moment, Fabian. Was fällt dir zu Iglhaut ein?«

»Hat man dich zur Strafe zu den ganz alten Fällen in den Keller versetzt? Oder kommt ein Doku-Team?«

»Bin zufällig darüber gestolpert.«

»Über eine tote Prostituierte. Du machst ja Sachen.«

»Ausgesprochen witzig. Nun lass Dich nicht lange bitten und hilf dem Gedächtnis eines alten Mannes auf die Sprünge.«

»Du bist zwanzig Jahre jünger als ich. Aber gut; Angelika Iglhaut, die schöne Angie, der schwarze Engel der Kaiserstraße.«

»Edelnutte?«

»Trägt der Bär Pelz?«

»Du kegelst besser, als du Witze machst. Was muss ich darüber wissen?«

»Die kleine Nitribitt der achtziger Jahre. Skandale, Skandälchen, Gerüchte. Hat einen Freier ermordet. Erwiesenermaßen Notwehr. War peinlich für einige der befragten Kunden. Man glaubt nicht, was da für ein Durchgangs*verkehr* aus höheren Etagen herrschte. Die Bewährung hat ihr nichts gebracht. Krebs kennt keine mildernden Umstände. Ist zwei Jahre darauf gestorben.«

»Trauernde Angehörige?«

»Trauernde Fangemeinde, sie hatte so 'ne Heiligen-Masche drauf, mit der sie die halbe Frankfurter Promiwelt sado-maso-mäßig durchs Himmelbett jagte. Mehr weiß ich nicht. Was ist nächsten Monat mit Kegeln? Du kommst doch, oder?«

Um sich beim Apfelwein anhören zu müssen, dass man sich als Polizeibeamter ausgerechnet in Frankfurt keinerlei Übergriffe auf Verdächtige mehr leisten konnte? Bestimmt nicht. »Klar doch komme ich.«

Schweickert legte auf, nahm den Hörer gleich wieder ab und wählte.

Es klingelte nur ein einziges Mal, bevor sie sich meldete. Hatte er doch richtig gelegen, Gerkweiß saß noch im Büro!

»Hallo, Naseweis«, meldete er sich, »tun Sie mal so, als seien Sie mir einen Gefallen schuldig und erledigen schnellstmöglich folgende Personenprüfung für mich ...«

 Einige ihrer Kollegen hatten zustimmend zu ihrer Anregung genickt. Hätte sich einer von ihnen auf ihre Seite stellen wollen, so hatte Günsel jedweden Impuls hierzu im Keim erstickt. Sibylla knallte die Bürotür hinter sich zu. Lauter als notwendig.

Sie hatte extra noch einmal darauf hingewiesen, dass immerhin Timms Janusz gefunden und damit ihre Vermutung bestätigt hatte, sein Verschwinden habe nichts mit dem Fall Boos zu tun.

Dennoch hatte Günsel ihren Vorschlag rundheraus abgelehnt, Timms ihre ursprünglich entworfene Strategie nun auf Andreas übertragen zu lassen. Ihr Vorgesetzter war der Auffassung, eine pro-aktive Vorgehensweise vergrößere momentan nur die Gefahr für Klinger. Wie er das schon sagte: Klinger. Als ginge es bei Andreas um einen gestandenen Mann, der gut auf sich selbst aufpassen konnte, nicht um einen behinderten Neunjährigen.

Sibylla wurde den Eindruck nicht los, allein der Name der Psychologin sei für Günsel ein rotes Tuch, genau wie für Schweickert. Nur, bei Schweickert war das Show, bei Günsel schien sich die Abneigung auf etwas Konkretes zu stützen. Er hatte natürlich nicht gesagt, worauf. Kurz darauf hatte er die Mitglieder der Sonderkommission in der gleichen trüben Verfassung an die Arbeit geschickt, aus der sie alle seit Tagen nicht herausfanden.

Keiner sprach es laut aus, aber Frederiks Schicksal und die Entwicklungen nach Schweickerts Ausraster schwebten wie ein dunkles Omen über ihnen.

Sibylla steckte die beiden Fotos ein und verließ das Büro, das ihr ohne Schweickerts Präsenz viel zu groß erschien. Naseweis ... sie musste grinsen, als sie, an die benachbarte Zimmertür gelehnt, rief, sie käme mittags nicht mit in die Kantine. Dann machte sie sich auf den Weg nach Bockenheim. Zu Fuß. Sibylla hoffte, der Marsch im Freien würde ihre Gedanken aufhellen, bevor sie bei Fredriks Eltern eintraf.

»Schönes Wochenende, Herr Professor, bis übernächste Woche dann.«

»Ja. Ihnen auch, Weiland.«

Zehn Minuten vor zwölf. Seine Sekretärin hatte es wohl eilig, nach Hause und in den Urlaub zu kommen.

Nun war eine ganze Woche ergebnislos verstrichen. Das dauerte ihm alles viel zu lange. Und je länger er wartete, desto größer wurde sein Interesse an dem Manuskript.

Er musste mehr davon lesen, selbst wenn es wirklich über achttausend Seiten waren, wollte er sie alle haben ... um sich darin zu verlieren. Um endlich wieder in vollem Umfang die Lust an der Literatur zu verspüren, die allein diese wenigen Seiten ausgelöst hatten. Oh, wie sie bei jedem Wiederlesen neue Bilder evozierten, die ihn inspirierten und die tot geglaubte Lust neu entfachten! Er wollte lesen und über das Gelesene schreiben und über das Geschriebene Vorträge halten.

Heinez strich sich das Haar zurück. Verdammt, er wollte nicht länger auf Arnds Anruf warten, es musste endlich vorangehen mit dieser Sache.

Sie musste den Vertrag so bald wie möglich unterzeichnen, dann hatte er Arnd unter Kontrolle. Dann war sie verpflichtet, ihm endlich den Autor vorzustellen.

»Ich geh dann mal runter zu den Jungs, Mom.«

Sie war mit irgendwas in der Küche beschäftigt, mit Kochen noch nicht, seine Nase war fein.

»Hausaufgaben fertig?«

»Ja doch.«

»Ehrenwort?«

Warum nur verlangte jeder gleich ein Ehrenwort von ihm?

»Ja. Ehrenwort. Großes.«

»Dann schreib den Rest bis Montag früh bei jemandem ab. Bei jemandem, der Mathe kann.«

Scheiße, kannte sie ihn gut. »In Ordnung, Mom.«

»Dann hau schon ab.« Sie kam extra auf den Flur und warf ihm eine Kusshand zu. Wie peinlich! Kevin hatte es eilig, seinen Beobachtungsposten wieder einzunehmen.

Diesmal hatte er Glück. Gerade als er die Haustür erreichte, trat ein Mann mit der braunen Uniform eines Kurierdienstes in den Durchgang.

Kevin stieg schnaufend die vielen Stufen hinauf und schlich schnell an Iglhauts Tür vorbei. Er schien zu Hause zu sein, denn aus der Wohnung drangen Geräusche auf den Flur. Aber nur ganz leise.

Er ging noch einen weiteren Absatz hinauf und setzte sich so, dass er zwar durch die Geländerstäbe durchgucken konnte, selber aber nicht auffiel und sich auch schnell zurückziehen konnte.

Die Stufen waren noch gar nicht richtig warm geworden, da öffnete sich Iglhauts Tür. Eine langhaarige Frau kam heraus, stellte eine große Tasche auf den Flur und schloss die Tür ab. Es wohnte also doch noch jemand in dieser Wohnung. Trotzdem war er sich sicher, dass er die Frau nicht kannte. Dann drehte sie sich um.

Kevin zuckte zurück und riss die Augen auf. Boah, was hatte der denn bloß für einen Weibergeschmack?

Kevin starrte die Frau an, die den Schlüssel einsteckte, die schwere Tasche mühelos schulterte und nach unten ging.

Er beschloss sitzen zu bleiben und abzuwarten. Vielleicht kam Iglhaut ja selber auch noch raus? Ne, wohl nicht, denn sie hatte ja abgeschlossen. Unten fiel die Haustür ins Schloss.

Die war ja potthässlich! Waffenscheinpflichtig hässlich. Eigentlich sah sie aus wie Iglhaut selbst, nur mit langen Haaren und in Frauenkleidern.

Kevin schlug sich mit der flachen Hand an die Stirn. Mann, war er vielleicht begriffsstutzig. Auf dem Weg nach unten nahm er immer zwei Stufen auf einmal. Vor der Tür sah er sich um, sie war weg. Nein, er war weg. Kevin entschied sich für die wahrscheinlichste Variante und folgte ein Stück der Leipziger Straße.

Vergeblich.

Scheiße, dachte er, ich bin nicht nur auf eine Transe reingefallen, ich hab mich auch von ihr abhängen lassen. Zumindest konnte er seiner Liste einen weiteren Punkt hinzufügen. Und beim nächsten Mal stellte er sich geschickter an und fand vielleicht heraus, was es mit der Gartenlaube auf sich hatte, von der er auf dem Zettel gelesen hatte. Dann würde er wieder die Visitenkarte herausholen, die er hütete wie einen Schatz.

Mit den beiden Drachenbildern konfrontiert, gaben die Eltern widerwillig ihren Irrtum zu. Und sie bestätigten, dass Nikolas die zweite Fotografie aufgenommen hatte.

Die Frage, woher Sibylla das Foto vom Mittelaltermarkt habe, ließ sie unbeantwortet.

Noch im Treppenhaus hörte sie, wie Manfred Boos seinen Sohn zusammenstauchte.

Ein weiteres Detail war geklärt, und sie würde gleich noch einen Punkt von ihrer Liste streichen. Nach Schweickerts Anruf hatte sie ihren Kollegen Daniel um eine INPOL-Abfrage und weitere Recherchen gebeten. Iglhaut war nicht vorbestraft, besaß keinen Führerschein und ging einer geregelten Arbeit nach.

Zunächst versuchte sie es im Copyshop, den Daniel ihr als Christian Iglhauts Arbeitsplatz genannt hatte.

»Hat heute frei, morgen ist er wieder da«, erklärte sein Chef lapidar und wandte sich mit dem Schraubenzieher wieder seinem Kopierer zu.

Sie stellte ihm einige weitere Fragen über Christian, wie Schweickert gewünscht hatte, waren sie eher harmloser Natur. Das war Christian Iglhaut nach den Worten seines Chefs auch. Harmlos. Still. Manchmal etwas eigen, ansonsten unauffällig. Und ebenso unauffällig war das Verhalten von Iglhauts Arbeitgeber, hier stieß sie auf nichts Nennenswertes.

Sibylla suchte die Wohnadresse Iglhauts und fand sie schließlich gleich neben dem Copyshop in einer ziemlich muffig riechenden Passage. Dahinter dehnte sich ein Hof aus.

Ein Hilferuf drang unvermittelt von dort zu ihr, dann ging er in Schreien über. Sibylla ging durch den Durchgang und einige Schritte in den Hof hinein, wo sie nur einige Jungs beim Gerangel um einen Fußball entdeckte.

Sie klingelte an Iglhauts Tür, aber niemand öffnete ihr. Sie würde wiederkommen müssen. Das gefiel ihr gar nicht, und Schweickert würde es noch weniger gefallen, wahrscheinlich wieder in einer Sackgasse gelandet zu sein.

Auf dem Rückweg zum Präsidium nahm sie die Bahn. Sibylla war noch deprimierter als am Vormittag.

SAMSTAG • Das Zielobjekt wohnt in der Adalbertstraße.

• Es arbeitet im Copyshop ein Haus weiter.

• An seiner Tür stehen zwei Abkürzungen für Vornamen.

• Der zweite Name ist Täuschung.

• Dieser tarnt das Doppellleben, weil der Mann sich als Frau verkleidet.

• Eine weitere Person wohnt nicht dort (weiter überprüfen).

• Das Zielobjekt besitzt vermutlich einen Schrebergarten mit Hütte: Ort unbekannt. (Ort durch weitere Beobachtung herausfinden).

Kevin kaute eine Weile auf dem Kugelschreiber herum, leider fielen ihm dabei keine weiteren Ergebnisse seiner Ermittlungen ein.

Hänge mit den Jungs rum. Handy ist an. Natürlich ist es an. Kev. Nachdem er die Nachricht für seine Eltern geschrieben hatte, steckte Kevin Stift und Block in die Jackentasche. Brauchte er eine Taschenlampe? Eher nicht, es war noch früh am Tag. Seine Eltern waren noch nicht zum Samstagseinkauf losgefahren, er wartete darauf, dass die Tür endlich zufiel. Etwas zu essen brauchte er definitiv, wahrscheinlich musste er lange warten.

Bumms. Endlich. Sie waren fort. Und würden mindestens drei Stunden wegbleiben.

Kevin zog die letzte Packung mit Fertig-Sandwiches aus dem Kühlschrank, eingeschweißte Salamis und eine Tüte Chips. Die steckte er vorsichtig in den Rucksack, damit sie nicht zerbröselten.

Er vergewisserte sich, ob er den Hausschlüssel eingesteckt hatte und ob das Handy angeschaltet war. Nach dem Krach von neulich würden sie das beim Heimkommen überprüfen. Nach dem Anruf hatte er allerdings komplett freie Bahn, mindestens bis fünf Uhr, falls sie früh zu Abend aßen. Eltern waren so berechenbar!

Er schlüpfte zur Tür hinaus und schloss ab. Jetzt musste er nur noch das Glück haben, dass irgendwer das Haus des Zielobjektes verließ. Besser noch, das Zielobjekt selbst.

Als das Telefon in der rechten Tasche klingelte, hätte Klaudia fast die fettigen Teller mit den Speiseresten fallen lassen.

Sie stellte sie auf den Tisch zurück, an dem sie gerade abkassiert hatte, und gab Carlo hastig das T-Zeichen für eine kurze Pause.

»Moment bitte«, sagte sie zu dem Anrufer und drängte sich an einigen Neuankömmlingen vorbei durch die Tür. Als sie unter dem Vordach des *Extrablattes* stand, sagte sie vorsichtig Hallo.

»Hallo. Ich bin Alex.«

»Hallo Alex!«

»Okay – und wie heißt die Frau, die mich sucht?«

»Karoline.« Wenigstens mit zweitem Vornamen.

»Schöner Name.«

Kein Glanzstück der Kommunikation, immerhin

besser als gleich zum Geschlechtlichen zu kommen.

»Sie haben also meinen Aushang gesehen?«

»Ja. Nett, dass du dich so kümmerst. Ich hatte mich schon gewundert, wohin meine Unterlagen verschwunden sind.«

Unterlagen? Na egal, die Stimme klang sympathisch, allerdings älter als sie erwartet hätte. »Ich habe sie unten im Hof gefunden, wahrscheinlich ein Windzug.«

»So muss es gewesen sein. Ich hätte sie gern zurück.«

»Klar, deswegen habe ich das ja gemacht.«

»Wenn du mir deine Adresse gibst, hole ich sie ab. Du bist übrigens merkwürdig.«

»Wieso?« Glaubte er wirklich, sie würde beim ersten Telefonat gleich mit ihrer Adresse rausrücken?

»Ich meine, dass du einen Finderlohn ausgesetzt hast. Müsstest nicht eigentlich du den bekommen?«

»Äh – stimmt eigentlich.« Wie dämlich war das denn? Sie hatte die ganze Angelegenheit nur aus der Perspektive ihrer eigenen Bedürfnisse gesehen.

»Und. Erklärst du es mir?«

»Ich möchte mehr über den Text wissen.«

»Ziemlich neugierig!«

Sein Lachen war noch angenehmer als die Stimme allein.

»Ja, Neugier ist mein zweiter Vorname. Ich wüsste zum Beispiel gerne mehr über deine Einstellung zum Konsumwahn. Würgst du noch oder trägst du schon – das ist cool, richtig genial.« Klaudia hielt es für geschickt, zu beweisen, wie eingehend sie sich mit dem Text beschäftigt hatte. Später konnte sie immer noch auf ihr eigentliches Anliegen zu sprechen kommen.

»Ach – ein spontaner Einfall. Ehrlich gesagt, erinnere ich mich nicht mehr, was ich geschrieben habe. Wollen wir uns treffen?«

»Gern, ich möchte wirklich über den Text reden.«

»Wir finden doch sicher bessere Themen. Wir können uns auch woanders als bei dir treffen – schlag einen Ort vor.«

»Wie wäre es mit dem *Extrablatt?*«

»Kenne ich nicht.«

»Na, schräg gegenüber von ...« Scheiße. Der Richtige musste das *Extrablatt* kennen – und dieser Kerl hier wusste offenbar nicht einmal mehr, was er wenige Tage zuvor geschrieben hatte.

Unterlagen, das war ihr gleich so merkwürdig vorgekommen. Klaudia drückte auch diesen Anrufer weg. Das Handy klingelte noch einmal, als sie ins *Extrablatt* zurückging. Sie ließ es klingeln. Inzwischen beängstigte sie die ganze Aktion.

Sie hatte gerade die schmutzigen Teller wieder aufgenommen, als ihr Handy klingelte. Diesmal ihr richtiges.

»Frau Arnd. Heinez hier. Ihre Wohnungsgenossin war so freundlich, mir ihre Handy-Nummer zu geben. Könnten Sie heute noch zu mir ins Büro kommen?«

»Heute? Es ist doch Samstag.«

»Ich hoffe, es kommt Ihnen trotzdem nicht ungelegen. Die Nachlasssache lässt sich nämlich aufgrund einer heiklen Angelegenheit nicht länger aufschieben. Sie können heute schon ihren Vertrag unterschreiben und mit der Arbeit anfangen.«

»Ist vier Uhr recht?«

»Da richte ich mich ganz nach Ihnen.«

Das Radio spielte leise, während Timms bäuchlings auf dem Boden des Wohnzimmers lag und in Gedanken versunken eines der alten Fotoalben durchblätterte.

Sie hatte ihre pro-aktive Strategie bis zur Perfektion hin durchdacht. Inzwischen hatte sie das Restrisiko so drastisch gesenkt, dass sie gar nicht mehr einsah, auf Günsels Reaktion bezüglich des Manuskriptes zu warten.

Sie würde Iglhaut dazu bringen, sich von selbst als Frederiks Mörder zu entlarven. Und das völlig ahnungslos und freiwillig, ohne dass er jemals von ihrer Existenz erfuhr. Theo würde sie bestimmt irgendwie dazu bewegen können, ihr zu helfen.

Also hatte ihr Plan nur noch einen einzigen Schönheitsfehler: Sie musste wissen, wo Frederik ermordet worden war, zumindest ungefähr. Darüber dachte sie schon den ganzen Vormittag nach, ohne auf eine Idee zu kommen.

Sie schlug eine neue Seite des Albums auf. Es war beruhigend, die farblosen Menschen in ihren erstarrten Posen zu betrachten. Leute, über die bestenfalls die kurzen Bildbeschriftungen etwas verrieten. Männer, Frauen und Kinder, die ihre Fantasie beflügelten und ihren psychologischen Scharfsinn reizten ...

Die stolze Mutter mit dem Säugling auf dem Arm, der im Zeitraffer des Umblätterns vom Taufkleid ins Kommunionsgewand und dann ins Hochzeitskleid wuchs, auf der nächsten Seite schon das eigene Kind im Arm hielt, als Kopie der Mutter, nur anhand der veränderten Mode von ihr zu unterscheiden.

Sie legte das Album beiseite. Dabei flatterte ein loses Stück vergilbtes Papier heraus. Es rührte sie, dass die

Leute außer Bildern auch Theaterbillets, Zugfahrkarten und Zeitungsanzeigen in ihre Alben klebten.

Timms blätterte dorthin zurück, wo die Taufanzeige hingehörte, zu den beiden zahnlosen Zwillingen. Konnte man ihnen ihr zukünftiges Schicksal ansehen? Nein. Noch saßen sie in ihren strammen Lederhosen in der Sandkiste, bald darauf standen Peter und Paul in Uniform stramm. Es folgte die Todesanzeige. Paul – im Feld geblieben. Mit vierundzwanzig. Keine fünfundzwanzig für ihn. So schnell verging ein Leben im Fotoalbum.

Welches der beiden Kinder in der Sandkiste war wohl Paul? War Paul der Mutter heimlicher Liebling? Die Bilder verrieten es nicht. Peter durfte älter werden, stolz sein Auto vorführen. Ob er dabei an Paul dachte? Sie klappte das Album zu. Einige Geheimnisse sollten die blassen Menschen behalten dürfen.

Frederik, dachte Timms, hatte auch einen Bruder. Nikolas hieß er. Der Ältere. Der Überlebende. Wie es ihm wohl ging? Erdrückten seine Eltern ihn nach Frederiks Verlust nun mit ihrer Fürsorge, oder fanden sie im Schmerz keine Kraft mehr, um sich um ihn zu kümmern?

Die Chance der Familie, das Trauma als – wenn auch reduzierte – Einheit heil zu überstehen, war verschwindend gering. Timms kannte die Trennungsstatistiken über Paare, die ein Kind verloren. Und wenn sich die Eltern stritten, sich womöglich trennten, gab sich Nikolas wahrscheinlich die Schuld daran. Kinder neigten dazu, die Verantwortung für eine Trennung der Eltern bei sich zu suchen. Sie schwiegen über ihre Selbstzweifel. Und litten stumm. Vielleicht fühlte sich Nikolas sogar schuldig am Tod seines Bruders? Falls ja, würde er diese Sorge tief in sich versteckt halten.

Seinen Eltern würde er sich keinesfalls anvertrauen, um ihren Kummer nicht zu vergrößern. Und wenn er mehr über den Tod seines Bruders wusste, als er zugeben konnte?

Heinez riss die Tür auf, als hätte er ihre Schritte auf dem Flur abgepasst. So schnell hatte sie ihr Piratenkopftuch gar nicht in der Tasche verschwinden lassen können.

»Ich mache es kurz«, bat er sie in sein Büro. »Es geht um Nettelsbachers Nachlass. Wir müssen die Inventarliste seiner Mutter mit dem abgleichen, was bei uns eingegangen ist. Die Mutter befürchtet, die Kisten könnten unvollständig angekommen sein. Ich benötige eine Aufstellung des ganzen Nachlasses. Schnellstmöglich.«

»Aber …«, müsste man das nicht über die Spedition herausfinden können, dachte Klaudia. Wenn sie ihren Vertrag haben wollte, schwieg sie wohl besser.

»Ja, ich weiß … ich habe daran gedacht und den Vertrag zurückdatieren lassen. Sie können sofort unterzeichnen – und mit der Arbeit loslegen.«

Er schob ihr selbstzufrieden lächelnd die ersehnten vier Blätter zu; Klaudia unterschrieb, nachdem sie in Sekundenschnelle ausgerechnet hatte, wie viel sie bei ihm mehr verdiente als im *Extrablatt*.

»Jetzt geht es nur noch um den Schlüssel.«

»Schlüssel?«

»Ja.« Er hielt Klaudia einen Schlüssel hin. »Der schließt dieses Büro auf. Die Sache ist ungemein eilig. Ich sähe Sie gerne schon dieses Wochenende anfangen. Wenn Sie spät oder am Wochenende arbeiten, müssen Sie allerdings beim Pförtner um Einlass zum Haus bitten.

Listen Sie jedes Stück des Nachlasses auf.«

»Weilands Computer?«

»Wie bitte?«

»Schon gut, ich nehme mein Notebook.« Klaudia nahm den Schlüssel an sich. »Und die Hausarbeit?«

»Vergessen wir.«

»Und die Magisterarbeit?«

»Auch für die gilt Paragraph 11 aus dem Vertrag, Frau Arnd.«

Wenig später sprang sie gut gelaunt die Treppen hinunter, setzte sich mit einem Milchkaffee in die Cafeteria in der Eisenhower-Rotunde und überlegte, ob sie gleich Nägel mit Köpfen machen sollte.

Die Stimmen der anderen Studenten brachen sich an den riesigen Glasscheiben zu einem monotonen Rauschen. Es klang, als vermischten sich uralte, verklungene Gespräche mit den jetzigen zur Sprache der Geschichte.

Herrje, seit wann neigte sie zum Pathos? Klaudia band sich das Piratentuch wieder um die Rastalocken.

»Sie arbeiten als Psychologin für die Polizei?«, fragte seine Mutter. Sie sah in letzter Zeit alt aus, er hingegen schien seit ... seit dem Vorfall jünger zu werden. Seine Eltern behandelten ihn jetzt wie ein Baby. Nikolas verharrte regungslos im Flur und lauschte dem Gespräch zwischen ihr und der Fremden.

»Ja. Manchmal.«

»Wissen Sie, ich weiß Ihr Kommen sehr zu schätzen, aber ich bin seit ... Nach Frederiks Tod habe ich eine Therapie begonnen und mein Mann – Sie wissen bestimmt, wie Männer sind – er lehnt das alles ab.«

»Ich bin Nikolas' wegen hier.«

Nikolas hielt vor Schreck die Luft an.

»Auch da werden Sie bei Manfred auf Granit stoßen. Es tut mir schrecklich leid wegen des Drachens.«

»Drache – das verstehe ich nicht.«

»Oh, ich dachte, Ihre Kollegin hätte Sie deshalb geschickt, sie war gestern wegen unseres Irrtums hier.«

»Nein, davon weiß ich nichts. Welcher Irrtum?«

»Wir waren doch so sehr überzeugt, der Drache, den der Kommissar uns gebracht hat, wäre der unseres Sohnes. Sie verstehen sicher, wie sehr wir gewünscht haben, dass es endlich eine Überführung gibt, einen Täter. Einen Prozess. Damit das alles abgeschlossen ist. Ein Ende hat.«

»Das verstehe ich gut. So geht es den meisten Eltern, vorher finden sie keine Ruhe.«

Die Fremde klang traurig. Er hatte sie beim Eintreten flüchtig gesehen, schmal war sie und sah mit den kurzen rötlichen Locken wie Suree aus, die ungeschickte Magierin aus seinen Mangas.

»Manfred war außer sich, dabei ist so ein Irrtum doch nur menschlich. Er ist auch zornig auf Nikolas, weil er sich eingemischt hat und das Foto von Frederik mit der Kette ans Präsidium geschickt hat – Ihre Kollegin hat das zwar nicht zugegeben, aber woher sollte sie das Bild von der Ronneburg sonst haben? Nikolas hat es gemacht, er hat seine eigene Kamera. Wahrscheinlich hat er deshalb auch von Anfang an gesagt, es sei der falsche Drache ... Natürlich ist uns das peinlich. Aber ich bin auch sehr stolz auf meinen Sohn.«

Das hörte er zum ersten Mal. Nikolas fühlte einen Klos im Hals anschwellen. Er wollte nicht weinen.

»Das wäre ich an Ihrer Stelle auch. Nikolas ist ein sehr mutiger und umsichtiger Junge«, lobte ihn Suree! Nikolas schluckte schwer, warum hörte man so etwas nur, wenn man verbotenerweise lauschte?

»Das ist er. Und er hat es momentan wirklich nicht leicht. Deswegen sind Sie wohl hier.«

Ein Schlüssel wurde im Schloss gedreht.

»Ja, ich würde ihn gerne sprechen.«

»Wen sprechen?«

Sein Vater war nach Hause gekommen. Ohne es zu sehen, wusste Nikolas, dass er nun die gelbe ADAC-Weste an die Garderobe hängte. Immer der gleiche Haken. Jeden Tag.

Nikolas drückte sich noch flacher an die Wand, damit ihn der Kasten der Standuhr vor dem Blick seines Vaters verbarg.

»Ich bin Leonora Timms«, stellte sich die Fremde seinem Vater vor.

»Sie arbeitet als Psychologin für die Polizei«, erklärte seine Mutter.

»Manchmal«, ergänzte die Frau schon wieder, was Nikolas seltsam vorkam. Suree handelte sich immer den blödesten Ärger ein, überlegte er und fürchtete, sie bekäme auch gleich welchen. Dann hatten er und die Fremde etwas gemeinsam.

»Raus hier. Wir brauchen Sie nicht. Was wir brauchen, ist dieses Schwein lebenslänglich hinter Gittern. Oder besser noch – aber das darf man in Deutschland ja nicht offen aussprechen. Die Bachmeier, die hat es richtig gemacht.«

Nikolas hatte sich über Frau Bachmeier im Internet informiert und kannte die Ansichten seines Vaters. Er wiederholte sie wie ein kaputter Spielzeugroboter.

»Manfred!«

Nikolas hasste es, wenn seine Mutter so unterwürfig klang.

»Gott noch mal, Sabine! Jeder hergelaufene Perverse darf einem das Kind abschlachten. Und was ist mit uns? Wir bekommen nicht einmal Informationen. Nur scheiß Psychologie.«

Nikolas wich in sein Zimmer zurück, er musste sich enorm anstrengen, um sie noch verstehen zu können.

»Bitte Herr Boos, ich möchte nur einige Minuten mit Nikolas sprechen.«

Sein Vater brüllte: »Raus hier!«

Nikolas hatte Angst, ihm unter die Augen zu kommen, doch der Wunsch, die zweite Suree noch einmal zu sehen, war stärker. Zögerlich trat er in den Flur. Sein Vater riss gerade die Tür auf.

Als habe sie seine Nähe die ganze Zeit über gespürt, schaute die Frau an seinem Vater vorbei und ihn direkt an.

Es kam Nikolas vor, als könne sie bis tief in seine Seele hineinsehen. Sie lächelte. Und sie ließ seinen Blick nicht los, bis sein Vater sie aus der Tür gedrängt hatte.

Sein Vater war ihrem Blick gefolgt und stieß die übliche Drohung aus: »Wir sprechen uns gleich, Sohn!«

»Auf Wiedersehen, Nikolas«, sagte die Fremde extra laut.

Nikolas flüchtete auf sein Zimmer und schloss hinter sich ab.

Kurz darauf ließ ihn ein leises Geräusch an der Tür aufmerken … sein Vater konnte es nicht sein, der würde lautstark hämmern. Zögerlich stand Nikolas vom Bett auf und sah nach. Wenn er seiner Mutter doch nur sagen könnte, wie sehr er sie liebte!

Er hob die Visitenkarte auf, die sie unter der Tür hindurchgeschoben hatte, und wendete sie nachdenklich in der Hand. Wenn Suree in ihn hineingesehen hatte, hatte sie auch seine Schuld gesehen.

Er war schuld am Tod seines Bruders, und die Fremde irrte sich. Er war nicht mutig, er war feige ... und nichts, was er jemals tun würde, konnte wiedergutmachen, was er damals getan hatte.

Trotzdem: Die Frau hatte ihn voller Verständnis angelächelt.

»Hallo Carlo!«

»Du hast dich im Tag geirrt, du bist erst morgen wieder dran.«

»Ne. Und nochmals ne.«

»Was?«

»Ich kündige. Mit sofortiger Wirkung. Ihr müsst euch zukünftig ohne mich um die Nervbacken da draußen kümmern.« Klaudia wies mit dem Daumen hinter sich zu den Gästen des vollbesetzten *Extrablattes.*

»Willst du dir das nicht noch einmal ...?«

»Bestimmt nicht. Zukünftig bin ich hier nur noch Gast! Bestenfalls.«

Zufrieden verließ sie ihre ehemalige Arbeitsstätte, Klaudia musste aufpassen, damit sie nicht vor Ausgelassenheit wie ein Kind über den Platz der Bockenheimer Warte hüpfte.

An der Adalbertstraße wartete Klaudia ungeduldig, bis die türkisfarbene Straßenbahn vorübergefahren war.

Sie fühlte ein Kribbeln über den Rücken kriechen, das ihre Hochstimmung augenblicklich verdrängte. Die Anrufe der Verrückten hatten definitiv Spuren hinterlassen, sie fühlte sich beobachtet. Klaudia wandte sich abrupt um – niemand schenkte ihr besondere Aufmerksamkeit. Doch! Ein farbloser Typ mit einer Tüte von der Bäckerei in der Hand. Unter ihrem kritischen Blick kehrte er ihr schnell den Rücken zu.

Entwarnung! Es war nur der schüchterne Zottel aus dem Copyshop, er musste auch sie wiedererkannt haben.

So einer, dachte sie, brächte nie den Mut auf, sie wegen eines Dates anzusprechen. Armer Kerl!

Klaudia wandte sich gedanklich wieder der Flasche Sekt zu, für die es nun wirklich an der Zeit war.

Auf dem Weg die Treppen hinunter versagten Timms fast die Beine; Manfred Boos hatte sie gehörig eingeschüchtert.

Auf dem Absatz vor dem Parterre goss eine zierliche alte Dame mit lila gefärbtem Haar eine verblühte Orchidee auf dem Fensterbrett.

»Sie haben ihr Kind verloren!«, sprach sie Timms an.

In der Stimme der Frau lag etwas, für das Timms nur der altmodische Begriff Güte einfiel. Spontan entschloss sie sich zur Offenheit: »Ja, deswegen bin ich hier. Ich wollte Nikolas sprechen. Ich bin Psychologin.«

»Mein Gott, Sie zittern ja!« Sie stellte die Kanne auf dem Fensterbrett ab und führte Timms in ihre Wohnung, wo sie aus einer Karaffe eine dunkle Flüssigkeit in ein zierliches Glas einschenkte. »Kräuterlikör. Der rückt Dinge zurecht.«

Timms nahm das Angebot an, sich zu setzen und nippte am Likör. Er schmeckte würzig. Sie leckte sich die Lippen.

»Nikolas kommt schon zurecht. Er ist ein tapferer Kerl. Frederik nicht, trotzdem war er ein ganz besonderes Kind.«

»Inwiefern besonders?«

»Schüchtern, zurückhaltend ... wie soll man das beschreiben? Er wirkte auf mich wie eine alte Seele in einem Kinderkörper. Das war ein schrecklicher Tag.«

Timms sah sich im Zimmer um. An drei Wänden standen gefüllte Bücherregale, viele der Bände trugen Gebrauchspuren.

»Lesen mochte er auch. Hierher kam er, um Klavier zu spielen.«

Timms hatte kein Klavier gesehen.

»Es steht drüben im Schlafzimmer. Ich gebe keinen Unterricht mehr.« Die Dame zeigte auf ihr Ohr. Erst jetzt entdeckte Timms unter dem lila Haar das dezente Hörgerät.

»Erzählen Sie mir von jenem Tag?«

Die alte Frau nahm eine Zeitung von einem schweren Sessel und setzte sich, fast verschwand sie in den Polstern. Sie faltete die Hände wie zum Gebet. »Es hatte seit Tagen immer wieder geregnet. An jenem Tag klarte es kurz auf, also ging ich einkaufen und war schwer bepackt. Mir wurde die Handtasche gestohlen, aber ich habe es erst zu Hause bemerkt. Man passt nicht genug auf, nicht wahr?«

»Das stimmt.«

»Ich habe gleich darauf bei der Polizei Anzeige erstattet. ›Schusslige Alte‹ haben die wohl gedacht.« Sie tippte sich mit dem Zeigefinger an den Kopf.

Timms lächelte, die Dame wirkte alles andere als senil.

»Ich war nur so traurig wegen des Plastikritters.«

»Plastikritter?«

»Sind wir Alten nicht verschroben?« Sie schmunzelte. »Es war der letzte im Spielwarenladen ... kennen Sie den? Ganz am Anfang der Leipziger Straße.«

»Die Pappnase?«

»Genau, so heißt er. Ich habe immer nach etwas Besonderem für Frederik Ausschau gehalten. Der Ritter hätte ihm so sehr gefallen. Es mag wie ein Klischee erscheinen, aber ich war für ihn wie eine Großmutter. Für Nikolas nicht, der war immer mit seinen Freunden unterwegs, aber für Frederik.«

»Das klingt nicht wie ein Klischee, es klingt schön.« Wie etwas, das sie so nicht kannte, dachte Timms.

»Ja. Und dann kam ich von der Polizei nach Hause und Sabine stand vor meiner Tür. Sie suchte Frederik. Er hatte im Hof gespielt und war nicht zum Abendessen gekommen.«

Sie legte die Hände auf die Sessellehnen. »Um das traurige Ende wissen Sie ja.«

»Ja. Darf ich trotzdem etwas fragen?«

»Nur zu, Kindchen.«

»Bei diesem guten Verhältnis zwischen Ihnen ... hat Frederik Ihnen da Sachen anvertraut, die er vor seinen Eltern vielleicht verbarg?«

»Frederik? Nein, der hatte keine Geheimnisse, außer dass er heimlich die Bücher seines älteren Bruders las. Nikolas war derjenige mit den Geheimnissen! Er und seine wilde Bande hatten ein Versteck, eine Art Hütte. Irgendwo im Park an der Nidda.«

Timms setzte zum Sprechen an.

»Nein, fragen Sie nicht, ich weiß nicht wo. Das hat mir Frederik nie gesagt.«

Timms erhob sich und bedankte sich für den Likör. »Ich muss jetzt gehen.«

An der Tür hielt die Frau kurz Timms Hände mit ihren fest, sie waren faltig und von blauen Adern überzogen, aber immer noch feingliedrig.

»Ja. Das müssen Sie. Da es der Pole nicht war, haben Sie noch etwas zu tun.«

Timms starrte sie ungläubig an.

»Keine Angst, ich bin keine Hellseherin. Man sieht Ihnen an, dass Sie nicht ruhen werden, bis Sie ihn haben.«

»Das ist Sache der Polizei.«

»Dann hat mich meine Menschenkenntnis zu guter Letzt doch noch im Stich gelassen?« Ihr Blick strafte die Worte Lügen.

Timms ging die letzten Stufen festeren Schritts hinab. An der Tür musterte sie das Klingelschild: Edith Kutzelnig, Klavierlehrerin.

SONNTAG Zum ersten Mal, seit er denken konnte, begeisterte ihn ein Sonntag! Doch seine Glückssträhne hatte bereits am Samstag begonnen: Ein Piratentuch mit vielen kleinen Totenköpfen hatte auf der Adalbertstraße seinen Blick angezogen und zu filzigen Haaren gelenkt. Als sie an der Ampel warten musste, wandte sie sich nach ihm um: Das Gesicht passte.

Kurzerhand folgte er ihr ... Sie war nicht lange im Supermarkt geblieben, trotzdem hatte sein Chef lange auf ihn und die belegten Brötchen warten müssen. Als er in den Copyshop zurückkehrte, war Arnos Wut an Christian abgeperlt wie von einer Teflonhaut. Er wusste ja nun, wo Eisengesicht wohnte!

Und wie es hieß, würde er auch bald erfahren ... Christian sah zu den Fenstern ihrer Wohnung im ersten Stock des Altbaus mit dem abblätternden Putz hinauf. Simone ... oder Klaudia ...? Welcher der beiden Namen auf dem Klingelschild gehörte wohl zu ihr?

An einem Sonntagvormittag war eine wie sie bestimmt daheim, auch wenn diesmal hinter den Gardinen ihr Gesicht nicht auftauchte.

Christian fuhr sich mit der Hand über die allzu glatten Wangen. Sein Gesicht ist derb. Ihre Haut ist blass und fein, seine ist grobporig, er hat Pickel. Ihre Haare sind hässlich, immerhin verwendet sie Mühe darauf, er schneidet sie sich selbst – mit der Nagelschere. Ihr Gang ist federnd, seiner betont schwerfällig, sie läuft aufrecht und sieht den Menschen ins Gesicht, er geht gebeugt und sieht sie nur an, wenn sie es nicht bemerken.

Sie ist auffällig und er weiß, sie ist es gerne, er ist unauffällig, gezwungenermaßen. *Aber wer weiß, wie lange noch?*

Er hatte falsch geraten und zog sich schnell in den Eingang des Hauses auf der anderen Straßenseite zurück. Christian lachte. In Umkehrung der Ereignisse des Vortages trug nun sie die Tüte einer Bäckerei.

Sie war bildhübsch. Eigentlich sogar schön, das sah Christian und spürte Biancas Hass in der Brust. Schöne Frauen versengten einem die Seele.

Das Lachen verreckte in der Kehle. Er stellte sich vor, wie er dem schönen Gesicht die Ringe aus der Haut reißt.

Wie ferngesteuert angelte dabei seine Hand nach dem Telefon in der Tasche seines Dufflecoats. Christian bereitete sich vor.

Simone staunte noch immer ungläubig, ein Sonntagsfrühstück von ihr serviert zu bekommen.

»Was grinst du so verblödet?«, fragte Simone.

Weil das Bedienen ein für alle Mal vorbei war!

»Das würdest du gerne wissen«, kostete Klaudia die Vorfreude auf Simones Überraschung aus. Behäbig bestrich Klaudia ihr Croissant mit Marmelade und biss genussvoll hinein.

»Nun sag schon, ich muss gleich los.«

Klaudia beugte sich unter den Tisch, holte den Sekt und die Gläser hervor und schenkte ein. »Ich hab im *Extrablatt* gekündigt!«

»Weshalb das denn? Und wovon willst du die Miete bezahlen?«

Klaudia legte den Vertrag auf den Tisch. »Hiervon. Ich arbeite künftig bei Heinez.«

»Bei deinem Prof? Ich dachte, du schreibst eine Hausarbeit für ihn? Kriegt man jetzt dafür schon Geld?«

»Ne, ich hab eine richtige Stelle bei ihm. Und die Magisterarbeit lässt er mich auch schreiben.«

»Toll«, sagte Simone lapidar und dann: »Scheiße, ich muss in den Stall, die neue Reitbeteiligung einweisen ...«

Damit rauschte sie in ihren schwarzen Lederstiefeln aus der Tür. Nicht mal angestoßen hatte Simone mit ihr. Kind reicher Eltern mit schlechtem Gewissen müsste man sein. Klaudia trank Simones Glas auf ex. Sie hob den Vertrag hoch, er hatte Marmelade abbekommen. Sie wischte den roten Klecks mit dem Sweatshirtärmel ab.

Paragraph 11 hatte sie noch gar nicht gelesen, das holte sie nach: *Besonderheiten des Vertrages: Der Auftragnehmer verpflichtet sich, binnen vierzehn Tagen nach Vertragsabschluss den Kontakt zwischen dem Autor des Manuskriptes mit dem Arbeitstitel* »Masochrist« *und dem Auftraggeber herzustellen, andernfalls endet der Vertrag frühzeitig mit dem ersten Tag des Folgemonats.*

Der Mistkerl! Das war doch wohl sittenwidrig, oder nicht?

Wenn nun außer perversen Irren niemand auf ihren Flyer reagierte? Klaudia sondierte die merkwürdige Gefühlsmischung in ihrer Magengegend. Klar hatte sie tierische Angst vor dem Platzen des Vertrages. Welche Demütigung, vor Carlo zu Kreuze zu kriechen und wieder anzuheuern ... Hilfe ihrer Eltern konnte sie sich von jeher abschminken.

Doch da grummelte noch mehr in ihrem Bauch: Unterschwellige Spannung und enttäuschtes Warten. Irgendwoher kannte sie das. Es war fast wie ... wie Liebeskummer!

Das Vibrieren in der Jacke des Sweatshirts ging dem Klingeln voraus. Klaudia atmete tief durch und stellte sich innerlich auf den nächsten Schwachsinnigen ein.

»Hallo«, meldete sie sich zögernd.

»Du hast sie gefunden!«, antwortete eine Stimme sehr sanft und gab der Hoffnung neue Nahrung.

Leo gab sich einsilbig, seit er sie an der U-Bahn-Station abgeholt hatte. Theo führte sie durch Bornheim zu seiner Lieblingswirtschaft, obwohl er nicht mehr darauf hoffte, sie würde sich heute dort ebenso wohl fühlen wie er.

Kaum saßen sie auf den Holzbänken, brachte Leila schon die Karte. Ohne hineinzusehen, bestellte Theo einen kleinen Bembel und Wasser und zum Essen Rippchen mit Kraut. Leo bat nur um einen Salat.

Leilas Schürzenzipfel war kaum verschwunden, da platzte es aus ihr heraus: »Ich brauche unbedingt deine Hilfe!«

Dass sie seine Hilfe benötigte, erklärte natürlich ihre Enttäuschung darüber, dass er gestern keine Zeit für sie gehabt hatte.

»Bist du deswegen so still? Fällt es dir schwer, mich um etwas zu bitten? Ach, Leo!«

»Du weißt ja gar nicht, worum es geht.«

»Dann sag es doch einfach.«

»Deine speziellen Hausmeisterkünste.«

»Stehen dir doch schon zu Diensten.«

»Anders. Ich brauche dich als ... Türöffner. Du brichst doch Türen auf ... bei Gefahr im Verzug.«

Das war natürlich sein Terrain, damit kannte er sich bestens aus: »Als Eigentümerin hast du nach vorheriger Anmeldung das Recht, eine Wohnung zu begehen. Hast du einen Messie unterm Dach?«

»Nicht, dass ich wüsste. Es geht auch eher nicht um mein Dach.«

Langsam wurde es Theo mulmig. »Du meinst doch nicht etwa das, was ich jetzt denke?«

»So, de Schoppe!« Leila knallte den Bembel auf den Tisch.

Erst als er die gerippten Gläser mit Sauergespritztem gefüllt hatte, erkundigte sich Leo. »Und was genau denkst du?«

»Dass du wo rein willst, wo du nichts verloren hast.«

Zum ersten Mal, seit er sie abgeholt hatte, hoben sich ihre Mundwinkel. Fast wäre ein Lächeln daraus geworden.

»Stimmt. Ich habe dort nichts verloren – und will auch gewiss nichts stehlen. Ich möchte etwas in einer fremden Wohnung deponieren.«

Theo prostete ihr zu. »Irgendwo unter deinen roten Löckchen spukt es gewaltig.« Mit einem Blick auf Leila, die die Teller brachte, bat er: »Lass uns erstmal essen.«

Leo gehorchte insofern, als sie eine Tomate aufspießte und sie aß. Dann beobachtete sie ihn beim Essen, bis ihm der Appetit verging. »Okay. Ohne mehr zu wissen, lass ich mich auf so was nicht ein.«

»Es geht um einen ungeklärten Mordfall. Mehr kann ich nicht sagen. Mehr darf ich nicht sagen.«

»Du willst doch nicht etwa gefälschte Beweismittel einschmuggeln?«

»Wie kommst du auf so was Absurdes?«

»Bitte, wenn du es wissen willst: Das habe ich im Fernsehen gesehen.«

»Wir sind doch nicht in einem Krimi. Hier arbeitet die Polizei sauber.« Sie trank ihr Glas aus und schenkte sich nach. »Ich muss kurz in eine Wohnung schlüpfen und eine Botschaft hinterlassen.«

»Du meinst, es geht nicht um mehr oder weniger als einen Einbruch. Und da du gerade die Polizei erwähnst: Du arbeitest doch für sie.«

»Ja, ich unterstütze eine polizeiliche Ermittlung.«

»Wenn das so wäre, würde die Polizei *dich* unterstützen. Dafür hat sie eigene Leute.«

»Inoffiziell.«

»Leo! Das kann deine Karriere beenden. Und, nebenbei bemerkt, meine gleich mit. Ich sehe schon die Schlagzeile vor mir: Psychologin nach Gemeinschaftseinbruch festgenommen. Ist dir klar, was passiert, wenn man dich erwischt?«

»Nur zu deutlich. Deswegen bitte ich dich ja. Wie hoch stehen wohl meine Chancen, wenn ich es auf eigene Faust versuche?«

»Weißt du überhaupt, was für ein Schloss die Tür sichert?«

»Heißt das, ja?«

»Iss erst mal den Salat!«

Demonstrativ aß er sein Rippchen. Auch Leo stopfte sich die Backen voll und sprach mit vollem Mund. »Bitte, Theo.«

»Das heißt nur, dass ich dich vor einer großen Dummheit bewahren will.« Er musste wohl schnell entscheiden, vor welcher der beiden in Frage kommenden Dummheiten.

»Theo, du bist der einzige Mensch, den ich kenne, der das technisch kann. Vor allem bist du der Einzige, dem ich genügend vertraue.«

Das gab den Ausschlag. Offensichtlich sah man es ihm an.

»Danke Theo. Und vielleicht kommt es nicht einmal dazu. Aber wenn, bist du ein Held.«

Und ein Einbrecher, dachte Theo.

Sie hatte noch nicht einmal an sein Gewissen appelliert, obwohl er sie schon einmal hängen gelassen hatte.

Wie man so passend im Englischen zu sagen pflegte, dachte Timms um viertel nach zwei Uhr nachts: *In the dead of night!*

Im Arbeitszimmer brannte nur die Tischlampe mit dem grünen Schirm, die sie vor vielen Jahren gekauft hatte, weil Otto die gleiche besaß. Der Lichtschein schnitt das Papier vor ihr aus der Dunkelheit und den Stift in ihrer Hand. Die Atmosphäre stimmte. Um sich in die verirrte Seele des Täters zu versetzen, musste ihre Welt außerhalb des begrenzten Lichtscheins verschwinden, solange sie in seine eintauchte.

Da sie das Original des Manuskripts nur kurz gesehen hatte, beschied sie sich mit den einfachsten Utensilien: Einfaches Kopierpapier und ein Kugelschreiber mit schwarzer Mine.

Das Schwierige war, die akkuraten Buchstaben nachzuahmen, die Iglhauts Handschrift wie gedruckt erscheinen ließen.

Timms übte sie, jeweils einen Buchstaben pro Zeile, immer wieder das gesamte Alphabet durch. Ihre Hand, nur noch das Tippen auf der Tastatur gewöhnt, verkrampfte sich bald, während sich ihre Schrift nur quälend langsam der Vorlage annäherte. Eines von zwei Problemen. Timms verließ den Schreibtisch, wanderte im dunklen Zimmer herum und schüttelte die schmerzenden Finger.

Seitdem Theo widerstrebend versprochen hatte, ihr Zugang zu Iglhauts Wohnung zu verschaffen, grübelte sie über die Wörter nach, mit denen sie Iglhaut zur Rückkehr an den Tatort bewegen konnte. Zum ungefähren Tatort – denn mehr als das von Frau Kutzelnig erwähnte Versteck blieb ihr nicht als Anhaltspunkt. Falls sie Nikolas am nächsten Tag nicht an der Schule abpassen konnte, musste sie die Hütte ohne weitere Hilfe finden.

Iglhauts Textfragment kannte sie inzwischen fast auswendig. Er zitierte sich darin selbst, griff die eigenen Phrasen auf, um sie in neuen Wortzerfallsmustern zu variieren. Das war ihr Ausgangspunkt. Seine eigenen Anspielungen auf die Tat sollten ihn anlocken.

Doch wie imitierte man diesen einzigartigen Duktus? Timms setzte sich an den Computer, und unter der sanften Bewegung der Maus erwachte leuchtend der Monitor. Timms tippte einen Passus aus dem Manuskript ein: *Fluchbeladener Barfüßer-Büßer ohne Leumund, süßer verleumdeter Freund aller Kinder, Große nicht minder lieben den minderen Scharlatan mit Scharlach-Aussatz.*

Sie starrte die Zeilen an. Nun mussten sie aus ihr heraus lebendig werden. Ängstlich fast tastete sie nach seinem Stil: *Aussatz, Aussetzen, einen Aussetzer haben* - das war gut. Weiter: *du hast mich außen ausgesetzt, innen ausgeherzt und ausgemerzt, herziger Ausmerzer kleiner herrlich-herzlicher Schmerzen, will dich nicht beherzt anschwärzen im März , Märzhasen, Herzrasen, rasender Hasenfuß, Tunichtgut, ist die Sicht gut, wenn die Gicht weh tut, gierig-gichtiger Sichtschutz, Schmutzschutz trutzt dem Schwund, schmutziger Schund-Grund …*

Ihr Herz setzte einen Schlag aus, als Timms ihr Produkt las. Stammte das überhaupt von ihr? Oder hatte etwas *in ihr* geschrieben, von dem sie nicht ahnte, dass es sie bewohnte?

Es musste an ihrer intimen Kenntnis seines Manuskriptes liegen, dass es nun kaum möglich schien, den Übergang seiner Worte in ihre wiederzufinden.

Sie nahm sich das nächste Stück vor und tippte es

ab: *Im Fluss setzt der Fisch Laich aus, im Fluss setzt Mann Leich aus. Leichenaussetzendes Rattenfänger-Repertoire, nicht dort-nicht da, nicht die Loire, dort bin ich nie da, an der Nidda. Da ist der Alptraum, geistiger Abraum.* Kaum zögerte sie, dann formulierte sich der Text beinahe selbsttätig fort: *Abräume nicht, sondern aufräume, mach Raum und Traum am Augustort, lustiger Lusthort ortet mich und dich dichterlich, irrlichterlich, Grablicht, Lichtergabe, Handhabe der richterlichen* – Unprofessionell!, schalt sie sich wie Otto. Sie löschte die letzten drei Wörter, in denen sich ihre Gedanken spiegelten. Sie musste wie Iglhaut denken, fühlen ... *Lichtergabe, gib mir Gewicht, kleiner wichtig-nichtiger Wicht ... finde Sühne auf der Bühne der Tat, erlöst Du mich, erlös ich dich ...* das war viel besser. Fast schon perfekt.

Timms formulierte weiter, bis sie mit zitternden Händen wie aus einem Traum erwachte. Sie musste zur Toilette, stand schwerfällig auf und ging ins Badezimmer hinunter. Im Flur schaute sie die Giehse an. »Ich verstehe es nicht, Therese, doch es funktioniert. Als wäre ich er.«

Die Schauspielerin schwieg gutmütig über das Offensichtliche. Sie besaß genügend Erfahrung mit fremden Texten, die sie mit eigenem Leben hatte füllen müssen.

Das Licht im Badezimmer blendete Timms. Etwas von Iglhaut steckt in jedem von uns, dachte sie und wusch sich das Gesicht. Wassertropfen beschwerten die Wimpern über den dunklen Schatten um ihre Augen, deren Blick sie wie der einer Fremden durchbohrte.

Timms graute es davor, die Arbeit fortzusetzen. Sie schenkte sich ein Glas Wein ein und stieg wieder ins obere Stockwerk hinauf. Von der Dachterrasse aus suchte ihr Blick die strahlenden Hochhausspitzen der Innenstadt. Zwischen ihnen und ihr lag die Wohnung des Mörders. Schlief er, oder war er rastlos wie sie? Füllte auch er neue Seiten mit dieser grausigen Gedankenflut? Mit Sätzen, die Timms noch mehr ängstigten, weil sie auch in ihr schlummerten – und so leicht zu wecken waren. Sie trank den Wein aus und schloss die Terrasse zwischen sich und der ahnungslosen Stadt. Timms musste weiter seine Handschrift trainieren.

Die Nacht ging bereits in den Morgen über, als die Buchstaben die gewünschte Regelmäßigkeit aufwiesen. Ihre Hand hing wie abgestorben herab. Timms war unendlich müde, aber noch lange nicht fertig, am Computer schob sie die verschiedenen Textfragmente hin und her, bis sie zufrieden war.

Der Lieferwagen mit dem Gemüse für das *Ganesha* rumpelte bereits durch die Hofeinfahrt, als sie endlich ins Bett fiel.

Ihr Gehirn, unfähig abzuschalten, suggerierte ihr, sie habe einen kleinen, aber entscheidenden Umstand übersehen.

Nein, beruhigte sie sich, ihr Rendezvous mit dem Mörder würde stattfinden, sobald sie ihre Einladung in seine Wohnung geschmuggelt hatte. Timms stellte sich vor, wie sie das Licht im Gehirn ausknipste. Und schlief ein.

Fünfte Woche

MONTAG *Du hast sie gefunden!* Etwas Besseres war Christian nicht eingefallen, doch für Ringnase reichte es, um weitere Fragen nach Biancas verseuchtem Gekritzel zu stellen.

›Würgst du noch, oder trägst du schon ... Wie bist du darauf gekommen? Und worauf verweist das Tragen?‹

›Stimmt, ich hätte wohl besser vom Ertragen geschrieben. Oder findest du nicht, die Welt ist so verrückt, dass man sie kaum erträgt?‹ Und niemand war verrückter als seine unerträgliche Schwester.

›Dasselbe denke ich auch oft. Und es erfüllt mich mit einer Mordswut.‹

›Das verstehe ich gut.‹ Besser, als sie ahnte.

›Und wie gehst du mit der Wut um? Wogegen richtet sie sich am stärksten?‹

Gegen sie. Und er konnte die Wut auf sie kaum noch zügeln. ›Das ist eine sehr persönliche Frage. Sollten wir uns nicht besser kennen, bevor wir über solche Dinge reden?‹

›Ja, ich würde dich gern kennen lernen und mehr über dich und dein Manuskript erfahren.‹

Oh ja, die Schöne würde ihn bald besser kennen lernen. Und es bereuen. ›Dann erzähl mir etwas von dir.‹

Es klopfte an die Tür. Das laute Geräusch riss Christian aus der Erinnerung an das Telefonat mit ihr. Er machte keine Anstalten aufzustehen und zu öffnen.

»Hier ist die Polizei, machen Sie bitte auf.«

Panik erfüllte ihn. Christian sprang vom Bett auf und schlich zur Tür. Er glaubte, sie atmen zu hören. Wie war die Frau ins Haus gekommen? Jemand musste unten die Tür geöffnet haben.

»Wenn Sie jetzt nicht aufmachen, komme ich mit einer Vorladung wieder.«

»Moment«, rief Christian schrill. Was sollte er nur tun? Er rannte ins Badezimmer und schlug sich ein Handtuch um das kurze Haar. Schon auf dem Weg zur Tür kehrte Christian noch einmal ins Badezimmer zurück und riss einen von Biancas Röcken aus der Wäschetonne.

»Nur einen Moment noch!«

Sibylla zeigte ihren Ausweis und musterte die Frau mit dem Handtuch um den Kopf. Die Haarwäsche erklärte das verzögerte Öffnen. Besser sie zeigt sich nicht häufiger so, dachte Sibylla, es sah wenig schmeichelhaft aus. Sie wurde nicht hereingebeten. »Ist Ihr Mann zu Hause?«, fragte sie.

»Wie bitte?«

Hatte sie Wasser vom Duschen in den Ohren oder hörte sie durch das Tuch so schlecht? »Christian Iglhaut, ist er da?«

»Nein. Er ist ... unterwegs.«

»Und Sie sind seine Frau? Bianca, oder nicht?«

»Doch – ja. Bianca. Seine Schwester.«

Die Hand der Frau taumelte über das Gesicht, als könne ein einzelner Körperteil betrunken sein. Bianca Iglhaut erschien Sibylla zunehmend merkwürdig, irgendwie desorientiert. Immerhin fragte sie, was alle fragen.

»Worum geht es denn?«

»Reine Routinebefragung. Möglicherweise war er Zeuge eines Verbrechens, ohne sich dessen bewusst zu sein. Wir benötigen seine Aussage.«

»Dann kommen Sie – ein andermal wieder.«

»Gut, ich komme morgen wieder.«

»Machen Sie das, vielleicht haben Sie dann mehr Glück.«

Grußlos schob die Frau die Tür zu.

Sibylla starrte konsterniert die Tür an, die so rasch zwischen ihnen geschlossen worden war. Sie wollte, Schweickert hätte ihr mehr darüber gesagt, was es mit diesem Iglhaut auf sich hatte. Sie klopfte noch einmal an die Tür, etwas hatte Daniel unerwähnt gelassen, nun erschien es Sibylla von Belang zu sein.

»Ist noch was?«, fragte Bianca Iglhaut, ohne nochmals zu öffnen.

»Hat Christian ein Kind? Ist er Vater?«

»Ein Kind, er? Nein, er nicht.«

War das ein leiser Wehlaut, der nach diesem Satz durch die Tür nach draußen drang, oder ein Kichern?

Irgendetwas hatte diese Frau an sich, das Sibylla sehr zu denken gab, und zwar mehr als nur ihr Äußeres, das das Gegenteil von anziehend war ... egal, was es war, Sibylla konnte den Finger nicht darauf legen. Ihr fehlten die notwendigen Informationen.

Sie beschloss nach Praunheim zu fahren. Sie wollte wissen, ob die Eltern von Andreas Klinger einen der beiden Iglhauts kannten.

Abends, von zu Hause aus, würde sie Schweickert anrufen. Er war bei ihr mit zu vielen Antworten im Soll.

Timms musste auf die leere Drohung mit einer richterlichen Verfügung zurückgreifen, damit sie von der Schulverwaltung die gewünschte Auskunft nach Nikolas' Schulstunde erhielt. Lehrermangel – ihr blieb nur eine knappe halbe Stunde, um zur Schule zu laufen und ihn dort abzupassen. Wer immer sie gerade anrief, musste vertröstet werden.

»Komm mal runter zu mir.«

»Bin schon auf dem Weg nach unten, aber ich habe keine Zeit, Vijay!« Sie legte auf.

Er passte sie im Hof ab.

»Dafür hast du Zeit.« Er zog sie am Ärmel durch den Hintereingang und die Küche. Im Restaurant zeigte er auf ihren Lieblingstisch. Timms blieb fast das Herz stehen.

»Den jungen Mann habe ich von der Straße aufgelesen. Er möchte mit dir reden.«

Nikolas kaute an einem Nan-Brot. Vor ihm stand ein halb volles Glas Cola.

»Und ich mit ihm!«

»Wusste ich's doch!« Selbstgefällig murmelnd, verschwand Vijay in die Küche, wo er angelegentlich mit Geschirr klapperte, um sich nicht den Anschein zu geben, zu lauschen. Was er natürlich trotzdem tat. Timms nahm es ihm nicht übel.

»Mein Vater hat gesagt, Sie dürfen nicht mit mir reden«, sagte Nikolas mit vollem Mund.

»Streng genommen darf ich es wirklich nicht.«

»Dann halten Sie wohl nicht viel von Verboten?«

»Kommt darauf an, ob sie sinnvoll sind.«

»Manche sind es«, sagte er traurig und schaute auf die Straße hinaus.

Sie wagte es nicht, seine Gedanken verfrüht zu unterbrechen.

»Ich habe im Internet recherchiert. Psychologen unterliegen der ärztlichen Schweigepflicht. Das ist ein Verbot.«

»Nur, wenn sie praktizieren. Ich habe keine Patienten. Aber ich kann dir versprechen, zu schweigen.«

Er trank die Cola aus und stellte das Glas sorgfältig zurück in den feuchten Ring, den es auf dem Tisch hinterlassen hatte. »Und daran würden Sie sich dann halten?«

»Unter allen Umständen!« Sie hoffte, es klang aufrichtig. »Woher weißt du, wo ich wohne?«

»Sie haben ihre Festnetznummer auf die Visitenkarte geschrieben. Ich habe im Internet nachgesehen.«

»Ich stehe gar nicht im Telefonbuch.«

»Nein, aber ihr Vater, der Archäologe.«

Sie hatte es nie überprüft, nachdem sie mit der Wohnung zugleich seine Telefonnummer übernommen hatte.

»Du bist ziemlich clever.«

»Mit Schmeicheleien lasse ich mich nicht bestechen.«

»Ich meine es ernst.«

»Ich weiß, ich habe Sie reden hören. Mit meiner Mutter – kennen Sie Suree?«

»Ich dachte, sie heißt Sabine.«

»Egal. Ich habe Sie gegoogelt. Sie machen echt coole Sachen. Ich hab das mit dem Kommissar gelesen, der, den ich auch kenne. Die Geiselnahme und so.«

»Im Netz steht viel zu viel. Cool also? Ich weiß nicht. Es ist ziemlich schwierig, die Verantwortung für andere Leute zu tragen. Es macht mir Angst. Du kannst mich übrigens Leonora nennen.«

»Muss nicht sein. Was passiert, wenn ich Sie verpetze?«

»Ich bekäme handfesten Ärger. Wahrscheinlich würde die Polizei sogar nicht mehr mit mir zusammenarbeiten.«

»Also steht etwas für Sie auf dem Spiel, oder?«

»Ja, es ist ein wichtiger Teil meiner Arbeit. Trotzdem ist es mir wichtiger, herauszufinden, was mit Frederik passiert ist«, bekannte sie aufrichtig. »Seitdem ich von seinem Schicksal erfahren habe, lässt er mir keine Ruhe mehr. Ich möchte, dass – der Schuldige gefunden und bestraft wird.«

Sie gab ihm Zeit, darüber nachzudenken.

Vijay kam herein und schenkte Cola nach. Frederik beachtete es scheinbar nicht. Aber nur scheinbar. »Können wir zu Ihnen gehen?«, fragte er.

»Kein Problem. Vijay«, rief sie, »was bekommst du für Cola und Nan?«

»Geht aufs Haus!«, rief er aus der Küche.

Sie führte Nikolas über den Hof und wies zu ihrer Wohnung hinauf. »Schau, dort oben wohne ich.«

»Mit der Terrasse?«

»Ja.«

»Ich bin gern hoch oben. Ich mag die Aussicht.«

»Du kannst sie dir anschauen, wenn du magst.«

»Manchmal«, bekannte er, während er vor ihr die Treppen hinaufstieg, »war er richtig blöde.«

Sie begriff. »Meine kleine Schwester hat mich auch oft genervt, als wir noch jünger waren. Manchmal habe ich mir gewünscht, sie wäre einfach nicht mehr da. Ich habe sie sogar mal im Kinderwagen vor einem Kaufhaus stehen lassen.«

»Und?«

»Meine Eltern haben sie gefunden und ich bekam den Arsch voll.«

Sie schloss die Tür auf. Ohne zu zögern, ging Nikolas voran und die Innentreppe zum obersten Stockwerk hinauf. Kinder, fand Timms, waren die merkwürdigsten Geschöpfe unter Gottes weitem Himmel. Eine bessere Spezies, bevor sie erwachsen und gewöhnlich wurden.

»Geh nur«, sagte Timms, als er an der Terrassentür doch noch zögerte. Nikolas betrat vorsichtig die Bohlen, auf denen sie noch Stunden zuvor barfuß gestanden und mit einem Glas Wein in der Hand an den Mörder seines Bruders gedacht hatte.

Er sah nicht nach den Hochhäusern, er sah auch nicht in die Richtung, in der Iglhaut wohnte, sein Blick ging in Richtung des Niddaparks.

»Ich wollte nicht, dass Frederik ...«, sagte er leise. »Ich hab nur gewünscht, er würde mich in Ruhe lassen, wenn ich mit meinen Freunden rumziehe.«

»Du wolltest etwas für dich alleine haben, nicht wahr, wenigstens die Hütte von deinen Kumpels und dir.« Sie riet ins Blaue: »Ihr durftet nicht so weit von zu Hause weg spielen, oder?«

Er wandte sich erschreckt nach ihr um.

»Ich sagte dir doch, dass es mir keine Ruhe lässt. Also habe ich selbstständig nachgeforscht. Und mehr weiß ich auch nicht.«

»Mehr als die Polizei.« Er kehrte ihr wieder den Rücken zu. Mit seinen dreizehn Jahren war Nikolas fast schon so groß wie sie und ebenso schmal. Das dunkle Haar hatte er von seinem Vater, die Züge eher von der Mutter. Wie oft bei Geschwistern war Frederik die umgekehrte Mischung gewesen.

»Aber nicht genug, um den Schuldigen zu finden«, riss er sie aus ihrem Vergleich. »Ich musste immer auf ihn aufpassen. Und wir durften wirklich nicht dorthin. Er war mir nachgelaufen und die anderen waren stocksauer.«

»Sie hatten Angst, er verpfeift euch?«

»Ja.«

»Deshalb habt ihr zusammengehalten und nicht gesagt, dass ihr ihn dort getroffen habt.«

Frederik drehte sich um und schaute sie an, seine Unterlippe zitterte. Er gab den Tränen nach. »Ich wusste doch nicht, was passieren würde, sonst hätte ich doch ... ich meine, ich wäre doch nicht mit den anderen weggelaufen, wenn ich das gewusst hätte.«

»Nein, das wärst du bestimmt nicht. Du mochtest deinen Bruder doch gern.«

Die Versuchung war groß, doch sie durfte ihn nicht drängen und fragen, wo genau sie seinen Bruder getroffen hatten.

Nikolas zog die Nase hoch. »Er mochte *Elengar* so gern. Hab ich ihm immer heimlich vorgelesen, das durfte ich nämlich auch nicht. Aber er fand das doch so toll. Ich hab ihm ein Buch ... also, als sie ihn begraben haben, hab ich ihm *Das Reich von Benderal,* mitgegeben, das ist der dritte Teil. Den kennt er noch nicht.«

Jetzt kämpfte Timms mit den Tränen, eine entwischte ihr, sie ließ es geschehen. Und sie ließ es Nikolas sehen. »Darüber hat er sich bestimmt sehr gefreut.«

»Meinen Sie?«

»Ganz sicher.«

»Ich will auch, dass er bestraft wird, der das getan hat. Deshalb hab ich dem Kommissar das Bild geschickt.«

»Ich weiß, und das war sehr mutig.«

»Mein Vater ist unglaublich wütend auf mich.«

»Nicht auf dich. Auf sich, auch er fühlt sich schuldig an Frederiks Tod. Doch glaub' mir, niemand außer dem Mörder ist schuld, nicht du und deine Freunde und auch nicht dein Vater.« Ob er das verstand? »Klar, ihr habt etwas getan, was eure Eltern verboten hatten, aber ohne um die Folgen zu wissen. Ihr tragt nicht die Verantwortung für das, was geschehen ist, es ist wichtig, dass du dir dessen ganz sicher bist. Niemand beachtet immer alle Regeln und Verbote. Dieser Mann aber hat etwas viel Schwerwiegenderes getan: Er hat wissentlich ein schweres Verbrechen begangen und sich bewusst dazu entschieden.«

»Ich habe die letzte Stunde geschwänzt, ich muss gleich nach Hause.« Nikolas stieß sich vom Geländer ab. »Meine Eltern werden mich für immer hassen, wenn sie das herausfinden.«

»Ich will ehrlich zu dir sein: Wenn sie es wüssten, würde es sich für dich bestimmt so anfühlen, als würden sie dich hassen. Das tun sie nicht. Sie lieben dich.«

»Die lieben nichts mehr. Die streiten nur noch.«

»Ich weiß. Auch Erwachsene können mit ihren Schuldgefühlen nicht gut umgehen.«

»Muss ich es ihnen sagen? Die anderen hängen doch auch mit drin.«

»Müssen – wohl nicht. Die Frage ist, ob du solltest: Weil es schwer ist, so ein Geheimnis auf Dauer mit sich herumzutragen.« Sie widerstand der Versuchung, ihm durch das dunkle Haar zu streichen.

»Ich zeige es Ihnen.«

»Was?«

»Wo wir Frederik getroffen haben und wo die Hütte ist, vielleicht ist er danach dorthin gegangen. Darum geht es doch, oder?«

»Scheiße, ja. Das habe ich aus Sorge um dich vergessen.« Sie belog ihn nicht. »Aber du musst doch nach Hause.«

»Ich geh da auch nie wieder hin. Sie haben doch Internet, oder? Als Medienpsychologin?«

Im Gegensatz zu Kevin hatte Nikolas kein Problem mit dem sperrigen Wort.

»Ja, habe ich. Google maps oder earth?«

»Earth!« Er verließ nickend die Terrasse und steuerte zielstrebig ihr Arbeitszimmer an.

Nikolas würde darüber hinwegkommen, dessen war sich Timms sicher. Es würde lange dauern, doch er würde es schaffen. Wenn sie Iglhaut überführen konnte, würde es vielleicht noch einfacher für ihn werden.

Ein Jogger glotzte sie bewundernd an. Ihre Stimme klang gleich selbstbewusster. Christian wusste, sie wollte nicht nur auf ihn toll wirken.

»Ich möchte dich wirklich gern treffen.«

Er sie auch, dachte er. »Bald, wirklich. Ich habe noch etwas Angst davor.« Die sollte eher sie haben.

»Und – hast du literarische Ambitionen? Willst du nicht berühmt werden?«

Er hatte langsam eine Ahnung, worum es ihr wirklich ging. Sie studierte selbst Literatur. An der Universität, da arbeitete sie auch, das hatte sie ihm neulich als kleinen Vertrauensbeweis verraten. Nun war Christian auf dem besten Wege herauszufinden, wo genau sie sich dann aufhielt.

»Was, berühmt? Nein. Darauf lege ich überhaupt keinen Wert«, antwortet er ehrlich, während ... einundzwanzig, zweiundzwanzig, dreiundzwanzig ... der Jogger nun auch an ihm vorbeilief. Ohne ihn eines Blickes zu würdigen.

»Verstehe ich gar nicht. Was du schreibst, ist stark und authentisch. Du hast eine sehr eigene Stimme.«

»Das wünsche ich mir: Eine eigene Stimme.«

Ein eleganter Bogen führte sie um die beiden Spitzköter herum, sie durften um Himmelswillen jetzt nicht mit dem Kläffen anfangen: »Aber die hast du. Wirklich. Du musst nur mutig sein und sie auch andere hören lassen.«

Er wusste, sie lächelte. Er sah es ihrem Rücken an.

»Meinst du?«, fragt er zögerlich. Immer ist er ein wenig zögerlich, das scheint sie zu mögen.

»Aber ja.«

»Ich weiß nicht.«

»Ich könnte mit meinem Professor reden, er kennt viele Leute, vielleicht kommt dein Manuskript bei einem Verlag unter.«

»Lieber nicht. Und, hast du literarische Ambitionen?«

»Ich?« Erst lachte sie, dann stockte sie. Sogar beim Laufen. »Ja, ich schreibe auch. Schon, aber eher politisch. Das kann man nicht Literatur nennen. Ich bin besser im Interpretieren. Deiner Texte zum Beispiel.«

Er blieb auch stehen. Einer der Spitzköter schnüffelte an seinem Rock. Das Herrchen entschuldigte sich bei ihm.

Christian besaß seine Lupe, den Diebstahl hatte der Mann sicher längst vergessen, vielleicht auch nur als Verlust betrachtet. Auch Christian hatte das alles so weit hinter sich gelassen.

Sie verließen mit größerem Abstand nacheinander den Park durch das kleine Tor zum Campus Westend.

»Dann tu das doch.«

»Was jetzt, am Telefon?«

»Natürlich ...«, du blödes Stück, weil du dich dann nicht auf deine Umgebung konzentrierst.

»Nein, später. Ich muss jetzt arbeiten. Rufst du mich wieder an?«

Er folgte ihr auf den Campus bis zum Teich.

»Ganz bestimmt tue ich das. Bald schon.«

»Ich freue mich drauf.« Sie legte auf und verschwand in einer der Türen. Er verringerte den Abstand mit schnellen Schritten.

»Ganz bestimmt tue ich das«, sagte er und schlüpfte durch die Tür.

Während der Verfolgung gönnte sich Kevin ein Sandwich aus dem Rucksack, er hatte nur ein wenig vom Mittagessen runtergeschlungen, um nach dem Weggang der Polizistin nichts zu verpassen.

Er hatte das ganze merkwürdige Gespräch verfolgt und sich dabei gefragt, ob eigentlich alle Erwachsenen blind waren. Wie konnte sogar eine Polizistin übersehen, dass sie mit einem Mann redete?

Aber nein, sie hatte ihn die ganze Zeit über für Bianca Iglhaut gehalten, von der Kevin mittlerweile überzeugt war, dass es sie gar nicht gab. Der zweite Name an der Tür war nur Tarnung für Iglhauts Geheimleben.

Die Transe telefonierte ununterbrochen, seitdem sie den Palmengarten passiert hatten, und Kevin hätte zu gern gehört, was er sagte, aber er traute sich nicht, den

Abstand zu verringern. Der Typ war ihm unheimlich, außerdem kannte er ihn von der Begegnung im Hof her.

Kevin fand es ungemein öde, dem kaputten Typ zwischen Verkehrsübungsplatz und der Kindertagesstätte hindurch in den Grüneburgpark zu folgen. Hier gab es weit und breit keine Kleingartenanlage. Dabei wollte er doch unbedingt herausfinden, was es mit der Hütte dort auf sich hatte.

Scheiße, nun sah er bereits die Baukräne zwischen den Bäumen aufragen, der Typ führte ihn schnurstracks zum neuen Teil der Universität hinter dem Grüneburgpark, wo immer noch gebaut wurde.

Der ging doch wohl nicht in Frauenkleidern studieren? Oder besuchte der Kerl etwa Kevins Auftraggeberin? Leonora Timms arbeitete ja an der Universität ...

Jetzt klingelte sein Handy. Erschreckt sah er die Transe direkt an. Hatte sie etwas bemerkt? Nein, sie lief weiter schnurstracks durch den Park.

Kevin sah aufs Display. Seine Eltern!

Er nahm sich vor, den nächsten Anruf abzuwarten. *Entschuldigung, Mom, hab's beim ersten Mal ehrlich nicht gehört.* Das gab ihm ungefähr fünf Minuten Zeit. Er musste seine Massen schleunigst in Bewegung setzen, sonst gab es Druck. Widerwillig brach Kevin die Verfolgung ab.

Die Gartenhütte musste wohl bis zum nächsten Mal warten. Morgen würde er sich wieder zum Schatten des unheimlichen Mannes in Frauenkleidern machen.

DIENSTAG Bianca machte sich froh gestimmt auf den Weg zur Gartenhütte, diesmal hatte sie Gummibärchen für ihn gekauft und ein Bilderbuch über die Vögel der Welt.

In dieses Buch hatte Bianca eine extra Seite eingeklebt, eine Zeichnung, die sie von Andreas fliegend im Himmel angefertigt hatte – sie war schrecklich neugierig, ob er das Bild entdecken und verstehen würde.

Nie hätte sie gedacht, wie einfach es war, ein Kind zu haben. Der Rote Baron war ein so goldiger Schatz! *Flügellahm, Flügelarm armes Spätzchen-Fleckenlätzchen, der Rote Baron, der tote Baron …* erschreckt hielt sie sich die Hand vor den Mund.

Wenn das herauskam, würde es mächtigen Ärger geben! Dabei hatte er wirklich zur Schule gehen wollen, doch dann war Kevin auf dem Weg dorthin ganz zufällig der Transe begegnet.

Sie wirkte ganz anders auf ihn als an den Tagen zuvor, beinahe als wäre sie wirklich eine Frau. Sie lächelte sogar, allerdings ziemlich merkwürdig. Zuerst hatte Kevin geglaubt, sie spräche ihn aus einiger Entfernung her an, was ihn wirklich erschreckte. Dann sah er, dass sie ihn gar nicht bemerkt hatte und grinsend zu sich selbst sprach.

Mehr als *der tote Baron* verstand er nicht, als er auf gleicher Höhe mit ihr war. *Wie* die Transe das allerdings sagte und dabei plötzlich die Hand vor den Mund hielt, als wäre ihr ein Geheimnis entschlüpft, gab den Ausschlag, die Schule zu schwänzen. Er ließ den sonderbaren Mann vorübergehen, wartete einige Sekunden ab und schlich sich dann hinter ihm her.

Kevin hatte das untrügliche Gefühl, heute würde er ihn zu dieser geheimnisvollen Gartenhütte führen! Diesmal schien sogar von Anfang an die Richtung zu stimmen, denn der Mann in Frauenkleidern schlug den Weg zum Niddapark ein – und dort gab es gleich mehrere Kleingartenanlagen. Sobald er herausgefunden hatte, was es mit der geheimnisvollen Hütte auf sich hat, würde er der Psychologin Bericht erstatten – das war bestimmt noch einmal einen braunen Schein wert!

Timms schlenderte am Copyshop vorüber und schaute scheinbar teilnahmslos durch die Fensterfront, leider ohne jemanden im Laden zu entdecken, auf den Kevins Beschreibung passte. Enttäuscht kehrte sie zu Theo zurück, der um die Ecke des Hauses im Durchgang an der Haustür auf sie wartete.

»Hast du geklingelt? Und?«

Theo schüttelte den Kopf.

Zur Sicherheit klingelte Timms ein zweites Mal. Keine Reaktion.

Theo wirkte angespannt, was kein Wunder war, er riskierte viel für sie und ihr Vorhaben.

Timms führte ihn in den Hinterhof. Möglicherweise wurden sie aus einem der vielen Fenster beobachtet, die zum Hof hinausgingen – ein unvermeidbares Risiko, das Schloss war für Theo schnell zu öffnen.

Timms bemühte sich, Ruhe zu bewahren, während Theo den passenden Dietrich auswählte und das Schloss öffnete. Die wenigen Sekunden, die er dazu benötigte, erschienen ihr wie ein ganzes Zeitalter. Dicht hintereinander schlüpften sie in das Treppenhaus.

Sie hatten sich darauf geeinigt, dass Theo nach dem Öffnen der Wohnungstür vor dem eigentlichen Hauseingang wartete und sie auf dem Handy anrief, sobald Iglhaut auf der Bildfläche erschien. Dabei konnten sie sich allein auf Kevins Beschreibung stützen, dies und die unbekannte Person, deren Initial auf dem Klingelschild stand, bildeten das Restrisiko.

»Wie konnte ich mich nur darauf einlassen?«, flüsterte Theo, der ihr voran die Stufen hinaufschlich.

Timms hielt den Zeigefinger vor die Lippen. »Pst! Beschwerden nehme ich hinterher entgegen.«

Auf der vierten Etage musterte Timms die Klingelschilder, sie hob den Daumen und postierte sich am Geländer, um den Treppenaufgang im Auge zu behalten. Irgendwo spielte leise Musik. Ein Kind weinte im Stockwerk über ihnen.

»Abgeschlossen«, bestätigte ihr Einbrecher.

Im Film, so dachte Timms flüchtig, käme bald der Moment, in dem sich die Ereignisse dramatisch zuspitzten. Das leise Klicken des Schlosses hielt sie davon ab, sich auszumalen, was alles schiefgehen könnte.

Theo sah sie mahnend an. Sie bildete mit Daumen und Zeigefinger das Taucherzeichen für *Alles in Ordnung* – sie würde keinen Unfug anstellen. Da sie der Fingerabdrücke wegen nun die dicken Gummihandschuhe aus ihrer Küche trug, sah das ziemlich grotesk aus. Schließlich gab sie Theo einen Schubs, damit er seinen Wachposten bezog, atmete tief durch und stieß die Tür zu Christian Iglhauts Wohnung auf.

Timms fand sich in einem Flur wieder, von dem vier geschlossene Türen abgingen. Derjenigen mit der Aufschrift »Bad« schenkte sie keine Beachtung.

Irgendwie hatte sie erwartet, Iglhauts Wohnung müsse muffig und abgestanden riechen, doch die Luft war bis auf einen leichten Parfümduft neutral. Timms hielt aufs Geratewohl auf die nächste Tür links zu und verfluchte zum x-ten Mal ihr jämmerliches räumliches Vorstellungsvermögen. Die altmodisch geschwungene Klinke, die in dem nüchternen Neubau fehl am Platz wirkte, senkte sich unter ihrem Druck.

Mit einer kurzen Drehung verschaffte sie sich einen Überblick über das sorgfältig aufgeräumte Schlafzimmer. Kein Staubflöckchen lag auf dem Rahmen des schmalen Bettes mit dem wollenen Überwurf. Neben einem Kleiderschrank war das einzige weitere Möbelstück eine wuchtige Kommode. Das Zimmer war fensterlos, besaß aber eine weitere Tür. Sie erwies sich als verschlossen. Der Schlüssel fehlte.

Aus demselben Grund ließ sich das Zimmer auch nicht über die nächste Tür des Flurs betreten. Merkwürdig, aber nicht zu ändern.

Daneben lag die Küche. Timms durchquerte sie zielstrebig und sah durch das Fenster hinaus und in den ihr bekannten Hinterhof. Von hier aus musste das Manuskript seine Reise angetreten haben. Ihre Nervosität nahm zu, vier von den fünf Minuten, die Theo ihr zugestanden hatte, waren vergangen.

Timms riss sich zusammen und konzentrierte ihre Aufmerksamkeit auf den Raum: Unter dem Fenster ein alter Küchentisch mit Wachsdecke, zwei Stühle, ordentlich herangerückt, eine künstlich wirkende Pflanze in einer Makramee-Ampel, die von der Decke baumelte, eine Spüle, darunter ein Schränkchen, das wahrscheinlich Putzmittel enthielt, ein Kühlschrank.

Auf dem Küchentisch lag ein Kugelschreiber, Timms prüfte die Mine auf ihrem Gummihandschuh, sie schrieb schwarz – was kein Beweis war. Sie nahm ihr Schriftstück aus einer Klarsichthülle und platzierte es neben dem Stift auf dem Küchentisch, dann rückte sie ein Stück ab und besah sich das Szenario – und richtete das Blatt exakt nach den Tischkanten aus. Iglhaut war in allem so penibel.

Das Manuskript ... es musste mehr davon geben als nur ihre vier Blätter ... Unter der Tischdecke ertastete Timms eine Schublade. Darin fand sich ein kleiner Stapel einfachen Kopierpapiers, das oberste Blatt zeigte leider keine Druckspuren, die man durch Schraffieren hätte sichtbar machen können. Timms lag bereits über eine Minute über der Zeit – wo bewahrte er sein Manuskript nur auf? Sie glaubte nicht, Iglhaut würde sich freiwillig davon trennen. Sie kehrte auf gut Glück ins Schlafzimmer zurück, zwischenzeitlich kontrollierte sie das Handydisplay: Angeschaltet und kein verpasster Anruf! Sie steckte es zurück in die Jackentasche.

Timms folgte ihrer Intuition und kniete sich vor das Bett, darunter ertasteten ihre Finger etwas Hartes – einen rollbaren Bettkasten! Beim Hervorziehen quetschte sie sich die Hand zwischen Kasten und Bettgestell, der Schmerzenslaut ließ sich nicht unterdrücken. Vorsichtiger holte Timms den Holzkasten hervor. Er enthielt acht schwarze Pappkisten, wie man sie günstig im Zweierpack kaufen konnte. Behutsam öffnete sie die oberste Kiste, diesmal musste sie einen Triumphschrei unterdrücken.

Vor ihr stapelten sich ordentlich nebeneinander zwei Papierhaufen mit der inzwischen so vertrauten Handschrift. Sie widerstand der Versuchung, eines herauszunehmen, es zu lesen, es an sich zu nehmen. Stattdessen legte sie den Deckel sorgfältig auf die Kiste zurück und schob den Kasten wieder unter das Bett.

Timms verließ das Zimmer, schloss die Wohnungstür und wiederholte mit Theos Dietrich die Bewegung, die sie mit ihm zu Hause geübt hatte. Verdammt, es funktionierte nicht!

Es blieb keine Zeit, es ein zweites Mal zu probieren, Schritte kamen die Treppe hinauf und erzeugten in ihrem Herzen ein hässliches Vorhofflimmern. Theos verwuschelter Haarschopf tauchte auf dem Treppenabsatz auf, und Timms stieß erleichtert die Luft aus. Theo legte ihr den Zeigefinger auf den Mund, es folgte ihm jemand die Treppe hinauf.

Timms hoffte, ihr Blick drücke exakt die Panik aus, die sie empfand – und zeigte mit dem Finger nach oben. Sollten sie dorthin ausweichen?

Theo schüttelte den Kopf und riss sie in eine stürmische Umarmung. Noch bevor sie wusste, wie ihr geschah, beugte er sich herab und küsste sie. Timms musste sich auf die Zehenspitzen stellen, um seine Lippen nicht zu verlieren, als er sich während des Kusses langsam aufrichtete.

Ihre Verblüffung wich dem Reiz der Gefahr, der den Kuss in ein doppeltes Abenteuer verwandelte. Schon erahnte Timms die Kontur der fremden Person hinter Theos Rücken, und die Vernunft gewann die Oberhand. Sie hoffte, sie wirkten leidenschaftlich genug, um Iglhaut von der Echtheit des Kusses zu überzeugen.

»Saubande, schert euch weg, sonst ruf ich die Polizei«, schimpfte die alte Frau. Ihr Regenschirm streifte Theos Hintern.

Er hatte geweint. Warum hatte er geweint und gegreint, als er das Bild entdeckt hatte? Sie hatte es doch extra für ihn gemalt!

Nicht einmal ihre Perücke hatte er aufziehen wollen ...

BlödefalscheHaareBianca! Immer geht sie zu den anderen Kindern Fliegen beibringen. Was meinte er nur damit schon wieder? AndreaswilljetztgleichnachHause. Das meinte er damit.

Sein nicht enden wollendes in die Hände Klatschen hatte sie wie Schläge ins Gesicht getroffen. Fast hätte sie auch ihn geschlagen ... stattdessen hatte sie Andreas ans Bett gefesselt, damit das Klatschen endlich aufhörte, und mit einem seiner löchrigen Socken geknebelt, damit dieses unselige Gebrabbel verstummte. Er hatte um sich geschlagen und ihr das Gesicht zerkratzt.

Bianca schloss ihre Wohnung auf. Nein, sie schloss sie nicht auf – es war nicht abgeschlossen. Ihr Herz setzte einen Schlag aus: Christian war wieder zu Hause!

Dann lachte sie erleichtert. Nein, das war gänzlich unmöglich. Trotzdem lauschte sie ... und hörte ihn nicht. Sie musste das Abschließen einfach vergessen haben.

Bianca schaute im Garderobenspiegel nach dem Kratzer an ihrer Wange. Nur ein roter Strich, kein Blut. Erleichtert nahm sie die Perücke ab.

Christian nutzte den Moment ihrer Blindheit und fiel über sie her. Er schrie sie an und schlug ihr mit der flachen Hand ins Gesicht, immer wieder, dann traktierte er mit Fäusten ihren Kopf, immer wieder.

Endlich stieß er ihre Stirn gegen die Wand, immer wieder ... einmal, Schmerz, zweimal, heftiger Schmerz, dreimal *Schlussfertigausundvorbei.* Schwarze Ruhe.

Endgültig.

MITTWOCH Zielstrebig durchquerte Klaudia den Grüneburgpark. Wie sehr sich ihr Leben geändert hatte! Und wie leicht man sich von angenehmen Veränderungen korrumpieren ließ!

Mit der Nachlassarbeit hatte sie am vergangenen Sonntag begonnen, mittlerweile wuchs sich die Inventarliste zu einem Lindwurm aus, und sie fand sogar Spaß bei der Auflistung von Cord Nettelsbachers Schriften. Wenn sie den toten Cord auch nicht halb so anregend fand wie den lebendigen Christian!

Auch Heinez war mit ihr zufrieden, vor allem weil er Ende der nächsten Woche Christian kennen lernen würde. Es hatte ihn geradezu in einen Freudentaumel versetzt, als Klaudia es ihm versprochen hatte. Viel hatte nicht gefehlt und ihr Professor wäre mit ihr durchs Büro getanzt.

Doch zuerst musste sie Christian allein treffen – immerhin hatte sie ihn Heinez gegenüber als Freund bezeichnet. Sie musste Christian unbedingt die notwendigen Instruktionen geben.

Jedes Gespräch mit ihm ließ ihr Herz schneller schlagen, seine Stimme war ihr bereits angenehm vertraut, obwohl sie erst seit drei Tagen miteinander telefonierten.

Christian war ungeheuer sanftmütig und sehr zögerlich – nichts an ihm ließ darauf schließen, er könne irgendwie gefährlich sein. Im Gegenteil, manchmal wünschte sie, er würde mehr von seinen inneren Konflikten preisgeben, von denen sie fühlte, dass sie sie verbanden.

Klaudia blickte über ihre Schulter zurück und betrachtete den Park hinter sich mit kritischem Blick, dann verließ sie beruhigter das offene Gelände. Schon bald folgte sie dem engen Pfad den Hang zum Campusgelände hinauf.

Leider war das Klingeln ihres Handys nicht immer ein Grund zur Freude. Gestern erst hatte wieder so ein Freak angerufen und gefragt, ob sie *konkret krass Lust hätte, mit ihm was klar zu machen.*

Nein, hatte sie nicht. Genau solcher Anrufer wegen hatte sie paranoide Züge entwickelt und fühlte sich verfolgt und beobachtet. Deshalb ignorierte sie Anrufe, die nicht von Christians Nummer kamen – nur manchmal meldete sie sich noch gedankenversunken, ohne das Display zu checken.

Klaudia trat auf die weitläufige Campusanlage hinaus. Im schräg einfallenden Sonnenlicht besaß sie sogar in ihren Augen Charme. Auf dem Rand des großen Wasserbeckens saßen einige Studenten, rauchten und plauderten, warteten auf Kommilitonen oder den Beginn einer Ferienveranstaltung.

Das friedliche Bild hinter sich lassend, betrat Klaudia den Poelzigbau und lief die steinernen Stufen des Treppenhauses hinauf. Für einige Tage war das Büro allein ihr Reich, Weiland war im Urlaub und Heinez auf einer Tagung in Konstanz.

Sie steckte sich die Stöpsel ihres MP3-Players ins Ohr. Eine ziemlich coole Angelegenheit, Nettelsbachers Nachlass zu ordnen, während *No dawn for mankind* das Ende aller Tage heraufbeschworen.

Die Musik blendete alle sie umgebenden Geräusche aus.

›Ich erkläre dir alles, sobald die Sache zu Ende ist.‹

›Versprochen?‹

›Ja, versprochen.‹

›Du küsst wirklich nicht schlecht.‹

›Raus mit Dir!‹

So hatte sie Theo weggeschickt. Diesmal noch.

Als er gegangen war, stahl sich auch Timms' Lächeln davon. Wieder sann sie über ihren eklatanten Fehler nach, der ihr unterlaufen war, obwohl ihr Unterbewusstes sie noch auf das Versäumnis hatte hinweisen wollen: Die Seitennummerierung! Alle Blätter des Manuskripts trugen eine fortlaufende Zahl. Ihres nicht.

Es war müßig, jetzt darüber zu spekulieren, ob keine Nummer besser war als Iglhauts Einladung an den Tatort eine falsche voranzustellen.

Vor allem durfte Schweickert ihr keinerlei Unsicherheit anmerken, dachte sie, gab sich einen Ruck und wählte seine Nummer.

»Schlechte Neuigkeiten«, meldete er sich.

»Überraschen Sie mich doch mal.«

»Ich meine es ernst. Gerkweiß hat bisher nur Iglhauts Schwester angetroffen. Immerhin kommt sie Gerkweiß merkwürdig vor – und ich traue dem Gespür meiner Schnüfflerin. Sie bleibt an den beiden dran, schließlich ist das zurzeit unsere einzige Spur.«

»Er lebt mit seiner Schwester Bianca zusammen?«

»Wussten Sie das nicht?«

»Nein.« Und jetzt blieb keine Zeit für Überlegungen, was das für ihr Rendezvous mit dem Mörder bedeutete. »Gerkweiß muss unbedingt mit dem Manuskript zu Günsel.«

»Das richte ich ihr gerne aus und wünsche ihr viel

Glück dabei, denn damit wird sie bei ihm auf Granit beißen. Günsel wird sich nicht damit verfassen.«

»Dann müssen wir das tun. Intensiver als zuvor.«

»Müssen wir? Ich bin gewiss, bei Iglhaut handelt es sich bestenfalls um einen Zeugen, der Frederik im Park gesehen hat.«

»Und wenn er doch dessen Mörder ist, wenn er nun Andreas in seiner Gewalt hat? Sie wissen, was auf dem Spiel steht, wenn sich niemand darum kümmert! Ich bin entschlossen zu handeln. Jetzt. Und zwar so …«

Den Kommissar von ihrem Plan zu überzeugen, führte über zahllose Wenns und Abers doch noch zum Ziel.

»Wenn er auftaucht und uns an den Tatort führt, haben Sie mich überzeugt.«

»Ich zähle auf Sie!«

»Bis morgen, also!«

Morgen, dachte Timms, würden sie Iglhaut als Frederiks Mörder überführen.

Bianca war fort. Endgültig. Es gab sie nicht mehr, sie hatte sich aufgelöst. Christian fühlte die Erleichterung.

Und er fühlte die Verunsicherung.

Es lag vor ihm auf dem Küchentisch, er konnte es anfassen – er hatte es angefasst – es war real. Aber nicht echt.

Nun bedauerte Christian es, seine Schwester gestern zu früh aus dem Leben entfernt zu haben. Sie allein hätte ihm dieses Blatt Papier auf dem Küchentisch erklären können.

Biancas letzter teuflischer Schachzug gegen ihn – wollte sie, dass er sich wieder an den Tag im Park und seine Tat erinnerte? Das tat er inzwischen allzu gut. Was aber hatte sie damit bezweckt? Dass er sich aus Reue umbrachte? Sie ihn ein für alle Mal los war? Nun war es umgekehrt!

Die wichtigste Frage war, wie sie das bewerkstelligt hatte. Als sie morgens aus dem Haus gegangen war, war der Tisch noch leer gewesen. Und er hatte sie im Flur ausgeschaltet, bevor sie die Küche noch einmal betreten hatte.

Christian raufte sich das Haar. Wie er das Blatt auch drehte und wendete, nichts passte zusammen, obwohl es Biancas irre Züge trug ... *ver-rückt entzückend zerpflückte zuckende Zerrpflücker der Verzerrungs-lücken, entzerrte Lügen, die ihn nun beglücken, sich auszudrücken in Wort und Zahl, müßige Qual ...*

Das war der Fehler!

Als Christian ihn bemerkte, wurde er ruhig, sehr ruhig. Das Blatt stammte nicht von Bianca. Keineswegs! Es trug keine Nummer! Dieses eine Blatt unter Zahllosen war zahllos.

Doch wenn es nicht von Bianca stammte, von wem dann? Es musste einen Hinweis geben. Wieder und wieder las er unter dem neuen Vorzeichen.

Die Botschaft hatte sich ganz klein gemacht und versteckt und wollte doch gefunden werden! Dort, zwischen den engen Zeilen ging Christian mit einem Mal ein Licht auf. Ein Grablicht!

Es war eine frohe Botschaft. Christian war ein Knabe geboren. Wiedergeboren. Auferstanden von den Toten – zwar nicht am dritten Tag, doch das war unerheblich.

Der Knabe hatte die Einladung für ihn hinterlassen, der Junge aus dem Park, der Geist des Kindes sprach zu ihm ... *Heilige Kommunion Hurensohn, Gotteslohn, wie der Vater, so der Sohn, wie die Mutter so ...* und versprach ihm Erlösung. Und er wünschte sich so sehnlich Erlösung von der Vergangenheit. Von Bianca und ihrem Mord an dem Jungen.

Es war nicht einfach gewesen, zweifach zu sein, nun wurde es ihm ganz leicht gemacht, wieder er selbst zu werden. Es braucht nur eine Kerze am richtigen Ort, zur richtigen Zeit!

Wenn es ihm gelang, den Geist des Jungen zu versöhnen, stand nur noch die Drahtfresse zwischen ihm und der geschichtslosen Freiheit.

Christian zog seine Jacke an. Er musste ein Grablicht besorgen für den kommenden Tag.

DONNERSTAG Timms trug bereits Gummistiefel. Sie suchte ihr Fernglas und fand es schließlich in einer Kiste im Keller, die sie seit dem Einzug in den Kelterweg nicht ausgepackt hatte. Näher als unbedingt notwendig wollte sie nicht in Iglhauts Nähe kommen.

Dann überprüfte sie noch einmal die Funktion der Digitalkamera und des Telefons. Die Gummihandschuhe, die sie beim Einbruch getragen hatte, wanderten ebenso in ihren Rucksack wie eine kleine Plastiktüte. Die Ausdrucke aus dem Internet steckten bereits in der Tasche der schweren Wachstuchjacke. Mehr brauchte es nicht, um Iglhaut zu überführen.

Schweickert verspätete sich schon wieder, was hoffentlich kein Zeichen dafür war, dass er das Rendezvous auf die leichte Schulter nahm.

Ohne die Tür zu öffnen, folgte sie dem Ruf der Klingel nach unten, Schweickert sollte nicht schon vor dem Eintreffen im Park erschöpft sein.

»Mein Gott, was haben Sie vor?«, fragte er, als sie schwer bepackt die Tür öffnete.

»Muss ich Ihnen was über Ihren Scheißjob …«

»Besser nicht.«

»Was spielen Sie?«

»Spielen?«

Sie verließen im feinen Nieselregen den Hof und wandten sich nach Nordwesten in Richtung der Ginnheimer Landstraße.

»Ja – ich bin studierte Ornithologin.«

»Super, ich bin suspendierter Bulle.«

»Zum Glück sieht man Ihnen das nicht an. Sie gehen glatt als Obdachloser durch.«

»So weit lasse ich es nicht kommen«, antwortete er ungewohnt ernsthaft.

»War nicht so gemeint.«

Schweigend erreichten sie die Unterführung der Gleise bei der Sportanlage. Bewusst folgten sie dem Weg, den Frederik an seinem Todestag gegangen war.

Inzwischen hatte der Regen aufgehört, er hatte große Pfützen auf den unbefestigten Wegen im Park hinterlassen, und der Himmel weigerte sich standhaft, ein optimistisches Blau hineinzuwerfen.

»So muss der Tag gewesen sein, als Frederik starb«, sagte sie an der ersten Weggabelung nach den S-Bahn-Gleisen, wo sie sich trennen wollten.

»Ja, ich stelle ihn mir auch so vor! Ich hoffe, er kommt – seien Sie vorsichtig! Haben Sie das Handy an?«

»Ja ... viel Glück – Penner!«

Schweickert lachte dröhnend und stapfte in Richtung des Ginnheimer Wäldchens davon. Sie folgte dem Weg geradeaus in Richtung der Autobahn.

Timms Gehirn hatte die Stelle abgespeichert, die Nikolas ihr auf dem Satellitenbild herangezoomt hatte, bis man glaubte, die nächste Vergrößerung müsse einen die Wiesenblumen riechen lassen. Sie fand sich ohne die Ausdrucke zurecht.

Kurz vor der Autobahn suchte Timms die Umgebung zum ersten Mal mit dem Fernglas ab – von der Stelle aus, wo Nikolas seinen Bruder zum letzten Mal gesehen hatte. Sie entdeckte nur zwei Jogger und eine Frau mit zwei großen, schlanken Windhunden, die hechelnd an der Leine zerrten.

Wenig später stieß sie auf drei kichernde Teenager, zwei Mädchen in abgesteppten schwarzen Bomberjacken und Springerstiefeln, und ein Junge mit einem Arafatschal über dem Sweatshirt. Die drei saßen auf der Lehne einer Bank und rauchten Haschisch. Timms beachtete sie nicht und hoffte, dass auch Iglhaut sich nicht durch sie stören ließ, falls er sich in der Nähe befand.

Doch kein einsamer Mann streifte auf den schlammigen Pfaden umher, die Timms abging, den Blick in die Ferne gerichtet, jeden Seitenweg hinunterspähend. Kein Mörder, der sich am Ort seiner Tat die Tat selbst in Erinnerung rief.

Am Hang der Autobahnbrücke fand sie das Versteck der Jungs, die kahlen Zweige der Böschungsbegrünung gaben den Blick auf einige Kisten, Bretter und einen alten Stuhl mit Kunststoffbezug frei.

Einen Lichtschimmer sah sie nicht.

Ein Vibrieren in der Jackentasche.

»Schon was entdeckt?«

»Kiffende Kinder. Und Sie?«

»Bäume.«

»Bis später. Beim Wehr.«

Sie konnte kaum schlucken, so fest saß die Anspannung in ihren Kiefergelenken. Timms sah sich um, in diesem Abschnitt der Niddaaue war sie völlig allein. Sie beschloss, dem eingeschlagenen Kurs weiter zu folgen ... die melancholische Ornithologin auf der Suche nach einem seltenen Vogel.

Dann stieß Timms auf den Fluss. Die Nidda stand hoch, das Wasser war nach dem Regen der vergangenen Tage schlammig braun, floss schnell und roch dumpf. Am Wehr hielt sie an und hob das Fernglas an die Augen.

Schweickert näherte sich ihr von Osten auf dem Uferweg.

Sie taten, als hätte sie einander lange nicht gesehen.

»Halten Sie mich für verrückt?«

Er hielt Daumen und Zeigefinger einen Spaltbreit auseinander. »Vielleicht so viel. Ich bin hier, oder?«

»Wird man uns glauben, falls er kommt?«

»Falls er kommt, haben Sie zumindest mich überzeugt. Und dann werde ich Günsel persönlich überzeugen – und wenn ich zur Abwechslung eine Dienstaufsichtsbeschwerde beantragen muss.«

»Danke.«

»Duzen?«

»Okay.«

»Bis später.«

»Diesmal bei der Gaststätte?«

»Ganz nach Plan.«

Wieder stapften sie in unterschiedliche Richtungen davon. Timms schlug einen Bogen um die Häuser in der Kracauerstraße, in der die Familie des Roten Barons wohnte.

Schließlich gelangte sie über einige Wegschleifen wieder bei der verfallenen Hütte an, die sicherlich keines der Kinder nach Frederiks Tod noch einmal besucht hatte. Noch immer brannte nirgends eine kleine rote Kerze.

Timms würde so lange durch den Park patrouillieren, bis sie Iglhaut oder das Licht entdeckte – oder es Mitternacht geworden war und der Tag des Rendezvous verstrichen.

Resignation wollte sich in ihr breitmachen, als sich ihr zwei Radfahrer in rasantem Tempo näherten. Die Raser trugen volle Sportmontur, wichen in waghalsigen Manövern den Pfützen aus und hielten ansonsten direkt auf Timms zu.

Timms erstarrte mitten auf dem Weg, und die beiden umfuhren sie rechts und links, ohne ihre angeregte Unterhaltung zu unterbrechen. Sie hörte das Sirren der Räder, spürte die Zugluft, feuchte Spritzer an den Hosenbeinen und einen heftigen Schubs gegen ihren Rucksack.

»Passt gefälligst auf!«, rief sie ihnen nach.

Die Radfahrer blickten sich nicht nach ihr um und hatten bald schon eine beträchtliche Distanz zurückgelegt. Timms sah, wie sich die beiden roten Rückleuchten entfernten – und dann ein drittes rotes Licht, das schwach im Gebüsch links des Weges glomm. Der Anblick löste ein absurdes Schwindelgefühl in ihr aus.

Timms sah sich nach allen Seiten um – mit Ausnahme der Frau, die mit den Windhunden zurückkehrte, lag der Weg verlassen da. Die Hunde zerrten an den Leinen wie zuvor, Speichel troff von ihren Lefzen. Timms stellte den Rucksack auf einer Bank am Wegrand ab, rief Schweickert an und gab ihm ihre Position durch.

Der raue Ruf eines Eichelhähers drang durch das monotone Summen der Autobahn hinter ihr. Die Dämmerung ging bereits in den Abend über. Bevor Schweickert eintraf, fotografierte sie die Umgebung aus verschiedenen Entfernungen, damit sie später einwandfrei zu identifizieren war. Die Bilder zeigten das tiefhängende Gezweig der Äste und das vorjährige Gras, in dem sich das Licht hinter einen Baumstamm duckte. Timms Hoffnung, ein Bild aus größerer Distanz aufnehmen zu können – mit Iglhaut als Teil der Szene – hatte sich zerschlagen.

Sie trat noch an das Grablicht heran. Die kleine kreisförmige Mulde um den Docht verriet, wie kurz es erst brannte. Um wenige, entscheidende Minuten hatten sie Christian Iglhaut verpasst.

Timms zog die Handschuhe an, sie hätte die flackernde Flamme in ihrem roten Schutzmantel gern an diesem Ort belassen. Ein bescheidenes Symbol der Trauer, an dem Ort, wo sich nach der kriminaltechnischen Untersuchung ein Meer aus Kerzen, Stofftieren und Abschiedsbriefen ansammeln würde.

Endlich tauchte Schweickert auf, die Kiefer fest zusammengebissen, die Hände in die Jackentasche gestopft, als trüge er Schlagringe. Sie schickte ihn vor.

Dann rief sie: »Halt!«

Er verstand und ließ sie vortreten.

Timms nahm einen Augenblick still Abschied von

dem Kind, das hier ermordet worden war, dann hob sie die Kerze sehr vorsichtig auf. Mit geschlossenen Augen blies sie die Flamme aus. Wie bei einer Kerze auf einem Geburtstagskuchen wünschte sie etwas inbrünstig. Nicht für sich, sondern für den Roten Baron.

Schweickert, der ebenfalls Handschuhe trug, verpackte die Kerze vorsichtig in einer Plastiktüte.

Zwanzig Minuten später trennten sie sich vor dem Durchgang zu ihrem Hof.

»So«, sagte der Kommissar grimmig. »Ich fahre jetzt zum Präsidium und schlage richtig Krach. Iglhaut ist dran, noch heute Abend.«

Timms lehnte sich gegen das Tor der Einfahrt und riss gedankenverloren endlich den schmutzigen Zettel ab, den sie tagelang missbilligt, aber nicht entfernt hatte.

»Ja, jetzt liegt es an Ihnen – an Dir – viel Erfolg!«

Wieder sah sie ihm und seinen klaffenden Jackenschößen nach, nie hätte sie gedacht, dass sie sich ihm einmal so verbunden fühlen würde.

Timms knüllte den Zettel zusammen – und faltete ihn hastig wieder auseinander. Zum zweiten Mal an diesem Tag rief sie Schweickert zu, er solle halten.

Die Suche nach Iglhaut wurde zusehends brisanter.

»Das hier hat Vorrang!«, erklärte Schweickert und klopfte auf die Jackentasche, in der er die Kerze verstaut hatte. »Du hast ja jetzt die Telefonnummer der Studentin und kannst sie warnen. Sie darf ihn keinesfalls treffen – wer weiß, wie verrückt ein Kerl ist, der versucht, ein totes Kind zu besänftigen!«

»Was machst du denn um diese Uhrzeit noch hier? Falls du zu Heinez willst, der ist auf einer Konferenz!«

Hanno hatte sie als Hiwi im vierten Semester betreut, Klaudia hatte ihn schon damals nicht gemocht. Immer spielte er sich auf, als sei er der Herr über das ganze Institut für Literaturwissenschaften.

Klaudia zog die Schultern hoch. »Weiß ich doch!« Sie schloss die Bürotür mit ihrem eigenen Schlüssel auf. Sie konnte seine Gedanken förmlich wie Rauchzeichen über seiner hohen Stirn sehen, während er zum Aufzug schlurfte: *Warum hat die einen Schlüssel zu Heinez' Büro?*

Klaudia schloss die Tür des Sekretariats hinter sich ab. Nach Einbruch der Dunkelheit war ihr das ehemalige IG-Farbenhaus mit seiner unrühmlichen Vergangenheit unheimlich – wer wusste schon, welche Geister es nachts aufsuchten. Sie startete das Notebook, holte eine Kiste aus der ›Giftkammer‹, öffnete die Inventarliste und setzte sich die Kopfhörer auf. Zu den schnellen Rhythmen der Punkmusik wuchs das Nachlassverzeichnis Nettelsbachers langsam Eintrag um Eintrag.

Ständig musste Klaudia Tippfehler verbessern oder die Nummerierung korrigieren, trotz der Musik und der verschlossenen Tür fühlte sie sich unwohl.

Im Grüneburgpark hatte sie sich einmal mehr verfolgt gefühlt, und langsam konnte sie dieses Gefühl nicht mehr als Einbildung abtun.

Sie setzte die Kopfhörer ab und lauschte angestrengt. Der Wasserhahn im Sekretariat tropfte, sie drehte ihn fester zu. Auf dem Flur vor der Tür war kurz vor Gebäudeschließung alles still. In einer halben Stunde konnte man den Poelzigbau nur noch durch den Eingang bei der Pförtnerloge betreten oder verlassen.

Klaudia ging die Anrufliste des Handys durch. Christian hatte nicht angerufen, nur eine fremde Rufnummer erschien auf dem Display – sollten sich die Spinner doch auf ihrer Mailbox austoben!

›Vor Mitternacht mache ich nicht Schluss, sonst lohnt es sich nicht, mit der Arbeit anzufangen.‹

›Du bist so eifrig.‹

›Ich bin ehrgeizig. Von dieser Arbeit hängt viel für mich ab.‹

Das glaubst du nur, hatte er gedacht. ›Dann solltest du wirklich lange arbeiten‹, hatte er gesagt, ›ruf mich an, sobald du heute Abend fertig bist.‹

Christian hatte erneut mit Klaudia telefoniert.

Sie befand sich hier in diesem riesigen Gebäude. Sogar das richtige Stockwerk wusste er schon – bis dorthin hatte er sie unbemerkt verfolgen können. Es sollte das letzte Mal sein. Nun musste er nur noch abwarten, geduldig sein ... noch immer hörte er ab und an eine Tür schlagen und Schritte verklingen.

Christian schlich im Haus herum, fast überall war das Licht bereits verloschen, er vertrieb sich die Zeit mit Fahrten im Paternoster und wanderte leise die stillen, gekrümmten Korridore entlang.

Klaudia war inzwischen misstrauisch geworden, ständig blickte sie sich um, als habe sie seine Anwesenheit bemerkt. Auch heute wieder war das so – im Park.

›Was machst du denn genau?‹

›Ich arbeite an einem Nachlass.‹

›Das klingt interessant – die Gedanken der Verstorbenen.‹

Nachlassarbeit, Nachmaßarbeit, am Nachlass nach Maß arbeiten. Christian schlüpfte in eine der Herrentoiletten und verscheuchte Biancas Irrsinn, indem er sich kaltes Wasser ins Gesicht spritzte. Christian betrachtete sich im Spiegel, er sah seine Schwester nicht darin und wusste trotzdem, dass er sich nicht von ihr befreien konnte, solange über Klaudia noch eine letzte Verbindung zu Bianca existierte.

Christian nahm seinen Streifzug durch das verlassene Haus wieder auf. Klaudia war die letzte Verbindung – und er trug ein Messer in der Tasche, um sie zu *kappen.*

Er wählte ihre Nummer. Klaudia antwortete nicht. Er hinterließ keine Nachricht.

Die Studentin meldete sich nicht. Timms hatte eine Bitte um Rückruf auf der Mailbox hinterlassen, fand aber keine innere Ruhe. Wie hieß sie bloß? Sie hatte doch neulich auf ihren Anrufbeantworter in der Uni gesprochen ... Arnd – aber mit »t« oder »dt«? Klaudia – mit »C« oder »K«? Timms wälzte das Telefonbuch, in Bockenheim gab es gleich mehrere Nummern, die in Frage kamen. Timms telefonierte sich durch.

»Simone Färber.«

»Guten Abend, Frau Färber. Heißt Ihre Mitbewohnerin Klaudia?«

»Ja, wieso?«

»Mein Name ist Leonora Timms. Ist Frau Arnd zu sprechen?«

»Nein, sie ist arbeiten, ist aber bestimmt übers Handy zu erreichen.«

»Nein, sie geht nicht ran. Ich muss sie aber so schnell

wie möglich sprechen.«

»Dann müssen Sie sie auf dem Campus Westend suchen. Sie arbeitet da zu den unmöglichsten Zeiten an etwas ungemein *Wichtigem.*«

Timms schlüpfte in ihre Jacke, verließ die Wohnung und ging zur Leipziger Straße.

»Im Fachbereich Germanistik?«

»Ja.«

»Hat Klaudia in letzter Zeit von jemandem gesprochen, den sie neu kennen gelernt hat?«

»Wieso eigentlich sollte ich Ihnen so was sagen? Ich kenne Sie doch gar nicht.«

»Scheiße, stimmt. Okay, hören Sie: Klaudia bat mich darum, jemanden für sie zu überprüfen –»

»Sie sind Privatdetektivin?«

»Nein, Psychologin. Sie müssen darauf vertrauen, dass die Sache wichtig und dringend ist.« Timms merkte, wie sich ihre Schritte immer mehr beschleunigten, sie hatte das Ende der Leipziger Straße schon vor Augen, die Bockenheimer Warte ragte vor ihr in den dunklen Himmel auf.

»Okay ... aber darüber weiß ich nichts. Nur über den neuen Job bei ihrem Professor.«

»Wie heißt er?«

»Heiner oder so?«

»Oder so wäre gut zu wissen.«

»Heines irgendwie.«

»Gut. Wurde Klaudia in letzter Zeit häufiger von einem Mann angerufen, den Sie nicht kennen?«

»Heines?«

»Nein, jemand, den Klaudia erst kürzlich kennen gelernt hat?«

»Nicht auf diesem Anschluss. Aber Klaudia hat ja auch ein neues Handy, nein, eher ihr altes wieder in Betrieb genommen. Vielleicht ruft er da drauf an. Klaudia ist in letzter Zeit *sehr merkwürdig.*«

»Können Sie mir sagen, wo genau auf dem Campus Klaudia arbeitet?«

An der Palmengartenstraße überquerte Timms die Bockenheimer Landstraße. Warum eigentlich hatte sie nicht das Fahrrad genommen? Sie hätte bestimmt schon den Campus erreicht.

»Ne, weiß ich nicht. Sie studiert am Institut für Deutsche Sprache und Literatur – mehr weiß ich nicht.«

»Danke.«

»Wollen Sie mir ...«

Nein, wollte sie nicht, konnte sie nicht, es blieb keine Zeit. Timms drückte das Gespräch weg, bog in die Siesmayerstraße ab und rannte in Richtung des Palmengartens. Während sie lief, versuchte sie Schweickert zu erreichen, zunächst auf dem Handy, dann unter der Privatnummer. Auch bei ihm musste sie eine Bitte um Rückruf hinterlassen.

Timms sprintete quer über die Wiese des Grüneburgparks und versuchte, sich an das Interview zu erinnern, das man auf dem Campus Westend mit ihr geführt hatte. Eine Ewigkeit war das her, welchen Weg hatte sie damals genommen? Fast hätte sie dann doch den schmalen Weg zum Verbindungstor zwischen Parkanlage und Campus übersehen.

Das Tor, das den öffentlichen Bereich vom Campus trennte, war verschlossen. Der Zaun links und rechts davon stellte prinzipiell keine Herausforderung dar, bis auf den dünnen Stacheldraht, den Timms in ihrer

Eile übersah. Die Hose riss am Bein auf, Timms merkte an dem kühlen Gefühl am Bein, dass Blut austrat. Sie schenkte dem keine Beachtung, als sie den kleinen Hügel hinauf rannte.

Bei den Fahrradständern unter einer Baumgruppe blickte sie sich um, es war lange nach zwanzig Uhr und das Campusgelände dehnte sich völlig verlassen vor ihr aus.

Da das Gelände abgeschlossen war, vermutete Timms, dass es sich mit den Gebäuden ebenso verhielt. Sie war nur dieses eine Mal zum Interview hier gewesen und wusste nicht viel über diesen Teil der Universität. Zu ihrer Linken thronte das Casinogebäude auf einer kleinen Anhöhe, rechts von ihr ragte das ehemalige IG-Farbenhaus auf, die dem Weg zugewandte Front besaß sieben Reihen mit Fenstern. Nur in ganz wenigen davon brannte Licht, das nicht bis auf den Weg vor ihr fiel. Timms blieb stehen und wählte noch einmal Arnds Handynummern an. Nur die Mailbox meldete sich.

Timms fühlte die Angst wie ein bösartiges Insekt ihr Rückgrat hinaufwandern.

Klaudia nahm die Stöpsel aus den Ohren, zwischenzeitlich war sie von *No dawn for mankind* zu sanfteren Klängen übergegangen. Inzwischen ertrug sie auch diese nicht mehr. Die lange Musikberieselung hatte ein unangenehmes Rauschen in ihren Ohren hinterlassen, das auch jetzt noch nicht aufhörte.

Sie legte den letzten Stapel Briefe zurück in die Pappschachtel, leider waren es keine interessanten Briefe von Cord Nettelsbacher an seine Familie, sondern ein qualvoller Schriftwechsel mit einem Verleger, der nicht an sein Talent glaubte. Zu Lebzeiten hatte Nettelsbacher nicht viel veröffentlichen können – wenn Heinez seinen Nachlass publizierte, hatte er nun als Toter nichts mehr davon.

Nachdenklich packte Klaudia ihre Sachen zusammen und lauschte angestrengt an der Bürotür, bevor sie aufschloss. Auf dem Flur war nichts zu hören und als sie aus der Tür spähte, lagen beide Seiten des Korridors verlassen da. Um aus dem Gebäude zu gelangen, musste Klaudia wohl am Pförtner vorbei, auch wenn das nicht der direkte Weg nach draußen war.

Ihrer Furcht in dem riesigen, dunklen Gebäude musste sie noch für einen weiteren Moment trotzen, denn ohne Umweg auch über die Toilette würde sie es nicht heil nach Hause schaffen. Deshalb deponierte sie ihren Rucksack mit dem Notebook auf Weilands Bürostuhl im Sekretariat und schloss die Tür hinter sich ab, bevor sie dem geschwungenen Flur des zweiten Stocks bis zu der Gebäudenische folgte, in der sich die Damentoiletten und der Paternoster befanden.

Auf der Toilette checkte sie schnell ihr Handy. Tatsächlich hatte Christian erst vor einer halben Stunde angerufen. Auf ihrer Anrufliste waren außerdem auch drei Einträge einer fremden Handynummer verzeichnet. Wahrscheinlich wieder einer der testosterongesteuerten Spinner, die ihren Verfolgungswahn nährten.

Klaudia fühlte die Stille des menschenleeren Hauses auf sich lasten, und jedes von ihr verursachte Geräusch erschien ihr unnatürlich laut. Sie würde sich bestimmt viel sicherer fühlen, wenn sie auf dem Weg durch die leeren Flure die Stimme einer vertrauten Person hörte.

Klaudia wählte Christians Telefonnummer und verließ die Toilette.

So ein Zufall, dachte sie, als im gleichen Moment irgendwo im Treppenhaus ein Stück den Flur hinunter ein Handy klingelte. Christian meldete sich. Klaudia hörte es im Telefon – und auf ihrem Stockwerk. Er verfolgte sie also!

Selbst ihre winzigsten Nackenhärchen richteten sich auf, als sie sich leise in die Toilette zurückzog, wo sie fürchtete, ihr Herzschlag müsse von den gekachelten Wänden widerhallen.

Christian wusste zwar von ihrer Arbeit für Heinez, doch wo sich sein Büro befand, hatte sie ihm nie gesagt!

Der erste Eingang am Hauptgebäude, den Timms entdeckte, war eine Glastür an der Stirnseite des Gebäudes nahe den Fahrradständern. Der Raum dahinter lag im Dunkeln, die Tür war verschlossen. Timms folgte dem breiten Hauptweg, linkerhand lag auf einer kleinen Anhöhe ein weiteres Gebäude, wesentlich kleiner als das, dessen Front sie ablief. Inmitten der weitläufigen Anlage fühlte sie sich dabei jedwedem Blick schutzlos preisgegeben. Sie schüttelte ihr Unbehagen ab, rüttelte an einer weiteren verschlossenen Glastür und ließ sich von ihrem eigenen verzerrten Spiegelbild erschrecken.

Wenigstens gewann sie nun langsam ein gewisses Gefühl für die Regelmäßigkeit der Fassade des Poelzig-Gebäudes. So ein riesiger Universitätskomplex, dachte sie, musste einfach über eine Pförtnerloge verfügen, die auch nach Gebäudeschluss noch besetzt war! Sie glaubte sogar, diesen Haupteingang gefunden zu haben, als in der Mitte des Gebäudes ein vorgezogener Kuppelsaal die regelmäßige Front unterbrach. Doch auch der Raum dahinter lag im Dunklen, schemenhaft zeichneten sich die Konturen von Tischen und Stühlen ab, es musste sich um eine Cafeteria handeln.

Als sie schon beinahe das Ende des Geländes erreicht hatte, ließen sie fröhliche Stimmen aufmerken. Ein Pulk junger Männer in Anzug und Krawatte verließ angeregt plaudernd das Haus durch einen Nebeneingang, zwei Frauen in Kostümen mit kurzen Röcken folgten ihnen mit etwas Abstand. Sie wirkten wie Teilnehmer eines Wochenendworkshops, vielleicht studierten sie nicht hier?

Timms setzte ein gehetztes Gesicht auf. »Lassen Sie mich gerade noch mal rein, ich habe mein Handy im Büro liegen lassen.«

Die Frauen schauten sich fragend an. »Muss man da nicht dem Pförtner Bescheid geben?«, fragte eine die andere.

»Keine Ahnung.«

»Kommt ihr nun, oder was?«, rief einer der Männer, die sich bereits der Rotunde in der Gebäudemitte näherten.

»Lass gut sein, wird schon seine Richtigkeit haben«, sagte die andere Frau beschwichtigend.

Die erste Frau zuckte mit den Achseln und hielt Timms die Tür auf.

Sie betrat das stille Gebäude und schaute sich suchend um, der Flur dehnte sich spärlich ausgeleuchtet vor ihr, und Timms fühlte sich an ein Krankenhaus bei Nacht erinnert. Sie zog ihr Handy heraus und glaubte nicht, jemanden zu erreichen.

»Arnd.« Es war ein kaum verständliches Flüstern.

»Leonora Timms. Wo stecken Sie nur? Ich rufe ständig bei Ihnen an. *Er ist gefährlich.*«

»Ich weiß. 2. Stock, Q3, Toilette. Er ist hier. Ich kann nicht lauter reden.«

»Legen Sie nicht auf, hören Sie!«

Timms befand sich am Anfang des Korridors, der sich über die Längsseite des Gebäudes hinzuziehen schien. Sie hoffte, das Haus verfüge nicht nur über einen leicht verständlichen Grundriss, sondern auch über Hinweistafeln zur Orientierung. Alles, was sie fand, war ein Feuerfluchtplan. Immerhin waren darauf der gesamte Komplex schematisch abgebildet und auch ihr Standort markiert. Sie suchte Q3, das von Arnd bezeichnete Quergebäude. Es befand sich beinahe am entgegengesetzten Ende des Hauses, dort, wo sie kurz zuvor die Suche nach einem Eingang begonnen hatte. Timms folgte dem Korridor, ohne dessen Ende sehen zu können. Die Wand zur Linken wurde in regelmäßigen Abständen von Türen unterbrochen. Die Quergebäude ragten unterschiedlich weit vom Hauptteil in das Campusgelände hinaus, auf der linken Seite führte darin jeweils eine Reihe von Türen zu Räumen, deren Bestimmung Timms nicht erkannte. Rechts hingegen waren die Quergebäude eher größere Nischen. Aus den Fenstern auf dieser Seite sah man direkt auf den verlassenen Weg hinaus.

Timms orientierte sich insofern richtig, als sie nach dem Passieren der Rotunde an der Wand die Bezeichnung des richtigen Quergebäudes entdeckte. Aus dem Handy drang das schwere Atmen der Studentin an ihr Ohr.

Timms sagte leise: »Okay, ich bin ungefähr unter Ihnen im Parterre. Können Sie zu mir runterkommen?«

Arnd hauchte etwas, das wie ›Paternoster‹ klang. Doch Timms konnte sich ebenso gut verhört haben, sie hatte keine Ahnung, ob es hier so etwas Antiquiertes gab. Dann wurde sie sich eines leisen, regelmäßigen Rumpelns gewahr, das sie schon zuvor aus einer der Nischen gehört hatte. Nun ergab es einen Sinn.

Paternoster war alles, was Klaudia zu sagen wagte. Hoffentlich verstand die Psychologin, dass sie vorhatte, ihre Angst vor dem Fahrstuhl zu überwinden und zu ihr nach unten zu gelangen.

Klaudia atmete tief durch und öffnete die Tür der Toilette zu dem schmalen Vorplatz, auf dessen linker Seite die beiden Stränge des Paternosters unermüdlich ihre Runden drehten. Vier Meter vor ihr lag der Flur, irgendwo auf der linken Seite musste sich Christian befinden. Klaudia wusste nicht, ob er mit den Räumlichkeiten vertraut war oder sogar schon herausgefunden hatte, in welchem Zimmer sie arbeitete. Falls er es wusste und davon ausging, dass sie sich dort befand, musste er jeden Moment ihr Versteck passieren, denn das Büro lag rechts von ihr. Sie zog sich in die Toilette zurück und versuchte, ihren Atem unter Kontrolle zu bringen. Ihre zitternde Hand war völlig verschwitzt, und beinahe entglitt ihr das Telefon – die einzige Verbindung zur Außenwelt. Sie musste zu Timms gelangen. Niemand konnte so wahnsinnig sein, zwei Frauen anzugreifen, selbst dann nicht, wenn er ein solches Manuskript verfasst und – das war ihr nun klar – sie verfolgt hatte.

Klaudia beschloss, all ihren Mut zusammenzunehmen und mit dem Paternoster nach unten zu fahren, doch als sie vor den sich bewegenden Kabinen stand, brach ihr der Schweiß noch heftiger aus. Sie umklammerte das Handy wie einen Rettungsring. Um in Sicherheit zu gelangen, musste sie sich überwinden und die nächste Kabine nehmen, die ihr Stockwerk passierte: Gleich, nur einen Augenblick noch – und dann war der Boden des eckigen Holzkastens gleichauf mit dem Flurboden. Sie schloss die Augen, schob den Fuß nach vorn – und zog ihn wieder zurück.

»Willst du schon gehen?«

Sie blickte ganz langsam nach rechts. Christian hatte sie gefunden. Sie erkannte den schüchternen Mann aus dem Copyshop, den sie neulich noch bemitleidet hatte.

Seine Augen fingen ein Licht von draußen ein und funkelten irrsinnig.

Er hielt ein Messer in der Hand.

Im zweiten Stock hatte Arnd gesagt. Es konnte doch nicht so lange dauern, zum Paternoster zu gelangen und mit diesem nach unten zu fahren, oder doch? Sie starrte auf das Hinweisschild: *Das Umfahren von Dach und Keller ist ungefährlich!* Nicht mit einem Mörder, dachte Timms ironisch. »Klaudia?«, flüsterte sie, hörte jedoch nur das Rumpeln der beständig umlaufenden Kabinen. Und dann eine bedrohliche Stimme: »Willst du schon gehen?« Iglhaut hatte die Studentin gestellt!

»Ich … allein hier«, hörte sie Klaudia bruchstückhaft sagen.

Timms überlegte fieberhaft, wie sie schnell nach oben gelangen und zugleich den Überraschungseffekt auf ihrer Seite behalten konnte.

»Nein, ich bin ja bei dir«, antwortete Iglhaut.

Timms rannte zurück bis zum letzen Treppenhaus, selbst als sie eilig die Stufen hinauf nahm, hielt sie das Telefon an den Kopf gepresst. Sie hörte ein Poltern, gefolgt von einem markerschütternden Schrei, der direkt an ihr Ohr gelangte. Sie hatte den zweiten Stock erreicht und befand sich in unmittelbarer Nähe zu Klaudia und Iglhaut. Und hörte nichts mehr. Die Stille war schlimmer als der Schrei zuvor.

Timms bemühte sich, ruhig zu bleiben, während sie sich der Nische mit dem Paternoster näherte und vorsichtig um die Ecke lugte. Die schreckliche Stille schien die Zeit anzuhalten: Arnd und Iglhaut wirkten wie von Harz umschlossene Lebewesen im Begriff, zu Bernstein zu erstarren. Die Studentin lehnte sich gegen die Wand und blickte auf ihre Hand herab. Iglhaut stand ihr gegenüber mit dem Rücken zum Paternoster und starrte nicht weniger irritiert auf das Blut, das von dem Messer in seiner Hand auf den Boden tropfte.

»Christian«, sagte Timms leise in dem Bestreben, Vertrautheit herzustellen. »Es ist vorbei, die Polizei weiß über alles Bescheid. Über dich und den Jungen. Frederik.«

»Frederik?« Iglhaut wandte sich ihr in Zeitlupe zu, das Gesicht fahl, der Blick leer. Die Bewegung dauerte quälend lang und ließ Timms Zeit, in seinem Gesicht nach Christians Persönlichkeit zu fahnden.

»Ja, der kleine Junge aus dem Park.«

Klaudia verharrte unterdessen. Sie blickte verständnislos zwischen Timms und Iglhaut hin und her, den Rücken an die Wand gepresst, die verletzte Hand in der anderen bergend.

Christians Gesicht erschlaffte und wurde viel weicher. »So«, sagte er beinahe zärtlich, »kann er gar nicht fliegen.«

Timms wusste genug vom Roten Baron, damit ihr Herz aus dem Takt geriet. »Fliegen?«, fragte sie sanft, trotz der Dringlichkeit.

Doch der Augenblick der Ruhe war unwiederbringlich vergangen. Iglhaut machte zwei zögerliche Schritte rückwärts und streckte die Hand mit dem Messer nach hinten, bis sie die Klinge schabend auf die Wand neben dem Paternoster stieß.

Im gleichen Augenblick erkannte Timms ihren Irrtum und fühlte tiefste Bestürzung. »Bianca?« Beinahe wusste sie nun, wie die Dinge zusammenpassten, aber nur beinahe, und nahm Zuflucht zur bewährtesten aller Lügen: »Alles wird gut, Bianca.«

Bianca Iglhaut ließ die Schultern sinken und schüttelte den Kopf resignierend in einer Bewegung, die Endgültigkeit in sich trug. »Unaufschiebbarer Aufzug, fahrbare Bare des letzten Aufzugs«, flüsterte sie. Bianca blickte sich flüchtig um und machte einen weiteren Schritt nach hinten. Es klang dumpf, als sie auf dem Boden des Paternosters aufkam. Dann sagte sie merkwürdig gefasst »Schlussausfertigundvorbei.«

Sie kann nirgendwo hin, dachte Timms und ließ es geschehen, dann erst begriff sie, was Bianca meinte.

Mit einem Aufschrei fuhr Klaudia wie aus einem Alptraum auf und stieß ein lautes, gedehntes »Neein!« aus. Mit einem Sprung nach vorn durchmaß sie die Distanz zum Paternoster und drückte den Notknopf zwischen den beiden Kabinensträngen.

Augenblicklich arretierte der Kabinenumlauf. Von dem Abteil, in dem Bianca nach unten gefahren war, blieb nur ein Spalt über dem Fußboden offen.

Timms Handy klingelte. Sie sah den Namen und warf es Klaudia zu, die es ungeschickt fing. »Sagen Sie ihm, wo wir sind. Und rufen Sie einen Notarztwagen.«

Während auf diesen wenigen Quadratmetern wiederum alles zum Stillstand gekommen war, erahnte Timms die demnächst über sie hereinbrechende Hektik wie ein nahendes Gewitter.

Sie legte sich auf den Boden und schob sich bäuchlings voran, um durch den Spalt hindurch etwas in der Kabine unter sich zu erkennen. Ihr Spielraum war zu knapp bemessen, um Bianca ins Blickfeld zu bekommen.

»Bianca?«, fragte sie ins Ungewisse und erhielt als Antwort ein leises Wimmern.

»Gib mir deine Hand, schau nach oben und gib mir deine Hand.«

Die Sekunden dehnten sich, bevor sie eine Berührung fühlte, flüchtig, wie das Streifen eines Schmetterlingsflügels, dann fester, bis Bianca ihre Hand für einen Augenblick krampfhaft umkrallte.

»Sprich mit mir!«, forderte Timms und hörte nichts außer ihren eigenen, gepressten Atem. Der Griff lockerte sich, die Verbindung löste sich auf. Timms zog ihre schmerzende Hand zurück, sie war blutig genug, um Timms wissen zu lassen, was Bianca getan hatte.

»Sprich mit mir, du musst bei Bewusstsein bleiben.«

»Schlussausfertigundvorbei«, wiederholte die Frau, es ging in ein schleifendes Geräusch über, das in einem dumpfen Ton endete. »Ich wollte ihm nicht wehtun.«

Biancas Stimme war schwer zu vernehmen, dass Timms unter der Anstrengung des Lauschens der Kopf zu platzen drohte. »Ich weiß das«, antwortete sie.

»Er ist ein lieber Junge, so zart und so verrückt.«

»Ja, das ist er«, bekräftigte Timms.

»Ich bringe ihm Kleider und etwas zu essen. Jetzt ist er allein und fürchtet sich.«

Timms schob sich noch weiter nach vorn, bis ihr Nacken exakt unter der Kante des Paternosterbodens der oberen Kabine lag. Wenn sich der Aufzug nach unten bewegte, lief sie Gefahr, guillotiniert zu werden.

Sie verdrängte den Gedanken, während sich ihre Augen langsam an die Dunkelheit in der Kabine gewöhnten. Auf einen Ausschnitt des Kabinenbodens fiel das schummerige Licht des unteren Stockwerks und ließ dort die Oberfläche der sich ausbreitenden Blutlachen schimmern. Timms sah nur Biancas Fußspitzen, sie hatte sich in die hinterste Ecke gekauert.

»Das war gut, darüber hat er sich bestimmt gefreut«, antwortete sie. »Wohin hast du die Sachen gebracht? Ich will zu ihm.«

»Wir haben keinen Bruder mehr.«

Timms war verwirrt. »Nein, aber er hat ja dich, das ist gut. Sag mir, wo er ist.«

Bianca summte eine Melodie, dann sang sie leise: »Brüderchen, komm flieg mit mir, beide Flügel reich ich dir ...«

Timms ahnte mehr, als dass sie es sah, wie Bianca sich mit einer wiegenden Bewegung tröstete. »Bianca, wo möchtest du mit dem Brüderchen fliegen, sag mir wo, Bianca!«

»In der Hütte. Ganz allein in der Anlage ... im Park.«

»Welche Anlage? Wo ist der Rote Baron?«

»Ich dachte, Frederik kommt.« Biancas Stimme war kaum noch zu vernehmen. »Aber das konnte ja nicht sein. Frederik kann nicht zurückgekommen sein, oder?«

»Nein. Es ist Andreas, der Rote Baron. Er ist deine zweite Chance.«

»Eine zweite Chance?«

Timms wartete, aber Bianca sprach nicht weiter. In der Ferne war ein Martinshorn zu hören. Wenn Timms und Schweickert an diesem Tag etwas früher am Ort von Frederiks Ermordung eingetroffen wären, hätten sie seinen Mörder angetroffen – Bianca – und ihren Irrtum früher bemerkt. In allen Sprachen der Welt schien ihr »wenn« das bitterste Wort zu sein.

Aufgeregte Stimmen näherten sich, scheinbar aus allen Richtungen gleichzeitig. Klaudias Schritte hingegen entfernten sich. Ein gebündelter Lichtstrahl traf Timms Augen und blendete sie. Jemand schrie »Kopf raus!« Sie hörte andere Kommandos durch das Haus schallen und zog automatisch den Kopf zurück. Wenige Sekunden später setzte der Paternoster ruckend seine Fahrt fort, bis Biancas Kabine auf dem unteren Stockwerk angekommen war. Timms rannte die Treppen nach unten.

Bianca lag scheinbar bewusstlos in ihrem Blut. Es war schlimmer, als Timms vermutet hatte: Die Pulsadern waren entlang der Unterarme aufgeschnitten, wodurch schnell viel Blut verloren gegangen war, anders, als wenn sie die Schnitte quer zum Handgelenk gesetzt hätte.

Timms hockte sich vor die Frau und tätschelte sanft ihre Wange. Eine Träne fiel auf ihre Hand und hinterließ einen hellen, feuchten Kreis in Biancas Blut, das schon angetrocknet war. »Wo, sag mir doch bitte, wo!«

»26. Die Nummer Sechsundzwanzig. Die Kolonie ...«

Fast hätte Timms es nicht verstanden. Wie viele Kleingartenanlagen mit der Nummer Sechsundzwanzig mochte es im Buga-Gelände wohl geben?

Sie hielt ihre Hand, bis Bianca tatsächlich in Bewusstlosigkeit abgedriftet war. Und in diesem flüchtigen Moment war es Timms schleierhaft, wie man sie jemals für einen Mann hatte halten können.

Dann hörte sie eine vertraute Stimme ihren Namen brüllen und das Chaos brach über sie herein.

Schweickert befestigte das blaue Licht auf dem Wagendach und fuhr mit quietschenden Reifen los. Diesmal bemängelte Timms das halsbrecherische Tempo nicht. Sie mussten noch nicht einmal mehr herausfinden, welche Schrebergartenkolonie Bianca gemeint hatte, die Funkzentrale gab ihnen die Adresse durch; inzwischen hatten sich die Ereignisse überschlagen. Trotz ihrer Eile trafen sie erst nach den Kollegen des zuständigen Reviers bei den Schrebergärten ein. Auch Schaulustige hatte der Tatort schon angezogen. Ein einziger Polizist am Eingangstor genügte, um sie von dem umzäunten Gelände fernzuhalten.

Scheinwerfer führten sie zur richtigen Parzelle. Vor der Hütte standen zwei uniformierte Kollegen Schweickerts und wiesen auf die aufgebrochene Tür. Schweickert blieb stehen und sah sie an. Sie schüttelten stumm die Köpfe. Einer der beiden schickte sich zu Erklärungen an und wollte sie in die Hütte begleiten. Schweickert hielt ihn mit einer herrischen Geste davon ab. Offensichtlich duldete er in diesem Moment nur sie an seiner Seite. Man ließ sie passieren.

In der bedrückenden Enge der hell erleuchteten Laube bückte Schweickert sich und hob eine einzelne löchrige Socke auf. Er hielt sie fest, als wolle er sie niemals mehr fortgeben. Als sein Handy klingelte, schien er es nicht zu hören. Timms musste ihn zweimal ansprechen, bevor er den Anruf entgegennahm. Er sagte nichts. Er hörte nur zu. Eine einzelne Träne fiel aus seinem Auge und tropfte auf die Socke, die wie ein totes Eichhörnchen in seiner Hand lag. Dann steckte er das Handy in die Hosentasche und fing an zu brüllen. Timms war überzeugt, er verlöre über seinen Schmerz vollends den Verstand. Dem Schreien folgte ein Strom von Tränen, die letzten lachte er heraus.

Schweickert nahm Timms, die überhaupt nichts mehr verstand, in die Arme und erdrückte sie fast darin. Dann küsste er sie auf die Wangen, zumindest schien er bemüht, sie zu treffen.

Schließlich ließ er sie los und ließ sich auf einen der beiden Stühle an dem wackligen Klapptisch fallen.

»Du glaubst nicht, was passiert ist«, sagte er.

Timms wollte alles glauben, wenn es nur etwas Gutes war.

»Der Rote Baron ist in Sicherheit. Ein anderer Junge hat ihn in der Hütte weinen hören und sie kurzerhand aufgebrochen, um ihn rauszuholen.«

»Wie heißt er?«

»Andreas.«

»Nein, sein Retter?«

»Kevin. Kevin Becker.«

Kevin – er hatte sich ihretwegen in Lebensgefahr gebracht, und sie hatte ihn nicht einmal nach seinem vollen Namen gefragt.

Timms wandte sich ab und verließ die Hütte. Ohne auf Schweickerts Rufe zu achten, ging sie an den wartenden Beamten vorbei und folgte dem Gartenweg in die sternklare Nacht.

Sechste Woche

DONNERSTAG »Hier, iss! Ich möchte dich nicht umkippen sehen.«

Schweickert und Timms trafen einander vor dem Koreanischen Tempel im Grüneburgpark – auf halber Strecke zwischen Präsidium und Universität. Timms wickelte das Käsebrötchen aus, biss hinein und sprach mit vollem Mund. »Ich habe tatsächlich einen Riesenhunger, ich wollte nur, du hättest eher Gedankenlesen gelernt.«

In stillschweigendem Einverständnis folgten sie dem Spazierweg, der den Park umrundete. »Das bleibt mal schön deine Sache.«

»Ist auch nicht immer schön.«

»Nicht, wenn man dazu wie ein durchgeknallter Mörder denken muss!«

»Mhm.«

»Gib es ruhig zu, verglichen damit bin ich so schlimm nicht.«

»Geht so. Und, erfahre ich jetzt die letzten Details, oder bleibt es beim Käsebrot?«

»Wo soll ich anfangen?«

»Na, wo schon?« Sie warf das Brötchenpapier in einen der Mülleimer mit den Klappdeckeln, die Krähen vom Plündern abhalten sollten. »Am Anfang, wie immer.«

Schweickert grunzte, setzte aber zu einer Erklärung an. »Tja, angefangen hat es mit zwei völlig verstörten Kindern einer toten Prostituierten. Nach dem Tod der Mutter wurden sie in verschiedene Heime gesteckt: Christian und Bianca Iglhaut. Christian und Bianca hatten von ihrer Mutter viel Geld geerbt. Bis zu ihrer

Volljährigkeit war er ihr Vormund. Und als der Wohnkomplex an der Adalbertstraße gebaut wurde, hat er die Wohnung gekauft und ist mit ihr dort eingezogen. Er hat sich immer um sie gekümmert.«

»Es muss aber doch etwas zwischen ihnen vorgefallen sein ... wohin ist er verschwunden und was hat sie dazu gebracht, sich für ihn auszugeben?«

»Ein Unfall. Christian ist beim Renovieren der Wohnung von der Leiter gestürzt und hat sich das Genick gebrochen.«

»Wie tragisch – aber woher weißt du das?«

»Er hat es mir quasi selbst erzählt.«

»Du spinnst!«

»Das abgeschlossene Zimmer, erinnerst du dich? Du warst dort. Die Leiter stand noch darin und sein Blut klebte am Bettrahmen, auf den er so unglücklich gestürzt ist.«

»Ich verstehe das alles nicht, wieso wussten wir das nicht, warum gibt es keinen Totenschein?«

»Weil Bianca sofort danach in seine Rolle geschlüpft ist. Sie hat ihn, mit Gänseblümchen bestreut, in eine Tiefkühltruhe im Keller gehievt.«

»Wie makaber! Das arme Mädchen. Sie hat ihren starken Bruder im Keller beerdigt und hat seinen Platz eingenommen. Solange sie Christian spielte, fühlte sie sich stark genug, um allein zurechtzukommen.«

»Sieht so aus. Als Christian hat Bianca dann den Job im Copyshop angenommen, die einfachste Arbeit überhaupt. Und selbst ihr Chef hat das Schauspiel nicht bemerkt.«

»Grauenhafte Vorstellung – als junge Frau so maskulin zu wirken, um jahrelang als Mann durchzugehen.

Ihre Identität muss völlig zwiegespalten gewesen sein, bis fast nur noch Christians Teil übrig war.«

»Wir haben nur wenige Frauenkleider gefunden, die meisten davon recht neu. Alles andere gehörte Christian. Es gibt eine Nachbarin – unangenehme Person – sie wohnt am längsten im Haus. Sie hat bestätigt, dass manchmal eine Frau die Wohnung verlassen oder betreten hat. Im Übrigen wusste sie auch schon immer, dass Christian ein Verbrecher ist und *ihr* nach dem Leben trachtete.«

»Die klassische Reaktion: Bei einer einfachen Befragung heißt es, dass *der freundliche junge Mann von nebenan* völlig unauffällig ist. Bis nach dem Drama die Kameras vor Ort sind. Dann nämlich haben alle schon immer um die Abgründe hinter dem Monster gewusst. Ich könnte eine ellenlange Studie ...«

»Ja, könntest du, aber du hast Besseres zu tun. Du musst ihr Manuskript für eine Veröffentlichung bearbeiten. Und ich habe eine Überraschung für dich. Es hat sich noch mehr Material gefunden. Im Keller hat Bianca ihre Jungmädchentagebücher verwahrt.«

»Jetzt verstehe ich vieles besser. Bestimmt beginnen die losen Blätter mit Christians Tod. Wenn man um diese Tatsachen weiß, sind die Zusammenhänge von geradezu unheimlicher Logik. Ich wollte nur, ich hätte früher darum gewusst, dann ...«

»Hätte sie jetzt einen Prozess und lebenslange Sicherheitsverwahrung vor sich. Ich würde Bianca an deiner Stelle nicht zu sehr bedauern. Vielleicht war es das Beste so.«

»Vielleicht – und trotzdem ... egal. Über diesen Fall werde ich auf jeden Fall schreiben. Danke für die Akte –

und natürlich für die Kopie des kompletten Manuskripts.«

»Um das du übrigens einen erbitterten Konkurrenten hast.«

»Wie bitte?«

»Ein Professor Heinez ist an uns herangetreten. Literaturprofessor hier an der Universität. Er will die Herausgabe vor Gericht einklagen.«

»Der Professor von Klaudia Arnd – jetzt geht mir ein Licht auf – er hat doch keine Chance, oder?«

»Nein, seine Forderung ist unhaltbar.« Schweickert feixte: »Wenn du darüber schreibst, halte dich nicht zu eng an Biancas sprachliche Vorlieben, sonst wird das nix mit dem Publizieren.«

»Ich geb' mein Bestes und widme die Veröffentlichung Bianca und Klaudia! Immerhin geriet Klaudia Arnd meinetwegen in Lebensgefahr.«

»Es ist ihr ja nichts Ernsthaftes passiert. Gottlob hab' ich es meist mit normalen Verbrechern zu tun. Ich hätte früher auf deinen kriminalistischen Instinkt vertrauen sollen, zumindest was irre Personen betrifft.«

»Komm, Schweickert, du bürstest dich doch auch sonst mit Stacheldraht! Werd jetzt bloß nicht sentimental und sag Dinge, die du später wieder bereust!«

»Keine Angst, passiert mir bei dir nicht mehr.«

Sie waren beim Verkehrserziehungsgarten angekommen, auf dem kleine Kinder auf Fahrrädern gewissenhaft den Miniaturstraßen folgten.

Timms blieb vor dem Kommissar stehen und sah ihn lange an. Schließlich gab sie sich einen Ruck und sagte: »Ich muss los, Schweickert, Frau Kutzelnig und ich wollen Frederik den Plastikritter ans Grab bringen ...«

»Ich muss auch los. Wir fahren heute noch nach

Mallorca …« Schweickert reichte Timms die Hand. Sie schlug ein.

»Psycho-Schickse.«

»Super-Bulle. Aber Angst hattest du schon um mich …«

»Kein Kommentar!«

Geschlossene Gesellschaft!

Das Schild hing in der Tür des *Ganesha* und sperrte andere Gäste aus. Timms schlüpfte durch die Küche ins Restaurant und setzte sich zu Vijay und Theo an den großen Tisch in der Mitte des Restaurants.

»Thomas lässt sich entschuldigen, er fliegt mit seiner Familie nach Mallorca.«

»Schade, hätte ihn gern kennen gelernt.« Vijay ging in die Küche, um das Essen zu holen.

»Ich auch«, sagte Theo. Er wurde leicht rot dabei. »Ich war eifersüchtig auf ihn – sein Name stand mit drei Ausrufezeichen auf deinem Notizblock an der Wand.«

»Drei sind nicht genug.«

»Hier, lasst es Euch schmecken.« Vijay stellte die Teller vor ihnen ab. »Originalrezept meines Ururgroßvaters.«

Timms würde nicht noch einmal darauf hereinfallen. »Du veralberst uns.«

Vijay schaute ernsthaft beleidigt drein. »Doch wirklich.«

Nach dem Essen, das sie nur durch Lobeshymnen auf seine Kochkunst unterbrachen, verzog Vijays sich hinter dem Tresen.

»Bist du zufrieden?«, fragte er, als er Timms den Kaffee servierte, heiß und schwarz, wie sie ihn liebte. Für sich und Theo hatte er Tee aufgebrüht.

»Zumindest ruhiger. Viel ruhiger. Ein Mordfall ist aufgelöst und zwei verschwundene Kinder wieder gefunden. Steht nur noch Schweickerts Verhandlung aus.« Sie wünschte ihm das Beste – und Janusz auch. Man hatte ihn und seine Geschwister immer noch nicht aus dem Heim zu seiner Mutter zurückgelassen.

»Nun sag schon, wie ist es, einen Mörder zu fangen?« Vijay schlürfte seinen Tee.

»In diesem Fall irgendwie traurig. Bianca tat mir ziemlich Leid. Sie ist aus lauter Hilflosigkeit in die Rolle ihres starken Bruders geschlüpft ... und hat darüber ihre eigene Identität verloren.«

»Und es ist wirklich nie jemandem aufgefallen?«, fragte Theo.

Vijay meinte: »Die Leute achten doch nicht sonderlich aufeinander.«

»Die Leute im Haus waren alle neu eingezogen«, erklärte Timms. »Niemand hatte Gelegenheit, Christian näher kennen zu lernen. Deshalb bemerkte keiner Biancas Rollentausch.«

»Das erinnert mich irgendwie an Psycho. Die Mutter von Norman Bates.«

»Oh, Psycho – Schweickerts Lieblingswort! Ja, es ist unheimlich. Ich meine, Bianca war kein femininer Typ und hat das unterstrichen, indem sie sich zusätzlich mit den grausig geschnittenen Haaren verunstaltete. Wegen ihres Geheimnisses konnte sie niemals normale Beziehungen knüpfen. Sie war von jeder Zuwendung und Aufmerksamkeit abgeschnitten und muss sich doch schrecklich danach verzehrt haben.«

»Was für ein grauenhaftes Leben!« Theo runzelte die Stirn.

Inzwischen wirkte das sehr vertraut auf Timms. Grüblerisch malte sie mit etwas übergeschwapptem Kaffee feuchte Kreise auf den Tisch vor sich.

»Aber warum hat sie Frederik getötet?«, wollte Vijay wissen.

Timms seufzte. »Ich denke, diese Einsamkeit war daran schuld. Sie war gerade einmal dazu fähig, ihren Alltag zu bewältigen. Jede unvorhergesehene Situation muss sie einfach überfordert haben. Deswegen glaube ich nicht an einen vorsätzlichen Mord, eher an eine impulsive Handlung. Wie auch immer die Begegnung zwischen ihnen verlief – irgendetwas warf sie dabei aus der Bahn und sie legte ihre Hände um seinen Hals ...« Vielleicht war es nur das plötzliche Wissen darum, in ihrer Isolation niemals ein eigenes Kind haben zu können. Aber das bleibt, wie so vieles, letztendlich unserer Spekulation überlassen.

»Was ist mit Andreas? Hätte sie den behinderten Jungen auch ...?« Vijay zog einen Lappen aus der Hosentasche und wischte die Kreise auf dem Tisch fort.

Timms lächelte unfreiwillig. »Der Rote Baron hat gesagt, die Perückenfrau sei immer sehr freundlich gewesen.« Aber Bianca hatte ihn auch gefesselt und geknebelt seinem Schicksal überlassen. »Wir werden niemals erfahren, was geschehen wäre.«

Timms betrachtete nacheinander die beiden so ungleichen Männer. Sie dachte dabei auch an Schweickerts Bärbeißigkeit, an Frau Kutzelnigs Menschenkenntnis und Kevins Heldentat. Sie hoffte, auch keine dieser drei so unterschiedlichen Persönlichkeiten aus den Augen zu verlieren.

Allzu häufig, fand sie, wusste man die Geschenke des Lebens nicht zu würdigen. Doch Augenblicke wie dieser erfüllten sie mit ungeheurer Dankbarkeit.

Nachwort

Wozu dient eigentlich das Nachwort eines Buches? Liest das überhaupt jemand, der nicht darauf hofft, sich in der Danksagung wiederzufinden? Mir jedenfalls liegt dieses Nachwort am Herzen: Auch wenn die eigentliche Geschichte abgeschlossen ist, steht noch vieles ungesagt im Raum.

In meinem Kopf existieren zahllose Parallelwelten, schriebe ich nicht über sie, müsste ich ihretwegen verrückt werden. Das ist so ernst gemeint, wie es pathetisch klingt. Ja, die *Die verlorenen Kinder* sind Fiktion, dennoch bilden sie auch Realitäten ab. Denn das Schreiben ist stets eine Gratwanderung auf der unsicheren Grenze zwischen Realität und Erfundenem, zwischen Vergangenheit und Möglichem.

Der Niddapark, in dem noch immer einiges von der Bundesgartenschau 1989 zeugt, ist jedem für einen erholsamen Spaziergang zugänglich. Und natürlich existiert die Goethe-Universität, doch die Junior-Professur von Leonora Timms habe ich dem dort angesiedelten Fachbereich Rechtswissenschaften ungefragt untergejubelt. Der Poelzig-Bau (IG-Farben-Haus) war zeitweilig Sitz der amerikanischen Militärverwaltung, heute dominiert das Gebäude den neuen Campus Westend, dessen Ausbau noch weiter voranschreitet. Darüber darf die Bedeutung dieses Ortes während der Nazi-Zeit nicht in Vergessenheit geraten: Eine Tochtergesellschaft der I.G. Farben vertrieb das Zyklon B, das in Auschwitz-

Birkenau zum gezielten Massenmord eingesetzt wurde. Einen nachdenklichen Besuch dieses Ortes empfehle ich daher jedem – allerdings auch der Architektur und der Paternoster wegen!

Wie schon in *Narrenspiele* habe ich einige Adressen erfunden. Es wäre mir unangenehm zu erfahren, man habe an fremder Leute Tür geklingelt, weil man in der Nachbarschaft eine meiner Romanfiguren vermutet. Ähnlichkeiten dieser Figuren mit lebenden oder bereits verstorbenen Personen wiederum sind selbst bei größtem Phantasieeinsatz unvermeidbar. Beim Schreiben wird man immer auch zum Dieb, wo genau man die Realität bestiehlt – meist bleibt es besser unerwähnt. Einem Psychologen, der sich durch eine meiner Veröffentlichungen in seiner Standesehre beleidigt fühlte, sei der Hinweis geschuldet, dass von meinen Protagonisten geäußerte Meinungen mit meinen übereinstimmen können, keinesfalls aber müssen.

Ich halte das Schreiben keineswegs für »die einsamste Tätigkeit der Welt«, wie ich es häufig von anderen AutorInnen las oder hörte. Während der aufreibenden Zeit zwischen erster Idee und letzter Korrektur an einem Buch wird man nicht alleingelassen. Immer gibt es Menschen, die anspornen, wenn man am Zweifeln ist, die kritisieren, sobald man selbstherrlich wird, und die einem den Rücken frei halten, wenn das Leben gegen die Fiktion anbrandet. Menschen, deren Namen nicht auf dem Umschlag eines Buches stehen, die jedoch alle auf ihre Weise zu dessen Entstehung beigetragen haben.

Deswegen danke ich zunächst meinen Eltern, Gisela Anken und Hugo Götz, für ihre Liebe zueinander, der ich unbestreitbar meine Existenz verdanke, und die füllhorngleiche Liebe zu mir, die mich durchs Leben trägt.

Oliver In, Julia Meyers und Michael Uebeler sind das stets über mich wachende Freundes-Dreigestirn und zugleich das mich auffangende Sprungtuch: Dieser Seelenfamilie gilt mein inniger Dank fürs Immerdasein. Simone Jöst sei für den inzwischen viele hunderte Mails umfassenden Schriftwechsel gepriesen, in dem wir seit Jahren Höhen und Tiefen der literarischen Arbeit ausloten. Meinen Rollenspielern und besonders unserem Meister, Dirk Schmitz, verdanke ich zahllose Stunden heiterer Ablenkung, die mich während der Arbeit am Manuskript immer wieder (Mittel)erdeten. Christine Koch, Freundin von Kindesbeinen an, danke ich fürs Loslassenkönnen und Festhaltenwollen – und ganz besonders für Lionel.

Ich und die Leser haben Andreas König für die erste Durchsicht des Manuskripts zu danken, er hat uns mit *Quark!!!* an den Seitenrändern viel Ungereimtes erspart. Mechthild Zimmermann danke ich für den Vertrauensvorschuss zu Beginn der Zusammenarbeit und das akribische Endlektorat, an dem auch Ricarda Oertel feinfühlig und umsichtig mitwirkte. Herrn Rüdiger Wittig zolle ich für den Drahtseilakt Beifall, gleichzeitig Vorgesetzter und Fan der ersten Stunde zu sein.

Fehlt noch einer. Mein Mann, Ulrich Koch. Auf einer Feier hörte ich ihn einmal (ehrlich: ohne zu lauschen) sagen, der »normale« Mann könne sich nicht vorstellen, was es bedeute, mit einer besessenen Autorin zusammenzuleben. Er hat recht, es ist nicht einfach, das weiß niemand besser, als die besessene Autorin selbst ... aber er meistert diese Aufgabe mit ungeheurer, dankenswerter Bravour!

Cornelia C. Anken
Frankfurt im Februar 2010

Edition ViaTerra

Wie werde ich Witwe?

Zimmermann / Jöst (Hg.)

Darf man betrogenen Buchhändlerinnen vertrauen? Sind alte Damen wirklich so vergesslich, wie sie vor der Polizei zu sein behaupten? Wozu braucht die Ehefrau Trockenpflaumen? Was haben Witwen mit schweigenden Hühnern und missglückten Shuttleflügen zu tun?

Sie heißen Elsa, Carla, Silke und Mathilde, sie leben in Florenz, Andalusien oder im bayrischen Wald. Es sind ganz unterschiedliche Frauen, die nur eins gemeinsam haben: sie übernehmen Eigenverantwortung und greifen zu ungewöhnlichen Methoden, um sich von ihren Ehegatten oder Liebhabern zu befreien.

25 KrimiautorInnen haben sich ihre ganz eigenen, äußerst schwarz-humorigen Gedanken über das neue Scheidungsrecht gemacht. Ihre literarischen Morde sind skurril, gemein und böse. Und nicht zur Nachahmung empfohlen!

Ein äußerst vergnüglicher Lesespaß mit einem leicht ironischen Augenzwinkern.

ViaTerra Verlag
ISBN: 978-3-941970-01-4

Edition ViaTerra

trazoM

von Rita Hausen

Ein Krimi um den mysteriösen Tod Mozarts und das geheime Wirken der Illuminaten.

Dezember 1791. Eine Häufung erschreckender Ereignisse erschüttert Wien. Freunde Mozarts verlieren von einem Tag auf den anderen Ämter und Einfluss bei Hofe oder begehen scheinbar grundlos Selbstmord. Auf dem Höhepunkt der Ereignisse stirbt Mozart einen unerklärlichen Tod und seine Leiche verschwindet spurlos, doch sein Geist lebt in der Zauberflöte weiter, die mit ihrer geheimen Botschaft weiterhin gegen Kirche und Politik rebelliert.

Machte Mozarts Mitgliedschaft bei den geheimnisumwobenen Illuminaten ihn zum Opfer kirchlicher und staatlicher Spitzelsysteme, die selbst vor Mord nicht zurückschreckten?

ViaTerra Verlag
ISBN: 978-3-941970-00-7